典散许
藏文辉

河西走廊的散步 Hexi Zoulang De Sanbu

时代出版传媒股份有限公司
安徽文艺出版社

许辉，安徽省作家协会主席，中国作家协会全国委员会委员，中国作家协会全国散文委员会委员，安徽大学兼职教授，曾任茅盾文学奖评委。著有中短篇小说集《夏天的公事》《人种》等，长篇小说《尘世》《王》等，散文随笔集《和地球上的小麦单独在一起》《和自己的淮河单独在一起》《又见炊烟》《涡河边的老子》等。短篇小说《碑》曾作为全国高考、高校考研大试题，中短篇小说《碑》《夏天的公事》等被翻译成英、日等多国文字，收入大学教材。作品多次获国内文学大奖。

许辉散文典藏

河西走廊的散步

Hexi Zoulang De Sanbu

许 辉 ◎ 著

时代出版传媒股份有限公司
安徽文艺出版社

图书在版编目(CIP)数据

河西走廊的散步/许辉著.—合肥:安徽文艺出版社,2016.1
(许辉散文典藏)
ISBN 978-7-5396-5538-3

Ⅰ.①河… Ⅱ.①许… Ⅲ.①散文集–中国–当代
Ⅳ.①I267

中国版本图书馆 CIP 数据核字(2015)第 223349 号

出 版 人:朱寒冬
责任编辑:何 健　　　　　　　　　装帧设计:徐 睿

出版发行:时代出版传媒股份有限公司　www.press-mart.com
　　　　　安徽文艺出版社　www.awpub.com
地　　址:合肥市翡翠路 1118 号　邮政编码:230071
营 销 部:(0551)63533889
印　　制:安徽新华印刷股份有限公司　(0551)65859551

开本:880×1230　1/32　印张:15.875　字数:300 千字
版次:2016 年 1 月第 1 版　2016 年 1 月第 1 次印刷
定价:45.00 元(精装)

(如发现印装质量问题,影响阅读,请与出版社联系调换)

版权所有,侵权必究

2000年

月光下的园子 / 001
平静下来了 / 003
天空、大地和性 / 005
永世长存 / 006
很长时间以后 / 008
一个人离去 / 010
角度与位置 / 011
做事 / 012
那些地方 / 015
夏天的情形 / 017
笛声传来 / 018
傍晚会不会下雨 / 019
我写《碑》/ 020
已入秋里 / 022
思绪漫溚 / 024
坐在花池的水泥围台上 / 026
给大舅寄报纸 / 029

2001年

知了 / 033
佛光笼罩着甘南大草原 / 035

河西走廊的散步 / 044

2002 年

我在江淮大地的老家 / 052

私房钱 / 061

父亲的照片 / 063

一头小牛犊 / 066

70 年代的一张《参考消息》/ 069

自我鉴定 / 072

还乡 / 076

生活用品价格手册 / 078

小画书与《水浒传》/ 081

"文革"文体 / 084

忆贺羡泉老师 / 087

世界杯与性 / 093

邓丽君、王菲及其他 / 096

我的父亲母亲 / 099

父亲的遗产 / 102

读书的记忆与联想 / 105

盛夏的随笔 / 108

生命因书香而充盈 / 111

2003年

黎佳老师与《茶不凉斋漫笔》/ 113

我的后半生 / 116

书房 / 118

所有的文学观念都是"现实主义"的观念 / 121

诸芳迎春 / 123

2004 年

太太的背影 / 126

关于手机 / 128

试论欣赏小女生及其他 / 130

相亲 / 132

时间在藏区被拨慢了 / 135

蜗牛与我 / 192

闲话"生活" / 194

哀白榕师 / 197

2005 年

邮缘春秋 / 200

春光拥簇的家居生活 / 203

女人与烟草 / 205

湖口的早晨 / 208

散兵 / 210

北方 / 214

立冬 / 216

广场 / 218

2006 年

地名与说话 / 221

温润的渴望 / 225

乡土北京 / 228

槐夏 / 231

嫩桑摇曳的麦月 / 233

小麦香熟 / 236

北京齐白石故居 / 239

和动植物以及这个物质的世界在一起 / 243

黄淮海平原 / 245

口语北京 / 247

在北京昌平 / 250

2007 年

农民习性与种菜 / 257

游石台仙寓山记 / 260

登六安齐山蝙蝠洞记 / 261

游泾县月亮湾记 / 263

阜南 / 264

阜南曹集镇 / 266

肥东长乐 / 268

2008 年

岳西 / 271

杂谷脑河由汶川城南流过 / 272

哀悼日 / 273

小镇与菜园 / 274

无为泥汊镇 / 276

繁昌荻港镇 / 280

2009 年

宿州 / 283

南京 / 285

延庆 / 287

江南太平湖 / 289

河南息县 / 291

息县中渡店淮河大桥 / 293

广德 / 295

东至 / 296

青阳 / 297

个人视野里的北京 / 298

黟县 / 300

旌德 / 302

和县 / 304

望江华阳镇 / 306

2010年
当涂 / 308

四川松潘 / 310

彭泽 / 312

彭泽棉船镇 / 314

彭泽马垱镇 / 316

加拿大温哥华 / 319

美国洛杉矶、圣地亚哥、旧金山 / 321

2000—2010年读书随笔 / 323

2000 年

月光下的园子

年轻时留下的印象,有可能会影响我们一生。我 1976 年到农村插队,在灵璧县城的一户人家里,看到大水缸里养殖的一丛月季,缸是残破的,还打着铜疤子,但并不影响养花。那丛月季,在我当时的眼里可谓奇大无比,它下立于地,上及于梁,花团锦簇,繁花似锦,其实没有什么词可以形容其大、其彩的,真叫人惊呆!后来在宿州,我有了住房,总是要种些花花草草的,但因为种种限制,我没有种花种草,却种了一篱空心菜。空心菜大概就像现在的木耳菜,吃法彼此完全不一样,那时专吃梗而弃叶,现今却是独吃叶了。一篱的空心菜长过 20 米,从我家廊下直伸往暂时的荒地中去,现在想起来,犹如北方某族人的家园,亘古、蜿蜒、苍茫。我还记得一位朋友自我家辞去,手里拎着我送他的几瓶新锐啤酒。我站在廊下送他,他沿篱子走,一篱的空心菜做他的侧景,他直走成很小了也没走出一篱子虬虬龙龙空心菜的侧景。你可想见那篱子的分量。

到合肥后也是几年间无有定所,那一年得了仄屋,顾不得装饰,割几块地毯铺进去,就阖家儿乐了。种了些植株,内中有一种叫文竹,听人说文竹养大了攀缘而上,3 米、5 米的都有。最终是没能养成,只落下一台子芒刺似的干针。又养了龟背竹,又养了水竹,最终是什么都没能养成。遗下的花盆堆放在楼道里,隔壁公司一位女士从中挑了几个,还专门来跟我打了声招呼。过了不久,那家公司也就倒闭了。

　　十年后从那里搬出来,新居总归要大一点,特别是有了一方不俗的阳台。在餐厅似乎是有情调的升降灯下夜话,把插队时关于月季的印象说给她们听,说过了就有一种感觉,仿佛优雅的并不是事物本身,优雅的倒是回忆、怀旧的梦想!又把盆盆罐罐往楼上扛,又是花儿草呀的,一趟趟地买,也买了三株月季,分植在三个盆里,每天大水大肥地浇,是希望它们快快长大。

　　天还不是太热,但也已经不凉。有一天晚上,我做了一个怪梦,梦见我的植物已经长大,我站在月光下看着我的园子。当然,它们不可能是月季,它们是肥厚肉汁的瓜子吊兰,抑或是布满小小鼠牙式叶瓣的垂盆草——我知道,我们的理想都不可收获,我们收获的,只能是我们理想的副产品。

2000 年 7 月 20 日发表

平静下来了

　　这一个傍晚,我完成了一桩久已等待的琐碎而重大的事情后,骑车回家,一路走着,一路的心情突然平静下来了。我想起有一年的一段时期,我老是打算到郊外看秋枯的稻田和草地,我真就去了,我呼吸着草根的气息,我想我是和草根共同在呼吸着,我倚在她们的怀抱里。我听到乡仔从远地还乡时匆忙走过的声音,他们怀揣着在另一个城市挣到的货币,他们左手的手指上戴着大大的假钻戒。我想起我前天在街道上骑行时,自行车后胎突然瘪了下去的情形,我把自行车推到路边的修车点交给修车的师傅,然后我就站在人行道上看街头的景物。这时一个丰腴、健美、大小腿结实有力的女孩子从我的身边一擦而过,她的头发几乎扫在我的脸上。当我的眼光低垂下来的一瞬间,我看见她的白皙的脖颈上有几道新鲜的指甲的抓痕,我觉得这一瞬间事态的发展,就推进了我生命的历程。我想起夏季洪水泛滥后暴露在视线里的河滩,洪水后的河滩总给人异常肥沃的印象。我还想起我去年秋天在乡下看到的场景:一辆满载着刚收割下来的黄豆秧的手扶拖拉机停在农户门前的平地上,雨把别的地方都淋湿了,唯有拖拉机下的地面是干的。一头大猪从拖拉机上扯下来许多黄豆秧,它躺在豆秧上,很舒服地吃豆荚,嘴角都吃出白沫来了。我想我真的平静下来了。我生命的钟摆正在开始一个均衡的时刻。我想这也许就是我推托不掉的此刻的运数。

天空、大地和性

我不知道我是怎么想起这个话题的。我想起我那时候下放在安徽省灵璧县向阳公社大西大队大西生产队,冬天我们在地里挖一种生产用的沟。是什么沟我已经记不起来了,只记得一人负责一段,按长度和规定的深度给工分。沟有时候很直,有时候有90°的急转弯。我记得那是一个寒风刺骨的冬日傍晚,天空还很亮,挖沟的男女社员不多,也很分散,大都缩在沟里,从地面上几乎看不见他们和她们。我不知道是因为什么要顺着沟一直往前走,前面就是一个90°的直弯,我的目光才刚转过那个弯,就看见一幅令我永难忘怀的画面:队里的一个还不到20岁的没结婚的小伙子,可能是刚刚解过小便,他正把他的粗红的生殖器翻到最根,直挺挺地往前上方竖着;他的那货极粗极大极红,太触目惊心了!他直硬硬地挺着它,脸却斜对着天空,目光凝望着还很红很亮的天空,一动不动,完全是一种举世无双的大陶醉。我赶紧收住脚步,缩回到直角的这一边,顺来路撤回。这件事无法言明,其实它是小事。但它给我的视觉和心灵的冲击却是极其深刻和久远的,那就是我在乡野里感觉到的一种原始的生命力量,那么不顾一切,那么不加修饰,那么亢奋、自发、冲动和猛烈,那么原汁原味,那么对得起天空和大地!

现在,我们真的是生活在一个温吞水似的生活里吗?包括我们的性和性生活?

永 世 长 存

那是一个很奇妙的时刻。

那是一个晴朗春日的暮晚,一辆特快车临时停车在江淮之间的一段路轨上。我当时正坐在车里,车厢里人非常少,但设备崭新,空调完善,女服务员服务周到,每一位乘客的面前都放着一杯滚烫的热茶。人在这种环境里必然会产生某种特别的感觉:车停时我正望着车窗外,车停的一刹那,我突然发觉外面的天空正在暗淡下去,但也还能看见远的和近的事物。我们正停在一个什么样的位置上呢?我看见一些熟悉的画面:一些温馨的正在亮着灯的房子,雨后数天踩出来的发白的路通向较远的地方,成片的麦田中间点缀着一些开了黄花的油菜地,穿着黑西服、剪着短头发、正打算骑上自行车的腰身很好的一位姑娘,一辆在更远些的路上开动的正往家里赶的小四轮拖拉机,等等。

毫无疑问,我熟悉它们,熟悉这些最质朴、最原始也是最有活性的东西。我想,这必然是那些永世长存的东西,因为我在很小的时候就看到过它们,我肯定也无数次地成为过它们,现在,在一个完全不经意的特别的环境里,我又看到了它们;可以想象,以往一百年、一千年,甚至更久远的一些时刻,它们都存在过,而且也都有人看到过它们,它们还不是永世长存的吗?它们还不能激发起我们对生活和过程的迁延的感觉吗?谁不在我们的周围和身边了？拿我来说，我的大姨，我的大姨父，他们现在都不在我的周围和身边了，还有我的一些熟人和朋友，他们也已经永远不在我的周围和身边了。看见这些亘古永存的东西，我就想起了他们，想起那些已经永远不在我身边的人、事和物。我能以什么方式来永远记住他们呢？难道就是以这种瞬间出现的偶然的奇妙感觉吗？

我没入一种深深的沉陷之中。我感觉已经完全沉寂了的火车正在下坠，而周围的田地、道路、村庄和所有别的事物都正从列车附近升上去，升上去。这样，我看它们就看得更加真切了。它们真是了不起的！真是了不起的！因为所有的事物都是短暂的，而我们所目睹的却都是永存的。

很长时间以后

很长时间以后,我重新坐回到自己的房间里的书桌边。

天气正在向晴朗的方向转化,我努力使自己沉静下来。我感觉过去的那种日子已经过去了很久了。比如那时我可以在充分的休息之后,轻快地找一辆下乡的旧客车,坐着它向离城市不远处的乡间驰去。比如那个地方就是肥东的石塘镇,关于石塘,我所知道的它,就是许多年以前,许多人说过的:它是一个盛产驴肉的地方。我就是怀着这样一种对传说中的驴肉的感想,前往石塘的。

石塘到了。但我并不对关于驴和驴肉的情况抱有很实在的目的。我逛了石塘的老街,又走到镇外,在高坡上的一所小学的院外卧倒在草地上,吸起了一根香烟。烟雾向似曾相识的晴蓝的天空升去;在这种晴蓝的天空下,每个人都过着不同的生活,而我呢,也正在过着前后不同的生活:对未来一无所知,但充满了踏实的幻想和信心。

下午我就回到了家中。略感疲惫的我在床上看书、看报或者接电话和休息。我的头脑里装满了许多奇异的图案和想法,我只在等待未知的那一天的到来……

现在,我生活在另外一种感觉和情境里,我仍然经常坐在书桌边,脑袋里塞满了迷蒙和幻想。但我确实感觉到以往的生活离我远去了,那种生活在我现在的精神境界里显得那样迷人,恍若仙境,充满了无可比拟的魅力。

一个人离去

又有一个人离我们而去了。

我还能想起她的模样和笑貌。虽然同在一个城市,而我与她也已有三四年未曾谋面了。也许是因为年龄和经历的差异,我与她的关系并不厚实,其实可以说是疏淡,但她的死仍然给我带来一种震动:关于她的婚姻的传闻,关于她与前夫和现任丈夫同患一种癌症的传言,关于她的逝况,等等。我所能联想和愿意联想及想象的,是她在二十年甚至三十年前的风姿:她也会有女孩子的小脾气的,她也会十分敏感,她也会用水灵灵的眼睛看人的,她也会羞怯和惊慌……虽然我们大部分人并不知晓。

但她现在已经永远不再可能与我们偶尔相聚在某个会议上了。因为治疗的原因,据说她的逝况十分不可睹,许多人说,大家去告别的不是遗体,只是骨灰——她的容已不可整了。

我想摆脱以上这些文字给我带来的压抑和窒息。我要换一样事情去做。我要去打个电话,听听对方的活生生的声音,或者,去阳台看下面走动的真实的人。

我不能再去这样想了,不能再这样想了:一个人,已经永远地离开了我们……不再可能……我们偶尔在某个聚会或者会议上……相遇……

角度与位置

外面的街道上又传来了交通警察在警车里用喇叭发出的吆喝声。这种声音的确是令人反感的,因为它是强加给别人的,没有任何使人尊敬的因素在里面。但是,如果我们换一个角度和位置,我们可能又不会这样看和这样想了。我记得有一次我们集体乘车去火车站(为了参加某会议),到火车站的路很近,但是有一辆警车在前面开道,警灯闪着,车里的警察用扩音器吆喝着,我的心情是怎样的?我的心情很复杂,但并不准备(在心理上)去反对它。人看来都是有虚荣心的。另外还有一次,我们和某城市的交警大队的大队长同乘一车,途中,有一辆车,我一直没能弄明白它是怎么触犯了我们乘坐的交警大队长的这辆车的,很可能是在人多的地方超车,或者闯红灯,交警队长立刻拿起送话器狠狠地训了车主几句,又用对讲机告诉了前面的岗亭,告诉前方的那辆车的车牌号码,叫他们扣车。那时我们坐在车里,异口同声地谴责那辆车,我们一点也不反感交警大队长的吆喝,我们有什么反感的理由?我们也是参与者之一。我们也希望我们看到的是一种合乎秩序的交通图像。

看起来,人的位置确实会改变他的观点和观念,这也是一种屁股指挥脑袋?

做　　事

　　前一段时间日子过得很单调,也很有规律,特别是夏秋季,天亮得早,每天早晨早早就起床了,快速地刷牙、洗脸,然后到小饭厅里吃早饭,吃早饭的时候不想"闲"着,就开收音机来听,逮到什么听什么,有时是流行歌曲,有时是广告,有时是卖药治病的直播,反正不管什么,对我来说,听一听似乎总是有益的,感觉上就不是那么闭塞了。早饭后碗一推,就进书房开电脑,如果能写到中午,一般就在近12点时关机,一个人做简单的午饭吃,边吃饭边看电视里的新闻,新闻结束,饭也吃好,抓紧时间往地板上一躺迷糊一会,醒了就赶紧爬起来,三下两下洗好脸,再开电脑,如果还能写得顺利,就一直写到下午五六点她们风尘仆仆地回来。

　　在外面心急火燎地跑了几年,起初有点安静不下来,觉得这种无欲的生活似乎跟"火热"的社会不合拍,别人都在煞有介事地忙着,开会啦,赚钱啦,出国啦,旅游啦,总之是升官发财吧,你在家里慢慢地"做",你是在做什么呢?一位朋友打电话来约我上节目,我说不去了,怕分心,想一门心思把手里的活做完,于是她问我近来的一些情况,我大致说了一遍。她说,你好像过起老年的退休生活了,早上听听收音机,中午睡个午觉,晚上早睡早上早起,不过这样也好,毕竟人已到中年或快到中年了(按不同的标准），要注意保养。我说，谢谢。

说老实话,我自认为并不是一个贪生怕死的人,虽然还没有经过实践的检验。我喜爱生活,不管是阴晴冷暖,还是刮风下雨,总的来说,我都十分喜欢,刮风能做刮风的事,下雨能做下雨的事,阴天有阴天的心迹,晴天有晴天的感觉;我也珍惜自己的生命,因为像每一个生命一样,我这个生命能来到世上,必定有许多的经历,也可能会有许多的取舍和牺牲,不是那么简单说来就来的,所以我想我不会轻易就浪费这种来之不易的命运,也不会轻易就能放弃什么要做的事情的。人过了40岁,我的感觉,人生最有味道的季节来到了,许多事情都有了经历,哪怕只是皮毛,心境是那么踏实,精力是那么充沛,思路也比以前开阔一些了,想要做什么事也是完全可以就此开始的,连"野心"也变得实实在在和不那么遥不可及了。20多岁时在大学的教室里瞎想,给自己定下了不可能实现的两条人生标准:"既要在事业上有极大的成功,又要享受人生的一切乐趣",并且用蜡纸钢板刻印,装订成册,广为散发。现在看来,人生由呱呱坠地,到大话连篇,再到心境平实,再到牵手余年,不管是吃饭、穿衣、睡觉、说话,还是有朋自远方来,抑或是企望在人间留下自己的智慧,都是那么有意思,有味道,值得回味。

电影《大话西游之月光宝盒》里的人有一个月光宝盒,很灵验,可以通过它前生后世地生活,吃饭、说谎、恋爱,我们没有这个福气,拿不到月光宝盒,那就只有靠自己了。做人就要做事——《合肥晚报》之《逍遥津》编辑先生打电话来叫我说说有关21世纪的事情的时候,我想到的第一句话就是:到了21世纪,我们又能怎么样呢?不外乎还是要做事,做别人要我们做的事,做自己不得不做的事,最好是做做自己想要做的事,并且尽量把事情做好。

那 些 地 方

突然有一天我可以全天待在家里了,而且是一个人。很长很长时间都没有这样了。这是夏季的一天,从电视里,我知道正是农村收割麦子的时节,在这种时节,如果早晨到麦地里去,那还是需要穿较厚的衣服的,我有很多这方面的切身体验。

现在,我就这样一个人只穿一条三角裤待在家里,上午的天气还比较凉爽,我的身子摸上去很光滑,使人顿生一种自恋的感觉。这时我禁不住要想起在这种时节在乡村的一些情况。比如在河边的小树林里,树林的地面上显得干燥,各种昆虫都在平静地按照自己的日程生活着,谁也不去打扰它们,而它们更不会在意别种生物的生活和生活环境。一些很自由、很开心的鸟飞到远离村庄的这片树林里叫着、玩耍着,然后有可能飞走,飞到收割过的麦地里或者已经种上了别的庄稼的地里。较瘦的并且是不太流动的河水底下藏着一些小型的水生动物,比如泥鳅、黄鳝什么的,水面被阳光晒得有些温热……突然,有一对年轻的夫妇出现在河堤弧形的田地的最高处,男的扛着抓钩,还挑着一副水桶,女的背着粪箕,粪箕里放着不少红芋秧苗和一只搪瓷茶缸,手里还提着一只大红的暖水瓶。他们在田地的弧顶处略站了一站,就开始了工作:刨穴、栽红芋秧,再从很瘦的河水里挑水浇那些刚栽过的秧子。

太阳渐渐热起来了,这个远离村庄的地方比早晨和上午更安静了。已经到中午了,年轻的夫妇已经回村里了,这个非常普通的、一般化的、远离村庄的地方,好像更被人彻底忘却了,不知下次有人来,会是在什么时候。

我不知道什么时候还能回到那些非常自然、非常质朴的地方去,我总感觉那些地方才是我的家,才会给我以平安和慰藉的感觉。但是我不知道我什么时候才能够回到那些地方去,我不知道我什么时候才能平静地安歇下来。

夏天的情形

常常,我会在傍晚时到楼下的小巷里去走走,散散心,但主要是去看小巷里几拨人聚在一起"斗地主"。

小巷是合肥市的书刊批发市场,那些聚在一起的人,都是专营书、报、刊的"书商"们,这多少与我的工作有些接近。我站在许多人中间看他们"斗地主",看他们与我们不同的利索而敏捷的言行,顿感身上的儒腐气少了许多。他们对生活的态度也是极其坦率和实用的,一个站在我旁边看牌的小伙子大声而实在地回答别人的问话时说:现在忙不过来,我找了个女孩子,白天做做饭,晚上睡睡觉……我感觉,他绝对不是那种欺骗和玩弄女孩子的人(当然,他和女孩子的关系也并非正常与合法)。他们是自愿的,这是社会的某种现实,他们在这种社会的现实里生活得较为踏实;从另一个角度来说,他们(甚至)没有辜负这种现实。他们仍是我们社会中很有活力的因素。

这是夏天的情形。

笛声传来

天气仍很热,对面的住宅楼上有笛声传来。我们对此已经习以为常了,因为在对面楼上住人以后的四五年来,每逢休息日或节假日,那种学艺式的、坚持不懈的笛声总会长时间地传来,使整个生活区覆盖在一种带有小城市气息的、固执的音乐声中,如果它还不是噪音的话。

笛声较为幼稚,最初更加幼稚和含混。这么多年来,我们能够听出,他(她)是没有师傅的,是在自学笛子。对于绝大多数人来说,要学好一项技能,没有专业性很强的教师的教授,只会事倍功半。在眼花缭乱的现代社会里,那种时间我们也是付不出和付不起的,兴趣当然是一种例外。

我们全家经常在来路不明的笛声里议论纷纷,我们也会用笛声的坚持不懈来教育女儿,我们还会猜测那是一个什么样的吹笛人。我们肯定他是一个年轻人,也许是一个少年,但他所有的一切我们仍一无所知。

秋天快到了,但天气仍较热。笛声还在继续。

傍晚会不会下雨

不知道傍晚的时候是否仍会有一阵大风和一片阵雨,昨天傍晚和前天傍晚都是这样的。在淮北平原的盛夏也经常是这样的:每天傍晚一片怕人的乌云从地平线上升起,升起,越来越浓黑,乌云覆盖了大半个天空,并且愈来愈快地往村庄的上空推进,在地里干活的人向村庄跑去,乌云在后面追赶。风霎时停息下来,田野里的所有植物都静止不动了,只有快速逃跑的人是动的。突然,狂风大作,电闪雷鸣,所有的植物被狂风吹得弯向一边,豆粒大的雨点打得叶片啪啪作响,雨点落在尘土飞扬的土路上,溅出一个个尘坑,村庄里鸡飞狗跳,扛着锄奔跑的人在暴雨赶上他们的一瞬间跳进了门槛。暴雨狂倾,天地间万物不见,人们站在屋门里望着屋外的疯狂雨境,用毛巾擦着头上、身上的汗水和雨滴……半个小时后,暴雨推移而过,雨过天晴,傍晚的阳光重新照亮了曾经湮灭的一切,屋里的人赤脚走到屋外,孩子们又去了田野里,所有的植物上都水珠莹莹,远处的风景都变得清新和透明了,一天的暑气也因此而涤荡一新,每天的这种结尾也是让人心情舒畅的……

我现在仍然渴望重现昔日时光,虽然它对我的身体已经不十分重要:我可以躲进空调房间,对暴雨来临的声音充耳不闻。但在我的内心里,每天傍晚,都会有一片清凉的云的愿望在升起,升起,直到入夜,它们方才退去。

我写《碑》

有一天,一位日本学者写信来,问我写短篇小说《碑》的情况,这就勾起了我的一些回忆。短篇小说《碑》,最早其实是长篇小说《我在江淮大地的老家》的一部分,或者说是它的一个开头,那是1992年的事,开头也仅仅是开头,开了这个头以后,长篇未能完成,在以后的数年里,那个长篇数次开头,但均未完成。1996年,东北《芒种》常柏祥来信,说他们正在搞评奖,要我给他写一个短篇。我手里没有短篇,但已经答应了,就到旧稿中去找线索,找到了这个长篇的开头,当时坐在地上看完,觉得完全可以独立,再说那个长篇已经停笔不写,没有重复发表的问题,就修改打印出来,寄给了常柏祥。

小说的情节极其简单,写一个失去了妻女的男人,清明节前三上一个叫山王的地方,给妻女买碑的故事。这件事有些来由。我生性喜瞎溜闲逛,有一年清明节后回淮北宿州,春暖花开,在郊区闲逛到一条野河边。河岸荒草萋萋,墓碑散乱,沿河形成了一片墓地,我就在墓地里闲转,一路走,一路看,突然看见一块新碑,高大,又是新土,碑上刻着一些字,是一个男人纪念妻和女的。我心里一沉,虽然不了解里面的故事,但知道这个男人心酸、伤心、伤心到了极点,因为他的爱妻、爱女,一道都走了,他又立了这样一块绝无仅有的高大的墓碑,在这个世界上,他没有什么了,他的至爱都失去了,他是不可能不悲痛万分的。于是,这件事情一直刻在心里,一直记着,直到写进那个开头里。

短篇小说《碑》发表后出现了一些反响,对于我的低调的性格来说,也算是意料之外吧。它先是获得了《芒种》的文学奖,被一家选刊转载,后来又陆续被收入十几种选集,日文的译文也在那位学者来信的几个月后刊出,一些报刊,如《南方周末》《文学评论》《当代作家评论》,还刊出了陈思和先生、王达敏先生等学人的评文,这都使我平添了许多信心。

有些事情也是很怪的,我对洗碑啦,刻字啦,立碑啦,一点都不懂,写小说的时候,心里却是胸有成竹的感觉,在洗碑、刻碑的技术上、程序上,仿佛知道该怎么写,一点都不打磕巴,煞有介事地就写出来了。按照小时候记忆里的印象,我把买碑、洗碑、刻碑的地点,虚拟在出产烧鸡的淮北符离集东边的一些光秃秃的小山包上,写买碑、洗碑、刻碑,都像那么回事。后来有一年春天,我和宿县地区行署王子宜秘书长、书家孔雪飞从涡阳返宿,路过一个刻碑洗石头的地方,就下车闲看,我有心想知道《碑》里的真假,就有意无意地问当地匠人一些有关问题,没想到都是吻合的。再说符离集东边那些光秃秃的山包,去年父亲病逝,我才知道那里新建了一个公墓,叫马山公墓,而且正在我写小说时脑袋里构想的那个洗碑、刻碑的地方。山上的奶奶庙却是在寿县的八公山上。前年《寿州报》一位编辑刘文勇来坐,一见面他就说,你《碑》里写的是八公山的奶奶庙呗?上山的路就是那样子的,不过,庙早修好了。当然,八公山我一个人去转过,还在山上抽了一支中华烟呢;现在,我把烟也戒了。

2000 年 9 月 20 日

已 入 秋 里

又到了写作散文的季节了。这听起来有点像无稽之谈,难道写作与季节还有什么特殊的关系吗?对于那些勤快的人来说,一年三百六十五天,哪一天不是憧憬和创造的时候,哪一天又不是收获的日子呢?

但是季节——我说的是秋季——对人的影响,特别是对个体的人的影响,也确实是有区别或者是巨大的。俄罗斯的普希金就说过,秋天是他最好的写作季节;从实际上看,也是如此,他的一些最好的作品,都是在秋天写出来的。虽然这并不能说明什么问题,但我们依然能够想象:在高纬度地区浓郁绚丽的秋季里,人对生命的眷顾、人对其他人的依恋、人对天地万物的感念……所有这些,都在秋天这种感慨万千的季节里被触碰而爆发了。这是写作的一种基础。

对另外一些人来说——比如我——也会在这种季节产生一些无由的感念;况我又是秋天生的人,对这种季节的召唤,更加敏感。在某一天的某一个时段里,我于喧杂和困倦之后的睡眠之中顿然醒来,发现窗外已入秋里,并且深浅自若,渐臻佳境。我由此而感动,知道哪怕是因故而略有拖期,季节终归不会抛弃我们,不会绝尘故去的。而春季、夏季所有的那些嘈嚷、那些风尘花月、那些"故事",也都不属浪费,它们是秋天平静下来以后的当然话题。

不管怎么说,我们都还或多或少地受到远古季节遗风的制约和影响。这暂时还是无法更改的。在所有的季节里,秋天肯定是能给人留下深刻印象的一季,它的流畅、它的无言的内涵、它对人恋爱般的适宜,都使人难忘,并且加倍难忘。

思 绪 漫 漶

我从一个难得的午睡中醒来。室外在下雨,是淅淅沥沥的类似秋雨的那种雨。对了,我的意识还迟滞在秋季(其实是深秋)的概念里。现在当然已经是初冬了,但它仍然像是深秋。在这场有些暧昧的雨降临之前,秋的形象非常强烈、非常正规。——今年是有着一个长长的、十分宜人的深秋的。它令人难忘。

我顺手翻开一些文字读起来,"很高的草里疏落地洒着些水仙和蓝铃,即便在开得最盛的时候大概也是漫无秩序的""有一个人睡在吊床里,还有一个人跑过草地——难道没有人拉住她?不过在这种光线里,他们只像是鬼魂,一半猜想的,一半看见的"。这些文字使我想起许多过往的事情,使我想起我曾经经历过的岁月里,有一些关于落雨的和秋的片断。

所有的村人都被雨圈在自家的屋子里,男人在搓着苘绳,年轻的女人坐在灶屋的草堆边纳鞋底,草给她们以温暖,而她们则更给人以温存的感觉。家养的两只羊挤在圈里的干草上看着圈外的雨滴,院里的椿树的叶子正在坠落,水珠从树叶上掉下来,砸在地上啪啪响。偶尔地说一些东邻西舍的话题吧,但那些话题很快就湮灭在湿漉漉的静寂的村庄的上空了。天快要暮了,一个模糊不清的人影从村中央烂泥吧嗒的土路上走了过去,那是村里,或者整个乡村里的最后一个归人吗?他是从哪里,是从那个想象中很遥远、很遥远的不可捉摸的县城里归来的吗?天因此而沉暗下去,但人们一直不点亮灯,晚饭也尽量推迟去做。好了,天完全沉郁下去了,转入了黑暗,村庄有了一些拉风箱的声音和火光,然后又寂灭了。夜来临了,人们在自家的床上,在有着熟悉的汗味的被窝里,睡了,或者张着两眼;男人和女人紧靠在一起——不仅仅为了繁育,季节使人们更需要依赖,更需要温存——这样就很容易到达下一个天明。但雨还在下着……

真的,室外的雨还在下着。我该起来了。

坐在花池的水泥围台上

早就跟母亲说好,父亲去世一周年,我们10月1号回去,到马山公墓去看看父亲。这样的计划,从8月初说到9月初,又从9月初说到9月底,10月1号,女儿去军训,我和妻子到了宿州。到宿州时,天正下着秋雨,雨虽然不大,但下个不停,听母亲说,这样的连阴雨天已经有十几天了,人出门不便,天天圈在家里,雨下得人心里都有些烦了。当晚安顿睡下,一夜无话。

因为住在一处干休所的大院里,老干部们年龄都大了,都七老八十的,这些年,不断有老人去世,我们昨晚到时,看见院子里一处地方又摆了许多花圈,不知道又是哪位老人去世了。早上起来,天仍然阴雨,去马山公墓有一段路是泥路,连续的阴雨天,泥路已经不知翻成什么样的泥浆了,车恐怕是进不去的。这一天我们闲在家里,先是上街给母亲买来两只她喜欢吃的新鲜的符离集烧鸡,再透过窗子,看院里院外的秋天的果实:一树山楂红果儿,红灿灿的,把枝子都压弯了;另一树懒柿子,果实累累,也是红灿灿的,看上去叫人爱慕不尽;还有一树柿子,那是北京柿子的一种,果实碗口儿大,半青半黄的,把树枝全压坠下来了。这些树都是父亲生前和母亲一块栽下的,果实要收获了,父亲却走了,再也看不见这些蓬勃旺盛生长着的东西了,想到这些,心里总有一种异样的滋味。

第三天天晴了,联系好的车却走不了,因为10月3号那天是农历的九月初六,好日子,结婚的人多,车子要接送新娘,虽然我们不知新娘姓甚名谁,长相丑俊,嫁与何人,但这是天大的好事,人生的大希望,不多是从这种时刻开始的吗?我们就推迟一天再去。母亲说,也正好晒晒乡下的泥路,她还是担心那一段路泥泞。闲来无事,我和妻子可以去她大姐家里吃饭了,在街上拦了个"的",看着满街的喜庆,满街的花团锦簇,满街贴大红喜字的轿车,满街披婚纱的新娘,心里被深深感动,暗地里想,十月金秋,真是些奇妙的日子,过两天初八,还会有很多结婚办喜事的人,再后一天初九,又是九九重阳,登高望远的日子。这些时日似乎都与人的生生死死有些关系,有些开始了,有些就结束了;有些结束了,有些就开始了,生命和生活,就是这样"生生不息"的吧?

第四天又是晴天,天晴得真好,人的身上和心里,都干干净净、清清明明的。8点多驱车往马山公墓去,车停在花店前,买了一些鲜花上车来。车开出城市,看见河流、树林、田地和农民这些朴素的事物了,地里的玉米、棉花以及黄豆,因为连阴雨的缘故,都还没能收尽,车上几个人掐指一算,也快到耕地耩麦的时节了,季候天成,耽误不得,农民也真是一年忙到头的。

车停在山坡上的墓园里,母亲、妻子和我,我们到父亲的墓碑前,献上鲜花,默默地站了一会,天气晴朗,菊香清淡,墓园里暖洋洋的,也安静得可以,远远近近,有三五丛人在墓园里看亲人,都轻手轻脚,微言细语,是怕惊了梦中人的意境吧?一排排墓碑后的松树,长得郁郁葱葱,也让人心里素静。

两小时后，我们回到家里。锣鼓喧天、大红大绿的城市,再次把我们推向一个缤纷的世界。肚里真是感到饿了。妻子在厨间准备大餐,我趁机拿了烧鸡的两只鸡爪到院中啃啃。感谢父亲,感谢母亲,是他们赋予了我体验美丽人生的权利和机会,虽然我是那么的微小和平凡。我坐在花池的水泥围台上,像一个有所收获的农人,心境踏实地专注于手中的食品。阳光照在我的身上,周围是鸟语与花香,一只蜜蜂的梦呓滑过晴朗的秋空,一只蝴蝶和她的花翅膀落在柿树宽厚的树叶上,一枚熟透了的柿子闷声掉落在土地上,一滴泪珠悬垂于平和的心扉上。

我仍然坐在花池的水泥围台上。

给大舅寄报纸

1999年9月18号深夜,正在合肥住院治病的父亲,病情突然急转直下,咯血不止,医生下了病危通知单:梗阻性肾病,大咯血,随时有生命危险。父亲咯血直到19号凌晨才止住,当时我们姐弟几个都在合肥,只有二姐在宿州,于是赶快打电话叫她过来。

当天下午两点,二姐到了,我担心二姐从宿州来会引起父亲对自己病况的猜疑,于是事先告诉二姐,让二姐说是为了儿子的事情来的,顺便也来看看父亲;母亲也事先把这个谎言告诉了父亲,让父亲有个思想准备,不至于太突兀,因此父亲见到二姐,好像没有什么不妥,倒是很平静地跟二姐说了话,又让二姐明天就抓紧时间回去,说家里事情多,不要在外面多耽搁。

第二天下午二姐回去之前,我们都在,父亲突然对二姐招招手说:"你过来,我有话对你说。"二姐赶忙走到父亲床头。父亲说:"你回去替我办两件事。第一件事,我每过二十天就给你大舅寄一次报纸,这段时间耽误了,你大舅该急了,你回去就寄;第二件事,你回去以后,专门到×老和×老家里去一趟,告诉他们,我现在在合肥治病,时间可能会长一些,没有什么。"二姐说:"俺爸,你放心吧,我回去就办。"父亲说:"你重复一遍给我听听。"二姐重复了一遍。父亲看来很满意,对二姐挥挥手说:"早点回去吧,早点回去吧。"

父亲去世后,我心里很痛苦,有一段时间一个人沉寂地待在家里,什么事情都做不了,想想在泗县农村的大舅,现在连给他寄报纸看的人都没有了,我就把手里刚看过的报纸收拾收拾,装进信封里,给大舅寄了去,从邮局里出来,我的心情好了一些。

连续给大舅寄了几次报纸以后,大舅来了一封信:

幼连(我小名):

  寄来的报纸收到了,谢谢。我最喜欢读报纸,你父亲过去按月寄《参考消息》等报纸给我,痛心他走了!

大舅 书
1999 年 10 月 23 日

大舅的钢笔字坚实有力,信也写得极言简意赅,我是极为佩服的,读过信后就马上拿给夫人和女儿看:"你们看大舅这信写的,你们看大舅这信写的!特别是许尔茜,你真该好好学学。""学什么?""学写信的艺术呀。"

大舅已经 80 多岁了,新中国成立前他教过私塾,思想开放,接受新事物特别快,农村时兴养殖时,他大批量地养过小鸡,农村时兴特色养殖时,他还养过黄鳝、泥鳅。我记得七八十年代农村才刚刚有几辆自行车时,他就早早学会了,从此他赶集、上街、走亲戚,就快捷方便多了。我上中小学时经常到大舅家过暑假,那时我正在长身体,个子又细又长,村里人都说:"你看这孩子,长得像棵青庄稼。"大舅喜欢赶集上街,母亲说他是"逢集必赶"，我那时跟他赶过一些集，从泗县山头王沟庄往南翻过山头，就到山头镇了，或者再往南就到刘圩镇了，除了买些油、盐、酱、醋、煤油、火柴以外，大舅喜欢扎堆凑热闹，在供销社柜台前跟人说话，一说能说半天，在牛市羊市蹲着也能蹲半天。大舅还喜欢听戏听书（大鼓书），集上要是来了戏班子，或有说书的，他蹲在向阳的墙根，会一直听到人家收摊子，他才站起来，拍拍屁股回家。

收到大舅的信后，我给大舅回了一封信。后来，大舅为报纸的事，又来过几次信。

许辉：
　　春节前已收到你15次报纸，给我精神生活上极大享受，尤其两岸关系和军工报道，还有法制案例，我最喜欢读！
大舅　启
元旦

许辉：
　　你好！从春节后到现在，我已收到你20份报纸了，我对时事特别有兴趣，若不是你经常寄报纸来，我会闷坏的！
大舅
农历六月初五

回宿州看望母亲时，跟母亲聊天，说起这件事，母亲说："你这也算是按你爸的意思做了，你姐她们哪有时间。"顿了顿，母亲又说,"给他寄吧,你还能给他寄几年?"

　　现在,我仍然每星期给大舅寄一次报纸,有时候寄两次,看报时如果有好看的文章,不自觉地,我就留下来了,因为要给大舅寄去。现在,我父母这边家里的老年人,除母亲外,也就只剩大舅一个人了,除了寄寄报纸以外,我还能帮他做点什么呢?

　　　　　　　　　　2000年11月29日　合肥淮北佬斋

2001 年

知　　了

　　嘈杂和繁乱的市声里,传来一阵细弱的知了的叫声。我正站在居室看楼下那些茂盛的梧桐叶,我的第一个念头就是:可怜的知了,它们只好跑到梧桐树上来了。

　　知了对树种会有什么样的选择,我并不了解,但在我的印象里,柳树、杨树、泡桐、杏树、桃树、桑树、刺槐……才是它们的最爱。小时候,我们大致有三种手段来捕捉它们:一种是手捉,像侦察兵一样攀树而上,无声无息地出现在知了的身后,再出其不意地捂住它们;第二种是网粘,在竹竿的一端用铁条弯成圆圈,再缠上蜘蛛网,用这种带有仿生技术的手段捕捉较低处的知了,是十分有效的;第三种是用弹弓打,这种远程攻击就有些残忍了,不管知了是攀伏在树的顶冠,还是悠闲于半空飘荡的柔梢,只要被猎手发现,它们的末日就近了,随着一声嘶鸣,知了坠落的总是残缺不全的身体。那时候知了真多!入了夏,满世界都是它们的聒噪声。如果你沿淮北的一条大堤走,堤不断树就不会断,树不断蝉声也绝不会退。等你下了堤拐入通往市区的大道,树和蝉声仍会伴你前行,一直到你站在自己的家门口,最后一只知了还在门前的大柳树上唱歌。当然,知了在那时也是有名的害虫,"它们吸食树汁",是农民伯伯的大敌,所以无论用什么方法,打了也是该打,不犯什么法律。再说鸡们又对它最感兴趣，看见它们吱吱叫着，从男孩子的布袋里倾落于地上，鸡会用最敏捷的步法扑将上去，尖尖的喙啄在知了的背上，啄得它们更是吱吱地叫。吃知了的鸡长势快，生蛋多，蛋呢，也特别大，营养大概也更丰富吧！

　　现在的孩子还能说出知了的一二三四吗？教科书上恐怕也不再多提知了作为害虫的那段不甚光彩的历史了吧。一种东西多了，总会引起广泛的不满情绪的。但当对手成为弱者时，它也就不成其为对手了，它和它的历史也会被原谅，它反而变得安全了。人类总是这样对待身边的事物。

　　在嘈杂和聒噪的市声里，细弱的知了的求救般的叫声还在努力地响着。我为它们忧虑。它们幼年的栖息地在哪里呢？在现浇的水泥地底，或者在花砖纵横的龙虾摊位的地下吗？让我们挽留那些幸福于街道边的树上吧。那些树，能为我们讲述许许多多我们闻所未闻的故事！

2001 年夏

佛光笼罩着甘南大草原

1. 一本书上说

一本书上说,甘南(甘肃南部的甘南藏族自治州)堪称天下最具诱惑力的地方,去过甘南的人都会对它长久思索,因为那里有一连串美丽的地方,拉卜楞寺、郎木寺、玛曲草原、碌曲草原、甘加草原,桑科草原、玛曲黄河、尕海自然保护区、则岔石林。

甘南还是当地重要的草原牧区,甘南高原和青藏高原相接,山岭海拔两千米以上,属湿润的高原气候,7月气温多在摄氏20—24度,是绝好的避暑胜地。

草原、高原、藏寺、僧人、避暑,这些词令人向往。

2. 高山百合

车从兰州开出,往临夏市开去,车资20元。

汽车向南进入山区,阳光普照,但气温却在下降,山峰较为陡峭,车在山峦间蛇行,较缓的山坡上开辟出一片片土地,盘山公路边竖着一些标志牌,上书:兰州百合重点产区。兰州的百合是有名的。这使人立刻想起花卉书籍中关于百合的种植要点:

百合性喜温暖高燥之地,在高温多湿的环境里生长不良、易生病害。在合肥,我总是种不好百合,既要温暖,又怕高温,动不动它就休眠了,你怎样为百合创造这种生活条件?高燥之地又是什么样的呢?兰州这里的地理气候完全符合百合对自然环境的要求,这里海拔较高,温度较低,但日照时间长,土壤水分亏损较多,正是温暖、无高温的高燥之地。自然界的生命与环境,总是相对应的。

3. 临夏

车上坐着的,大都是戴小白帽的穆斯林,还有戴黑纱巾的东乡族妇女。整个甘肃的小城镇和农村、牧区,都说一种带有外国味的普通话。临夏在山区平地间,人口仅10万,城市不大,是临夏回族自治州的首府。

临夏的夜市非常热闹,在市区的广场及广场附近的街道上,各种百货、小吃、牛羊制品、瓜果令人应接不暇,并且会一直持续到夜间12点左右。在街头吃甘肃有名的小吃手制面片,面片白嫩筋道,香滑可口,相佐的其他内容还有生菜椒丁、千张丝、豆干、蒜薹丁(带花)、羊肉丁、土豆丁,汤汁微辣、微酸。这里满眼都是面,想不吃都不行。

晚饭后买一个重2.5公斤的黄河蜜(瓜类)回住所呼呼大吃,没有吃相。

临夏的街边有一些清真寺。临夏是国内东乡族、保安族等少数民族的主要聚居地,临夏花莲山每年农历六月初一的花儿会,规模宏大,影响广远。

4. 夏河拉卜楞寺

夏河在临夏市西南近百公里处,黄河支流大夏河从这里流过。

夏河因藏传佛教名寺拉卜楞寺而闻名,夏河正在举办夏河·拉卜楞旅游文化节,车来车往,人声鼎沸,夏河境内的桑科草原进行了锅庄舞表演、民间的藏戏表演以及赛马和赛牦牛表演,少不了的,还有一些经贸洽谈会和物资交流会。离夏河尚有几十公里的公路上,虔诚的藏族女信徒,正一步一叩首,向夏河拉卜楞寺的方向叩去,当然,她们的行为绝不会与旅游文化节有什么关系。

拉卜楞寺始建于清康熙四十八年(1709年),是我国藏传佛教格鲁派六大宗主寺之一。在近300年的岁月里,拉卜楞寺先后兴建经堂6座,大小佛殿84座,规模十分宏大。拉卜楞寺在夏河县城城西,夏河县城正在修路,一片狼藉,拉卜楞寺也多少会受到影响,白皮肤的外国男女,骑着租来的自行车,在浓尘滚滚的街道上歪歪倒倒地通过,满头满脸都是尘土,他们入乡随俗,也能忍受。

正中午的烈日下,去拉卜楞寺转经筒,用半个小时,转了一半的经筒。从某一位置看过去,拉卜楞寺在太阳的照耀下,塔顶金碧辉煌,金羊金光四射。

拉卜楞寺的经筒为木质结构。一位一位地请教了几位和尚：这种祈福转轮的实物，以及一个一个转动经筒的行为，到底叫什么？和尚说藏语叫"玛尼，格罗罗"，但是没有办法用汉语讲出来和写出来。但转动经筒的目的，就是省去了读经、诵经的时间，因为经筒里装的都是经书，各种各样的经书，转动经筒一次，就等于念了一遍经。

5. 碌曲

夏河南行过了甘南藏族自治州首府合作市，激动人心的高山草原就铺展开了，成群的羊和牦牛在山地上吃草，牧民的白的或者黑的帐篷点缀在公路边和山脚下，非常美丽。依毛梁海拔3056米，再往南还有一些更高的山脉。高山草原上的温度凉爽宜人。

车子里坐着的大都是穿红色披衣的和尚，另外一些是进城买盐巴和面粉的藏民——他们穿着厚重的藏袍，里面像汉人一样穿着衬衫，气温下降时他们把藏袍穿在身上，气温上升时，他们就把藏袍全部堆在腰间。公路边时常有藏民骑马颠过，小男孩和小女孩也都骑得有模有样的，颇有姿态。

在碌曲县吃酿皮子，主要的内容是一种类似宽面条的东西，佐以羊肉末、醋、麻辣糊、青椒丁等，入口微辣，香滑有嚼头。碌曲汽车站还出售白煮鸡蛋，5角钱一只，买鸡蛋时小贩会一只鸡蛋送你一个小纸包，小纸包里是碎盐，用白煮鸡蛋蘸着盐吃下去，对旅人来说，会更有胃口些，另外，盐也是人体随时需要的。

碌曲县有则岔石林、尕海湖和郎木寺等景区可以游览，但它们分散在广袤的高山草原中,没有耐心则难以到达。

6. 草原

玛曲和碌曲草原是世界上最美丽的草原之一,真是非常美丽。汽车在高山之巅翻越,视界里的一切都是绿绒毯一样的青绿色,山脉重重,河谷深远,一层又一层的山,一重又一重的草原,一片又一片的白羊,一群又一群的黑牦牛,绿草地上一顶又一顶的白帐篷。剽悍健壮的藏民骑着马在离公路不远的草地里前行,扎辫子的藏族妇女抱着硕大的器具向草原上拴住的狗走去,草原上开着五颜六色的野花,有红的,有黄的,有白的,还有紫色的。下车走到草原上,草原上香喷喷的,如果没有牛羊进食,整个草原都香喷喷的,蜜蜂在花朵间飞舞,阳光照耀。

所有的草原都被铁丝的网索分隔开了,一大块一大块的,就像内地的土地一样,都分给了家庭和个人。草原分为夏季牧场和冬季牧场,牛羊在夏季牧场吃草,冬季牧场的草就会长得很高、很厚、很旺,冬季里牲畜就饿不着了。

7. 玛曲

玛曲是个很小的县城,县城里到处都是闲逛的、骑马的和骑摩托的藏民,空气里、小城里、所有的人身上,都有一种浓郁的牛、羊肉的味道。在一家小店里吃牛杂碎,两块五一碗,大片的牛肝、大片的牛百叶,还有大片的牛肺叶,吃起来很是过瘾,但似乎也有点可怕。

住在县城里最大的一家招待所里，但这家招待所却没有厕所，男服务员说，拐到后面一个地方去解决就是了。不知道他们平时都是怎么解决的。

带了照相机到草原上去，出玛曲县城一直往南走，一个藏族男人半卧在草原上，他说是进城来看朋友的。请教他在草原上怎么走路，他说要离狗远一些，又请他帮忙照了一张相。

翻过一道铁丝围栏再往前走，草原极其宽大，漂亮极了，草原被鼠类挖了许多小洞，一些鹰在天上飞，一大群黑牦牛在较远的草地上吃草，两个放牛的孩子向我招手、喊叫。

我走了很久，才走到那两个放牛的孩子身边，其中一个小些的孩子问我有没有香烟，我抱歉地说没有，我给他们以牛群为背景照了张合影，那个大些的在玛曲民族中学读初一的孩子德吉才让也给我照了一张。我问清了他家的通信地址，玛曲县粮食局胜利收，或者贾伟收，胜利是他的母亲，而贾伟是他的父亲，我会把照片给他寄去的。

再往南我走向了黄河，这里是号称黄河首曲的地方，黄河在这里拐了它的第一个大弯子。黄河湾里静悄悄的，水较清，也很平静，河滩上躺着一匹死去了很久的马。河岸的两边都是大草原，草深过膝，草原的中间有几间土坯房，还有小院子，那是冬窝子，到了冬季，牧人和牛羊就会回来住的，冬季牧场的草就会派上大用场。

晚餐的炒羊杂碎实在是吃不习惯，一大碗油晃晃的羊肚、羊肝和羊灌肠，吃了几块就吃不下去了。同桌上有五六个藏族年轻男女,正兴致勃勃地吃羊肉串,凑上去跟他们商量,用一碗羊杂碎换一根羊肉串,他们立刻把羊肉串递过来让我吃。

8. 尕海

尕海是大草原中的一个三岔路口,有一些房子,那些路分别通往玛曲、碌曲和郎木寺。

上午,在草原上,太阳照在身上时,会觉得有些热,太阳被云彩挡住时,会觉得有些冷。

三岔路口的那些房子里,有一处是修摩托车的,另一处是个茶馆兼面馆,茶馆的外面支着两把太阳伞。从三条通往草原深处的公路上,不时有摩托车呼啸而来,摩托后面也总是带着一个男伴的,摩托停在茶馆外边,最多时停了近20辆,骑摩托的藏民下了摩托喝茶,抽烟,说话。这一切做完之后,他们会再次骑着摩托呼啸而去,而另一些骑摩托的藏民又会呼啸而来。

9. 郎木寺

甘南的城镇都不甚整洁,郎木寺也是这样,这是最令人灰心的事情了。

郎木寺镇和四川的纳木乡交界,其实这两个小镇已经完全联系在一起了。佛光似乎笼罩着郎木寺的建筑、寺院和周围的高山、草原,从我住处的房门看出去,对面山坡上的寺院,在阳光里闪闪发光。河水从小镇里奔流而下,骑马的藏民在街道上说着听不懂的藏话,但他们每人都至少会两种语言,一种是本民族的藏语,一种是改了腔的汉语普通话。

一个被小镇上的扬尘弄得灰头土脸的欧洲男人,坐在郎木寺小镇的邮电所台阶上,向一大群围观的藏族青年展示他右腿的假肢,他先把它拆下来,再把它装上去,他站起来,挥了挥胳膊,意思是他不会被困难吓倒。然后他一拐一拐地走了。

郎木寺小镇的饭馆里,有一种叫"炮仗面"的面出售,每碗4.5元,炮仗面以面为主,有些干炒的性质,浇汁浓厚,里面还有牛肉片、青椒片等,夜晚坐在小饭店里吃炮仗面,灯光昏暗,饭店里中间是空地,周围是一圈破沙发,电视里放着成龙早期的功夫片。食客中有和尚,有藏族青年,有回族青年,还有一位日本的旅游调查员,她已经在郎木寺住了十三天了,她脸上晒得乌黑,身上的衣服也很脏。她在浙江大学学过中国文化,她用日文写的纪实散文类的旅游调查文章,我只能看懂其中的汉字。我们在小饭店里聊了很久。

10. 郎木寺格尔底寺院和赛赤寺院

四川省若尔盖县纳木的格尔底寺有 700 个和尚,这是格尔底寺 20 岁的和尚贡觉告诉我的。贡觉是甘南迭部县人,他很小就出家当了和尚,这是家里人的主张,同时也是他自愿的。贡觉带我去寺里看了前辈的金身,又邀我去他住处坐坐。贡觉的住处在山坡的一个平台上,一个小院子,两大间房子,他和另一个和尚各住一间。贡觉的床有点像日本的榻榻米,木制的,很干净,上面放着经书、黄铜茶具、简单的卧具,墙上贴着宗教画。这样的住处是贡觉租住的,格尔底寺的"学员"都是这么住的。

甘肃碌曲县郎木寺的赛赤寺院坐落在郎木寺小镇西边的山上,经筒与拉卜楞寺不同,是用金属做成的。我从北端开始,按顺时针的方向转经筒,用了20多分钟转完了经筒,我一边转经筒,一边口里念念有词,所言无非吉祥如意之类。

赛赤寺院附近的山坡上,有几个据说是法国基督教团的欧洲人和一个讲中国港台普通话的汉族女士(特别是这位汉族女士),正近乎强迫地向几个寺院里的小和尚传播基督教。他们向小和尚们分发用藏语、汉语和英语印制的小册子,那位汉族的女士还强迫小和尚跟她说,"我们是主的儿子……"她抓住小和尚的手,她要求她说一句,小和尚说一句,但不知是出于害羞,还是别的什么原因,小和尚只是笑,一句都没有跟着说。

2001年夏

河西走廊的散步

1. 夜幕中的"丝绸之路"

车过西安时,我没有什么感觉,因为正在车上睡觉。据说,古代的丝绸之路就是从这里开始的,那时,长安的繁盛似乎无与伦比,中国的丝绸和科学、技术,包装着改变着世界,并且使人们感觉有更多、更好地生活下去的理由;域外的植物、歌舞、珍禽异兽以及宗教文化也滚滚而来,改变着中国大地上的人文景观。但是在我的感觉里,丝绸之路总应该是从现今的兰州开始的,那里是河西走廊东端的起点,一个大城市——这是现代人的直感,不足为凭,兰州在那个时候,还不知是个什么样子。

从兰州西去武威,也是夜行的车,深夜里看不见窗外的东西,但是能听见一阵一阵、此起彼伏的蛙鸣。在列车构件有规律的擦碰声中,蛙鸣的声音非常清晰,甚至连哪一只蛙的叫声都分别得清清楚楚。这不像是"西域",倒像是江淮大地。

2. 武威

7月底,武威的夜晚很凉。武威是河西走廊上第一个较大的城市,旧称凉州,人口不足20万,城内的游览地有文庙、大钟楼等。一进入甘肃,空气中浓烈的羊、牛、辣子和孜然的味道就再也没有散去,所有的饭店、酒店和摊点都以面食为主,武威也是这样。武威的羊杂碎非常好吃,内容有羊肝、羊肚、羊肺等内脏,佐以姜、蒜、盐、辣,但汤却是清汤,想加辣油成混汤,就自己去加。羊杂碎大碗4元,小碗3元,其实3元一小碗的羊杂碎也不少了,另有一块白饼,即可食欲饱满。

河西走廊古风朴拙,天将亮未亮时,一辆三轮车把我从火车站拉入市区,2元,下车付了钱,问车夫一些车次的问题,问完了,告别要走,车夫一脸忠厚地说:"那我就不带你进(车站)去了。"我连忙说:"不用了,你忙,你忙。"

夜里下了一场雨,晨食陇上小米粥。

3. 民勤

上午乘车去武威治下的民勤县。民勤县在武威市北百余公里的腾格里沙漠中,一路小麦收、脱,玉米旺长,极显富饶相。公路两边,沙土的围墙把庄稼围裹起来,白杨树和沙枣树长得古拙遒劲,很古典,颇具欧陆风情。村庄附近,留美髯、戴白帽的穆斯林来来往往,妇女大都围围巾,红的、绿的,或蓝的。阳光强烈,空气干燥,沙土飞扬,沙地、绿地和村庄间隔出现,东方不远处的沙丘隐约可见。一对年轻夫妻带着孩子上了车,少妇非常健美,高鼻梁,面色略黑红,结实的胳膊圈着孩子,那么举重若轻。她才是沙漠里的绿洲。

因为地处沙地的腹地,白天的温度很高,人走在阳光下,皮肤有热辣辣的感觉。民勤的街道上有一些妇女卖大馍、熟玉米和煮熟的土豆,土豆有大有小,大的极大,比中号的玻璃杯还大,女孩子站在卖车边抱着吃,叫人怀疑她怎么可能吃完,就是一个内地的男人也吃不完的。卖土豆的妇女头上围着围巾,脸上捂着大口罩,问她这样热不热,她说不出门不戴,戴上了反而凉快些,另外,还防晒,挡风沙。

民勤县的清汤羊肉十分有名,6块钱一碗,薄薄的羊肉片,但肉片很大,味道纯正鲜美,麻辣适口,量又足,一碗绝对管饱,配上黄白分明的西北炕馍,那是一餐真正的美食。

4. 过乌鞘岭

去丝绸之路一定要乘一次汽车,并且一定要坐在前排的座位。乘汽车旅行的首选,就是从武威到张掖。

5点钟乘汽车从武威去张掖,车资25元,路上下了一场大雨,近7点大雨退去,太阳被云层挡住,半天夕阳,天看上去很快就要黑了。车过永昌,戈壁广大,天地非常广阔,绿洲、植被、村庄和城镇也都不见了,取而代之的就是茫茫山脉、无尽荒原。

客车进入山丹境内,由合肥过来的312线,这里是宽阔的一级公路,非常漂亮。夕阳已经落到山背后去了,汽车高速追赶夕阳而去,悬念出现,我们能不能追上夕阳?车里所有的乘客都紧盯着前方挡住了太阳的山脉。汽车越爬越高,身上觉得凉意重了。汽车终于爬到了山脉的最高处。啊,面前是更广大的无际戈壁,广大得完全看不到边,山脉重重,似无止境,极其壮观!而夕阳呢,夕阳离前面山脉的顶端还有两三竿子高呢,看上去,没有一两个小时,天是黑不了的。

汽车继续高速往前开,夕阳又落入前方蜿蜒的山脉后面了,又一次的追日开始了。

地球是圆的。

5. 张掖

张掖是河西走廊中部的汉唐古城,旧称甘州,人口10万多一些,甘肃省的首字甘,即由此而来。和天水一样,张掖火车站离市区较远,有8公里,白天公交车1元,夜晚公交停运,面包车10元,数人乘车,每人2元。

我喜欢张掖,张掖不很大,小小的,干干净净,街上走着可爱的小毛驴,街道两边种着槐树,清清爽爽的,没有什么脏虫,槐树正在开花,比江淮地区晚了好几个月。市广场美丽漂亮,市中心的鼓楼附近有一个金乐小吃城,里面有各种西域小美食,馋死人。

张掖的古迹名胜有著名的大佛寺,还有木塔及鼓楼。张掖木塔坐落在市广场对面,本为安置释迦牟尼的舍利子而修,原塔高15层,现存9层,高32.8米。大佛寺始建于西夏永安元年(1098年),寺内的泥塑卧佛长34.5米,是国内乃至亚洲最大的室内卧佛。

张掖的杏皮茶令人流连忘返,请教卖茶人,知道杏皮茶以陇地甘杏为原料,晒干后加水及他物熬煮,即成杏皮茶。张掖市市府广场以右街畔有一家"老冯杏皮茶",上午走得热了,坐进"老冯杏皮茶",茶浓呈琥珀色,冰冰凉,略有酸甜,杏皮茶用一般大瓷碗盛,五毛钱一碗。茶客不断地来了,又不断地走了,茶室的墙上挂着仿古的画,人喝着茶,眼看着窗外,那种感觉,真是很不一般。

6. 清水

从张掖一路西行,金张掖果然名不虚传,公路两边绿荫匝地,临泽的大红枣是有名的,路边枣林也随公路径自西行,枣树壮大,不知是多少年了,也颇有古风,遒劲有力。

张掖至清水的车资为19.9元,西部这里货币的使用常有一角两角,在内地也许早已化零为整了。到清水的时候还不到下午2点半,下了汽车,叫了辆三轮,马不停蹄往清水的军用火车站赶,但还是晚了一步,这一天里唯一一趟去东风和额济纳旗的客车刚刚开走,在车站及其附近转了一圈,我一直懊恼不已。

因为有酒泉的卫星及导弹发射基地,清水颇为引人瞩目,更为外国人所关注。离开车站,去一家小饭店吃了一碗臊子面,臊子面又称哨子面,内容以面为主,兼有海带丝、青豆角丁、西红柿、肉末(不知何肉)、土豆丁及碎豆腐泡,汤汁浓厚,西红柿味。

7. 酒泉及嘉峪关

酒泉在清水以西不足100公里处,酒泉旧称肃州,甘肃的肃即由此而来。酒泉有钟鼓楼等文物古迹,在城区走了一趟,酒泉城市略有些不洁,于是舍酒泉而赴西20余公里外的嘉峪关市。

嘉峪关也是我喜欢的一个城市,城市路面宽阔,建筑现代,反正城外就是戈壁,恐怕没有什么占地不占地的问题。嘉峪关城市不大,晚上11点,去嘉峪关人言必称的"富强市场"去吃汤搓鱼,汤搓鱼用高脚碗盛,每碗3元。搓鱼子都是面食,共有两种,一种为炒搓鱼,另一种为汤搓鱼,汤搓鱼两端尖尖,中部略粗,煮熟后晶莹润泽,宛如白玉。汤搓鱼还佐以他物,有茄子丁、西红柿、青椒及羊肉丁,羊肉丁是带皮的那种肥羊肉,很是好吃。

嘉峪关晚上要9点天才会黑,11点也还是上人的时候,富强市场的羊肉串买卖,场面非常热烈。路两边一溜摆开几十家烤羊肉串的家伙,卖家一般是两人,男的烤羊肉串,女的切羊肉、串羊肉,生意好的会有两三个女的同时在切羊肉、串羊肉,还是供不应求。食客们在烤箱边坐成一圈,生意好的人家还会有许多人站着等,他们买羊肉串可不会三串两串地买,要买都是十几串、几十串地买,烤的人抱着几十串羊肉串在烤,吃的人抱着十几串几十串在吃,羊肉串滋滋地冒着油,辣子和孜然的浓烈味道渲染着气氛,真是西域的一大绝景!

夜晚的嘉峪关,主干道新华路两边都有音箱放出舒缓的音乐,这给外地人一种很温馨的神奇印象。

嘉峪关最要去的地方就是嘉峪关城楼,这是号为万里长城(西部)第一关的地方,称作"天下第一雄关"。从这里出去,在古代来讲,就到了更偏荒的地方了,吉凶难卜,能不能活着回来,是任何人都难以保证的。嘉峪关始建于明洪武五年(1372年),

因建于祁连山下的嘉峪关而得名,就地取材,设计雄伟,技术含量也很高。

8. 哈密

嘉峪关西行为玉门及柳园,柳园现更名为敦煌,敦煌我二十年前已经去过,因此擦肩而过,直趋哈密。哈密已非河西走廊范畴,但与河西走廊紧密相连,这是此次西行的最后一站。

一路戈壁沙漠,不是几公里、几十公里,而是几百公里、上千公里,戈壁热浪滚滚,飞鸟失迹,但突然在戈壁里盖几间房子,树也就起来了,看样子,戈壁下面水还是不缺的。

哈密处于哈密盆地之中,如果没有空调,哈密的夜晚暑热难过。夜间近10点,天才黑透,住下后去买了哈密瓜来吃,和合肥吃的哈密瓜基本没有区别。

哈密的沙尘暴来了,顿时热风骤起,天色昏黄,人也就立刻灰头土脸了。

9. 天山及巴里坤

巴里坤哈萨克自治县隶属于哈密地区,去巴里坤要翻越过有名的天山,车型依维柯,车资20元。

路并不很好,特别是天山里的公路,尘土飞扬。车爬上天山,温度立刻降了下来,到了天山北麓,广阔的高山草原出现了,松林也十分壮观,油菜花正在盛开,避暑地松林塘白帐篷一顶一顶的,在绿色的草原上很是好看,牛和羊在草地上吃草。

我坐在草地上不想起来。下午我回到哈密,在街上买了三个小香瓜和一个西瓜。西瓜我很快就吃掉了,三个小香瓜我带到了火车上。我没有夸张,整个车厢里都香蜜蜜的,大家都交头接耳,在乱找这香蜜之源。

晚上11点以后,我呼吸着香瓜的香蜜味道,上铺睡觉了。

2001年夏

2002年

我在江淮大地的老家

"我在江淮大地的老家",这是我一部长篇小说的题目,拿来做这篇文章的名字,我觉得也是满贴合的。我1957年10月出生于安徽珠城蚌埠的淮委医院,听上一辈人讲,新中国成立初期,安徽分成几大片,皖北的行政中心就在蚌埠。50年代中后期,皖北行政片分成宿县、滁县等几个地区,我们全家到了皖东北的宿县地区(现宿州市),对我父母来说,他们这是回到家乡了,因为我父亲的老家在泗洪县梅花乡(泗洪县现归江苏),我母亲的老家在泗县山头镇,泗县及泗洪均为古泗州地,20世纪50至70年代的整个宿县地区(包括现已划走的五河县、固镇县、濉溪县等),历史上为著名战场,兵家必争,由陈胜吴广而刘邦项羽而淮海战役,总有惊世骇俗、撼天动地之举。

我在淮北平原的宿县读完了小学、初中及高中,小学和初中时的学习成绩似乎总还是好的,90年代初中同学聚会,我们小学和初中的数学老师段续彬回忆当时同学的成绩时,对我的总结是,"95分都是要重考的"。虽然如此,我后来并没有成为一个好学生,其实那时候也已经不是一个好学生了。像所有的男孩子那样,我非常调皮,冬天到河里滑冰,夏天到河里游泳,偷学校的篮球,和同学打架,偷公园的桃子,挖林场的果树,翻墙头看电影被人家逮住,再爬窗户逃跑,潜入盖楼的建筑工地,把建筑工人刚在木条里布好的电线扯出来,卷成卷,藏在裤腰里逸出,到街头废品收购站卖掉买东西吃或买香烟吸。

60年代末至70年代的"文化大革命",似乎更放纵了我的这种天性,那时候我逃学是非常正常的,逃学去做什么呢?一是去县图书馆看报读杂志,小说、散文、诗歌、曲艺,什么都看,最上瘾的,是听几个成年军事迷谈论苏联的"獾式轰炸机";二是城里城外四处晃荡,大街小巷跑遍,坐在小巷水井边的象棋摊子边看人下象棋,一坐就是半天;三是跟一位市井人家的男同学下乡钓黄鳝,钓黄鳝总是要下乡的,我们俩会一天接一天地跑乡下,裤头背心黄球鞋,顶着骄阳,穿行于村庄、河渠、池塘、稻田之间,浑身晒得黢黑。我记得有一阵子我们家的黄鳝、泥鳅(有时候还有老鳖)吃不完到处送人,要是家中来客人的话,这些都是必上的菜。最辉煌的是一次下乡午收住在偏僻的村子里,我们几位同学去附近的村庄钓黄鳝,我钓上来一条罕见的大黄鳝,拿到村庄驻地,引起全体男女同学的惊呼,那时自己的虚荣心得到了极大的满足。

初三的最后一个学期,我迷上了曲艺创作,因为当时是戏剧、曲艺当道的时代,各种数来宝、三句半、快板书等泛滥成灾,我就和几个喜欢文艺的同学开始创作这些样式的文艺作品。上了高中以后,当时叫作"复课闹革命",我们渐渐又回到了学校,我也开始给已经复刊的省里或者全国性的一些文学杂志投稿,像《安徽文艺》《江淮文艺》《解放军文艺》《朝霞》等,都投过稿,当时各家编辑部是来稿必复的,但我亦是一篇未中。高中的最后一年我们是实习,分为文、理、医护班,文班下乡搞农业学大寨,理班学开拖拉机,医护班进医院学当护士,我喜欢文学,自然报名文班,于是就在寒冬腊月由两位语文老师(窦老师、王老师)带队,大队人马开赴宿县永安大队,吃住在村里,和社员一起开沟挖塘,并且宣讲农业学大寨材料,晚上大家则加班加点写稿子,自编自刻自印,出油印小报。在这些活动中,亦有两点引我骄傲,并且至今不忘,一是我负责了油印小报的"好人好事专版",二是当年正在长身体,特别能吃,并创下了一顿吃6个大馍的最高纪录。

1976年春,我高中毕业,旋即报名上山下乡,并于当年2月初赴安徽省灵璧县向阳公社大西大队大西生产队插队落户。与有些同学的想法不太一样,我当时完全不排斥上山下乡,非但不排斥,态度还十分积极,极愿意离开父母,到广阔的天地里去,投入火热的生活,独立自主,长大成人。因为有这种思想,所以到大西生产队的第二天,我就积极要求到挖河的工地上去抬筐,其实我觉得这对当时任何一个抱有朴实信念的高中生来说,都是很自然的想法。在工地上干了两个星期,和村里的人就都熟悉了,回到村子里,我和一位固镇来的知青孟庆红搭伙吃饭,粮食什么的也都是在一起的。我们那个知青小组里,还有一些上海来的知青,不过1976年已是知青插队的晚期,上海知青也都是结婚的结婚,招工的招工,回家的回家,没有几个人了。但我还是喜欢农村,喜欢干农活,也喜欢叫大阳把自己晒得很黑,每天穿个裤头,赤着脚,白天干活,晚上在队长西金美家的防震庵子里点煤油灯写诗,春天在地里耩麦子的时候也写,用我母亲做账用的会计纸(没有稿纸)。耩麦一般都是三个人,一个人牵牛,一个人扶耩子,一个人倒麦,三个人轮流换角色,轮到我倒麦的时候,倒过麦,牛和耩子往地里去了,淮北平原生产队的田地有的是非常宽远的,甚至都有望不见边的那种田地,牛和耩子在春风和阳光下走远了,我就坐在风暖日丽的田头写短诗,白天写好了,晚上在防震庵子里把它们修改誊抄出来,再一卷一卷地寄给各家文学杂志。

这样到了1978年,我的第一组诗终于在《安徽文学》发表了,当年《安徽文学》的两位诗歌编辑是刘祖慈老师和贺羡泉老师,两位老师分别给我来了信,一是修改留用,二是鼓励鞭策。那组诗叫《田野散歌》,发表在1978年《安徽文学》第4期上,作者姓名前还缀上了"上山下乡知识青年"几个字,那应该叫处女作了吧。其时已经恢复高考,我正在宿县复习迎考,我记得1976年是"文革"后恢复稿酬制度的第一年,编辑部给我汇了20元钱来,那种激动是无法言说的,而且那时的20块钱也不是个小数目,于是当即将这笔稿酬分为数份,分赠父母、姐姐及母亲最好的同学兼朋友,又请同学和朋友吃了一顿。这一组诗,后来亦被收入了安徽的一些文学选集里。

是年秋,我考上了安徽大学中文系,10月份到校读书。在大学里,我就更不是一个好学生了,入校伊始,我就给自己定下了学习目标,那还是古人说的,读万卷书,行万里路。读万卷书,在当时百废待兴的文化荒野中,大学里的藏书,已经是学子最大的精神财富了,我自然不肯放过,于是拼命读书,并为此而割弃了耗时费力又没有语言环境的外语。我写了一封信给外语李老师,从此不上外语课,不参加外语考试,余下来的时间,当然地就分配给了读各类文学书籍。行万里路呢,就是利用每一个寒暑假的时间外出旅行、采风。第一次,冒充报社记者去了忠庙、姥山和银屏山区,宿于农家,攀于峰顶;第二次,从安徽省作协开了介绍信采集民歌去了大别山,一人独行,上青枫岭,翻白马尖,夜宿崖底也是有的,当时社会还搞阶级斗争,在胡家河我被山里一帮民兵追了几个山头,最后还是以礼相待了;第三次,走长江看母亲河,由在芜湖安师大读书的中学同学那里启程,沿长江南岸步行,过当涂,至采石矶,再到马鞍山;第四次,携人民币200元,一路逃票,扒火车,上军车,搭便车,独行大西北,由宿县至郑州、西安、兰州、西宁、柴达木盆地、冷湖、西部石油探区、阿尔泰山、敦煌、柳园、银川、呼和浩特、北京,返程车票买好后,又买了一条喇叭裤,才把200元花完。

　　大学四年仍然写许多不成熟的东西,诗也在全国各地的刊物零零星星地四处发表,成绩最好的一次,是成为《安徽文学》主办的"新诗三十家"之一,又有一组西行的组诗9首发表,也很能鼓起我的信心来。1982年,大学毕业回宿州市人民政府办公室做秘书,这一时期开始写小说。第一篇小说也是以大西北为题材的,题目叫《库库诺尔》,1983年6月写好之后,就寄去了《人民文学》。那时候的《人民文学》,刚由王蒙担纲主编,在中国文坛上的地位无刊能比,我当然也是抱着这种崇仰的心情投稿的,没想到寄出后不到10天,《人民文学》就有一位赵国青老师来信,说短篇小说《库库诺尔》,编辑部及王蒙同志都已传看,决定留用,会尽快发表的。这是我的第一篇小说,它在当年第11期的《人民文学》上发了出来,并被收入了《〈人民文学〉创刊三十五周年短篇小说选》等选集中,在这种情况下,我更加无心在市政府办公室长远工作下去,后来经过数番努力、争取,终于在别人不可理解的目光中调到了宿州市文联搞起了专业创作,并且创办、主编了《宿州文学》。

那些年仍然不断地在各地刊物发表小说、散文、诗歌作品,只是有影响的并不多,短篇小说《黄色公告》算是个例外。1987年,我由宿州市文联调至合肥市文联袁秀君老师主编的《希望》杂志社工作,做编辑,从此就远离了淮北,但我对淮北大平原的感情,却是永难割舍的,并且日甚一日。所谓"淮北",顾名思义,就是淮河以北。因为淮河及其他许多河流(包括现在已经消失的河流,例如泗水、汴水等)的冲积,淮北成了土地肥沃的平原,即淮北平原;假如它再与河南、山东、江苏的一些地方联系起来,在自然地理的意义上,它又成了大平原,叫黄淮平原。这也许就是地理最简单的,也是最基本而又准确有效的组合方式。于是每一个人,就都被涵盖在这种大同小异的组合之中了。我觉得,这正是生命(和其他)发展的全部奥秘……当然,淮北又是独到的,就像另外一个人体会他自己的地域一样,没有在淮北长期生活的经验,是不可能细微地体验或占有它的独特的。淮河是一条深奥的河,它同秦岭等连接起来,就成为我国南北地理的一条分界线了。所谓分界线,并非无力亲受的人所理解的那样,是地理学为了方便而大致框定的一条试题答案,它有着非常实际的意义,那就是当我们由南而北跨越淮河时,我们马上就进入了北方——温度的差别和(因地理因素而形成的)俚俗的差别,立刻就会提示我们的身体和感觉,非常明显,泾渭分明,橘生淮北为枳,就是这种差别的实践及佐证。在我的小说中,淮北平原被虚构置换为"滩浍平原",这就是我对淮北平原的感情。

到合肥后,起始租住于合肥四里河,后又租住于杏花村,一边做编辑,一边搞创作。1988年写了中篇小说《焚烧的春天》,并头题发表于1989年第3期的《上海文学》,那时《上海文学》主持工作的是常务副主编周介人先生,周介人先生既有上海人做事的精明,又有文化人的思想蕴涵,还有文学评论家的对文学现象的敏锐,所以他主持《上海文学》的那些年,《上海文学》在文学界有了相当的威望,而我的责任编辑,最初是吴泽蕴,后来就一直是卫竹兰了,我那一阶段写得多,发表得也多。《焚烧的春天》发表后为《人民日报(海外版)》《小说选刊》等报刊转载,又获得1990年的"《上海文学》奖",中篇小说《幸福的王仁》头题发表于1990年的《小说家》,并为人民文学出版社编辑出版的《中篇小说选》等一些选本转载,这部小说发表十几年以后,2002年春节前开省政协会,《北京文学》的一位编辑打电话到宾馆来,说他们办了个文学的热线,第一位打电话进来的读者,就是问《幸福的王仁》的作者现在做什么去了,想了解一下近况,这使我感动。

那时还有《夏天的公事》《十棵大树底下》《人种》等20余部中篇小说,以及《夏天的公事》中篇小说集等,也都有许多反响,文学评论家王达敏先生还就这些作品写了评论文章,发表于《文学评论》等报刊上。在这些作品中,《夏天的公事》在《上海文学》1990年4期的头条发表后,即为《新华文摘》等报刊转载,后来陆续又获得了1992年的"《上海文学》奖",1992年的"上海市首届长中篇小说优秀作品大奖"及"首届安徽文学奖"等文学奖项,那一时期的小说及散文作品,还相继获得了"《萌芽》文学奖"、"山东'时代风'文学奖"、"《芒种》文学奖"、中国作家协会"庄重文文学奖"等文学奖,并且我本人也被选为合肥市首批拔尖人才,享受国务院特殊津贴。1991年,我又作为安徽省代表团的领队,参加了在北京举行的第四次全国青年作家会议。

此后数年,我逐渐转向了长篇小说的写作,但中短篇及散文的写作仍未放弃,这一时期的长篇小说有《尘世》《王》《铁血雄关》(与友人合著),中短篇小说有《地道》《康庄》《秋天的远行》《碑》《十月一日的圆明园和颐和园》等,都引起了一些反响。《尘世》原名《乡村里的秀梅》,出版时改为《尘世》,《尘世》与《碑》发表后,相继有了不少评论的文字,其中以陈思和先生发表于《南方周末》等报刊的文章,最为给我鼓动,而短篇小说《碑》发表后,即为《小说月报》等报刊转载,亦被译至海外,还有十数家选集先后选收了它。陈思和先生的文章谈到《碑》时说,"随着时间朝'世纪末之门'一步步逼近,我们这部小说选的编选工作似乎也越来越吃力与迟缓……转眼已是五月,选出的小说稿一直压在我的手里,迟迟地不愿意交出去,一篇序也迟迟地写不出来。不是我的伙伴们工作不尽力,而是我心中隐隐地有着某种期待,我对已经选出的作品感到不满足……总觉得冥冥之中还有吞吐宇宙精气的艺术生命静伏在书林字海中等待着我们去感应和呼唤,我迟疑着,一拖再拖……直到前几天,新颖拿来一篇小说,连连说:我们终于找到了!我们终于找到了!这是许辉的一个短篇小说,题目叫作《碑》……"而中篇小说《我爱小芹》,为《男人辞典》等选集收录,短篇小说《十月一日的圆明园和颐和园》,则被收入了谢冕与钱理群主编的《百年中国文学经典》,虽然可以肯定,收入此书中的所有作品都未必一定是"经典",但自己的作品能够为某一部分人所关注,依然是令人快慰的事情。

  我的文学创作,由上小学、中学时的"好读",到初、高中及农村插队时的"好写",再到上大学及于政府部门工作时的"好读、好写",及至20世纪80年代中期至90年代中期十年间的"小有起色",转眼已二十余年。对我自己的创作及作品,我是有我的看法的,它们语言劲道,颇富内蕴,但囿于文风清淡,较难传之广远,对此我亦不悔。1997年初,我由合肥市文联调至安徽省文联,主持省文联《大时代文学》(原《安徽文学》)工作,专心编务,耗心精营,于文学创作,已无半分精力。世纪末,我挣脱编务羁绊,又摆脱了诸多污品烂事,现在又能专注于文学了,我觉得欣然和欢畅。对此后的创作,我也觉得颇有底气及内力,我不愿意自己着急,时时告诉自己不急于去求证什么,也不急于去获取什么,就是这么轻言慢语地写去,我总是觉得江淮大地以及我自己创造的一块大地——"濉涘平原"的精气神,时常在胸中涌动,这也许就是我的一点底气所在,因此我不着急,一点都不着急,就这么如山溪般不断写下去,渐渐地,也许自己就能看出自己的一点底色来了。

           2002年5月8日于合肥淮北佬斋

私 房 钱

经常听人说起私房钱,报纸上也时有讨论,这就使我也想起了一桩私房钱的事。

20世纪90年代,有一年我和董静吵架,既然吵架了,那自然也就不好再吃人家做的饭了,我就每天到外面去吃。那时家里的财政是董静掌管的,我私房钱极少,吃了两顿以后,就基本上囊空如洗了,当晚出门时,搜遍抽屉角角落落,分币无漏,也只有五块钱不到,一人走到街上,不想回家,想吃完饭后看一场录像,但如果花两块钱看录像的话,吃饭钱就不够了;而如果花两块五毛钱(最低价)吃饭的话,看录像的钱就不够了。一个人在合肥长淮电影院附近走来走去,很久不能决定。

最后还是吃了饭。

这事后来竟成了我口袋里有私房钱的动因,如果再有吵架怄气事发生,我准会说起这段历史,并且一定会如释重负般加上一句:"我现在决不会让那种惨剧重演了。"不过,现在这已经不是什么私房钱了,因为家里各人口袋里有什么钱,大家都是知道的。我们这样处理我们的财务:家里每月所有的开支都由我负责,董静的钱她会如数存起来;而许尔茜的钱,则由她自己处理,她是个一点都不知道怎样花钱的孩子,我并不是说她不会花钱,或者不愿意花钱,不是的,是她想不起来花钱,除了买些学习用的课外书以外,她觉得自己没有什么要花钱的地方。这样的孩子真为父母省,你想不喜欢她都不行。

2002年5月9日

父亲的照片

父亲许旺熙的这张照片,大概是 20 世纪 50 年代末或 60 年代照的,他是 1914 年生人,那时他应该有 40 多岁了。我得承认,我非常自豪,我也非常崇拜这张照片上的父亲,那么英俊、潇洒、时尚,像是一位白马王子,在任何年代都不输别人,真是难得!

父亲的父母都去世得比较早,所以我们从来都没有祖父祖母的概念,更不惯于喊出"爷爷奶奶"这样的名词,据父亲解放初期的一个自我简历说,"八岁时,母亲病故,家中有父亲、姐姐、弟弟和我四口人,有土地几亩。由于当时生活困难,姐姐给人家做童养媳,弟弟交姑母家养活,我随父亲念了九年私塾,至十八岁。"年轻的时候,父亲似乎还在家里教过几年私塾,抗日战争时期参加了革命,后来随部队到山东,参加了解放战争,新中国成立以后他一直在蚌埠、泗洪、五河、灵璧、宿县等地工作,几乎一辈子没离开过淮北平原这块地方。在我最早的那些记忆里,印象很深的有这么两段。一段是 1960 年前后父亲在灵璧县渔沟区跃山做工作队的负责人,我们全家都在那里,渔沟因为出奇石,现在已经很有些名气了,那时候冬天的主食就是胡萝卜,顿顿是一锅清煮胡萝卜,吃一顿面条极难,偶尔吃一顿面条,还只能是绿豆面的面条,不知道为什么总是在夜里,我迷迷糊糊被母亲从热被窝里喊起来,豆面面条的香气直逼命门(就是这种感觉),我本能地立刻就醒了,全然不顾他人,捧碗暴吃起来。我在家里是老小,上面两个姐姐,男孩只我一个,当然不可能有人胆敢跟我争抢。作为独子,总是缺乏体谅他人的条件和环境的,我也一直以为诸事必然,对此我到近40岁时,都没有深切的认识。现在女儿要考大学了,全家都呵护着她,这才有机会能够体会父母对子女的感情,看到女儿的吃相,你只愿她吃多,哪要她吃少呢?

　　还说1960年吃豆面面条,吃着吃着,豆面面条竟然被我在那时吃够了,后来许久都不喜面条,这是冬天。春天和夏天,我则同一般大的孩子上山放羊,渔沟是有山的,80年代我专门怀旧又去过一次。渔沟的山并不大,但小时候觉得非常大,我们放羊到深山沟上,下面是山沟,上面是石头和田地,我们围堵一只青蛙,就在山沟旁边,经过一番追捕,青蛙终于被我们逮住了,加上各种蚂蚱(用草串成一串一串的),我们就在石板上点火烤来吃,青蛙和蚂蚱都被烤得油滋滋的,吃起来喷喷香。这是小时候印象最深的第一段。第二段是60年代中期,父亲担任新汴河工地的副总指挥,那时"文化大革命"武斗有些乱,父亲就带我下新汴河工地,也是一种规避的办法。我们从宿县附近开始步行,那还是春天,真正是春天,不是虚构的。我还记得我们一直在春天的淮北平原上走的感觉和情形,还有挖河建涵的工地,还有两边长满了刺槐树的河堤,还有为了避免互相闻臭,我和父亲一人到河堤的一边,蹲在堤坡上拉屎的情形,还有农村那些热闹的集市,人山人海,喧嚷非凡。我们到哪个公社,就在公社招待所吃住,当然条件非常简陋,一间大屋子,那就是公社食堂,晚上点着煤油灯,父亲和许多公社干部在屋里说话,屋里热气腾腾的,因为正在烧馋死人的晚饭,记不清是什么饭了,我已经摇摇欲坠,困得睁不开眼了,吃过晚饭以后,我和父亲通腿睡觉。在记忆里,那是唯一一次和父亲通腿,长大以后,我非常不喜欢这种睡觉的方式,能避免的话一定会避免,当然在农村插队时例外。早上起来我们离开了那个公社和热闹的集市,农村的大路上有许多赶集的人,来来往往的,阳光也非常灿烂,父亲在路上为我找了个拉家具的架子车,我就坐在架子车上,一路上越平原、走山地,过了一道山口,然后到了灵璧县城。

也许我对农村的深厚感情,正是从儿童时代的这些记忆中培养起来的。

2002 年 5 月 10 日

一头小牛犊

20世纪六七十年代,有一年秋天我在泗洪县我二爷家,泗洪在苏北,苏北喊叔叔就是爷,二叔叫二爷,三叔叫三爷。我父亲兄弟两个,原先他们大约是有姐妹的,但到新中国成立前后,兄弟姐妹也就是他们两个了,较远一些的事情我们都不知道,父亲没跟我们说过,母亲说起来也没怎么说清楚。再说我们也一直不太关心,因为我们小孩子从小就没喊过大姑小姑,因此也就习惯了,没有那个概念。这都是题外的话,还是回到第一句上来,那年秋天我在泗洪县我二爷家,有一天我和二爷去河东的四姐家走亲戚吃饭,并且在四姐家里住了一晚,第二天一大早,我和二爷就回梅花公社朱集村了。那一天很早,天刚蒙蒙亮,秋天的早晨略微有一些凉意,而且田野里还淡淡地飘着一些雾气,二爷披着一件外衣,背着手,在前头走,我则跟在他身后,东张西望的,有时候还拾一些坷垃头往树丛里或者田地里、河渠里扔。

快走到一条小河堤上时,我看见河堤下边有一块平地,平地周围种着一些刺槐树,平地上有几条黄牛,或站或卧的,嘴里不停地磨着,在倒草,看见我们走过,牛都一齐转头来看我们,有一头牛还"哞"地昂头叫了一声。二爷走过去了,我却看见一头卧在地上的黄牛腚后头有一团黏糊糊的东西在动,我连忙喊住二爷,二爷转回来看了一看,说:"要生牛犊子了。"说完,他就走过去,我也跟着走过去,牛们都看着我们,二爷甩掉披在身上的外衣,卷起衣袖,走到母牛身后,慢慢把小牛犊从母牛的身体里拉出来,又掐断脐带。然后,他直起身看了看附近,那时候还早,田野里除了淡淡的雾气、新凉的空气和带有湿气的鸟叫外,还没有一个人走动,二爷对我说,幼连,你上队里喊个人来;我连忙向附近的村庄跑去,乡村的小路上长着野草,野草都湿漉漉的,我跑到村庄外头,看见一个人正背着粪箕子往村外走,我就喊他,说河边生牛犊子了。那个人说,我跟队长说去,我又跑回了河堤边,心里是非常好奇地想看看小牛犊怎么样了。我跑到二爷的身边,二爷正蹲在母牛的不远处吸烟,那时候都是用烟袋吸烟的,二爷一边吸烟,一边慈祥地看着小牛犊,小牛犊浑身湿湿的,躺在地上,并且不时地努力昂着头,蹬着腿,想站起来,但就是站不起来。二爷不停地说,你看这队的人,牛怀犊他都不知道,你看这队的人。过了一会,附近这村的队长和饲养员都来了,他们都蹲在母牛和小牛的身边吸烟,说话,看着小牛,小牛渐渐能站起来了,但是腿还软,站起来就跪倒了,它就努力地再站起来,母牛不住地伸头舔着它,充满了母爱。太阳升到麦秸垛上的时候,小牛终于站起来了,二爷站起来披上外衣,一边和这队里的人说着话,一边往路上走去,我也跟着他走到路上,我们走到小河的河堤上,河里那时水很少,我们从土坝上过了河,一直往前走了。

现在有时候碰到秋天起雾,或者下个小雨什么的,我看着书房窗外花架上的花,偶尔会想起很多年以前的事情。二爷早已去世了,后来父亲也去世了,不知道那个村子现在是什么样子了,田野里淡淡的雾气,那头母牛和她的后代,还有那头小牛犊的后代,不知道它们都怎么样了。

2002 年 5 月 13 日

70年代的一张《参考消息》

对我们这些50年代后期出生和长大的人来说,《参考消息》是我们在很长一个时期里了解国内外大事的一个重要途径,有时候甚至是唯一能听到外部声音的途径。虽然它是经过了认真和仔细的选择的。但是不管怎么说,人摆脱不了他生活的环境,我得承认我对《参考消息》抱有亲切的感情,所以当我今天因为要寻找旧物而把一张二十六年前的《参考消息》翻出来的时候,我是兴致盎然地把它一版一版地读完了。

这是一份1976年9月6日的《参考消息》,共4版,我记不得那时候的《参考消息》是否都是4版了,我想应该是的。那时候的新闻出版都是那么"循规蹈矩",而且那么"不发达",在版数上是不应该有什么"突破"的,但我还记得,70年代的《参考消息》是真正的内部发行,不像八九十年代的一些"内部发行"只是一种噱头。那时个人不可以订阅,单位里则要求达到一定的级别,只在办公室里阅读还要"注意保存",虽然等级制度名声不好,但我认为在看得见的遥远将来,这种规则不会蒸发,并且适当的等级制度是人类社会不可缺少的,这是形成一种基础秩序的保证。另外,等级容易造成垄断、悬念和伏笔,在商业社会里,这是最具商业价值的因素,当然这需要科学和合理的社会机制的有效制约。《参考消息》在那些年代无形中获得了这些极为可贵的商业手段,树立了它的权威品牌。

1976年9月6日星期一,距当年毛主席去世只有3天时间,我不知道我是怎么得到这一天的这一份报纸的,我也不知道我怎么会保存它到现在的,也许都是父亲的遗物吧。虽然相隔的年代似乎尚不久远,但个中滋味已迥然不同。现在,让我们来看看当时都有哪些热点(或者说《参考消息》认为的热点),来看看那一天的报纸还传递了一些别的什么信息。

1976年9月6日《参考消息》的头版头条,是日本评论家松冈洋子的"新著"《第三次世界大战会发生》,这篇书摘由头版的半个版而转4版的全版,但这仅只是全文的一小部分。我没有这位日本人的一点点背景资料,但当时的松冈洋子应该是近华近美而疏苏的(这也许正是《参考消息》能够选登这部著作而我们能够看到这篇书摘的原因)。松冈洋子的文章说,支持缓和的美国国务卿基辛格,把苏联说成是"历史上第一个能够威胁远离欧亚大陆的美洲大陆以及全世界的国家",他主张"美国的责任是,遏制苏联的力量,同时避免不必要的对立,另外还要避免美国丧失权力"。关于中国,松冈洋子说,"中国最早认为世界战争不可避免。数以百万计的北京市全体居民潜入地下坚持战斗到底的另一座北京地下城市,已经建设起来",但松冈洋子还认为,"在珍宝岛战斗中,中国战胜了苏联。如果那时中国战败了的话,苏联就会得意忘形,一再挑起那样的事件。苏联似乎也知道了:中国这块肉肥,好吃,却非常硬,不能轻易吞下去。苏联因此改变方针,把进攻中国推迟到以后去,改变为先进攻欧洲了。"松冈洋子引用北大西洋公约组织部队的研究报告说,"如果苏联处在一些特定的军事和政治状况下,它就会被在西欧打一场局部战争的强烈动机所驱使。"松冈洋子还引用《泰晤士报》文章说,"苏联军队的编制具有企图进行侵略战争的军队的一切性质。"除松冈洋子的这篇书摘,另外一些文章的标题还有《苏修靠向西方借债搞"经济现代化"》《印以不结盟外交为赌注——志在摆脱"从属苏联"地位》等等。

读完 1976 年 9 月 6 日的这期《参考消息》,我有了许多感想,我觉得奇怪,当然也属正常,那就是人的总体思路似乎一点都没有变化,人总是要把自己放到与他人的关系中去考察,而不是更多地审视自己的内心(当然,更多地审视内心是不"现实"的,因为大家都不愿更多地审视内心)。是的,二十六年,在所谓时间的长河中,这几乎没有什么流动,人类的文化及观念更不可能在这么短暂的时间里发生重大变化。但也不是没有变化,例如句式,二十六年前《参考消息》上的句式似乎没有现在这么欧化(并非因松冈洋子文章),一些文章的句式较短,"看上去"不是那么书面、"严谨"和"现代",因而似乎就显得较有东方或者说中国特色。另外,版面上完全没有文化和娱乐,当然,仅凭一期报纸,确实无法得出肯定的结论。

我又想,政治的规则就是根据不同的情况(利益)进行不同的组合,这种人人有权参与的"游戏"似乎永远会错综复杂地玩下去。此外,我觉得,在现有的人类政治的格局和精神体制中,可能会有国家的兴亡,但将难以再有种族的灭绝,我希望我的这一感觉是对的。

2002 年 5 月 13 日　合肥四闲阁

自 我 鉴 定

没有亲身体验过的东西,总觉得有些好奇,也想知道其中的异同,知道文化在一些具体的方面是怎样发展的。比如我们读新中国成立前的文学作品,这些20世纪三四十年代的中国文艺作品,与新中国成立以后的作品相比,在内容、形式、语言和观念上肯定有非常明显的不同,不用说五六十年代了,就是同70年代、80年代的作品比,也都会有很大的不同。但因为我们读三四十年代的作品读得多了,看得多了,我们已经熟知,拿起一篇作品来,我们大约总能判断出它的大致年代,如果作品个性鲜明,语言独特,我们还能知道它的作者。

那么个人鉴定呢?我不知道个人鉴定或者个人小结是不是中国特产,也不知其渊源,不知在世界上其他国家是否有这种应用的文体,如果有,不知美国人、欧洲人、非洲人他们会怎样写自我鉴定、自我小结?但是这东西对中国大陆的我们每个人来说,都太熟了,熟到腻歪,熟到最为拿手,熟到信手拈来,如果高考以个人小结取代作文,或者职称考试考个人鉴定、个人小结,那我想每个人应该都能考好。前些天我找东西,找到了我一份高中的"成绩通知单",那上面我的各门功课的确不敢恭维——除小学和初中外,我的课堂成绩一直不好——比如政治,我得的是"甲下",语文得的是"良",外语只得了个"丙上",数学竟还得了个"甲下",物理得的是"乙上",化学得的是"乙下",专业课得了个"甲"。专业课是什么课,我已经记不得了,农基也得了个"甲",看样子,我那时候也是个"白卷学生"的实践者,我擅长的倒似乎是走出室外。

这我并不觉羞耻,学风如此,我何能也,再说,那年头学习好不好并不重要,那时候你在课堂里学得好了,并不能解决你的什么问题,也还是要上山下乡的。这些当然均为遁词,不过,当时学习不好没有关系,也还另有补救的办法,自我鉴定你可以把自己写得好一些,没有人会真的跟你过不去的。就在上述的同一张成绩单上,我的自我鉴定是这样写的:学习较努力(包括专业学习),能积极投入批林批孔、"理论"学习等政治运动中去,能积极参加体育锻炼,团结同学,遵守纪律;缺点则只有一条:工作不太主动;小组的意见是:学习目的明确。什么是"学习目的明确"? 二十多年以后,这份自我鉴定看上去简直匪夷所思,不知所云,不着边际,但又是那么飘逸、切题,是的,我想,这就是国产之"自我鉴定"的妙处:模棱两可,充满玄意,太极高手。

那么新中国成立初期50年代的人,他们写不写自我鉴定? 他们怎样写自我鉴定? 写什么内容的自我鉴定? 正好我的手里有一份父亲1953年1月填写的"干部简历表",在这份"干部简历表"中,父亲似乎是如实而且朴实地填写了有关栏目。在"参加革命时及现在的经济状况"一栏里,父亲写道:抗日初期至1947年土改前,三口人有土地15亩、半条牛,每年收入够维持生活,土地调整后又补3亩,共18亩,现有房子3间,因连年灾荒,收入不够生活(这可能就是父亲出身下中农的根据和来历)。在"主要成员姓名、职业、政治态度"一栏里,父亲写道:现有离婚老婆张氏,带一个4岁男孩孩,靠种地吃饭,老实人(这个4岁的"男孩孩"就是我同父异母的哥哥,我们后来一直相处得非常好)。在"结婚否、对方姓名、政治态度、现在何地、任何职务"一栏里,父亲这样写道:已结婚,对方王敏,她是师范学生出身,1950年入团,业经组织上审查,作风稳重、负责,表现进步,现在宿城市百货商店做会计工作。而在"自我鉴定"一栏里,父亲这样写道:优点:①作风正派,有正义热情,对自己在思想上和行动上都很严肃,对人家也是这样;②工作能积极负责,老老实实地想把工作搞好,还能以身作则执行学习与生活制度;③有些修养性,在某些问题上还能耐心,情愿自己吃亏让步,争取不闹意见,有团结精神,服从性还好;④在"三反"中能深刻检查自己,帮助别人。缺点:①政治开展慢,个人的主观意识浓厚,对客观事物发展认识太差,新的问题领会犹豫,思想和行动均处在形势后面;②工作不能干脆果断,缺乏研究性,发现问题不能采取紧急措施,有时过分考虑或不耐心考虑;③态度很冷淡,对人家解决问题有时急躁不耐心,表现官僚,有时会以印象看人;④存在严重的个人利益打算;⑤常满足于个人现有的本钱,想与不如我的人去比较,以为自己还不错,不能向积极进步的方面去努力,未能深刻地认识自己,勇敢地改造。

父亲这份50年代初的自我鉴定,我觉得,在格式、思路甚至内容上,都与我七八十年代的自我鉴定,有着惊人的相似,只不过他写自己的缺点比我写得更多一些,写鉴定的态度,看上去也比我更认真、更质朴一些罢了。我能够感觉到,从表格印制的规范及鉴定者操作的熟练程度来看,这种自我鉴定的出现及写作,即便在父亲那会,也已经不是三天两天的了,这就更进一步地引起了我的好奇,我不禁想问,自我鉴定最早的这种格式与写法,到底是从哪里来的?是从哪些人、哪个年月开始的?因为我们看不到更早一些的自我鉴定的"文本",而且我们知道,从"五四"新文化运动以后,汉语的现代句式才开始普及并且流行(并非口语),自我鉴定这样的现代应用文体也才可能出现并且固定下来。也许是从共产主义小组在中国成立那时候开始的?也许是这样,但我仍然无法想象,20世纪20年代的那些怀揣着信仰的中国共产党人,聚集在昏暗的灯光下,外面响着军阀的枪声,他们却念着用毛笔写的自我鉴定,"能认真学习马列著作,能积极参加各项政治活动,工作积极负责,团结同志,学习目的明确……"当然,这绝不是不可能的,因为任何事物都有其起因及初始阶段,而那时的状况应该是最好的,只是时日悠然,诸事倥偬,我们现在两掌空空,无从谈起罢了。

2002年5月14日　合肥四闲阁

还　乡

"文化大革命"那几年,我经常回泗县、泗洪老家,一方面是躲避城市的动乱和武斗,另一方面,也是因为那时学校上课不正常,放假多,大人诸事焦虑,自身不保,小学生留在城里,父母既担心,又无处安置,因此送回乡下避风港,是为上策。

第一次还乡回泗县、泗洪,是一个夏天,母亲带着我们姐弟几个,乘车到山头镇,然后往山头南的王沟步行而去,当时我才10岁左右。那天也是刚下过雨,草木清新,我们出了小镇,走不多远,就是一座山头,那就是赤山。记忆里的赤山并不是高大或者陡峭,而是草木葳蕤、蝶飞蜂舞、雨珠清丽。我们都敞开了跑,并且捕捉雨后的蝴蝶;母亲则亲切地看着我们,跟在我们的后面走着,招呼我们不要摔倒了——这是我后来的感觉和想象,我觉得当时的母亲必定会是这样的,充满着母爱和慈祥。但是现在母亲已经很老了,她一个人住在一幢房子里,她愿意一个人安静地住在那个地方,在那个城市里,只有二姐离她最近,并且时常去看望、照顾她,陪她说些无关紧要但也很必须的话,她现在患有多种老年人常患的慢性病,她也已经有二十多年没回山头王沟了,即便她回去,我想她也一定没有力气再轻松地爬上山头镇南边的赤山了。后来我长大了以后,再到山头去,就觉得赤山确实并不高大和陡峭,但它毕竟是一座山,在平原上隆起,有高度,有沟壑,有石块,并名之为山,似乎具备山的所有特征。

几天后我们从王沟庄又出发了,因为要步行,这次有一辆架子车(板车)跟着我们,我们时而在乡村的土路上跑跳,时而又坐到架子车上去,车轮一直不停地往前滚动着。现在想起来,我们这一行人的前进,有如一种历史的迁徙,似乎有那种象征的意义,或者给人留下生命在延展的沧桑感觉,当然,这都是对一些范围极微小的生命而言的。架子车涉过一条大河后到了一个叫归仁的地方,天气晴热,我们从归仁镇上买的几个咸鸭蛋,在后面的旅程上剥开后发现是臭的,不过臭的咸鸭蛋可以食用,还有人专门食用臭的咸鸭蛋、咸鸡蛋呢。我生平第一次吃了一个臭的咸鸭蛋,鸭蛋是臭烘烘的,但吃完了咂咂嘴,回味起来又是那么的香,回味无穷。

下午我们坐在架子车上到了泗洪县梅花公社万泉大队的朱集村,我父亲就是在这里出生成长起来的。现在想象一下,我当时必定是非常好奇地置身于一个陌生的、但却根脉相系的地方的;那似乎是我平生第一次有较连贯印象的远行、还乡之旅,生命的根须似乎也从那时起就深扎于那一方黑壤了。夜间我在一种似曾相识的熟稔的星光里睡得很熟,但是不久,当夜露凝落于河沟边的庄稼的叶尖上的时候,屋外土路上滚过一阵阵牛车的车轮声,精壮的乡村汉子们把牛鞭甩得叭叭响,他们粗声大嗓地喊着我的小名:"幼连,下河东地喽!"我迷迷糊糊地揉眼坐起来,并且跑出二爷家的院子,顺着洒满星光和露水的村路向牛车滚动的方向追去……

现在回想起来,一切都还那么真实、实在,但仍犹如梦境。

2002 年 5 月 15 日

生活用品价格手册

我手里有一本1984年淮北平原某市的《部分生活用品价格手册》，很小很薄的一个小册子，这是我当年在这个市的政府办公室工作时无意中留下来的。跟现在相比，那时候的物质肯定是匮乏的，当然，因为工资水平很低，物价似乎也是便宜的。1984年春天，董静生许尔茜，我去菜市场买鲫鱼给她催奶，当时鲫鱼也就是两三毛钱一斤，两块钱都能买一大堆回来。在20世纪80年代的淮北平原，鲫鱼是卖不过鲤鱼的，那时淮北人认鲤鱼而不认鲫鱼，这都是北方的习惯，而合肥则是相反。鲫鱼买回来，倒在盆里，密密匝匝的一盆，都昂着小圆嘴向盆面上呼吸，很是喜人，每天给董静清炖鲫鱼吃，因此她的奶很好，宝宝那时候也长得白白胖胖，在月子里，董静吃得面色滋润，细细嫩嫩，宛若少女，很是光彩照人了一阵子。

物质的东西总是能给人带来喜悦和满足感的，我们政府办里一位年岁较我大、与我关系也很好的秘书就表现得很独到，也很淋漓尽致。当时每到春节，政府办总是要借助工作的方便，到市肉厂去搞些小包装，或者到水产公司去搞些鱼类来分给大家过年。有一年小包装搞到，放在办公室里，拆了一件，大家都在看里面有些什么东西。那位秘书说，我来看看这毛肚熟不熟，因为小包装的猪肚都是在加工厂里用开水卯过的，半生不熟，说着,他就拿起毛肚来,张嘴撕了一大口,边嚼边说,熟了,熟了。吃相真是馋人,但举止也颇惊人,使我难忘,是为可爱的淮北风情之一种。

这本《部分生活用品价格手册》里的所谓"生活用品",其实大致指的是食品和糖烟酒,也就是当时人们的基本生活用品。这是最关乎群众生活质量,也是群众最为关心的内容,不似如今,谁都不会太关心、在乎大米卖多少钱一斤,麻油卖多少钱一斤,豆腐多少钱一斤,鲜冻去骨肉多少钱一斤,香烟多少钱一包(我是说关心的程度不似往年,并不是说家庭主厨们不关心)。这本小册子上的生活用品共分九大类,第一类为粮油,标一粳糯米 0.20 元一斤,标一籼糯米 0.171 元一斤,富强粉 0.22 元一斤,大麻油 0.89 元一斤,小麻油 0.95 元一斤,富粉挂面(身干、简装)0.29 元一斤等;第二类为豆制品,豆腐 0.13 元一斤(一张票购买 1.3 斤),绿豆芽 0.22 元一斤(一张票购买 1 斤),黄豆芽 0.15 元一斤(一张票购买 3 斤),豆皮 0.13 元一斤(一张票购买 0.4 斤),议价豆皮 0.60 元一斤,议价豆腐 0.18 元一斤等;第三类为燃料,无烟煤(省内产)30.70 元一吨,无烟煤(省外产沫煤)29.40 元一吨,蜂窝煤 33.85 元一吨等;第四类为食品,鲜冻带骨肉 1.00 元一斤,鲜冻去骨肉 1.10 元一斤,板油 1.30 元一斤,花油 0.95 元一斤,大排骨 0.40 元一斤,小排骨 0.50 元一斤,猪心 0.95 元一斤,猪肝 0.85 元一斤,猪腰 0.95 元一斤,猪舌 0.95 元一斤,猪大肠 0.30 元一斤,带舌猪头 0.45 元一斤,去舌猪头 0.40 元一斤,沙肝 0.30 元一斤,猪蹄 0.35 元一斤,猪肚 0.70 元一斤等;第五类为熟食,卤猪肉 1.60 元一斤,卤猪肝 1.70 元一斤,卤猪大肠 0.65 元一斤,卤猪肚 1.50 元一斤,卤猪耳

1.15元一斤,卤猪爪0.45元一斤,香肠2.20元一斤,红肠1.30元一斤等;第六类为小包装,蹄爪1.08元一斤(袋装2市斤),熟白肚1.20元一斤(袋装一市斤),猪耳朵0.88元一斤(袋装1市斤),猪肥肠1.20元一斤(袋装3市斤),猪肝1.08元一斤(每袋1市斤),脊排1.10元一斤(每袋2市斤),肉馅1.30元一斤(每袋1市斤),肉丝1.40元一斤(每袋1市斤),肉片1.40元一斤(每袋1市斤)等;第七类为糖烟酒,第八类为糕点,第九类为饮食汤菜。

  细察这本小册子,不由就见出了几多几少,少的是门类少,品种少,另外还有啤酒的涨价少,当时当地仅有的两种啤酒,每瓶售价分别是0.77元和0.78元,青岛啤酒则是1.10元一瓶。由此可知,现在的啤酒实在是并没有上涨多少,但那时的定价也是太高了些,要知道,那时候的古井贡酒,也不过5.64元一瓶。多的呢,用现在的眼光看,则是猪多、粮多、酒多,现在看起来,酒多似乎没有什么,因为酒并不是每个人都要喝的,你不喝,你就可以不去管它,它的多多少少,并不会妨碍你的视线,影响你的胃口。但是粮食和猪肉多了,就叫人有点受不了了,餐桌上满眼都是大米、面粉、猪肝、猪腰、肉丝、肉片,那是叫人过不下去的。如果说什么叫生活质量,我想这也许就可以叫作生活质量吧,人在食物的选择上有了余地或者更大的余地,人的精神生活的空间也就可能会得以扩展,谁还会想回到那种仅以买到猪肚、吃到猪肉为荣的时代里去呢?

          2002年5月15日 合肥淮北佬斋

小画书与《水浒传》

我现在经常坐在电脑前写着写着稿子,就想起小时候读小画书和《水浒传》的情景。小时候宿县城里有许多小人书铺子,大隅口、小隅口东边都有,有固定门面的,也有临时搭篷子的,在淮北宿县那里,小人书又叫画书、小画书,有单本的,有系列的,有关于当时生活内容的,更有许多许多古书题材的,像什么《岳家将》、《枪挑小梁王》等等,我都记得清清楚楚。开小画书铺子的呢,较大的而我又印象最深的,是宿城新华书店斜对面的一家,老板是一个男的,性情举止有些女人气,不过对人很好,并不多话,加上一条进去的巷子,他家的书铺就显得很有些大了。巷子的靠墙两边摆放着各式各样的木制小板凳,或者长条凳,而里屋则把长条凳摆得一排一排的,看画书的大人小孩也就一排一排地坐在凳子上,都低着头专心看书,电灯昏黄,人多时是黑压压的一片,想想那情景,也颇为感人。

最早看小画书,是同外祖父一起去看的。那时候外祖父身体康健,他又出身地主(虽然后来破落了),能识字有文化,待我更和善可亲,由着我的性子,所以我愿意同他一起,到租小画书的铺子里,一坐就是半天,不少古书题材的小画书,看过都不止一遍,其他题材的却都记不得了。当时小画书一本的租金大约就是一分钱,半天时间,也许能在那里花掉三五分钱,或者顶多毛把钱,那就得超时了,看到吃晚饭时都不愿走。等千难万难地离开画书铺子走到街头的时候,街上的电灯早已亮了,梧桐树的大叶子落了一地,街对面国营饭馆里炒出来的菜香气扑鼻,那时就赶快要回家了,饿了,要赶快回家吃饭了。

到了60年代"文化大革命",那几年时常在暑假直至秋里回江苏泗洪县的老家,农村的书自然更少,但是不知从哪里得到了一本《水浒传》,无头无尾,我和二爷家的堂兄幼忠哥(小名小愣子),还有堂弟幼时(小名小呆子)如获至宝,囫囵吞枣地,看了个痛快。二爷家住在村子的大路边,右手有一口塘,门前有一片空地,空地南有几棵泡桐、槐树,北有一棵大臭椿树,晚上我们都是搬凉床在树下睡的,天亮了起来,凉床子也不收,床上铺一片芦苇席,床边放一张小方桌,三个人就在凉床子上看《水浒传》。其中"王婆贪贿说风情"一段的"十分光"之说,最为给我触动,再难忘记,所谓的"十分光",是说大色狼西门庆为媾和潘金莲而求助于茶坊王婆,王婆到底老辣,教给他十分光之秘籍,由外至里,由远及近,一步一步地收服了春心摇动的潘金莲。

因为印象深,就想录制如下,层次是这样的,初,先由西门庆买一套衣料送王婆并由王婆邀潘缝制,若潘同意,这光便有一分了;后,再请潘过王婆家里做,潘不反对,这光便有二分了;潘连过王婆家来做两日,这光便有三分了;第三日西门庆到而潘金莲不走,这光便有四分了;西门庆到了,潘金莲如果同他搭话,这光便有五分了;王婆趁机请两人吃饭,若潘不反对,这光便有六分了;王婆去买酒,留潘金莲与西门庆在室,如潘不离去,这光便有七分了;酒菜摆定,如潘金莲愿意同西门庆同桌吃酒,这光便有八分了;酒意正酣,王婆再借口出门买酒,关潘与西在房内,若潘并不坚持要走,这光便有九分了;王婆把门拽上,西门庆故意把筷子弄落地上,再伸手去潘金莲脚上捏一把,如潘不吭气,也不吵闹,而是默认,这光便有十分了;用现在的话说,于是两人一拍即合。

如此精彩的细节,亏作者能由生活中记录、加工下来,倒是我那时小小年纪,偏偏记住了这一细节,可见精妙文学作品的能力。还是回到开头的一句,我现在经常坐在电脑前写着写着稿子,就想起了一个无解的问题,那就是我由上大学以后,最感兴趣、接触最多的——至少是自我感觉接触最多的——是西方的文艺、文化:电影、诗歌、小说、随笔、话剧、绘画等等,文字当然是经翻译过来的,但是一俟自己落笔至纸,出来的却不由自主就是中式的短语,明清的结构了。这总是使我困惑不解,我想,是不是少儿时期的阅读给我一生的文字定了性呢?还是江淮大地的社会生活决定了我的文学形式?要么就是西式的观念、中式的语言在这里结合着?总之我解不出来我的这个迷惑,那就……且由它去吧。

2002 年 5 月 16 日

"文革"文体

这一段时间整理书橱书柜,所以看到的大都是较早以前、20世纪六七十年代的东西,有些是文字的书刊,有些是油印的小报,有些是手写的材料,看得多了,就觉得其中相当一部分应用文,似乎是一种"文革"文体。当然这种所谓的"文革"文体,并非"文革"时期发明,或者说绝大部分不是"文革"时期的发明,但却在"文革"时期得以强化和普及应用,更确切地说,应该是以"文革"内容为特色的应用文体。

还是以我自己的亲身经历为例子,20世纪的70年代,1975年、1976年前后,那时候已经是"文革"后期了,我们高中即将毕业,面临上山下乡或别的选择,所谓别的选择,就是四种人以及外地户口的;四种人是哪四种人呢?那就是免放、缓放、回乡和手续没办好的,这是我日记上的简单记录,但为何免放,为何缓放,为何没办好手续,都没有说明,看上去似乎漏洞多多,家中独子,父母身边只有一个子女,还有残疾等等,大约都在免放范围之内,且不去管它。

那时是冬季毕业,从秋季开始我们就不上课了,以政文专业班(政文班、医学班、农机班)为单位到农村参加"农业学大寨"运动。1975年底我们由宿县灰古公社永安大队单家参加农业学大寨回来,即以政文班全体学员名义给县委、县革委会写了一封"决心书",按既有格式,决心书照例由"毛主席语录"开始,"用我们的双手艰苦奋斗,改变我们的世界,将我们现在还很落后的乡村建设成为一个繁荣昌盛的乐园",然后是正文,"在全国'农业学大寨'精神鼓舞下,我们宿县一中高二毕业班'农业学大寨'小分队的20名学生,反复学习了参加全国'农业学大寨'会议的12名下乡和回乡知识青年给毛主席、党中央的一封信后,胸怀着为普及大寨县而贡献力量的革命目标,来到单家大队……对知识青年上山下乡、勇敢地站到普及大寨县这场伟大革命运动的前列、为缩小三大差别、限制资产阶级法权而奋斗的革命干劲、革命热情和革命精神,有了进一步的认识……回来以后,全体同学进行了紧张热烈的讨论,决心毕业后坚决沿着毛主席的革命路线,响应党的号召,奔赴农业生产第一线,奔赴普及大寨县的战斗前沿,立志到最艰苦最需要的地方去,同旧的传统观念实行最彻底的决裂,扎根农村一辈子!"

班级写过了,个人还得写,还是"决心书",这次是写给学校和县五·七办公室的,只是颇为敷衍、马虎、简单:"尊敬的县五·七办公室、一中校党支部、革委会:坚决要求到农村去,走毛主席指引的金光大道,为建设社会主义新农村,为普及大寨县,为缩小三大差别,贡献自己的力量,献出自己的青春!"

在此之后,同学们各自联系好下放单位,开来下放单位的四级证明(县、公社、大队、小队),把自己的粮油关系断掉,把户口迁了,办好下放手续,学校再给家长发一份喜报。"喜报"当然也是以"毛主席语录"打头的,"知识青年到农村去,接受贫下中农的再教育,很有必要。"然后是正文,"某某革命委员会:我们学校在毛主席三项重要指示的鼓舞下,坚持教育革命的正确方向,掀起了一个上学读书为人民,上山下乡干革命的群众运动,广大应届高、初中毕业生踊跃报名,积极行动,坚决同千百年来的旧传统观念——孔孟之道实行最彻底的决裂,有力地回击了刘少奇、林彪一伙对社会主义新生事物肆意攻击和恶毒诬蔑,取得了辉煌的成绩,到本月十七日止,全校九十五名应届城镇户口的高中毕业生,除四种人和外地户口外,都已下放,决心把自己的火红青春献给社会主义祖国的壮丽事业,做铁心务农的扎根派。其中,你单位某某同志的孩子许辉同学也已被光荣批准为上山下乡知识青年,转好了粮油关系,为把我国建设成为一个独立的强大的社会主义祖国贡献了力量!"至此,这事大致上才算完结。

  我那时候贪玩,对课外学习、课外活动感兴趣,最腻歪的就是写这些决心书、申请书之类,因为它们太多、太烦琐、太空洞,现在录它,亦觉舌干苔厚,心里不是怎样的舒畅和痛快。

2002 年 5 月 16 日　合肥淮北佬斋

忆贺羡泉老师

1978年上半年,我有一些诗歌寄到《安徽文学》编辑部,当时《安徽文学》的诗歌编辑贺羡泉和诗歌组长刘祖慈都给我来了信,那时我正在灵璧县农村插队。诗歌很快就发出来了,我也考入了安徽大学中文系,一开学,我就兴冲冲地去《安徽文学》编辑部拜访。其时《安徽文学》尚在省政府大楼办公,到了编辑部,我推门进去,办公室很大,别人指给我看,当时的印象非常深,只见那张写字台上堆满了稿件,一位老人满头白发,正埋首于稿件堆里看稿,直到我走近他的桌边喊他,他才慢慢地把头抬起来,这就是我第一次见到贺羡泉老师的情形。

其实当时贺老师并不老,大约只有50多岁,但头发却白了很多,上大学的那四年里,我与他有了许多接触,也经常往他家里跑。他家住在宿州路文联大院南平房的最西头,有个小前院,院中花盆里植了几株我不认得的花草,因为学校只在周末有时间,如果我去他家的话,一般都是星期六,星期天是见不到他的,他星期天雷打不动要去郊外钓鱼。星期六傍晚我去他家,师母在厨间烧饭,也是一口浓郁的阜阳话,宽仁慈厚的样子,说老贺在小院里,我就往小前院去,只见他蹲在地上,将花盆里的泥土扒出来,翻找蚯蚓,然后他把一切都准备好,这样第二天赶早就可以骑自行车出发了。把这些收拾好,如果天还没黑,没到吃晚饭的时间,他就会弓着身子,从里屋拿出一沓稿纸,摊开在小院的小桌上,吸着烟,慢条斯理地说:"这首诗是《安徽日报》约写的,你上次来,时间太紧,现在读给你听听,听听你的意见。"

贺老师说一口浓重的阜阳话,喜欢喝酒,每天晚上都会喝一点,他是皖北太和人,脸色黑红健康,精神矍铄,性情温和,为人厚道,他写的诗也追求凝重、劲道、有嚼头,在当时的安徽诗坛上,无疑是独树一帜,且甚具皖北平原之敞旷风情。"祖祖辈辈,你在这偏僻的山村居住,历经几多沧桑、几多晨昏、几多寒暑?啊,你这永远不会弯腰的山村'寿星',你这气宇轩昂、生机勃勃的老枫香树。"(《你好,挺立在山村的老枫香树》)"我在如海的/平原上长大/我向往大海/热爱大海……它不仅赠我珊瑚/赠我螺号/更给我一条/波涛喧响的声带。"(《大海给了我一条声带》)当然,那时我最爱读的还是他70年代以前写作并发表的乡土诗,"老书记从县里归来,急急地奔走在大平原上,他顺着熟悉的田间小道,要连夜赶回心爱的村庄。"(《夜渡》)入校伊始,我即将安大图书馆馆藏的五六十年代的《安徽文学》《安徽文艺》全部借来细读,翻读"文革"以前的《安徽文学》,几近正方的短16开本、繁体字,引起人的怀旧情感。那时的《安徽文学》,每隔三期、两期,总会有严阵、玛金、田上雨、刘祖慈、贺羡泉、张万舒、白榕、严成志、郭瑞年、侍继余、牛广进、苗子、钱启贤、王兴国等诗人的新诗,正是他们的作品,构成了当时安徽新诗坛的脊梁。

时日倏忽,大学毕业之后,我去宿州工作,后来又投合肥市袁秀君先生麾下,再后又到省文联做一些别的事情,不过似乎多与文学有关。闲中暇余,总会有机会去二里街文园贺羡泉老师家中一坐的,坐下来说些闲话,也多为匆匆忙忙,如果贺老师不在家,师母也会留我坐坐,用那种阜阳的卷舌侉音叫我的名字,说说家里的事情,在院子里看一看,然后我就往文园麻友家赶场去了。这样有一天,我又在贺老师家中闲坐,言语之间,他忽然说:"许辉,你工作后这十几年来我家,没喝过我家一口茶水,是不是怕我家有传染病呀?"我闻言大惊,赶忙端起茶杯就喝,一边喝,一边说:"那怎么会,那怎么会。"从那以后,每次到贺老师家,我总是先要水,再说话,并且一定会把杯子里的水喝完了再走。

随着我的生活和工作的杂乱,90年代的后期,我去贺老师家的次数也是越来越少了。这样到了1999年的初春,我在庐阳饭店参加政协会,忽然听人说师母不久前去世了,贺老师的精神也很不好,吃饭很少,我当晚就踏着大雪、厚冰,买了东西,去文园看他。那时贺老师家也没有暖气,用一种不太普及的电暖炉取暖,人总还是觉得很冷,他的情绪非常低落,面容瘦黑,说话的声音又低又慢,这一次的重击使他似乎有些吃不消了,我也只能说些安慰的话给他听。过了些日子,我带了些香烟给他,觉得他慢慢地有所恢复了,心里不由觉得宽慰了不少。到了2001年,合肥卷烟厂及王和泉先生邀我们做合烟征文的评委,展卷一读,贺羡泉老师也有散文在其中,评奖结束后,给他打了个电话,听听他的声音,知道他还在钓鱼,身体也还过得去,更觉得放下心来。

近些年我的工作总是有些变动,在家的时间少,在外的时间多,对文联的事情反而知道的甚少。春天参加《安徽文学》的座谈会,贺建军来给我加水,我拉着他顺便问他一声:"贺老师现在都好吧?"贺建军轻声说:"不好,晚期了,他自己现在还不知道。"我心里一坠,说:"我这几天走不掉,这两天我先给他打个电话,过些天再去看他。"贺建军说:"我爸现在在太和老家,星期天我去接他,他自己还不知道。"我说:"我什么都不说的,就是打个电话问候问候他。"到了4月14号星期天,我吃过早饭就给贺家打电话,但一直没有人接,到星期一上午,我估计贺老师父子应该由淮北回来了,再打一个电话过去,贺老师果然在家,我和他说了些闲话,问及他的身体,他真的还不知道真实的情况,只是说身体不太好,过几天要去住院治疗,我说到时候我去医院看你吧,他说你不要来,你忙,我说,我和建军联系吧。

转眼到了5月份,我从贺建军那里要到了贺老师住院的医院和床位,我问建军贺老师能吃些什么,建军说基本上什么都不能吃,只能吃些流食,我又问他贺老师还能不能抽烟,我想把家里的好烟带些给他抽,建军说他现在也不能抽烟了,我说,那我就带一些鲜花去吧。过了两天,星期五的下午,我打车到安徽中医学院附院,下车找地方买花,却发现只有街对面的一家鲜花店,花既不鲜亮,品种也不合我意,我往南走又找到一家,只是更差,我找遍附近街市,想买一些合意的鲜花,却就是不能如愿,我再往南走,想穿过安医大,走到安医附院那里去买,那时天已经有些晚了,这时又有电话催我去有事,这样匆匆忙忙地去看贺老师,也是我不愿意的,我就打车离去了。

第二天我再去,先在大钟楼鲜花市场买了一抱鲜花,然后打车到中医附院,进了贺老师的病房,建军的二嫂在病床边坐着,贺老师躺在床上,我过去把鲜花交给二嫂,二嫂对他说,有人来看你了。贺老师转过脸来,使劲地张着嘴,说,谁呀? 我把脸贴过去说,贺老师,是我。贺老师说,哪一个? 二嫂说,你可认得了,他姓许。贺老师说,噢,许××。我有些伤感,不是因为他一下子没能认出我来。我说,不是的,贺老师,我是省文联的许辉。贺老师说,噢,许辉,许辉,你是忙人,我不是跟你说过,叫你打个电话来就行了。我说,贺老师,我一点都不忙,我来看看你。我在病床边坐下,和二嫂说说话,问贺老师的一些治疗情况,贺老师也总是努力地张着嘴想说话,但太费劲了,他不太能说出来,他又提起了往事,他说,许辉到我家连口水都不喝。我说,你讲过我以后,我每次都喝得干干净净。坐了一会,贺老师使劲动着左手,想把左手从被子里拿出来,他的右手在吊水,二嫂过去,问他要做什么,他说,我和许辉握握手,我赶紧帮他把手拿出来,握着他的手,就那样一直握着,握了很长时间。后来,贺老师对二嫂说,许辉来了很长时间了吧? 他那时候说话还那么委婉,我也觉得他有些累了,我站起来对他说,贺老师,你好好养病,过些天我再来看你。他点点头。

此后我就一直在赶一些短稿,但心里一直想着这件事,给建军打个电话,跟他说叫他随时给我电话。乱乱地过了十来天,5月26号晚上,参加《清明》《安徽文学》及"欢乐假期旅游公司"采风团的行前宴,这时才知道贺羡泉老师已于25号的凌晨3时20分仙逝了。听到这个消息,我的心情似乎也没有那种大不平静,也许是因为早有所料的原因吧,但在此后几天的皖北文化游中,我好像比以前更安静了,觉得言语能够传达的东西实在只能表现天地人之意韵于万一。回合肥以后,我找出贺羡泉老师的诗集《神秘谷》,置于几上,默对良久,《神秘谷》封面上云遮雾罩,林山有若秘境。今天的天气有些阴,我好像看见那些遥远的地方有一些人的声音走入岚升烟障的深谷大峡中去了,但是他们的音容笑貌还留在我们的脑海里,久久不能飘散。

2002 年 5 月 30 日 合肥淮北佬斋

世界杯与性

本届世界杯足球赛尚未开赛,"性"问题已经十分严重地提到一些球队的议事日程上来了。有些球队要求队员禁欲,并且连带着禁了些别的,而有些球队则鼓励队员们去做爱,认为如此可以更好地进入状态。我们大致能注意到,这些谈论禁欲与开放性生活的球队基本上都是欧洲球队,而亚非特别是亚洲国家对这一类的问题几乎都是不形于外的。对中国队来说,这似乎更不是个问题了,禁欲是个没有必要讨论的次要的事情,而且谁也不会提出带女朋友去韩国以解决感情和生理需求这样愚蠢和不合时宜的问题。

鉴于欧洲(以及欧洲人的后裔)占据了当代足球及足球文化的制高点,我们略微讨论与足球有关的性文化显然并非多余,如果追溯往昔我们不难发现,人类特别是欧洲人与性之间的一些耐人寻味的现象。当人类从树上下来生活并且开始吃肉以后,肉类供给的额外的蛋白质加速了人的进化,后来人又发现用两只脚走路并腾出两只手来向敌人扔东西是个好办法,人就进化成直立的两足动物了。直立对人类的生理和心理的改变都有着决定性的意义,从性的角度看,直立的姿势使人类的做爱由背对式发展成为面对式,这对女性的审美是一种革命性的补偿,使用灵长类的传统的背对式使女性除黄土及树木外几乎一无所视,但面对式使她可以看见她的伴侣的形象。这很快导致了人类将做爱由生育的目的转变为生殖—娱乐的双重目的,这是一种不可逆转的趋势,这也满足了人类的对性活动的文化要求,由此人类在这件事情上做足了文章。

而欧洲人对此一直是以公开和透明见长的,至少在议论风声方面不落人后,古代希腊文化中就有"妇女一生中一定要去神庙将身体交给一个陌生的男人一次,高大漂亮的女人很容易完成任务,而丑陋的女人则要等上两三年"的传说。但是很快欧洲人又走向了另一个极端,有一个故事说一个男人被嘲笑气味难闻,于是他回家责怪妻子从未告诉过他,他的妻子回答说,她还以为天底下所有的男人都是这种气味呢。到了中古时代,欧洲人对性转移的恐惧到了无以复加的地步,他们发明了金属的贞操带将妻子锁住,以防他人光顾;后来的一些清教徒及禁欲者更是视性爱为罪恶,他们认为做爱的动作是"极其令人厌恶的",并且建议星期四要禁欲以纪念耶稣的被捕,星期五也要禁欲以纪念耶稣的受难,星期六和星期天的禁欲是为了纪念圣母马利亚和耶稣复活,星期一禁欲纪念死者,星期二和星期三也都有不可违抗的纪念日,如此一来,一年中能够做爱的日子,就实在是少而又少了。但是当现代避孕药具发明和普及之后,人类不再为怀孕带来的社会、道德、伦理和生理问题而烦恼的时候,欧美的女权运动及性解放运动轰轰烈烈地开展起来了,性的问题,无论好坏,都已经成为欧美最重要的社会问题之一了。如此一来,性的影子出现在水平最高的欧洲人(以及他们的后裔)所控制的足球运动中,也就不足为奇了。

对男人或者足球运动员来说,性的生理习惯和民族习俗当然是无法在短时期内改变的,但是在一个短的时期内人也是可以尽力控制自己并且适应环境的。不过文化的要求使一些球队必须用某种方式尊重球员的权利,球员也要求尽力维护自己的权利和尊严,再说做爱后的创造力究竟如何尚无定论,这也许就是一些球队提出性问题的出发点。但是我更觉得,在足球比赛中把性当成一种有益的休闲运动来对待更合适一些,对性问题的提出并且做出决定,是比赛带来的一种压力的具体体现。当你太在乎,当你没有把握、不太自信并且感觉对手实力相当因而生死难卜时,你总是希望求助于一种神奇的外力来解决问题,这同打麻将时要单双数或求南北座是一样的,这大概就是"大赛"带来的亚文化现象,大赛结局的无法预料及不确定性,给球队及球员带来了极大的心理焦虑。

性及性文化的逐渐开放是社会发展的必然趋势,我想有朝一日,当中国足球队大赛前也开始提出性的或似乎与比赛没有直接关系的其他问题的时候,那应该是一种很大的进步。不仅仅是思想观念的进步,也肯定是足球技艺的极大进步,你在什么位置才会有什么话题,那时候我们议论的,也许不仅仅有性,还有中国队在足球世界杯上的夺冠问题,那时候我们对大赛前讨论性问题的体会,也许就不会这么隔膜,只把它当成一种世界杯的调味品来看了。

2002 年 6 月 7 日

邓丽君、王菲及其他

有时候我会听一些流行的或者曾经流行过的歌曲,而且喜欢听,觉得它们比严肃的、高雅的音乐更容易唤起人的情感,更容易激活人的内心。这不是在进行优劣的比较,这是说通俗歌曲、流行音乐对听者素养的要求不那么严格,在听曲前你不一定要去上大一大二,也不必做更多的准备,而高雅的东西却总是"属于"少数人的,那也会有激动人心的快感,只是一般人无缘享受、亦无须刻意追求,有意无意地取其一端,还对不起这个短促并且可能是疲累、恼人的人生吗?

像文学、绘画、电影一样,在一定的时刻,一定的环境,一定的心境中,流行的音乐会使人大感动,当然对歌曲和歌手的迷醉,亦会有许许多多的因素,这些因素会随时改变、修正我们的观念和心态。我想起了邓丽君,还有王菲,就是那位除绯闻外正在慢慢不红的王菲。我觉得,王菲最好的歌是《催眠》,也许没有多少人喜欢她的这首歌,但我是那么喜欢,当它的音乐起来的时候——完全不像世俗化的邓丽君——那么"另类",你立刻就像打了一针一样(有什么样的顶级毒品呢?我不知道),你全身都会狂躁不安,当然此刻你也获得了极大的快感。《催眠》是多么的"现代"或者"后现代"呀!虽然我并不明确知道"现代"和"后现代"是什么意思,我只是凭感觉说出这些词来。歌手与歌曲的结合简直无懈可击,你不相信这是人间的声音,它完全引不起你平时常有的那么多的世俗的联想,这是天籁,或者是外星来的声音(即便不幸仅仅是外星人咳嗽的声音)。的确,有些人生下来就是来唱歌的,歌手真的要经由不红到小红到大红到大红大紫再无情跌落的不归路吗?多么残酷或者残忍啊!如果我们能够预知未来,我们能够在歌手最好的时刻,按一个按钮把她们定格多好!

但是除了唱歌,王菲在娱乐圈里的其他成绩就不那么突出了,也许她的歌声曾经太出众了,是的,她演过电影,《重庆森林》,很好的片子,等等,可是要命的是,她在电影里显得那么"不性感",使人"不忍卒读",虽然除"不性感"以外她别的都还好。看起来,展示身体、肢体和语言的活计,与展示歌喉还是不同的,甚至是截然不同的。与邓丽君相比,我觉得,她们共同的特点就是,她们都不是那种万人迷的"美女",也许美丽的女人真的都无法成为极具内蕴的重量级的歌后,这就像王后都不是世界上最大的美女一样,在各领域有顶级内涵的女人都不是美女,除了与美女有直接关系的那些行当。

如果我没有记错或者理解错的话,现代意义上的流行歌曲,应该是从 1977 至 1978 年的邓丽君开始的,当然那时候的主流舆论对她有明确的定性,称之为"靡靡之音"。从某个角度笼统地看,这种定性无疑是极其准确的,如果一个人处于一种憋着一口气与危机和挫折抗争的关头,它当然有可能摧毁和瓦解这个人的意志,使之斗志松懈、锐气退尽。但好的音乐就是这样,好的音乐、好的歌曲为人们提供了从诸多方面去感受和体会它,并且从中汲取营养、情感、技巧、翻唱的技巧和怀旧的情绪的可能,除了"生活、思想糜烂"的人钟情于它以外,谁能说邓丽君翻唱的《何日君再来》不会给一个人的物质生活增添一些恰切的情感的惆怅？谁能说它不是人生必定遭遇的一段如泣如诉的心路历程的彩色写照？谁能说它不是人生即将丢分时的痛楚描画？谁能说它不是对人生际遇极好的共鸣和抚慰？谁能说它不是（哪怕仅仅是）按照最起码的音乐逻辑排列组合而成的人世佳音？谁又能说《何日君再来》经邓丽君完美演绎而未达世俗化之最高境界？

真的,《何日君再来》甚至连其中的念白也标示了一代流行歌后无与伦比的天赋。还有一些使人靡日不思的独具中国特色的历史的背影,邓丽君流行歌曲制造出来的那种"现代主义"的历史背景,那也是在20世纪70年代末邓丽君刚走入大陆时的"创造"。其时大陆一代热血青年,身穿喇叭裤,手提录音机,由各大中小城市青砖灰瓦颇具中华民居风情的街巷招摇过市,邓丽君回响在亚洲东部广袤的大陆上,闭目冥思,这还不是一种最"现代主义"的场景么？我们还需要去哪里寻找所谓的"现代意识"和"现代艺术"呢？

好的音乐真的都是因人而异的,我是说,好的音乐使人们能够因人而异,像王洛宾一样,他们都有那么多"好"的东西,这使他们与"常人"有异。此外,原来通俗和流行的东西还有这么深刻的内涵,也许世界上的万事万物都是会转化、转换的,看起来,有许多事情我们都只需去做好了,至于它是什么,谁管他呢！

2002年7月14日　合肥四闲阁

我的父亲母亲

在我的记忆里,父亲以前是不重亲情的,至少在表面上,至少在我青少年的记忆里。

小时候父亲从来没有抱过我们,这是我们长大成人工作后,母亲在餐桌上当着父亲的面说的。母亲还一连声地逼问父亲:"你说你可抱过?你说你可抱过?"那时父亲已经六七十岁了,他红着脸,支支吾吾地应付着,看上去,也真有点难为他了。确实,父亲可能是严肃的,也可能是大男子主义的,在我们还是小孩子的时候,他就已经是级别较高的干部了。他不太跟我们说笑,我脑袋里还有他夹着文件包下班的情形:那是一条现在早已不在了的老街,也许我真做了什么不应该做的事情,正好父亲下班从街那头走来,我脸上"啪"地挨了父亲的一巴掌。这一巴掌就成了少年时期父亲留给我的总体印象。

但显然父亲是极其疼爱我的,从他42岁才有我,从我们家只有我一个小男孩这样的事实看,他不可能只对我怀有一般的感情。这种感情到我长大了而他慢慢老了、离休了之后终于暴露了出来。起点是我上大学的时候,有一年的暑假我一个人到大别山里去。那时候还正在讲阶级斗争的后期,山里的形势给一般人的印象还是复杂的、险峻的。到了山脚下的县城霍山,在母亲一个朋友的朋友家里住了一晚之后,我一个人进山了。我当然没有忘记给家里写信,我把信投到胡家河公社邮电所的信箱里,但是直到我二十多天下山回到家里后又过了半个多月,那封信才姗姗来到。母亲说,我在山里时父亲急坏了,因为他看的文件多,对复杂的社会有"更多的了解";但也许是长年的习惯使然,父亲还是不会亲自过问的,他先是催着母亲多次打长途电话到霍山询问,后又多次跟母亲商量要请霍山县广播站广播找人,直到霍山县打电话说我已经下山了才作罢。

从那以后,父亲的变化越来越大,而我(或我们)则离家越来越远,当我在一年里回家一趟两趟时,老父母激动和不知怎么疼爱才好的心情难以掩饰,他们会早早起床兴师动众地去菜市买我最喜欢吃的羊肉,并且买回来一大堆鱼、猪肉、鸡、水果(这些他们大部分都不能吃,即使吃也只能吃很少),吃饭时父亲还会主动问我喝不喝酒,我知道他是希望我喝一点,这是他不知道怎样才能表达他疼爱我的心情的一种表达方式。我们喝一两盅酒,到临走的时候他再给我几瓶带上。我尽量不当着他的面吸烟(因为以前的印象是他一直用一种干脆的态度不准我吸烟的,到了近40岁我还是在乎他以前的态度),但是他主动给我香烟,成包成包地给。他的烟自然都是好烟,我一点都不想拒绝,虽然我吸烟很少。他还想把各种能给我的东西都给我,他送各种食品给我。让我带回家,他还问我要不要袜子,那种草绿色的纯线袜。起初我还有点不好意思要别人的这么多东西,我就拒绝了,第二次回家临走时父亲又问我要不要,他还拿给我看,是那种已经不时髦但质量很好的类似军袜的那种袜子,我又很随便地拒绝了。回到自己的家把这件事讲给妻子听,立刻被她狠训一顿,她的道理很浅显:袜子本身并不重要,重要的是父亲想表达他的感情,我的拒绝肯定会让老人家难过的。我恍然大悟,下一趟再去,一到家我就张口向父亲要袜子,我说我没有袜子穿了,现在街上卖的袜子质量真差,父亲立刻从衣柜里把一直给我留着的一摞袜子拿了出来。袜子真不错——当然这不仅仅是父子情,袜子本身也结实耐穿,而且一点都不显得土气,我当天晚上就穿上它并且在各个房间里来回走动,以便让父亲能不时看到,并且直到现在我还是一直穿着它,穿习惯了,就穿出了多种感情。

每次我离开时,父母亲都会提前花费很多时间给我捆扎好一个装满了吃食的纸箱。后来父亲又开始给我钱。给钱是从晚辈开始的,逢年过节,父母亲一改以往不给压岁钱的旧习,开始给起压岁钱来了。起初是孙辈一人10块、20块,渐渐(随着收入的提高和货币的贬值)增至50块、100块,有时(当他们得到一笔额外收入,例如增补工资时)他们就会非年非节地给孩子们发学习费。当然还是以过年时最正规:孩子们一个一个走到二老跟前,像在班里上课发言一样严肃地(也略带拘谨地)说一两句祝福的话,比如,祝爷爷奶奶身体健康,长命百岁,等等。这些话在我听来一点都不像是某种客套话,它一方面是我们的心声(当然是通过孩子们的小嘴表达了出来),另一方面我也相信这必然是真的。

于是在这种固有的节日氛围里,"年"总是过得圆满而欢乐。"年"每年都有一次,在心底偶尔会泛起一丝短暂的惊慌的基础上,我现在完全感觉到"年"总会这样过下去的,会一直过到一个我们连想象都想象不到的远方的。

父亲的遗产

人的信念很重要,它会陪伴人的一生。年轻的时候,信念会萌芽、形成、固定,指挥和统治人的行止,喜怒哀笑,快乐痛苦,皆与其相干,当然,信念也会在时空的强力参与下做或大或微的修改。人既会得益于自身的信念,亦会为信念所苦,但是没有办法,不管是什么样的信念,人没法摆脱信念,人也必须得有信念,所谓信念的概念,只不过是人由人的现实总结和概括出来的。

父亲当然也是有信念的,可能我现在还无法明确和准确地说出他的真正的信念,但当他躺在病床上叮嘱我们一定不要忘记代他把未交的党费交掉时,我觉得这就是信念或者信念的某一部分在他最后的行为中的具体体现。这不是文学作品中的事情,虽然我们在文学作品中看多了这样的"情节",我们会一时觉得有些无法感动,但当它真实地发生在我们亲人的身上时,我们会觉得它是那么自然、严肃、认真和真实。父亲的这一行为本身也许不会成为我们效法的榜样,但它让我们感受到了"信念"的力量,这才是最重要的。这也许是父亲留给我的遗产之一。

在有形的物件方面,父亲还留下了一些他曾经用过或珍藏过的书稿文件,这其中有一本《中国共产党简史》,一份《中共临时党员证》。说是"一本",用现在的眼光看,显然是不准确的,这本《中国共产党简史》的开本连64开都不到,全文10个页码,于1949年6月20日由"中共皖北宿县地委宣传部编印"。它与我们后来经常背考的"中共简史"不同,不完全是内容上的不同,在内容上,也许是物质的困囿和战争的环境使然,它朴实简洁,便于记忆,令人印象较深,而在外形上,它看上去印制简陋,纸质低下,油墨洇渍,装订粗糙,颇具年代感,这使它似乎无法不成为吸引人收藏的佳品。

而那份"中共临时党员证","封面"竟为彩印,红白相间,文字则繁体横排,虽然印制仍甚粗糙。此"中共临时党员证"比《中国共产党简史》还小,三面两折,于1947年4月1日由"华东野战军政治部"印发,所谓"临时"一意,在其"使用规定"中已有说明,"此证只限于负伤之党员入院时过临时组织生活使用,否则均不能生效"。

既言"负伤",这必定指的是"战时"了,那么那时的"战时"的党员要做哪些"表率"呢?此"中共临时党员证"末页"战时党员守则"亦有详尽指定。该"守则"凡12条,第一条为"进攻在前退却在后",第二条为"重伤不哭轻伤不下火线",第三条为"鼓励作战勇气,提高胜利信心",第四条为"英勇顽强为人民立功",第五条为"服从命令、完成战斗任务",第六条为"帮助指挥员掌握部队",第七条为"帮助新战士的战斗动作",第八条为"提高警惕制裁投敌分子",第九条为"加强爱民观念,遵守群众纪律",第十条为"不发洋财,严守战场纪律",第十一条为"优待俘虏,不搜俘虏腰包",第十二条为"胜利不骄傲,失利不灰心"。很明显,这些"纪律"使中国人民解放军在其时中国条件低下的泛农村环境中,成为一支战无不胜的军队,中国共产党并最终夺取了国家政权。

　　这是父亲的一段历史,我指的是这本小册子和这份"中共临时党员证",这也是父亲留给我的一种有形的遗产。我不是说从收藏或者别的角度看它们有多少"物质的价值",我是说父亲的历史、包括与这两份文件有关的历史,它们难道还不都是父亲留给我的某种遗产吗?我们会在历史的基础上丰满、成熟和长高,这与物质的东西还是有一定的区别的,它们的"属性"不同。

　　现在,我要离开电脑,好好地把这些文件(以及其他旧文件)收藏起来了,我打算用一个厚实的、印制精良的、曾经盛装咖啡类"物质"的大纸盒收藏它们。我走过去拿起了咖啡盒的盒盖,它给了我一种强烈的浓郁的感觉。多么好啊!这样一些文件放在这样一个厚实的、看上去安全又令人放心的大纸盒子里。这样我就可以永远永远地保留它们了。

2002 年 7 月 2 日

读书的记忆与联想

人的读书,抛开心情、环境、业务必须不谈,我觉得恐怕都是有阶段性的,年幼时是好奇,年轻时渴求和汲取,过了30岁是爱好,40岁以后再坚持读书,那就多半是执着或者固执了。

拿我自己来说,年幼和少年时喜欢读书,跟现在相比,那时候的书有点"少得可怜","文革"前"国产"书除中国古典文学和鲁迅外,大都是新中国成立以后的"新作品",译制品则以"社会主义阵营"的图书为主,不过读起来并不感觉有什么"不足",也是从中获取了极大的收益的。例如印象很深、现在还能记住的,国产的有《宝葫芦的秘密》《高玉宝》《林海雪原》《李自成》(第一卷)《青春之歌》《铁道游击队》《红岩》等等,译制品则有高尔基的许多作品,另有一部波兰的长篇小说,叫《前哨》,竟也是给了我极深的印象,暗夜劳动的场面,还颇能激动人心,虽然它看起来那么沉闷,沉闷到几乎将人憋毙。

现在回过头去看,之所以认定那时候的文艺作品有这样那样的诸多问题,我觉得与其说主要是作品本身的问题,倒还不如说致命的是图书的结构性的问题,没有参照、对比、竞赛、竞争和相互的影响、渗透,文艺想在读者和观者那里不出"问题",的确很难。后来到我20岁左右,1976年下放农村插队的时候,图书的结构性问题似乎更"严重"了,与"年轻时的渴求和汲取"的欲望相比,那时可看的东西也似乎更少了,但十分矛盾的是,人的"天性"又总是指示人们要自觉不自觉地从纸质上读取一些东西,因此,无论社会上图书的多寡、品相的好坏,书却总还是要看的。

那时究竟能读些什么呢?现在在我的手上,有一份1977年我在"安徽省灵璧县文化馆"办理的"借书证",从这一年的1月到10月,我从该馆主要借阅了如下一些图书:《列宁选集》《放歌集》《锁金峡》《1871年公社史》《巴黎公社》《狱中日记》《(与苏共论战之)二评、三评、五评、六评》《放歌长城岭》《号角集》《七月槐花香》《凤凰林》《马克思传(上下)》《论评价历史人物》《列宁论国家和法》《论马克思》《马克思主义》《人间》《恩格斯传》《春歌集》《前进吧》《庐山颂》《军垦新曲》《社会主义政治经济学》《螺号》等等。

那时候的我,或者我觉得那时候的年轻人,主要就读的是这些读物。在某个具体的时代里,你总是只能从身边所能触及的事物里汲取你所需要的、有时候是最低标准的只管不死的营养,你无法对图书本身进行指责。除上述书籍以外,我的记忆告诉我,在农村插队的这两三年里,给我影响最大的读物,不是以上列举的图书,也不完全是宿县地委宣传部图书室里的那些外国政治家传记,而是一本"内部发行"的名为《第三帝国的兴亡》的译著的第一部,这是影响了我的一生的一本书,我一直非常庆幸我在年轻的时候就有机运遇到这本书。看起来,一个人在年轻的时候读什么、看什么,对他的一生似乎极为重要。

当然,20世纪过了70年代,图书的"结构性"问题有了一定的改观,并且随着时间的推移,物质和科技的发展、介入,也随着传播方式的增扩,"图书"以及文化信息传播的结构性问题面临或者发生了革命性的变化。如果现在还有人诉说接受渠道瘠乏,那他表示的意思一定只是某种"期待"。但图书太多了就一定不是个问题吗?未及经过时间和观念的筛选与甄别,良莠不齐的"坦然"呈现,这里就真的决然没有"结构性"的问题吗?只是这种状况的"选择性"会比较舒适一些,这种状况也会使我们中的一些人,有可能进入那种"真正的"读书的状态。这就是我今天坐在电脑前要说的一些话。

2002 年 7 月 3 日

盛夏的随笔

这个夏天热得比较晚,到了7月的中旬才热起来,而此时女儿的高考已经结束,进入了估分、填报志愿的阶段,对家长和考生来说,估分数、猜学校、冒风险、求稳妥,等等,这都是大伤元气的事情。对女儿来说,她上一个文科的重点大学是没有问题的,但上哪个学校,就颇为难了,报分数太高的学校,会有风险,报分数较低的学校,又不甘心,这几天就因为这事,我和女儿吵了一架,我未让她,她更不可能让我,她很伤心,我也十分沮丧。

吵过架的第二天,我一个人在家,天气酷热,我心里倒万分的宁静了,我先做了一些浇花上水的事情,出了一身汗,精神上却像解了毒一般,轻松万端起来。洗过澡以后我来到书房的书柜里找以往7月的记载,看看那时候某年的7月我是在做什么、想什么,看看那时候的7月,我的心理的状况,又是怎么样的——其实只是一种度夏和排遣郁闷的方式。

一伸手就找来了1976年夏季的一天、7月初的一天,那时我正在淮北农村插队。那一段日子,我们在河东的岳河子(村名)附近的新汴河打防洪坝,住当然就住在岳河子,每天天刚亮就早早上工抬筐推土了,太阳出来了吃饭,吃过饭再干,中午午睡,午睡到下午有些凉快了,再一口气干到天黑。这是劳动的过程。

从记录上看,很奇怪的,那时候对自己的生活、自己的感情,记录得很少,倒把重点放在眼睛看到的事物上,并且用了大部分篇幅去描述房东一家人,而且还是用的一些"怪异的"思路和词句来写,真恍若隔世。是这样写的:

"我们住在岳河子的一户人口不多但很有研究意义的人家里。这一家共有三口人:59岁的男主人,他的70多岁的叔叔和他的18岁的女儿。

"这是三个年龄相差很大、彼此生活的主要阶段之环境完全不同,故思想差距很大、性格也大不相同的人。叔叔已经是一个快入土的老头子了,他的形象是这样的:高而瘦,有一般老人常有的使人讨厌的啰唆话,他经常拄一根棍子,在院里院前颤颤巍巍地走动,晚上睡在黑暗的角落里,不断地唉声叹气,如果有客人来了,便免不了很长的废话,其中自然是不满和埋怨,特别是对他另一个侄儿的不满,他一辈子没结婚,自然也就没有亲生儿女。

"男主人也算得上老头子了,身材很魁梧,但不胖,他很喜欢闲谈,而所谈大多是自己的经历或见闻,比如讲六几年跑河南演皮影戏等等。他手上不离小烟袋,装烟丝的是一个小葫芦。他很可能是自私的,但因为他又是比较明智的,所以有可能把私心不声不响地实施,而不是斤斤计较、大鼓大锣地进行。

"我们再来看看男主人的女儿。她和她的长辈截然不同,身上有着社会主义时期农村青年女子所特有的朝气,和新的人物、新的事物接触较快,这些新事物占领了她的思想。她是大队文艺宣传队的一员,经常唱一些新的歌子回家,可是鉴于幼稚,她对她的爷爷的不满经常只能用吵嘴的方式发泄出来,外面的事忙于家庭之务。

"现在我们可以来比较一下这三辈人了:第一辈是可以淘汰的了,这是无须多言的;第二辈最多只能算'中间人',这样的人物如果能争取过来将有一定的积极作用(虽然这不大可能);只有第三辈人才是希望,她们是不言而喻的接班人。"

天很热,书房里的温度是33℃,但我又不想开空调,因为我马上就要离去了。我是在写什么吗?或者我是在录入些什么吗?我颇觉恍然。在这样的酷热的盛夏里,谁也不会想起,更不会对以往的某个也许并不真正存在的时代感兴趣,谁会为那些似乎乏味的日子口干舌燥地操心呢?神经!

我要去吃冰镇西瓜去了。天这么干热。窗外一片白灼。

2002 年 7 月 12 日

生命因书香而充盈

一生都喜欢书,虽然现在还不是说一生的时候。"文革"期间,父母都被"发"往干校去了,留下我们姐弟几个在城里上学。没有大人在,姐姐们很难树立权威,况且我又是老小,又是独子,平时常被"惯"着,多少有些任性,于是每一个晚上,每一个白天,都抱着在任何地方搜集来的任何一本书读,就这样把眼睛读近视了,也留下了嗜书的"老毛病"。

嗜书有三部曲:上中学前是交换书看,那时候经济不发达,还没有零花钱之说,买书当然没钱买,就只好跟同学、跟邻家的孩子、跟同学和邻家的孩子的哥哥姐姐交换书。其实交换也是买空卖空:利用时间差,从这儿得一本书,看完了拿去跟有书的孩子交换,又看完了,还掉第一本书,再拿第二本书去交换第三本书,如此循环往复,我的一丁点教养和基础中的相当一部分,都是这么读野书、野读书得来的。

上大学时是借书看,大学里有图书馆,免费提供大量令人眼红的图书,况且大学里人人都倡导读书,读书非常合理合法,这下我可逮住了,不读白不读,读了不白读,三五天就去换五七本书来,狂嚼暴饮,并且走上了极端,对那些我认为耗时耗力而又味同嚼蜡的课程,例如党史(其实党史我们都已经太熟了,谁考来考去没考过二三十遍?),例如外语(外语当然有大用,但没有外语的语言环境,还不是学了就忘。我希望有朝一日在良好的外语语言环境里,能够事半功倍地速成!),例如文学概论(都是老八股了,连教我们的老师都说,这些教材和概念在50年代就固定了,三十年过去,社会和文学真的就没有一点改变和前进?)等,我都一概应付,应付不成就拒绝,拒绝不成再应付,目的其实只有一个,就是把省下来的时间,拿去读馆藏的真有魅力的那些图书,我自觉着我上学的机会不会再来,这是一锤子买卖,不嗜读怎么行?!

大学毕业后,读书的途径自然而然转向购买了。购买也是因为自己有了一定的经济能力了,也是因为成了家初步具备了藏书的条件了。书渐买渐多,书架增加了一个又一个。购书渐渐变成了一种欲望:花钱的欲望?拥有藏书量的欲望?无事时又做了一件事的欲望?可以向别人说我也有某本书的欲望?仅仅为了在书的扉页上记下许辉×年×月×日购于×地的欲望?或者兼而有之?

购书也有阶段性。记得有一段时间,80年代中后期,我对书产生了一种很腻烦的情绪,见到书或者书店,就有一种更年期的烦躁感,就没有胃口。但在大多数时间里,我都有购书狂倾向,到了一地,不管是大都市或小街小集,甚至长途汽车中途吃饭的路边野店,只要有书有书铺,我立刻就会凑过去(在这种事情上我绝不怕上当),凑过去的结果大多是买至少一本书或一本杂志,这都成了习惯或毛病了,而且愈是荒僻的小地方,愈有一些想不到平时买不到的价廉(因滞销的时间长)物美的书出现,那种故知旧交的惊喜惊奇难以描述。对一个地方的记忆也往往就变成了购买一本书的过程的记忆了,数载不灭。

2003年

黎佳老师与《茶不凉斋漫笔》

前些日子,我去文联拿信,收到了黎佳老师赠我的一本随笔集《茶不凉斋漫笔》,我迫不及待地拆开信封,站在马路边上就捧读起来。回到家,洗了澡,泡上茶,于书屋里坐定,给黎佳老师打了个"收讫并谢"的电话以后,就拿出《茶不凉斋漫笔》,上下左右地反复品味起来。32开本不甚厚的一册,内里图文并茂,封面的用纸我现在已经叫不出准确的名称了,但摸上去手感颇好,正合于这种小册子所能带给读者的细细赏玩的情致,一边赏玩咀嚼,一边就想起了我与黎佳老师二十年的相识和相交。

与黎佳老师初识是在1983年《安徽文学》《上海文学》联合举办的"黄山诗会"上,当时改革开放、文风正盛,二三十人屯溪、歙县、太平湖、黄山一路行去。黎佳老师是东北人,性情豪放、开朗、爽直,说着一口与北京话相近的东北普通话,底气十足,他为人随和,很好接近,太平湖游船上有一桌麻将,那是我第一次接触麻将,被三缺一叫去凑份子,黎佳老师他们都是循循善诱、惑人上钩的高手,我很快就入了门,从此一发而不可收了。笔会散前,在黄山的茶林场吃了一顿分手宴,黎佳老师是个容易动情的人,喝到激动的时候,他什么都不管了,来者不拒,频频举杯,我们的敬酒他也都一一笑纳,最后喝得酩酊大醉,一直睡到第二天上午才酒去人醒,驱车登程。

1987年，我调至合肥《希望》杂志社工作，因人在合肥，与黎佳老师的交往也就更多了起来，先是常随省散文学会的白榕、黎佳诸位老师去省内一些地方开笔会。有一次去铜陵，住在铜陵有色的一家招待所里，黎佳老师漫画画得好，酒足饭饱以后，我就请他给我画漫像，画了两幅以后，我已经很满意了，盘算着拿去哪里哪里使用，黎佳老师却愈来愈有些作难，只是说，许辉你不好画，不好画，你脸上太没有特点了，再来一张，再来一张，我一定要把你画好。那几张漫像此后都在报刊上刊用了。黎佳老师好客，喜欢朋友，后来有一阵子《希望》杂志社的工作有些清闲，我们杂志社的几位同事袁汝学、鲁家萃和我，就经常下午到黎佳老师家里玩、打麻将，玩一下午，晚上在他家里吃饭，吃过饭再玩，一直到夜里十一二点才散。

　　看起来这都是一些极平常的日子，但时光很快也就过去了。20世纪90年代后期，我到省文联工作，这之前黎佳老师生过一次大病，那时去看他，吃了一惊，他手脚不便，说话都没有以前说得好了，底气大不如从前。毕竟已是六七十岁的人了，但爽朗、豪放的性格依然未变，嘴里总是挂着两个字：没事，没事。每年春节给他打一个电话，他也都是笑呵呵的。也许正是这种开放的性格，使他很快从大病中恢复过来了，他文章仍然写，漫像照旧画，麻将依然打——与苏中、韩瀚等几位固定的老友，对黎佳老师这样的老年文化人来说，我觉得这是一种神仙过的日子。

　　现在，我的手里摊开着黎佳老师图文并茂的新书《茶不凉斋漫笔》，我想到了很多往昔的日子，虽然平淡，但其实是浓酽的真实的生活。上午的这种时刻，恐怕正是黎佳老师猫在他的小小的"茶不凉斋"不辍漫笔的时候,而下午他们又会心平气和地在麻将桌边小聚,说真的,我羡慕他们的生活,因为这种宁静醇厚的生活,是我嘈杂的内心所一直缺少的。

2003 年 6 月 30 日

我的后半生

写下这个题目,我自己都禁不住哑然失笑,人生尚不足半百,感觉正年轻着,现在人的寿命又越来越长,竟在这里侈谈什么后半生,岂不令人牙酸?其实我的真实意思是,我想在我今后的岁月里做些什么、有些什么打算,也就是所谓的梦想。

人是一种很怪的生物,许多事情初时不经意,也无暇以顾,只有到经历过了或者逼近了某个岁数,才感觉到它的好,才会眷恋,相对于人生命的盈亏来说,这也许是一种倒退,但个中醇厚的滋味,确是引人入胜并且足资把玩的。拿读书来说,二十余年前我上大学时,心里总想着走入社会、创造辉煌,除频频光顾图书馆读自己的书以外,正儿八经的投师问读,对我是没有一点吸引力的。外语我后来自动放弃,但是刚刚毕业走上工作岗位,我又迫不及待地请外语系的同乡帮我买《新概念英语》,古汉语方面我只拣我喜欢的文章读,但是结了婚以后我很快又开始了捧书自学,文学史方面我对外国文学史感些兴趣,但工作后业余搞文学创作,觉得在中国当代这方面不下点功夫,那无论如何也是说不过去的,于是立刻着手四方搜求有关资料,试图慢慢地补上这一课。大学毕业时我"差不多已经受够了",早已在心中暗下决心,这辈子决不再沾学校了,那一段时间数量本就不多的噩梦,几乎都是关乎考试的,而那时几乎所有的好梦,也都是脱离学校的牢笼,到无际的世界上奔跑的。

二十年恍然而去,40余岁后静下心来一想,竟然越来越觉得读书、做学问、思考社会、以某种方式发表自己对世界的看法,是人生历程上最有魅力的事情之一。这一方面是社会和观念的进步,导致了人们思想的活跃和言语冲动的发生,另一方面,也是人过了40岁以后,自我感觉已经对这个世界、对身边的社会拥有了某种真理般的认知和发言的权利。所以我后半生的梦想就是,先积累一些钱财,以致吃穿不愁、舟车尚可满足,然后认一个吉祥的方位、找一个合适的地方,住下来花钱去大学里读书,当然,这种读书完全不是为了应付考试,也不是为了文凭,更不是为了生计,只是去学自己感兴趣、愿意学的东西,除了文学创作以外,我现在最感兴趣的就是地理、民族、东南亚的华人世界、农林水土、乡村生物和国际关系,等等。这些领域里蕴藏的东西,绝不比表面上华丽的文学、电影等领域少,我一定要好好地去探究探究。活到老学到老,随时准备从零开始,任何时候开始都不必言迟,这是我现在时常念叨的几句话,我想照着我的这一想法走下去,看看人生的路途上还有些什么未曾得见的新花样。我一定要做到我想要做的这些事。

2003年7月14日　合肥淮北佬斋

书　　房

　　我现在对自己的书房比较满意了,虽然心里总是还有更新一层的打算和憧憬。原先在宿州市政府办工作的时候,是20世纪80年代初,那时候住房都很紧张,哪里还能奢谈什么书斋书房,工作几年之后市里分了房子,一室一厅外加卫生间和一个稍大一些的厨房。没有书房,而我又想有一个夜间工作的地方,于是就把不足一平米、与外界无窗相通的卫生间下水道封了起来,支上煤球炉,当作厨房用,炒菜啦烧水啦都在里面,而厨房的一半用来和面洗菜,另一半就摆上书架,成了我的书房。厨房面北,又是一楼,嘈杂起尘不说,因为天天用水等等,还很有些潮湿,竹子的书橱放在里面,没两年就起霉生虫了,雨季时书本摸在手里都蔫耷耷的,窗外还有一个垃圾口,那时候楼房的垃圾道都是上下贯通的,楼上一倒垃圾,一楼的垃圾口尘烟卷起,非常恐怖,窗户是不能打开的,即便如此,尘埃的光顾,也断难脱逃。

　　1987年我到合肥工作,起初的两年在近郊、城内的四里河、杏花村租房而居,在四里河时住得略微宽敞些,在杏花村时一家三口只住了不足10平方米的一间小后房,书房那是想都不用想的。两年后市里奖励了我一套住房,在烟草大厦附近,6楼,也只是两室一小厅,那一小厅其实只是个过道,仍然没有书房,我的书呀、桌呀往哪里放呢,只好仍打厨房的主意,和妻子董静商量了把厨房搬到阳台上,书架放在卧室里,书桌、沙发等还是安在厨房中,厨房改成的书房还放着沙发,兼有客厅的功能。就这样,董静和我在阳台上日出日落地烧了近十年的饭。后来到1998年,我老家(祖籍)江苏的电视台来采访,非要到我家里去找镜头,电视台把专题播出后我老家有一些亲戚看到了,都说,你家还没有俺们农村好来,书倒是不少。

1999年我慢慢地空闲下来,那时已感觉房子小得不能住了,就下决心把兜里的钱倒出来买一套新房,改善改善居住环境。还是因为手头紧,新房仍买在顶楼上,这次不是6楼了,是7楼和8楼。办过手续以后,我们就开始谋划装修和设计,因为家里人员少,只有三口人,各功能区间的划分倒也十分简单。只是这次书房我想做得稍大些,因为书房其实可以派许多的用场,既可做真正的书房,也可以来人做客房,架上床或在木地板上铺上垫被,那不就是客房了吗?书房还可以做临时的储物室,有一些临时要放的或者在这里周转一下的东西,先放在书房里就是了。书房还可以当棋牌室,还可以养花,还可以照集体照,甚至还可以来人吃饭,所以把书房搞大一些,全家人都不吃亏,好在这幢楼是框架结构,从理论上讲,室内的隔墙都可以打掉。

就这样,我们把两室和相邻的一个较大的有休闲功能的室内晒台全部打通,变成了一间40多平米的书房。也是因为我以前还从来没拥有过这样的一个比较正式的书房,所以刚装修好的时候觉得它很壮观,那一阵子没有事的时候就想到书房里去,觉得很新鲜,很上瘾,也很过瘾。书房有面南和面西两面排窗,采光非常好,视界也很宽广,人在里面走动的时候,不是那种局促的感觉,而是总觉得还有没去过的地方。

  装修时小区的人来看,说,你家办公室不小,你是做啥生意的?后来我女儿的中学同学来吃饭,吃过饭回去说,许尔茜家那哪是书房,那是舞厅。但是几年过去以后,谁也不再感觉我们这是较大的房子了,包括我们自己。前些天上海文艺出版社《小说界》的一位负责人打电话来跟我聊天,说到房子,他说,前两年他在上海花了 90 多万买房子,那时觉得花钱很多,别人问起来,都不好意思说实价,但现在人好像都疯了,花几百万买一套房子就跟玩儿的一样,现在的房子也是越造越大,越造越好了。真是的,如果不是个真正的不断进钱的富翁,这样的时尚,也真是跟不起的。

  书房装好了,我专程跑了一趟鲁彦周鲁老师家,请他为我的书房题了个斋名,叫作"淮北佬斋"。因为讲到底了,我就是个芸芸众生中的淮北人,淮北佬这个名号对我最为合适。但书房于我确是有用的,有大用的,而且非常实用,绝不是一种花哨的摆设。因为"淮北佬斋"的存在,我甚至都放弃了与朋友悠悠畅快的欢聚,因为"淮北佬斋"的存在,我真的觉得我甚至就可以不出门了,我可以不离开家就能够做我想要做的事情了,我就可以这样生存下去了。现在,我的大部分时间都是在我的书房里度过的。我想慢慢再积累一些银子,如果有可能,在今后的某一年,某一月,我或许还可以再换一个城市,再换一套更大的房子。当然,到那时候,书房仍是我心中的最爱。

2003 年 7 月 16 日　合肥淮北佬斋

所有的文学观念都是"现实主义"的观念

岁月这柄利剑着实了得,它既持之以恒,又滴水不漏。我现在回忆我对文学的印象,从上小学、中学开始,从快板、对口词等曲艺形式开始,那是20世纪六七十年代,一直到我上大学,接触西方现代派文学,再到静心冥思,以图对文学进行一些自我的发现,我发觉我的思考越来越大而化之,也就是说,开头总是关注事物,或者观念、思绪的细部的,但逐渐就着眼于宏观了。这也许是岁月调的包,在不知不觉中,也许没有正误好坏之分。但它显然区分了一个人的生命和思想历程。也许我们不得不如此,当然,它们也许还是没有好坏正误之分的。

此外,我现在觉得,所有的文学观念从根本上说都是"现实主义"的观念。我似乎是从"现实"中得出这一感悟的。有一年冬天我一个人去安徽六安叶集镇外的史河河滩,我看见那些孩子在河滩边玩耍,河边临时席棚中人们进进出出地生活着,我突然觉得美国作家福克纳的《喧哗与骚动》哪里是什么现代派意识流,它只不过是福克纳当时身边一种实在得不能再实在的现实。还有普鲁斯特的《追忆似水年华》,你甚至能想象普鲁斯特深陷那种现实生活中的沉醉或无奈。它们都非常好读,一点也不拗口。

或许是语词编组的不同使文学有了决定性的区分?我刚才

说了,我发觉我现在的思考越来越大而化之了。我觉得一棵树上的叶子是难以动摇整棵大树的。但是,如果这棵大树上的所有叶子都动,或者,这棵大树根本就都是由叶子组成的,那么,这棵大树看上去也是晃动的？我发现我现在已经说不好了。是的,我要退场了。

2003 年 8 月 16 日于合肥淮北佬斋

诸芳迎春

一场寒流过去,温度下降了许多,早晨都在零度以下,但天也晴起来了,而且晴得好,阳光明媚的;不像前些日子,天气有些阴晦,人的心里总有点不畅快,个中的滋味,倒只有自己才品得出。

现在如果我在家里,闲来无事时,颇喜欢到楼上的西阳台去,在那里转转、看看,了解一些花事的进展。西阳台原来是铝合金的顶,方管的封构,做这个活的是从芜湖郊区来的俩兄弟,人倒是不错,但这种封构的寿命太不长了,原先是打算能用五六年的,但三年不到,顶也漏了,管也蚀了,风雨中发出巨响,这个阳台又是在 8 楼,万一有个闪失,掉下去打到人,那可不得了。于是在秋天的某个双休日,预定了一种彩板明窗,正儿八经地把它封了起来。如此一来,西阳台在冬天变成了一个非正式的暖房,里面挡风避雨,采光好,温度也绝不会低到哪里去,往年我搬在楼上客厅里的花花草草,现在就大都驻留这里了。我侍弄的这些花草,都是不费事好养的,但如果你喜欢它们,就能从中觅得不少乐趣。比如珠兰、君子兰和一般的中国兰,它们都非常高雅,也都是四季常青的,盆若清秀一些,那么即使没开花,你也能从中寻获许多文化的信息,当然,这都是读闲书得来的怪趣。水仙也是省事和好养的,只是白天端出晚上端进、添水去水太麻烦,索性加足了水放在阳台叫阳光晒去,春节前后就能开出芳香的花来。西鹃虽然不如一般的山鹃皮实,但似乎也并不很怕冷,放在阳台阳光最充裕的地方,它竟要吐红绽放了,也不知道是现在要它开好呢,还是控制它让它春来的时候开好。西鹃和小叶栀子一样,是盛花植物,小小的一棵,春来时满株花云,花开的时间又长,很惹人爱怜的。小叶栀子树形好,春天开起花来,也是绝不惜力的,甚至都有些怕人,脸盆大小的一棵,每天早上开出的花,多达数十朵,董静上班时总是带一包鲜花去办公室分送它们。还有白兰和茉莉,白兰现在还开着呢,不过已经寥寥无几了,白兰是一种真正的芳香植物,它的茎,以及叶,都有一种浓郁的香味,虽然树形不怎么好看,但香浓的花总是有特别的优势的,犹如人间的姿色。我家是个种茉莉的"大户",每年采集晒干的茉莉花有好几听子,不光我们全家泡茉莉花喝(还有金银花等),董静也把它们送人,这些自家采制的天然香花饮品,喝起来,皆是满口留香、余味无穷的。马蹄莲诸叶并发,紫竹梅的颜色总有些另类,海芋的长相还是那么夸张,地方小一点都容不下它们。紫背竹芋的长势也还算好,没有暖气的冬天对它来说,往往是致命的,不过,随着物种的迁移,它们也慢慢地适应了较低的温度,这才叫与时俱进吧。

  这就是我的"新"的西阳台,这里还没有说到我的"听雨花园",那里也是芳菲满园的,我也是准备写一本小书来介绍它们的。现在,我仍然待在西阳台上,诸芳迎春,想起了即将过去的一年和就要来到的新的一年。在即将过去的一年里,我似乎还是做了一些事的:在《上海文学》和《山花》等杂志发表了十多篇短篇小说,并且写出了一点我想要写的所谓"风格",有的小说被《小说月报》等选刊选载;还有以前的中篇小说《夏天的公事》,被收进了大学的教材里,短篇小说《碑》被收到了《二十世纪中国小说读本》里;遭遇了一些内容障碍的长篇渐渐有了一点进展,接手的一个电视剧也在等待新春的到来。

我还有什么不满足的呢?前些年写岁月回眸的稿子时,我给自己的定位就是"做事",其实现在还是"做事",做人就要做事,到了新的一年里,我们又能怎么样呢?不外乎我们还是要做事,做别人要我们做的事,做自己不得不做的事,最好是做自己想要做的事,并且尽量把事情做好。

2003年12月21日　合肥淮北佬斋

2004 年

太太的背影

记得20世纪80年代思想解放潮流的初期,国内有一位诗人提出了"太太回家"的构想,在社会上引起了好一阵争论,并且遭遇了妇女组织不同程度的批评和抨击,结局是不了了之。但那种"思想解放"的时鲜劲儿,还是给当时仍属拘谨的社会带去了一股锐利的新意,使过来人尚能隐约忆起。

近二十年过去了,"太太回家"的话题已经迥异,仿佛还浸染了某种小资小娱的闲适韵味,但它看起来似乎仍然只是一种求新意愿中与变革有关的话题,而非实打实的社会人力资源分配的可能趋向。在近百年反封建以及长期的妇女解放运动的熏陶和影响下,大约没有多少妇女还情愿放弃已经与男性几近扯平的等级与权利,再回到相对枯燥乏味的家庭生活中去了,特别是在眼花缭乱、"诱惑"益多的当下社会。

女性的生理特点和某种进化属性也许决定了女性更适于做类似家庭中那些细腻的和琐碎的活计,但文明的趋向已经使整个人类社会都日益家庭化了,女性不愁在这种更依赖智力和学识的环境中找到自己的乐趣和位置,这也使全职太太的命题更加学究气——谁还会情愿重新成为笼中可怜巴巴的小鸟呢？至少在现代文化情境下的中国是如此。

除去观念的因素以外,家中抽屉里的人民币匮乏也使走出去的太太的背影成为不可逆转。至少我觉得我养活不好在国策规范下已属精兵简政的三口之家。家中常闹钱荒,夫妻口角也多缘于此物。其实,她们的胃口并不很大,况且,这不多的银子中,近一半还是她挣的呢。

关 于 手 机

我最早使用手机是在1997年,虽然已经不是"大哥大钓妞"的时代了,但手机在那时也还是所谓的"身份的象征",使用的人比较少,样式笨拙丑陋,可供选择的机型极少,基本都是进口货,价钱也很贵。其时正值摩托罗拉的"掌中宝"面世,我就用了一款最新的掌中宝,售价加上选号费等大概一万块钱。在酒店吃饭时拿出来放在台面上,一定会引来很多羡慕的目光,屡试不爽;打车时驾驶员也百分之百会对它极感兴趣,不厌其烦地问要多少钱,信号怎么样,等等,从他们的眼光里也能读出许多相同或不同的信息。我觉得,我的虚荣心也还是容易满足的。

两三年后手机就开始普及了,国产手机的加盟使手机在市场上"身价大跌",手机的样式百花齐放,层出不穷。"掌中宝"早成了昨日黄花,它还不能发中文短信,于是和夫人到大钟楼外,好不容易50块钱卖了它,另换了一款国产手机,算是跟在了潮流的后头。

现在,手机已经差不多回到了它基础功能即交流信息的位置上。但是电子产品也太容易出问题了,不知道是不是只有我才碰到这样的问题。以前的摩托罗拉就时常掉线、掉电、连接线断掉、电池坏掉等等,不过总的来说也还好。后来换成一款国产手机,问题就更多了,而且只要我一离开合肥它就出问题,不是翻动键坏掉,就是屏幕出毛病,再不就是接触不良、自动关机,两年不到,维修站跑了二三十次。跑烦了,我就对维修人员说,以后你们别卖手机了,干脆开维修站,你们开维修站也肯定能赚钱。话虽然这么说,手机市场一日千里的势头,是任谁也阻挡不了的,这不,我又在预谋换手机了,当然,潮流的事也是永远赶不完的。

2004年5月8日　合肥淮北佬斋

试论欣赏小女生及其他

　　这是一个容易惹出麻烦来的命题,尤其是面对夫人或其他还惦记着你的相处多年的女性朋友时更是如此。是的,爱情是一个人们最为熟悉的课题,而且在爱情这门必修课上,人人都是专家。但爱情是什么?论述不严谨的美国学者阿兰说:一个男子对于女子的强烈兴趣或欣赏,我们通常称之为爱情。我理解的他的意思是:异性间的兴趣和欣赏可能是爱情的前奏。那么反过来说,爱情是由欣赏或兴趣转化而来的?我想,这就是男女两性之间的基本关系。

　　爱情在更早些的年代可能仅仅是欣赏。比如在人类还没能生产出"文化"这种东西之前,男性对女性的欣赏也许只是单纯地建立在族群延续的需求上。应该说,那时候是直奔主题的,假如有所谓的欣赏,也一定会要服从"延续与存在"这一法则。而健康、"新颖"、活泼、敏捷、生命力旺盛的"年轻"女生,在生理上是最符合大自然的优胜劣汰法则的。

　　很多很多年过去了,文化不知不觉地产生了,文化像一个巨大的光环,把人类的一切包括颇多不堪的东西都笼罩在它的光环之中,于是,本能进化为文明,性欲转变成爱情。在这样一个无比长的过程中,喧宾夺主式的文化发展附加给我们越来越多的东西,我们开始改变固有的一些观念,我们开始欣赏有内涵的女性,我们开始欣赏在年龄和生活经验上更为成熟的女性,因为她们使我们在精神上的感觉更加熨帖。

也许我没说清楚我的想法,但这就是我的"女生观":异性间的关系总是建立在"爱情"(或称之为欣赏或兴趣)的基础上的。不管怎么说,不管我们发展到哪个阶段了,人类的本能"永远"都会在看不见的地方支配着我们。当然,"文化"也永远会试图附加给我们更多的"桎梏"和"禁忌",使我们益发"丰富"起来。这就是我这篇短文的"结论"。

现在,我们又回到了"欣赏和兴趣"。我愿意按照我的某一个瞬间的想法给出一个具体的年龄:在通常的情况下,20到25岁的女生最能吸引我们的目光,使我们心驰神往;26到35岁的女性感觉最有欣赏的价值、归宿感和精神感受,最能给人生命的动力;36到45岁的女士最为成熟、内涵丰润、有生命的质感和命运感。在我的眼中,她们都是了不起的!

2004年5月10日　合肥淮北佬斋

相　　亲

1. 长成

春天的雨是最长庄稼的。整个冬天人们都处于蜷缩的状态中,如果能够的话,人鲜有出门的,胳膊腿也都伸不开,人的思维好像很不畅通,人类社会的发展似乎停滞了。这时,春雨从天上落下来了,虽然天气还有些冷,但很快,野外的庄稼开始长疯了,眼见着一天比一天拔高。这是庄稼。村里的小伙子和姑娘们也是在一夜之间长成的,他们大都在十八九岁,不会超过20岁,女孩子应该更小一些。

2. 父母

乡俗像一种生物钟,这时就开始在父母的体内起作用了,特别是做母亲的,会开始留意嫁娶方面的事情。女人们干活或"休闲"时不由自主就"集思广益"了,河东某村哪家的男孩子19了,河西某村谁家的闺女刚下学在家。大赛家里的(大赛的媳妇)带些炫耀地说:"人家梅花小舅还是个吃皇粮的咪。"小翠娘听了记在心里,晚黑吃过饭到大赛家里,和大赛两口子说梅花的事,央求大赛家里的回娘家时探梅花娘一个口风。村里村邻的,大赛家里的没有不答应的理由。

3. 媒人

专职媒人的鼻子真是比狗还灵。这些人心眼宽、腿脚活,年轻时大多都是能说会道、好吃懒做、性格外向、喜好交际、热衷此道的人,她们人脉广,辈分长,又识几个字,跟谁都有亲戚关系。媒人来了,脚穿崭新的黑布鞋,宽松的裤子,紫浮绸的对襟衫。"小犟娘,赶紧给他二姨熬红糖茶喝。"家里的男人发话了。小犟娘赶忙答应了,赶紧上锅屋点火烧开水去。男人敬上一支两毛八一包的卷烟。她们架着二郎腿坐定,右手不紧不慢摇着芭蕉扇,左手夹着香烟。她们说功了得,一直说到吃晌午饭,啥人都插不上一句话;她们坐功也了得,不动窝坐几个小时当玩的。

4. 见面

达成了意向,父母先跟着媒人上女家去,见了面,送上馓子、油果子(油条)、糖糕或果子(乡下的糕点),叫梅花进来见一见。年纪轻轻的,嘴还算甜,知道叫人,皮肤好,有白有红(但这并不重要),胳膊腿圆鼓鼓的,像是会干活的样子。女方父母也来男家看人,是空着手来的,走的时候还得带些东西走。媒人两边领,两边说合,小小的瑕疵,糊糊弄弄多能圆过去。大人都见过了,点头了,这事差不多也就定下了。在一般的情况下,儿女们翻不了什么大浪。年轻人自谈？在乡下还没有那么开放的风气和那么方便的条件。

5. 时间

以上是 20 世纪 80 年代前淮北农村的某种相亲状况,现在是个什么样子？我已经不怎么了解了。经常到乡镇或农村去,看见女孩子大都年轻丰盈得很,有时候还坐在男青年的大腿上,目中无人地调情说爱。她们夏天的上衣也短得如同都市,弯腰或取蹲姿时,后腰都是很养眼撩人的那种。想来过往的相亲结对子的形式,应该退出广阔的农村舞台了吧。但风俗和礼仪的产生及消解都是漫长的过程,短短的一二十年,会这么迅疾？我还不太敢相信。

2004 年 6 月 11 日　合肥淮北佬斋

时间在藏区被拨慢了

出发

2004年的6月下旬,我忙完了手头的事情,连天加夜地准备了一些材料,然后踏上了西行藏区的路程。这是久有预谋的一次旅行,其中也有女儿的不断督促,女儿的理由是她早已将藏区行公布给同学了,所以一定要成行,不得有误。

新换了一个日记本。在网上及其他地方寻找能找到的一切有关资料,感觉到川西、甘南、海南以及西藏的随便一个小镇,都有丰厚的宗教、(以及多与宗教相关的)文化和历史。青海、新疆、甘肃等地我已去过多次,但每一次去,都有新的感受、新的收获。

资料越多,了解的东西也越来越多,思路感觉越开阔,所有的旅点都感觉无法割舍,越来越无法割舍。同时又觉得无法动脚,恐怕因有选择的观览而割裂了当地宗教文化的完整。6月28号夜10点以前上车。

宝鸡附近地势平坦,庄稼长得好,很富裕的样子。车过宝鸡就开始钻山洞,列车埋着头穿越着秦岭。沿线小站上的生活使人遐想,工区家前院后随地都种着青菜,向日葵也开得黄灿灿的。雨势连绵,山水清冽。山角里有一片片已经成熟的小麦,山里温度低,小麦成熟得也晚。

第三天早晨车停广汉,据列车员说前面的桥塌了,心想四川的桥怎么这样不结实,才下这点雨就把桥下塌了,似乎不太可能。列车员竭力鼓动大家下车换乘汽车去成都,而车站上的工作人员则努力说服我们留在车上。个中原因无从得知。终于和一位做药品生意的年轻探亲客下车出站,10元乘快巴至成都昭觉寺车站,昭觉寺车站一片汪洋。再至成都新南门汽车站,购票上车去川西甘孜藏族自治州首府康定,依维柯100元,空调大巴112元。一小时发一次车,同时发两班。去川西的班车都在这里发车。

雅安、泸定与康定

我买到了本班车的最后一张车票。车上上来7个老外,他们的背包极大,估计都是睡袋之类的杂物。我有一个小发现,就是在两对以上的白人男女中,你总能发现至少一个美女,此刻也是如此。但现在看老外和十年前看老外有所不同,现在觉得他们实在是稀松平常,习性之类的未必比我们好,有时候他们比我们还会省钱。

两小时后车到雅安。雨一直下个不停。雅安是我国有名的雨都,一年里的大部分时间都在下雨,民间流传着雅安的"三绝":一绝是雅雨,说雅安的雨多;二绝是雅鱼,说雅安江水里生长的一种鱼好吃,但这种鱼恐怕早就绝迹了,现在雅安各酒肆里贩卖的"雅鱼",多为当地江河里一般人不认得的野鱼;三绝是雅女,说雅安的女孩子皮肤白,长得漂亮,甚至传说雅安城里绝少美容院,因为雅安的女子不需要再美容了。当下雅安政经部门为了发展雅安经济,在雅安三绝外又加了一绝,谓之"雅茶",不知端的如何。

车沿国道318线西行。在内地我们很少注意关于国道的事情,但是在西域,国道太重要了,没有国道,简直寸步难行。汽车开始穿越国道318线川藏公路(南线)的二郎山隧道。据说此隧道全国海拔最高、埋深第一。隧道建设中曾有单向行驶,双号由泸定至雅安,单号由雅安至泸定的规定,这样的交通在内地实在不可想象。而现在建成后的近5公里的二郎山隧道以及二郎山至泸定的公路,真的不要太漂亮! 汽车驶出隧道,右立峭壁,左为深渊,山水翻卷,云雾缭绕,景色一时使人讶然。

6小时后车至小城泸定。泸定河宽约百米,河水急遽,穿城而过,当年红军十八勇士飞夺泸定桥的那个泸定桥,就在这里。桥北岸砌起了收费处,观者须购票参观。

泸定距康定49公里,车程一个小时。夜9时半到康定。下车即购买第二天早8时去丹巴县的班车票,车资35元。这里的班车都是国有的,山高路险,这给人一种安全感。车票与保险也一定是同时购买的,保险费1元。

康定是甘孜藏族自治州的首府,辖泸定、道孚、炉霍、理塘、甘孜、丹巴、稻城、德格等18县,但康定去往各县的班车,一天一般只有一班,而且绝不超载,超载的处罚为:超载一人罚款50元,超载20%及以上,行政拘留。司机一般也都严格执行。今天走不掉,只能住下来等第二天的车。

此地人口少,甘孜州18个县,84.6万人口,每县只有5万人不到,有时车行一路,数百公里,都见不到一个招手拦车的人。

你看到这样的统计也不用吃惊:甘孜州理塘县共有邮电局(所)8个,电话机168部。石渠县共有邮电局(所)5处,电话交换机139部。

雨下个不停。住车站招待所,国有老房子,没有电视,单间20元。温度已降至20℃以下,自来水太凉。公共卫生间,公共淋浴,淋浴要买澡票,每人6元。

丹巴

7月1号晨6时,手机叫醒我,还想睡,但一定要起来了。

温度不会超过15℃。在街上早点店里吃早点,面食,一个小馍馍一元。班车准时开出康定汽车站。车上有许多甘孜州民族师专的藏族女学生,她们每次看见公路上迎面开来的运猪的农用车或摩托车,就一定会惊讶地齐声大喊:猪哇! 她们还喜欢说"哇噻",当她们说起藏语的时候我就不懂了。可能是因为有人晕车,她们喜欢把车窗打开。车上的藏民都穿着很厚的大袍子或皮袍子,没人怕冷,但一路的寒风可把我冻坏了! 她们沿途下车,一见到家乡的房子或小学校,她们都由衷地欢呼起来:"终于到家了!""家乡的小学校终于盖起来了! 哇噻!"

路边高山上成片地长着仙人掌,蔚为大观。车一直在山里转,路上不时有塌方地段或飞石路段,好好的路面被砸得支离破碎,乘客亦须下车徒步而过。中午太阳出来,天暖和了。

午后到丹巴。横跨大渡河(下游就是泸定)的丹巴大桥描绘着彩虹式的色彩,在大山里显得分外漂亮。不大的山坡小城,还算是小巧精致。住在汽车站附近的招待所里,单间25元。窗外,大金川与小金川在桥头汇合为大渡河,河水浑浊,翻卷而下。

丹巴这个县名,来自丹东、巴底、巴旺三土司的汉译首字。此地的藏族属嘉绒支系,所谓的嘉绒藏族,记得有一个资料上讲,是藏语"×嘉×绒×绒×"的汉语译音,意为"生活在墨多尔神山下(或附近)的藏族",这些藏族讲藏族的嘉绒方言,并以农业生产为主。

又传说丹巴出美女,特别是丹巴美人谷的美女特别多。传说许多年前一只凤凰飞到了墨多尔山,随后化成千千万万美丽迷人的美女,于是墨多尔神山下便成了美女如云的地方。另有一种说法,说西夏王朝灭亡时,大批后宫嫔妃从遥远的宁夏逃到丹巴,后来,丹巴就出美女了。近年来,丹巴县有近3000名美女走出村寨,来到成都、西宁、北京等地大大小小的歌舞艺术团,一展她们的才貌。

午饭后要了一辆车先去甲居看藏寨。一路上和驾车的师傅聊得十分投机。师傅是汉族,我老是忘记问他姓氏,但知道他的手机尾号是3190,这里姑且称他为3190。3190说本来去甲居藏寨包车的资费20元,一上一下则30元,但不好多等;以前哈尔滨有位游客,也是一个人,去甲居,又去梭坡古碉,共70元,我说那也这么办吧,两地游完共70元。3190积极性很高,结果进甲居的20元门票也被他糊弄过去替我省了。

甲居藏寨距丹巴县城5公里就开始上山,难以步行前往。这里的山都高大。从山下看那些造型独特的藏居都是悬在山坡上的,让人怀疑它们的安全性。但是上了山才知道山坡很缓,藏居不仅稳固,而且楼前还有平地。

3190带我去看一家即将完工的藏居。几位木匠在楼里做工,丹巴藏居都是石木结构,风格统一,外表质朴敦厚,窗沿等处均饰以彩绘,一般三到四层,底层为家畜圈,猪、牛、羊混养,每层都有面南的大阳台,工期半年到两三年不等。我问成本。3190说因是就地取材,成本并不很高,再说一家盖房,全寨都来帮忙,也省去许多。

这里的人家家养花,大都是些叫不出名字的草花,五颜六色,开得鲜艳。

农作物多为青稞、苞米、土豆、豆角等,经济作物则多有花椒、苹果、李子等。

接着又去梭坡看古碉。丹巴是我国古碉最集中、数量最多的地方,这里的古碉均由乱石堆砌而成,矗立在高高的山坡上,极其独到。

通往梭坡莫落村的铁索桥上挂满了各种颜色的经幡。午后的阳光下很热,可以穿短袖的T恤。

因为车开不上去,3190在山下等我,我一个人上山进寨,去看古碉。村里没有什么人,更没有游人。梭坡村长满了合抱粗的大树,显示了这个村寨的古老。群碉附近的梭坡乡莫落村则通仁青拉姆家只有几个妇女和小孩子在大露台上闲坐。我请则通仁青拉姆家的主妇替我照相,并顺手塞了几枚硬币在她手里。

她们很友好,只是笑个不停。照好了相,则通仁青拉姆家的主妇请我为她的"妈妈"照张相,我理解那应该是她的"婆婆"。我满口答应,给她"妈妈"照过,又给她们合了影。

则通仁青拉姆家的"客厅"的地板上有一个炕饼用的生铁锅,主妇的女儿说那就是锅庄。炕饼时一边炕着,一边大家围着锅庄跳舞,后来这种跳舞就叫跳"锅庄"了。

莫落村的山坡上、石块上都是一层腻腻的白色,是云母矿的原因。

返回县城的路上,3190得知我第二天要去八美,他提醒我:"八美那边是牛场(牧场),那里的藏人都很强悍,有一些藏人连汉语都不会说,不要随便开口说话。""八美那里烧水要用高压锅才能烧开。"我点头致谢。

买到了第二天即7月2号早上7点去八美的车票,车资26元(加保险),在川西藏区,这算是非常非常近的路程了。

丹巴城里有许多人家都种着白兰或绣球花。到一家邛崃人开的小店吃醪糟蛋。这是川地的特产,再往北就不容易吃到了。

又去一家干净的小店喝酥油茶。很对口味,不咸不甜的,但用的是奶粉。

八美、塔公草原、新都桥

早晨下着较大的雨,温度也较低,我穿上了衬裤。

车刚出县城就碰到了塌方,全体下车在路边雨中等空车过来。乘客大都是藏民,大家都在雨中默默地淋着,这是藏区的特点,没有人刻意去打伞,也不会有人抱怨。

丹巴到姑咱之间,大雨中,所有正在路上前往学校的藏族小学生和初中生,无论泥泥水水多么艰难,都会停下来,面对客车行少先队员的敬礼。

山势高峻、雄伟,路边的河流浑浊、湍急。但车里越来越冷,坐在窗边的藏族妇女一直都开着车窗,没有办法。

上来七八位藏族姑娘,据说她们是养路工。她们带上来的一个旅行包里响着西部的歌曲,有藏语的也有汉语的,她们一路上唱个不停。车里的男性藏族乘客也会突然发自内心地高歌,听上去完全没有什么功利目的,只是发自内心的冲动。

过娘子神山(当地人的称呼)时,车里的藏民都大声念起了经文,藏族司机和他的副手下车向嘛尼堆旁的神树敬献了哈达,抛撒了龙达(一种印有经文或动物的纸片,各种颜色都有)。

过了娘子神山,高山草甸立刻出现了。这就是地理的神奇和奥妙,一山之隔两重天。但是这里的高山草甸还没有甘南玛曲的草甸雄伟、壮阔。

11点多到八美,立刻上了一辆前往新都桥的面的。据有关资料说,新都桥附近是"摄影家的天堂",那里的一景一物都使人留恋。车上的一位藏族妇女一路念着经,时高时低,时抑时扬。雨也下得时大时小。

路有些"烂"。这是当地人的说法,当地人说路不好都说"路烂",而不管路是烂还是修得不好。但塔公草原的草场景观还是蛮不错的,一群群黑色的牦牛和山羊在山坡上吃草。有些山坡上有规律地插着经幡,通常插成三角形或多个三角形。离塔公镇不远的草原上正在举行赛马会,司机洛日说今天是藏历的五月十五日(和阴历的日期一样),他停了车,我们下车站在路边看了一会。赛手们啸嗷着策马狂奔,时常有骑手飞出马外,跌落草原上。

塔公镇正在大兴土木,豪华壮观的藏式房正在建起。镇上到处都是游荡着的高大的康巴汉子,康巴妇女也都穿着敦厚地东看西看。

一直在下雨,天也冷,特别在车里坐着时,想想现在七月酷暑,江淮大地都不知热成什么样子了。

新都桥镇距塔公草原三十余公里。镇北不远处的岔路,一条往理塘的方向去,是国道 318 线即川藏南线,另一条往八美、道孚、炉霍的方向去,原为国道 317 线即川藏北线的一部分。现在的国道 317 线由马尔康而德格,这条线就变成了四川省道的一部分了。

新都桥镇本身十分一般,国道分岔路口的景色倒还值得流连,但在藏区也远不能称奇。四川省甘孜监狱就在新都桥镇中心。雨下得很大,漫游的康巴汉子骑着摩托车急速奔驰。突然,一辆在镇上飞驰的摩托车把一个较矮小的藏人撞得在当街翻了好几个跟斗,但他好像没事,爬起来向河边小路快步走去。我倒惊出了一身冷汗。

新都桥、塔公草原、八美

下午 3 点乘一辆小轿车从新都桥返回八美,我在车上睡着了。一小时后到塔公镇,我被卖给一辆小面的,睁眼一看,原来是我中午过来时乘坐的车,司机洛日正对着我笑。

洛日开着他的破面的在塔公至八美的烂道上颠簸。路上有两个背着背包的年轻人在努力地跋涉。面的靠近了他们,他们举起了手:"到八美多少钱?""7元。"洛日说。他们摇摇手,洛日把车开过去,但很快他又改变了主意,把车倒了回去。"5元。"那两个年轻人上了车。

"来旅游的吧?从哪里来?"我兴致勃勃地和他们搭话。原来他们一个从山东来,一个从广东来,两人分别在新疆的某地和甘肃的嘉峪关买了山地车,又分别骑行到拉萨会合,到然乌后两人扔了山地车,一路搭便车到新都桥,又从新都桥步行几十公里到这里,准备从八美再找便车去丹巴,由丹巴至成都,尔后返乡。

我内心激动,向他们竖起拇指:"你们俩了不起!英雄!"

现在,这样的背包客或驴友越来越多了,我也是20岁多一点独自一人游遍了青海、甘肃以及新疆的一部分,所以对他们非常有认同感,觉得年轻时的这种冲动和游历能决定人的一生,能改变人的世界观,益处极大。

我详细向他们介绍了丹巴的天气、班车情况以及景点。到八美三岔路口的塔子边,我们挥手道别。

傍晚时分在八美的邮电招待所住下。单间30元,被我砍到25元。招待所的厕所在院里很远的地方,这是这里常见的现象。这里房间的电灯开关也大都在门外,要开灯关灯都得开门出去才行,就像内地"文革"时期的招待所一样。

天晴了。八美是个非常干净美丽的藏区小镇,四面都是草场和高山草甸。傍晚时分,塔子边大人小孩都在围着塔子转经,还有小孩用汉语大声念课文。

几个汉族民工模样的人,站在路边指点八美小学的一幢藏房,赞叹不已。那幢藏房用不同颜色、不同形状的石块层层垒起,精美绝伦。

在塔子边我和八美电视台的一位工作人员聊了起来。他说八美现属道孚县,原来也是个县城,但因为人口太少,全县只有两万多人,被撤销了,现在又在申请立县,国务院已经同意出5000万,另5000万要省、州出,省、州出不起,就搁下来了。我请教他转经的方向问题,这是我一直想彻底弄清的事情。他说,不管是转经,还是转"塔子"、转山、转湖,都是顺时针转,转反就不对了。

回到邮电招待所楼下的饭馆喝酥油茶。老板娘喊一个小二式的小伙子来"打"酥油茶。酥油茶不是做出来、搅出来、拌出来的,而是在一个长铁皮桶里"打"出来的,不同的技术,"打"出来的酥油茶也不同。小伙子边卖力地"打"酥油茶,边向我保证,他"打"的酥油茶绝对好喝。我表示相信。

酥油茶"打"出来了,我喝了第一口就差点呕吐。小伙子问我味道咋样,我说,味道太大了,喝不惯。这里的酥油茶和丹巴的酥油茶完全两样,这里的酥油茶牦牛味太重了,让人不能忍受! 小伙子有些失望。他说这里的酥油才是正宗的,有很多地方的酥油都是假的,是为了适应游客的口味。他又说,喝酥油茶一定要趁热大口大口喝,喝习惯就好了,酥油茶营养绝对丰富。我照他的说法,咬紧牙关,趁热大口大口地喝下一碗酥油茶,喝到最后,味道似乎小了些,但我还是不敢喝第二碗了。

八美天黑得较晚。7点多回到房间,从窗里正好能看见小镇背后东面高山山坡上的草场,傍晚的阳光照在草坡上,绿莹莹的非常漂亮。天像洗过的一样蓝,在内地绝对没有这样蓝的天。

9时10分,八美才完全黑下来。

惠远寺、下村

7月3号,早晨6点多的八美镇。小镇还家家关门闭户,人声全无。八美镇四周的山顶被大雾笼罩着,但镇子上并没有雾。

7点多在镇外的塔子边等车去惠远寺,车极少,等来等去还是等来了洛日的小面的,和洛日谈好,去惠远寺和下村来回,车资40元。

惠远寺属道孚县协德乡,全称乾宁惠远寺,距八美镇9公里。下县道时有标牌指示:莲花宝地惠远寺。惠远寺坐落在一片广阔平坦的谷地里。这天阳光很好,照在身上暖洋洋的,天气也不冷不热。草原上开满了红色、紫色、蓝色和白色的花朵。请教洛日后知,那些花大多是格桑花和青嘉梅朵。在藏语里,"青嘉"是这种花的名字,就像汉语里的月季、海棠、栀子,"梅朵"则是花的意思。

远看惠远寺有150多个白色的塔子立在地平线上,非常壮观。

在惠远寺门外,和两个超过一米八的康巴小伙子合影,康巴人个子都较高,戴着卷起来的帽子,留着油黑的长发,腰间挂着藏刀。

惠远寺建于道光十八年(1838年),十一世达赖凯珠嘉措在离寺两公里(其实不止两公里)的下村诞生,并在惠远寺住到1842年,此事显示了惠远寺在康藏地区的特殊地位,也极大地提高了惠远寺的声誉。现在,惠远寺香客不多,寺院也有些陈旧。在洛日的介绍下,有一位藏传佛教僧侣陪着我参观。我捐了10元钱在大殿里。

我们离开惠远寺去下村。路边,土地里生长着起垄种植的土豆,这种种植法我还是第一次见到。藏族妇女三三两两在围圈起来的田地里劳动,她们穿着花花绿绿的袍子,头上扎着红绳饰物,在藏区这种青山绿水的场景下,显得协调、好看。藏民似乎是从来都不缺色彩的。

下村,十一世达赖凯珠嘉措出生地,大厅里供奉着的一块自然石上,有藏文的六字大明咒。偏房外的小和尚念经念得十分响亮。我经过时他向我挥手致意。我也向他挥手告别。

八美、嗡底吧滋、道孚

车子返回八美,公路边有塔子时,洛日就会开着车从塔子边绕一圈。

10点多回到八美,想去邮局为我自制的邮折盖邮戳,但这一天是星期六,邮所不上班。在康巴藏区(青海玉树地区、四川川西地区、西藏昌都地区),双休日县乡邮局所都是关门的。这是康区的"一怪"。

11点乘面的去道孚。车进入龙灯草原,午后经过那个叫"嗡底吧滋"的地方,司机招呼我下去照相,车就在路边等我。在溪水四溢的草场深处,支着白蓝相间的帐篷,那里聚集着许多藏人,他们有的睡在溪水边的草地上,有的在草场漫无目的地闲逛,妇女们聚在一起,不知道在做什么,青年们在明媚的阳光下围在一起打台球(在康巴藏区所有的小镇和县城里,藏族青年都在热情地打着台球)。我请藏族青年帮我照了相,然后返回公路,怕车等久了,我也想试试我对高原的适应到底是个什么程度,我奔跑起来,一直跑到车旁。后来我的身体一直也没有什么反应。我很庆幸。

景观过了龙灯草原接近洛恰就较为一般了,这里像是半农半牧的地区,西部的那种风情差了一些。看山和草场的颜色,这里的气候也要比八美和塔公那里干燥许多。

但是洛恰直到道孚县城,路边的藏居都豪华漂亮极了。藏居边成片的油菜开着金黄色的花,美丽非凡。据说道孚的藏居是上了邮票的。

道孚藏居用石块和巨大的整根圆木做成,圆木都漆成了紫红色,极其厚重、华丽。在有些正在兴建的藏房门前,会堆积着一二十根巨大的圆木。车上的人说,盖一座这样的藏居,要用时两三年,花费数十万。这是家庭的百年大计,需时和耗资,似乎都是值得的。

由此我注意了一路过来的乡村公共建筑,这类建筑一般是公路站(即道班)或乡镇政府。你一眼就能看出那些在内地也随处可见的坡顶平房做工的潦草。在藏区,所谓的乡镇,也就是几间房子的事情，如果不是旅游区，你在那里想找到一家小饭馆，都不是容易的事情。

虽然道孚的海拔已在 3000 米以上，但道孚的阳光热力了得，我脱得只剩下一件 T 恤了。

在高原上就是这样，阳光直射在身上时你会觉得很热，当阳光被遮挡住你又会觉得有凉意。县城里到处都是穿红衫的藏传佛教僧侣在走动。

道孚寺在道孚县城背后的山坡上，显得有些破旧，场面也局促得多。正午时分，寺里的僧侣要么进城了，要么正在返回，要么在某地吃饭，道孚寺阒静得可以。

炉霍、色尔坝（翁达）、蒲西

下午 5 点多到炉霍县城，住炉霍县新城旅馆，单间 25 元。一进二楼的房间，我立刻觉得太奢侈了，真想"乐不思蜀"了。虽然房间较旧，但感谢计划经济的遗留，它很大，而且还有一圈转角沙发。可能是这些天我马不停蹄住得太差，标准降低了。

洗洗到街上去。藏区的摩托车和手扶拖拉机都披红挂绿，装扮得五彩招展，炉霍也不例外。

炉霍灵寿寺位于炉霍县城东面的山上，从那里可以看见炉霍县城的全貌。灵寿寺正在大兴土木，几近完工。大殿前有个很大的水泥广场，颇漂亮，简直近乎宏伟，水泥地里还有地灯，叫人觉得现代得很。但寺里有很多狗，有的狗甚至站到大殿屋顶上去叫，使我望而却步。

给三个小僧侣拍了照片，答应给他们寄过去。其中一个小僧侣姓文，他还是汉族。他说他到寺庙里来学习，都是自愿的。

在山上时，忽然一阵风吹过，下了几片雨，顿时觉得好冷。

晚上睡了一个好觉，第二天（7月4号）晨7时，乘班车由炉霍而色尔坝（翁达）。早晨的炉霍下着小雨，很安静。

炉霍至小镇色尔坝风景一般，但翻越老折山（当地人的称呼）时，一路高山草甸景色极佳，云雾在高山草坡上游动，草地上有黑色的和白底蓝带、红带的帐篷，一群群黑色的牦牛、藏羊（黑色或灰白色）在绿茵茵的山坡上吃草。高山草甸上一棵树都不长，生物界线明显，说明老折山的海拔较高。在老折山最高处，云雾弥漫，寒气逼人，不少骑摩托的牧民围着一个帐篷买汽油，用空矿泉水瓶子装着。他们都穿着厚袍子或有加上羽绒服的。

下车就地小便。藏族妇女还是蹲下就可以解决，因为她们的厚长袍挡得严严实实，使她们全无后顾之忧。

下山时，山谷间的草场虽然不大，但都是绝佳的漂亮，红的、蓝的、白的野花成片开放，令人心颤。

细细的水从碧绿的青草丛中流出，慢慢汇成小溪，由山谷向下流去，公路（国道317线）也一直跟着小溪在山谷里转。山里成片丛生的松树葱郁、巨大，水流边藏民的房子都是用这些巨大的树盖成的。小溪到色尔坝（翁达）已经壮大了。

色尔坝（翁达）是一个十分干净的小镇。也是个三岔路口。由阿坝藏族羌族自治州首府马尔康过来的国道317线穿过小镇，另一条道路是通往甘孜州的色达县的省内公路。

换车前往阿坝州首府马尔康，车里有很多穿红衣的藏传佛教僧侣。河谷里的水流越来越汹涌，越来越湍急，越来越巨大。这是有名的绰斯甲河。地势的落差似乎也越来越剧烈，山高谷深。现在山上都长着大树，农人的植物也比牛羊更多了。天气间阴、间小雨，偶尔露出几缕阳光。

　　中午 12 点，在公路边一个叫蒲西的小镇吃午饭。

　　小饭店建在路边河崖上，窗外的下方就是汹涌澎湃的绰斯甲河。小饭店里像美国西部片一样，有一个黑乎乎的大厅，嘎吱嘎吱响的陈旧的木地板，桌椅都是粗木制作的，大电炉把水壶烧得扑扑直冒气，5 元钱一大碗白萝卜烧排骨，汤汁是那种浓浓辣子的颜色。米饭按人头算，一人一块钱。僧侣们吃排骨都吃得很贪相。

　　317 国道一直在深山谷里沿着绰斯甲河走。琢磨着快到马尔康的时候，绰斯甲河与梭磨河、麻尔柯河汇合，变成大金川，掉头南下，直奔丹巴而去。

　　又忽然觉得有些热了。原来 317 线从较高海拔上走下来，马上就要到马尔康了。

马尔康

　　下午 3 时到马尔康，这是一个非常精致、漂亮、小巧的长条子形城市，建筑都是新的。

　　先去邮局为我的自制邮折打邮戳，再特别找了一个能收到央视体育频道的招待所住下，值班室的服务员也在用大电炉取暖,其实马尔康的下午并不冷,只不过在屋里有一点点凉意。3元钱在网吧上了一小时网,看看我这些天都收到了一些什么信息。7月5号凌晨看欧洲杯决赛,葡萄牙 VS 希腊,但我实在是太困了,只迷迷糊糊看到希腊队进了一球,我就关灯睡觉了。

睡了个大懒觉到早晨8点才起来。9点外出吃早饭,然后由马尔康人民会场对面小街北上(上坡),至阿坝州藏文编译局门外梯梯(当地话)一直上山即可至马尔康寺。马尔康因马尔康寺而得名,藏语意为"火苗旺盛",引申为"兴旺发达之地"。

当地人喜欢用叠音词,比如,说梯子不说楼梯、梯子而说梯梯,说大馍不说馒头、大馍而说馍馍,说小孩不说小孩、小娃子而说娃娃,说皮包、书包等不说皮包、书包而说包包。还有,你对他做的事表示感谢,他不说"没关系""不用谢",而说"没有"。

此山名为璋恰岭。岭下人家养着绣球花,还有玉簪。上山时问一由山上下来的藏民,他说山上有两个寺,一个是县上的寺,一个是村上的寺。一时间觉得一般百姓对中国式的行政概念,已经到了能熟练运用的程度了,哪怕是在较偏远的藏区。

上了山,看见大一些的寺即马尔康寺,县寺,在左边。而小一些的寺,村寺,在右边。在藏区,一般县里的寺都不收门票,随便进,而那些受到省、国家保护的,则均收门票。先进了马尔康寺,在那里逗留些时候,还捡拾了几片"龙达"(信徒抛撒的印有经文或图案的各种颜色的纸片)收藏。然后再去右边小些的"村寺"。

小些的寺有个标牌,指明此寺为"查北拉康寺"。进了寺,寺里的墙面上有汉字和逆时针的箭头:本教由此转。墙上还有一个牌子,题目是:转经轮常识。

我极感兴趣,择其要者摘录如下:

> 按雍忠本教的装藏方式,经轮中的经文装藏有以父续善巧策略和以母巧智慧的规程装藏法。前者以经筒中的中柱为轴心,经文文面朝内,从经文的文尾开始即逆时针方向缠绕,人们转动经轮时,相当于从头到尾念诵经文,体现本教佛门"善巧策略";后者则与之相反,也就是按顺时针方向缠绕经文,以体现本教"母巧智慧",转动起来则按顺时针方向转动。由此,形成了两种转经轮的形式,既可向逆时针方向转动,又可向顺时针方向转动,一般来讲前者较为普遍。同时,由父续和母续的这种理论相应地形成转朝圣也可按逆时针和顺时针方向进行。
>
> 而当今在极少数人中有这样一种说法,旋转经轮的方向相混或相反了,则为不祥。
>
> 这是一种不懂雍忠本波教教义的愚昧之见,是一种不利于教派团结的说教,望广大信徒和观览者慎重处之。当今,我查北拉康寺装藏转经轮均按照历史上雍忠本教之列规,以善巧策略之法以逆时针方向装藏的,故旋转经轮均从右至左旋转。转经轮至少转三转,分别代表消除身、口、意的疾病和孽障。

该文文笔流畅,用词简洁准确,又有强烈的针对性,撰者的文学、文字功底深厚,令人叹服。三步之内,必现芳草,有些大而所谓主流的地方,倒未必有这样的人才。

10点多下了山来。在干净漂亮的阿坝州体育场里,不少人(包括解放军战士)正随着音乐跳锅庄。

在2004年7月5日这一天的上午,川西北马尔康天晴得令人感动,是江淮大地典型的仲春天气。漂亮的小城在阳光的照耀下不冷不热,可以穿长袖衣服,人显得特别安详。我动情地想,如果有人因思念的人在身边而生活在这里,一定会过得深切而难忘。这里应该能确切地找到人生的某种感觉。

新中国成立前,川西北马尔康地区四大土司各占一角,发展罂粟种植,马尔康是这里的几大鸦片集散地之一。现在这附近还有卓克基(意为"桌子")土司官寨遗址,遗址襟连处有西棠民居群楼。

在街边小店买了一个锅盔(一种烙的饼),吃了一碗抄手(馄饨)。

理县、汶川、成都、康定

7月7号,许尔茜已经放暑假,我去成都双流机场接她。

7月5号,我由马尔康去理县,车过鹧鸪山时,时阴时雨中太阳出来了,两架大山之间出现了桥梁一样的彩虹,路上所有的车都停下来看。在下山的过程中,每两座山间都悬挂着彩虹,真是一大奇观。下午5点半经过米亚罗,分外干净美丽的小镇,由米亚罗往东,如同进入公园,景色美得使人难以自持。杂谷脑河水色清凌,翻腾而下。

在理县住了一晚,7月6号到汶川。这里海拔低,已经让人有一些夏天的感觉了。但到了夜晚空气还会凉沁沁的。杂谷脑河由汶川城南流过,河岸上有一个小小的沿河公园,夜9时还有人在半昏半暗的湍急河流边钓鱼,他一个人用了三根鱼竿,都插在河水里,又看不见,真不知道他是怎么钓的。

7月7号的成都则有些热。好好理了个短发、洗了澡。我的衣服已经十天未洗了,但只好如此接着再混下去。成都的小饮食店比马尔康、汶川等地都便宜。

7月8号和许尔茜去康定。成都是多云的天气,但车一到雅安就下起了雨,真是怪事。温度也降下来了,康定也在下雨,一直在下。许尔茜冷得不行,临时给她加买了内衣。

现在我们仔细游玩了康定城。康定系汉语地名,取"康区安定"之意,所谓"康",是以丹达山以东为"康"。藏语称康定为"打折多",意为"打曲、折曲两河交汇处",旧译为"打煎炉",后通译为"打箭炉",简称炉城。激流澎湃的折多河穿炉城而过,沿折多河两岸的新街漫步而上,河两边的城市紧凑而簇新。

老城区有"水井子",清冽的水从地下涌出,连绵不绝。偶见当地女孩用可乐瓶灌满水井子的水离去,不知其中可有什么讲究或传说。

吃康巴藏区有名的军屯锅盔,还有颜色紫红诱人的李子,但李子有些酸。

康定城南出城处有公主桥,所言公主,即指文成公主,这只是一段美好的传说,文成公主进藏走的是青藏路。但历来藏区人对公主桥的传说宁信其有。眼下看到的公主桥是一座毫不惹眼的较陈旧的石拱桥,横跨于折多河的两岸。但国道318线已经走了相邻的新桥,它就几乎成了专职的游览桥。

公主桥附近有跑马山,这是那首名头极响的《康定情歌》的实况注脚。

打折山、甘孜

7月9号晨6时上车前往甘孜,我们把带来的所有衣服都穿上,但仍感冷意袭人。

客车出康定城不远就开始翻越折多山,这是318线通往藏区的第一道高山,山口附近的海拔也在4000米以上。按照气象学(或物理学?)海拔高度每升高1000米温度即下降6摄氏度的原理,车窗外的山岭果然都积满了白雪(或冰?),有时汽车就在雪线上开行。折多山上雾雾雨雨,很是浓烈。

连续因塌方或修路堵了两次车,但还好都较快就通行了。

过炉霍不远,地形大变,不再是深山峡谷或高山草甸了,山岭变陡峭为矮小,山坡的坡度却变得很大,这说明此地的海拔高度变高了。水流平缓漫漶的河滩草场上花朵阵阵。路边和河滩上长着发白的杨树,一片一片的,有甘肃和青海的风情。空气似乎有些干燥。其实在康定等地,虽然经常下雨,人还是觉得干燥,嘴唇也会干得脱皮。

有两个藏族妇女在公路上叩首,不知道她们是去哪个寺的,也不知道她们的路会有多么遥远。

这里是国道317川藏北线,过了洛戈岭子就是甘孜县界了。

举目四望,到处都是平缓的山头和广大的牧场,很是漂亮,有很长时间车一直在岭头上开,感觉人离天更近。

但路边的藏居变成了土墙,也显得不很用心,没有丹巴的雄伟、高大、威猛,也不如道孚、炉霍的豪华、漂亮,算是别有一番风情吧。

近6点到甘孜,甘孜藏语意为"洁白美丽",住刚开业的诚信宾馆。7点多抓紧时间打车10元钱去甘孜寺。

甘孜寺在城北山上。这里的山似乎是那种钙化的土山,而不是甘孜州东部诸县常见的石山。寺里的僧侣不太多,可能是晚饭的时间吧。回眸间惊见一穿紫衫僧侣在就近的二楼窗口盯视我们,这时最好的办法是抬手同他打个招呼,以改变心中的不安。僧侣的头缩了回去。

走下山来,山坡小巷子里,巷名门牌都有特色。一条小巷叫根布夏,如根布夏某某号。另一条小街叫曲勒郎果,曲勒郎果某某号,等等。问了许多人,才知根布夏是那个地方原来的村名,曲勒郎果亦如此,但无一人知其意。

穿城而过,沿着穿城而过的绒岔沟。

但是8点多钟,甘孜较背的街道,例如根布夏和曲里郎果,突然之间就静下来了,绝大多数人家都关着门,街上也没有多少人行走。我们赶紧离开僻街走进城中的主街,这里有许多藏民在闲逛或找小吃店吃晚饭,还有一家小小的面包房。

晚饭吃猪肉和牛肉混杂了炒花菜这样一道菜,计8元;另要一碗肥肠面4元,一碗炸酱面3元。

扎西仓巴、马尼干戈

甘孜到德格每天只有一班过路车,车票极难买,但我们竟买到票了。个中原因是昨天一班由首府康定发往白玉的班车,因白玉线塌方而假道德格。我们真是太高兴了!这一天是 7 月 10 号。

我们坐在最后一排。车上有很多穿绛色长衫的藏传佛教僧侣。山坡和草原非常美丽,温度一点都不高,空气也较干燥。这就使人感觉到处都很干净,也很舒适。一群骑自行车的僧侣从公路上过去,又一群僧侣搭乘农人的拖拉机驰过。阳光照耀,天地明媚。

坐在我旁边的小伙子叫扎西仓巴,扎西是吉祥的意思,仓巴则是佛的意思。扎西仓巴没有姓,藏民除重要的人以外,都没有姓。扎西仓巴是成都中医药大学藏药系的学生,现在放暑假回家,他的家在西藏昌都地区的类乌齐县,类乌齐的意思是"有树木的地方"。在类乌齐县的西边是丁青县,丁青的意思是"产酒的地方",丁青由于海拔高,树木极难存活,全县城唯一的一棵树就长在丁青寺的门口。

与扎西仓巴同行的另外三个小伙子,一个是他的弟弟扎西平措,和他在同一所大学,另一个小僧侣是他的堂兄弟,他叔叔的儿子,在炉霍寺学习,再一个小僧侣是他堂弟在寺庙里的师友(或同事、同学)。

我和扎西仓巴聊得很欢。317 国道上有虔诚的信徒在叩首,于是先向扎西仓巴请教信徒叩首的事情。我和许尔茜的迷惑之处是,那些信徒怎么吃喝,怎么睡觉,什么季节出来朝拜的信徒多?

扎西告诉我们,一般叩首朝拜的信徒都会有一个"帮忙的",那个帮忙的人骑着马或骑着摩托车,他(她)会提前到达前方两人事先商定的地方,支起帐篷,烧水做饭,以前是拾树枝,现在用煤气罐或煤油炉。朝拜的时间,以初冬以前、盛暑之后最好。有些信徒会从甘孜一直叩到拉萨。

过神山时,扎西仓巴及一车的僧侣或藏民都大声念起了经文,还有的藏民从车窗里向车外抛撒"龙达"。

于是又向扎西请教龙达和山坡上插成三角形或四边形的经幡的事。

扎西说,山坡上用经幡插成的三角形或四边形叫"窖达",意思和龙达差不多。龙达翻译成汉语,就是"风马"的意思,在古人概念里,马的速度是最快的,风的速度也一直是很快的;一个人念经速度很慢,念的经很有限,把经文撒出去让风去念,在短时间里,风就可以把经文念千遍万遍。扎西说这是他的理解。我和许尔茜都觉得非常有道理!

路边出现了很长的嘛尼堆,嘛尼堆上还摆放着牦牛头等物。草原上,两头两头的黑牦牛拴在一起,这是让它们相互制约、预防它们乱跑的好办法。

8点51分到马尼干戈,这是草原上的一个小镇,一处交通要冲。G317线向西去往德格(212公里)及西藏的江达、昌都,省道则向北219公里到达石渠县,亦可再由石渠进入青海玉树州。

马尼干戈这一地名与格萨尔王的传说有关,意思是"崖坎下的六字真言",自古东来的汉茶在此地集散,史诗《格萨尔王》中就提到,格萨尔王将汉茶在此一一清点,并分发给他的38员大将和150个部落。

马尼干戈是一个备受背包客推崇的地方,说它(包括地名)与美国西部片中的小镇毫无二致。也确实是那么回事。阳光普照,小镇懒洋洋地躺在草原上,一些不加修饰的木屋,沉默寡言、腰佩藏刀、头戴藏帽、身穿藏袍、骑马或摩托的康巴大汉要么急速穿镇而过,消失在草原上;要么下马下车,在小镇上闲逛,或心不在焉地打着台球,或拥挤在简陋的木屋小窗外,购买啤酒或红牛饮料,开怀畅饮。在康巴藏区,啤酒和红牛饮料似乎是藏民的最爱,他们随时都会带上它们,消磨寂寞的行程。

两个女性老外正从旅馆里往317国道上搬运行李,她们不停地从旅馆里把行李搬出来,堆积在国道上,很快就堆了一大堆。行李的数量使人惊骇。

新路海、扎西仓巴、雀儿山

客车由马尼干戈开出,很快就到了新路海。

新路海的藏语名为玉龙拉措,玉是心,龙是倾,拉措是神湖的意思。相传格萨尔王的爱妃珠牡来到湖边,为秀丽的湖光山色所吸引,她的眷恋的心似乎沉到了湖底,后人为纪念珠牡,遂将此湖取名为玉龙拉措。

客车只是从新路海附近驶过,但远远地看去,湖水湛蓝,山色葱绿,芳草成茵,景色分外妖娆。

由新路海再往西,G317线逐渐进入雀儿山。这是国道317线上最高的山岭,317线穿越的山口也超过了4000米,达4916米。藏语称雀儿山为"错拉",意为"巨鸟的羽翼"。

草原和绿树很快退去,取而代之的是高耸的山岭和因高入云天而被冷热风化的灰褐色峰头。雀儿山看去都是砾石结构,不但不适于植物的生长,而且感觉山体也不那么稳定。有关的资料上也是写得明白,雀儿山位于德格县境中部,属沙鲁里山脉的北段,其地层出露明显,广泛分布三叠系砂岩、页岩和燕山期斑状花岗岩。虽然我并没有看懂,但感觉就是那么回事,怪不得呢!

和扎西仓巴聊起了高原反应。扎西仓巴说,藏人也有高原反应,这使我吃惊。扎西说,藏人如果到更高的山上去,也可能有高原反应。扎西说,在昌都地区,当地有一种植物,叫"羊根",大概就是这个音,羊根像扁圆形的萝卜,既可喂猪、牛羊,人也可以食用,用它熬水,熬几遍后,吃它的块根,预防高原反应非常有效。有时藏民到高山上去找走散的牦牛,就会带着它,到很高的山上都没有问题。在藏区,藏民会把母牦牛控制在附近,而公牦牛则随它到哪里去。

问扎西藏语方言的事情。扎西说,藏区各地都有方言,甘孜地区的话他大多听不懂。

客车越爬越高,道路越来越险,感觉317国道在这里是那么不结实,碎石的山体和勉强堆积起来的碎石的路面实在让人感觉恐惧。而且一个陡弯连着一个陡弯,稍有不慎,后果真是不堪设想。国道的右边是峰巅,左边是万丈陡坡,看下去骇人。这里完全不适于人类生存和居住!

　　但是,近 5000 米的山峰上还有巨大的推土机在工作。你在这里看到它们,一定会对同类的存在心存感激,也一定会对人类的劳动和智慧心存感激!

　　上午 10 点 40 分,客车已经到了峰顶。某些峰头有积雪,但大部分峰头都巨大而且支离破碎,近乎崩溃。在很近的地方,巨大而雄伟的支离破碎的山峰后面,是一尘不染的极蓝极蓝的天空,感觉像在一个亘古无人的太空星球上。震撼!心灵极度的震撼!

德格

　　心逐渐从紧张、刺激、震撼以及这些心理活动之后的疲惫感中解放出来。

　　太阳暖洋洋地照晒着,一路景色佳绝。快到德格时,草原和缓坡变成了深山峡谷,G317 线两边山峰笔立,深谷中有一道山水,风光真是美极了。

　　11 点 20 分下山,下午 1 点多到德格。

　　德格县城也是沿河谷修建的长条形的小城,城市也还漂亮,色去河穿城而过。我们住在"格萨尔藏式酒店"里,双人间 60 元,藏式房天花和墙上绘制着花饰、动物、神祇等藏文化图案。

　　德格,一个了不起的地方,藏语意为"善地"。德格曾是中国藏区三大文化中心之一,另两个分别是西藏的拉萨和甘南的夏河(拉卜楞)。德格是康巴文化的发祥地,格萨尔王的家乡。但格萨尔王的出生地在德格的阿须乡,没有车很是不方便前往。

另外,据格萨尔藏式酒店墙上贴的宣传画介绍,德格还是南派藏医、康巴藏画的发祥地,这里的方言被誉为康巴标准藏语,德格风格独特的建筑、文学亦源远流长。

在一家四川人开的小饭馆就餐,炒两个菜,吃米饭。老板娘说,德格这里的物价比成都都高,这里的藏民收入也高,他们主要靠挖药材赚钱,如冬虫夏草,一斤能卖一万多块钱,一根就要十几块钱。现在正是卖虫草的季节,但德格的季节已经过去了,与德格隔江(金沙江)相望的江达县,海拔比德格高,凉一些,此刻正是时候。

德格最有名的地方是德格印经院。我们去的时候正当太阳猛烈,站在太阳下,身上晒得很厉害。几个女老外卸下肩上的大背包,坐在印经院门外的石阶上喝水,看地图。不知道这一路为什么遇到的大都是女性老外,她们更有空闲?一些稍上些年岁的藏族男人在街头背阳的地方下一种不认得的棋。

德格印经院藏文名译成汉语全称为"德格吉祥聚慧院",它是德格除格萨尔王故里外又一世界性的文化铭牌。德格印经院是全国重点文化保护单位,为藏区三大印经院之首,拥有藏区所有文化典籍的70%,木刻印版近30万块,享有"世界藏文化百科全书"的盛誉。

印经院门票25元。一位像院工的藏人带我们进去看。印经院属木石结构,藏有印板的地方黑乎乎的,不由人带着一时真摸不到头脑。楼上楼下都有工人在卖力地用雕版印刷经文,这是一种古老的印刷术,在内地已经完全看不到了。这些工人的工资是每人每天15元。

印经院正对门的高墙上赫然悬挂着阎罗王的铜质大印,问印经院守门人,他说这既是一种护佑,又预示着阴与阳的轮回。

和许尔茜去德格县似乎是唯一的一个网吧上网,里面乱糟糟的,但爆满。每小时4元,是这一路上最贵的网吧。

德格、江达

7月11号晨6时半,手机叫醒我。我起来时已经快7点了,从藏式房的窗户里望出去,德格的街道上几乎阒无一人,只偶尔有一个康巴男人梦一般游过。

前往西藏江达县的班车8时从德格开出,我们坐在前面,而扎西和他的兄弟都坐在最后一排,他们买票肯定买得很晚,这里的班车都是对号入座的,不然长途一开十几甚至几十个小时,没有人会甘心情愿选择后面的座位。车上被贵州、广西等地来的背包客的大背包塞得满满的。

车很快到了木托,8点45分,客车从桥上过了浑浊的金沙江,这就是西藏了。心情略感有些不一样。金沙江大桥两端,都能看见陈旧的碉堡,不知是不是新中国成立前留下来的。

现在,我们已经身在西藏了,这里与川西似乎并无二致。过神山时,车上的人大声诵经,有两人向车外抛撒龙达,有一张龙达被风吹到我身边,我把它交给许尔茜收藏起来。车上的一个小僧侣看见了,他对我笑笑。

还是国道317线,这一段的风景较为一般。公路边有叩首的信徒伏在地上。再往前一些,一个"帮忙"的人站在一辆架子车前,架子车上插着一面小旗,车上有帐篷及其他生活用品,甚至还有一块太阳能电池板。我现在对扎西的话深信不疑。

4个小时到江达。汽车站里到处都是穿红衫的藏传佛教僧侣和穿袍子的藏民。很小的县城,县城正在修路,路烂得很。

江达全天的客车只有两班,分别于每天早晨发往昌都和江达。星期日江达的邮政局也不上班。更有甚者,江达竟鲜有旅馆、招待所。我和许尔茜满城找了一圈,仅找到两家,一家在汽车站旁边,标间160元,最多只能优惠20元。另一家在一个较偏僻的巷子里,许尔茜看了外表,说里面肯定脏得不得了。

继续背着包在县城里寻找旅社。汽车站对面,几位贵州、广西来的背包客正在吃饭,一位戴眼镜的过来和我们说话,说他们想包车去昌都,每人100元,还没最后谈好。正说着,扎西仓巴匆忙找来了,约我们共同包车去昌都。

我们来到汽车站里。原来是一辆北京吉普,司机是一位40岁上下、黑瘦的藏族人。最后我们谈到每人115元到昌都,共六个人。

匆匆去超市买了些食品和饮料来充饥。扎西仓巴他们买了些锅盔,我们和他们交换着吃。我们把海带丝、榨菜、夹心饼和盒装奶给他们,还给他们口香糖。

1点多,车从江达汽车站出发,司机说,6点左右可以到。

妥坝、317 国道

我和许尔茜挤在副驾驶的位子上。车子颠得不得了,但路开始都还通。

不久,天下起了雨,逐渐下大,G317 线开始翻越达马拉山,高山草甸也出现了,路边的山坡上常有山泉流出来,叫人觉得很神奇。视野里,草地什么的看起来比江达那边湿润一些,山和草场的颜色也使人觉得愉悦。

车到妥坝,司机说因没吃午饭,胃有些不舒服,于是他把车停在妥坝的一家小饭馆门外,下车吃饭。

妥坝的雨下得较大,到处都是泥水,天也凉得叫人发抖。

后来扎西平措告诉我,司机说他以前就有胃的毛病,有一次出车还出现险情,被另外的司机送到医院抢救才捡回一条命。司机要了一碗米饭,一碗鸡蛋西红柿汤,在藏区,汤都用小盆盛,量是不小的。司机呼啦啦吃下去,抹抹嘴上车赶路。

车过妥坝,路边风景突变,山峰峭拔夹峙,陡峭的山坡上,松树丛立,风景极佳。但还是有两个遗憾:一是松树被砍较多,被砍后的松树都留下很长的树桩,枯立在山坡上很是难看;另一是凡被砍松树附近,下雨时或下雨后大都会出现滑坡或小型泥石流,泥、石连同枯树桩滑落在公路上,堵塞了公路。

G317 线沿澜沧江向西。因为滑坡,我们的车在路上被堵了三次。第三次堵的时间最长,一辆大货车陷在泥里,一直堵到 6 点路还没通。天渐冷,如果真的一夜不通,我想,我就冒险带许尔茜去不远处的藏民家里住宿,到哪里说哪里的话,没有办法时只好这样。

黑瘦的藏族司机心态一直都有些着急,坐在车上等路通时,他突然提出要我付车费,我断然拒绝。但又摸不清藏区底细,不敢莽撞,自己便把话转回来,拣软些的说,说如果扎西他们现在付我们也付,一分钱都不会少。司机很恼火,咕噜了一阵子,下车去了。

路通后,有一阵子车上很沉默。我想好歹熬到昌都就万事大吉了。

这些天,手机在绝大部分时间里都没有信号,只有到县城附近时,信号才会来,手机里所有的短信也会一齐涌来。

离昌都只有20分钟路程的时候,司机突然说胃疼,他脸色苍白,在路边停下车,由口袋里摸出一个小纸包,从小纸包里倒出一粒药丸,把药丸放在车上用来点烟的点火器上,药丸冒出了烟气,他放在鼻子上吸着。

片刻,他开车前行,但不到一分钟,他又停下车。我们都说不急,休息休息再走。他从口袋里摸出一袋藏药,倒出一粒吃下去,然后开了车门,捂着胃,下车走到路边去。

他一会弓着腰走,一会靠在公路旁的石墙上,一会仰面躺在澜沧江石崖边的土、石上,很痛苦的样子,很长时间都不上车来。外面很冷,我和扎西他们说,如果实在不行,咱们就搬石头把317国道拦断,救人要紧。

真的,几块石头就能把317国道阻断,没有任何别的路可以过去。

司机在车下用藏语说话。扎西他们下车走到他身边。

过了一会,我也下车去,看看他们在路边干什么。

317 国道、昌都

公路边,司机躺在地上,扎西平措脱光上衣,从贴身携带的一个小巧的藏包里倒出药丸给司机吃。司机想喝一点水,我赶紧跑回车上,把杯里仅有的一点水倒给他,他痛苦地硬撑着说了声谢谢。

我问扎西平措,他给司机吃的是什么药?扎西平措说,是"高僧的骨灰"。我简直不敢相信。扎西平措说,僧侣死后都是火葬的。但一般的僧侣的骨灰,制造药丸是不行的,必须是"高僧的骨灰"才有效。我惊诧不已。许尔茜也是。

车在大家的无比期待中开动起来,但只开了分把钟,司机就又坚持不住,把车停在路边,下车到路边折腾去了。

我们也下了车。我告诉司机一个掐虎口止痛的办法,因为小时候大人教我们用过。司机立刻掐住了虎口。

雨停了,天阴阴的。澜沧江浑浊的江水滚滚西流。

扎西仓巴的堂弟,也从贴身带的小藏包里拿出药丸,给司机吃下去。扎西仓巴告诉我,那种药丸是寺庙里的僧侣炼的丹,可以救急。

如果不是亲眼所见,我简直不能相信这一切。扎西仓巴告诉我,每一个出门的藏民,都会贴身带一个小包,里面放一些救急的药丸。

后来又停了几次车。

在一个加油站,扎西平措去要了些热水给司机喝,司机好歹可以坚持了。

晚9时,天有点黑的时候,我们终于来到了昌都。

昌都位于藏东,在藏语里,昌都是"水汇合口处"的意思。这是我们这些天见到过的最大的城市,它也可能是康巴藏区最大的城市。

住在昌都的裕兴宾馆,三楼的三人间,有卫生间,木地板,还随时可以洗淋浴,我们把它砍到了50元一间。

昌都的海拔较低,虽然下了雨,尚不算冷。

饭后和许尔茜去吃串串香,许尔茜对此早已垂涎欲滴。烤牦牛肉越吃越香,越吃越香,我都吃得欲罢不能了。

回宾馆前买了一些李子,3元钱一斤。卖李子的妇女也是四川人,她对我们说,昌都这里晚上比"内地"乱,叫我们不要乱走。

我们干脆直接回宾馆睡觉。

强巴林寺、昌都

7月12号,我们近7点起来,外面下着不大的雨。昌都这里的街上还没有什么人。我趴在床上写了一个小时的笔记,腿蹲得发酸。

裕兴宾馆的路对面就是"澜沧江天津广场",不知道为什么叫"天津广场",是天津援建的吗?澜沧江从这里滚滚南下。

早饭后八九点钟去昌都强巴林寺,雨渐渐下得有点大。强巴林寺已经有很多信徒在叩首或做其他佛事了。

强巴林寺位于昌都加热坝上,公元1444年(明英宗正统九年),由宗喀巴弟子向生·西饶松布创建。寺名因主供强巴佛——弥勒佛而得名为强巴林寺。帕巴拉活佛世系为强巴林寺第一大活佛,现已转世至十一世,即帕巴拉·格列朗杰,现任全国政协副主席。

我们买到了第二天(7月13号)上午由昌都去林芝的卧铺汽车票,铺位1、2号,真是太高兴了!车费每人220元。但还是有些担心,担心这段路有滑坡或塌方而走不掉。这段路是所有的人都谈论的最难走也是最容易出事故的路,特别在怒江流域。

扎西仓巴兄弟们在汽车站一辆去类乌齐县的汽车上忙活着拴行李。这一天我们待在昌都。昌都在这一天里差不多都在下雨,雨时大时小。昌都的街道是很漂亮的,主街的商店甚至有点豪华,商店里的家具也都挺新潮。

在昌都地区办公楼大院外又碰到扎西仓巴等四人,原来前往类乌齐的317线塌方,他们的车返回来,只能第二天再走。

昌都的网吧都爆满,我和许尔茜好不容易在昌都宾馆里找到一个武士网吧,每小时2元,在那里查资料又上我喜爱的军事网站一直到傍晚。

晚上我们仍然去街口吃串串香、烤牦牛肉,许尔茜一下午都盼着吃呢。

邦达草原、邦达

7月13号上午8点,卧铺车开出昌都。这是一辆较旧的卧铺车,人蜷在卧铺里非常不舒服。

和川西及江达不同,这辆车里没有一个藏传佛教僧侣。车里的藏民身上都带着藏刀,但个子小小的驾驶员和女老板是汉人(不知道他们是不是夫妻)。

车出昌都以后就因塌方而堵了两次车,所幸很快都通了。车又掀了几次引擎盖修理,后来也总算都修好了。

G214线(西宁—昌都—景洪)跃上邦达草原以后,路就好走得不得了了。邦达草原海拔很高,但宽阔平坦,214国道经常在雪线以上,笔直得可以狂奔。牧人的帐篷零星地支在寒冷的草原上,黑色的牦牛若无其事地低着头啃着矮短的草。时大时小的河流在平阔的高原上流淌,也许是还有一定坡度的原因,流水并没有结冰。

公路两边都是雪。忽儿天上又下起了鹅毛大雪,车内寒气逼人,我给许尔茜找了一床干些的被,我自己找了一床湿被和一床湿被单,所有这些东西都脏得不能看。下车方便时我冻得发抖,赶快回到车上,也顾不得三七二十一,只得把肮脏而又湿漉漉的小薄被盖在身上。许尔茜上车就不敢喝水,以免需要下车。

邦达机场是世界上海拔最高的机场,能看见机场跑道和一些建筑。如果不是高海拔和长期低温,我想这里的地势应该是建机场的上佳的选择了,高原一览无余,开阔、平坦而又极少人烟。

一路上兵站很多。邦达也是个兵站,而且很有名,几排房子、几排军车。G214线由这里和G318线并道前往云南,G318线则西去林芝、拉萨等地。

邦达小饭馆的菜也是很贵的,一盘带荤的菜比如豌豆烧肉15元,素菜则8元一小盘。米饭一小碗一元。

再开车时上来很多人,一些从广东等地来的背包客,还有一个有高原反应的中央民族大学的研究生。另有五个20岁左右的藏族男青年,他们带着腰刀,没有座位,一上来就在车头前我们的附近闹,一直闹到林芝。因为带着许尔茜,我也一路紧张到林芝。我和许尔茜换了铺位,这样许尔茜就可以离他们远一些。

川西那种浓郁的宗教气氛在这里已经荡然无存,我有些困惑、不解,西藏是这样的吗?藏文化那种让人深思的东西为什么突然消失不见了?西藏的宗教情结为什么在这里让位给了最一般的俗世生活?这不仅仅表现在车上所有的藏民都没有任何宗教举动,这五个藏族男青年的混世的表现,后来出现的藏民与驾驶员之间的纠纷,就是从车窗看出去,你也很难得看见草场上的塔子、山坡上的"窘达",道路上叩首的"信徒"。

当然,这只是我对当时当地文化氛围的一种感受。从另外的角度说,这不一定是坏事,相反,还可能是正常和有益的。

八宿、然乌、波密

车由邦达开出后,就开始走传说中世界上最难走的一段路了。

雨一直在下,虽然不太大。现在我们又回到了国道318线。怒江流域由卵石和粗土堆积起来的山体看上去很不结实,没有树,草也不多,山坡上的杂混儿随时可能往下塌。在一个最险峭的由巨石构成的桥洞附近,有武警在持枪站岗,那可能是个极当紧的要隘。

下午6点到八宿,驾驶员突然与一个结实的青年藏民发生了争执,起因是两个藏民车费没交够,于是驾驶员叫他们下车。青年藏民够发狠,指着瘦小的驾驶员说他"吃多了",叫他下车去。驾驶员当然不会下车,他把车开进八宿县停车场,打电话叫来了110。

110把双方带走了。驾驶员回来时,那两个藏民开始从车上卸行李。我一直对车上的安全非常担心,这时一边和驾驶员说着话,一边捡了一根短的铁撬棍放在卧铺上。

20世纪90年代初有一次我去皖北亳州时,傍晚乘一辆当地的"木的"(人力三轮)在亳州城里观光,和蹬车的小伙子聊亳州城的情况,小伙子说晚上经常有不良青年抢他们的钱。我说那怎么办?小伙子从车子某处拿出一根短木棍给我看,说那没有办法,碰上了就跟他们拼命。

这段经历教育了我一辈子。碰到事情没有什么好怕的,大不了跟他们拼命。

铁撬棍长短正合适,这一夜我傍着它时醒时睡,但心里很踏实。

客车离开八宿停车场时,因纠纷而下车的藏族青年指点着驾驶员放出狠话,驾驶员无心恋战,加大油门离开了八宿。

车向然乌开去,这段路开始好起来了。这时驾驶员的朋友突然发现手机不见了,驾驶员停了车打朋友的手机号,朋友的手机已经关了机。

大家都冷眼旁观。车又慢慢开起来,驾驶员和他的朋友说些查找的事情。就在我转脸看窗外景色的时候,手机找到了,是那五个藏族青年中的一个找到的。

可能是驾驶员的朋友说了什么不得体的话,我们倒没听出来,藏族青年却大叫起来,说如果我找到了不告诉你,把手机拿到拉萨卖掉,也能卖几百块钱!驾驶员的朋友赶快说好话,又拿出20元钱补偿他,这事才算了。

天不久就黑了,什么都看不见了。其实这一路有很多特别的景色,但因为交通和班车的制约,如果你不是专门去一个地方,那你根本就没法一站一站地看下去。

夜里好像一直在下雨。10点多到然乌。饭菜的价格和邦达一样,荤的15元,素的8元。掩护许尔茜在一个小巷里方便。许尔茜现在对此已经基本适应,因为没有别的办法。

7月14号凌晨2点多到波密,雨下得有些大,车外温度也很低,驾驶员抓紧到招待所去睡觉,因为车上只有他一个驾驶员,在大山里疲劳驾驶可不是玩的。而乘客则大都在车上睡,虽然很不舒服,但车上还是暖和的,再说天也快亮了,再开一个80元的房间实在有点不情愿。

通麦、林芝、拉萨

晨 7 时,客车从波密开出,雨仍在下。

我发现,盖在我身上的那床湿被子和湿被单,都已经被我焐干了。虽然它们依然脏得不能再脏了。

10 点多到通麦,车停在这里吃早饭,或中饭。西域行的通菜价格在这里达到了高峰,一盘带荤的菜 20 元,一盘素菜 10 元,还不由你不吃,因为没有别的店。汤 8 元,分量还是不少。

馆店外,小块田地里的青稞正在孕穗,油菜也开出了零星的黄色花朵。

车过通麦,天转晴,太阳也出来了。过通麦大桥时,旅客均需下车,车也要逐一通行。通麦大桥不远处堵了车,大家都下车到河边休息,待在河边的大石头上,太阳照在身上很有些热量。

此后一路顺风。过了东久乡以后,路边的风景突然漂亮起来,南迦巴瓦峰就在东久乡的南方(不过我不能确定我们看到的就是南迦巴瓦峰或其一部分),公路边有面积不太大的绿草茵茵的山坡,还有丛密的松林,浑浊的河水。路也好起来了。我们预感快到林芝了。

公路又盘上了大山。在我们的期待中,G318 线开始下山,从山顶俯瞰,阳光下,面积很大但也很蜿蜒的山谷里,有一片一片发白的成串的湖泊,还有房屋、草原和农田。西边众多的山峰则是黛色的。如果那是林芝,那林芝真太漂亮了,有若仙境。

下到山谷里,才知道那些"在阳光下发白的一串串湖泊"是一片一片的塑料蔬菜大棚。

　　林芝是新中国成立后兴起的城市,虽然没有名头很响的宗教胜迹,但它在西藏的城市布局中显得很重要。因受印度洋季风气候的影响,林芝夏不酷热,冬不严寒,雨量充沛,适宜栽培各种蔬菜。尼洋曲从城市旁边淙淙流过(当地人告诉我们这是拉萨河,但从地图上看,它应该是雅鲁藏布江的支流尼洋曲),宽阔的山间谷地也为农果业的发展提供了有力的保证。从林芝再往西,据说路好得可以一路狂飙到拉萨了。

　　我们在河旁的挡水墙边照相。河道相当宽展,与藏东深峡地带的河流迥然不同。

　　傍晚快8点时,我们从林芝出发前往拉萨,是那种不大的"金杯"车,除我和许尔茜外,另有一对恋人,还有一家藏族三代四口人,他们带着很多行李。

　　车出林芝后不久天就下起了小雨。后来车里很冷。我们半睡半醒地蜷缩着。

拉萨

　　7月15号凌晨2点半到拉萨,拉萨下着冷雨。10元打车到拉萨西郊客运站,就近入住汽车站招待所。

　　快7点了,拉萨还没怎么亮。拉萨的海拔并不高,只有3650米。但这是一座具有1300多年历史的古老城市,其辉煌时期源自藏王松赞干布,当时除兴建布达拉宫、大昭寺、小昭寺外,松赞干布还为他的三个藏族妃子各筑建了一个神庙。大昭寺与小昭寺之间还出现了出售绸缎、毛皮的市场。

松赞干布和文成公主、尼泊尔尺尊公主去世后,拉萨的城市建设一度停滞。

第四代藏王松芒波杰时期,西藏从内地引进了茶叶和瓷器,因为藏人酷爱喝茶,于是茶叶在拉萨市场上逐渐占据了重要地位。松芒波杰去世后,其子赤德祖赞迎娶了大唐金城公主,汉藏关系进入了一个新的历史时期。

拉萨原名吉雪沃塘,藏王松赞干布因文成公主进藏而建大昭寺后,为纪念山羊驮土建寺的大功,城市更名为"惹萨",意为"羊土城"。

其后,当金城公主将文成公主带来的释迦牟尼像迎请到大昭寺主神殿,并制定了一整套供养祭祀的仪轨,使这尊佛成为整个雪域藏人信仰的中心之后,惹萨于是又更名为"拉萨",意为"神佛之地"。

由是,我对汉民族文化女性的尊敬平添了几分,是她们的了不起的隐忍天性和高超的文化修养,塑造了我们当今藏汉现实的一部分。

冷雨仍然下个不停,某份资料说,拉萨夜里经常下雨,但一般白天就停了,我们希望是这样,不然在冷雨中玩拉萨也玩不好。下楼吃饭时又问了饭店的老板一次,他说雨在上午一定会停的,他还说,今年拉萨的雨水算多的,比往年多。

买到了下午去甘肃敦煌的软座车票,每人 300 元,真是高兴!这正是我们设计的路线,其实是许尔茜设计的路线,敦煌等地我已去过两次。

另外，我们还需要找到工商银行，因为来时我只带了个工行的卡，今天上午就会花掉1000多块钱的，我必须把口袋补充得饱满一些，这样我们两人心里才会踏实。但在川西和西藏昌都等地看到的大多是农行，也有建行的门点，工行印象中还没见到。

较大的冷雨中打车来到布达拉宫，门票100元（藏人除外）。

布达拉宫位于拉萨玛布山上，最高处海拔3767米，它是世界上海拔最高的古代宫殿。布达拉宫还是西藏自治区最完整、最雄伟的一座古建筑，国务院1961年即将布达拉宫列为全国重点文物保护单位。在20世纪90年代，布达拉宫被确认为世界文化遗产。

布达拉是藏语普陀罗的汉语译音，意为"菩萨住的宫殿"，是松赞干布为迎娶文成公主而修建的宫殿，从7世纪起，先后有9个藏王和10个达赖在这里居住。它也是旧时西藏政教合一的统治权力中心。

我们由山上的后门进去，随着一些旅游团慢慢地走，仔细地听，认真地看。当然，一般来说，除"五世达赖的灵塔就用了3710公斤黄金"这样令人惊叹的数字外，游客难以记住什么，这种游览只是获得一些感受和印象。

布达拉宫到处都是武警。最上面的金顶正在维修，我们没有机会上去。

果如拉萨当地人所言，雨在10点钟停住了（这只相当于江淮地区的8点多）。太阳出来了，很晒人，也较热。

从布达拉宫正面的广场看布达拉宫,它真的很雄伟、壮观,建筑也很独特。布达拉宫在世界上是独一无二的。

在广场上我们从藏族妇女手里买了许多藏式小礼品,许尔茜回去要送给她的朋友和同学。金属转经轮尤其可爱,但显然也容易在旅途中损坏。

离开布达拉宫我们去附近的邮局给我的自制邮折盖邮戳。虽然工作人员态度很好,但西藏各邮局(所)盖邮戳的水平却不敢恭维。

顺便问一下拉萨市工行的所在,回答是整个西藏都没有工行。我倒掉!这事只好到格尔木或敦煌再说。给董静发短信,请她提供信息支持,董静很快回信,详细告诉了格尔木和敦煌工商银行各营业门点的电话、地址。放心了。当然,即便找不到工行,也还有办法,从家里汇款到某地指定的邮局,也十分快捷。

再一次明显地感觉到这一点:在高原上,太阳出来就热,太阳遮去就凉。在拉萨也是这样。

拉萨市中心十分干净、漂亮,甚至还有点豪华。

我和许尔茜乘人力三轮车去八廓街(八角街)和大昭寺。

大昭寺位于拉萨老城区的中心,香火十分旺盛,跪伏叩首的信徒也很多。大昭寺具有唐代建筑风格,也吸取了尼泊尔和印度建筑的艺术特色。大昭寺还是西藏重大佛事活动的中心,寺内有长近千米的《文成公主进藏图》和《大昭寺修建图》。

大昭寺周围的八廓街烟气袅袅,颇有藏区气氛,但建筑已经变得很时新了,虽然还是藏式建筑。这里是各种藏式商品及旅游纪念品的销售中心,但价格比布达拉宫贵。大昭寺门票每人

70元(藏人除外)。

罗布林卡位于拉萨新城区的西部,实际上,这里看上去不如拉萨市中心新,当然,它离拉萨西客站很近,转个弯就到了。罗布林卡的门票是每人60元。

罗布林卡在藏语里的意思是"宝贝园林",东面是罗布林卡,西面是金色林卡。其实现在的罗布林卡包括了公园的部分,我和许尔茜在公园里转了一大圈,才进入宫殿。

在18世纪的时候,罗布林卡是一片野兽出没杂草丛生的荒地,但七世达赖喜欢这个地方,于是当时的清驻藏大臣投其所好,在这里修建了一座宫殿。其后几经扩展,罗布林卡成为历代达赖及西藏上层显贵游乐的"夏宫"。

青藏铁路、羌塘草原、那曲、唐古拉山口

略微有些紧张的游览之后,下午2点多去拉萨西客运站上车。很新的豪华软座大巴,7月1日才开通,直达甘肃敦煌的。但直到4点大巴才离开客运站。

这又是一次超长途旅行,全程近2000公里。但拉萨至青海格尔木的G109线经多年经营,路况已经十分好。再说我们所乘坐的大客也是全新的,由拉萨到敦煌,全程只需26个小时,到格尔木只需17个小时,这在所有的资料和忠告里都是不可想象的。

正在修筑的青藏铁路一直伴随着109国道。在西藏境内,青藏铁路主要还处于修筑路基和大型桥梁的阶段,在青海境内则已经铺轨。

傍晚 7 时我们进入有名的羌塘草原,像川西的塔公草原或甘南的玛曲草原一样,羌塘草原舒展而开阔,风景也是十分的好。但随着夜色的逼近,温度也在逐渐下降。大巴停下来方便的时候,三位韩国的女孩子穿着短袖 T 恤和凉拖鞋就下了车,车外下雨后的泥水弄得她们消受不起。她们的另类行为使我们眼界大开。

晚 10 点太阳打算落下去的时候,我们在那曲吃晚饭。许尔茜对一路上的炒肉丝、炒肉片和各种面已经深恶痛绝,而对方便面则向往不已。下车后她直奔附近一家小店,买了一桶面,一根香肠,把香肠放入方便面中,店家冲了开水,她在小饭馆里吃得十分满足。

许尔茜的这一举动引来了那三位韩国女孩,她们互相用英语了解了情况,于是韩国女孩们按照许尔茜的指引也去那家小店如法炮制一番。

那曲的这家饭馆饭菜的价格与通麦小饭馆颇堪媲美,荤菜最低 20 元,素菜最低 10 元,汤 6 到 10 元不等,饭则按人头算,一人一元。但饭馆的墙上挂着一个告示,言明那曲因海拔高而不产蔬菜,蔬菜均由拉萨等地运来,因此高价特告。我十分饥饿,要了一个炒肉片,一碗汤,吃了近三碗(小碗)米饭,也只觉得吃了个半饱,如果不是当着许尔茜的面不好意思,怕她说不要钱的饭死吃,我还会站起来再去盛的。

上车后司机大声播放西部歌曲,后排一位男子叫道,这里有人高原反应,请把歌曲关掉。于是司机回头看看,把歌曲关掉了。

像在 G318 线上一样,经常有军车从路上驶过,我没有当过兵,也许正因为如此,我对军事情况十分关注,极感兴趣。在家里看电视,我最感兴趣的就是军事、农业和体育,如果上网,我95%上的是军事网站。

第二天即7月16号凌晨零点30分,车过唐古拉山口。这是青藏公路海拔最高的一段,平均海拔超过了5000米,最易产生高原反应的路段也就在这里。

此时我已由睡梦中醒来,司机告诉我正在过唐古拉。我把许尔茜也叫醒,虽然车外什么都看不见,不过我们想体验一下高海拔的感受。

除了时常感觉寒冷和困倦以外,我和许尔茜都没有其他任何感觉。

车内的大型温度表告诉我们,车外温度为零上1—2℃,车内温度19—20℃。

我们再次迷迷糊糊地睡去。

格尔木、盐湖、盐桥、敦煌

7月16号,我们早晨6时醒来,天还没怎么亮。

转脸向车窗外看去,绿茵茵的草原、缓山和清清的河流变成了土灰色的戈壁,现在连一棵树都难得看见了。

在车内大型温度表的显示下,我们知道6点半的车外温度为2—3℃,车内温度为20℃。但到了7点,车外温度降为0℃,而车内的温度仍为20℃左右。7点的温度甚至比6点半还低?是此地一天里温度最低的时刻?难道海拔又升高了?但一路走过来,温度表显然是准的。

8点多太阳出来了,车外温度一跃而蹿升至10℃以上。这真是一个惊人的嬗变。

上午9点10分到青海格尔木,这里是青海通往西藏、新疆和甘肃西部的重要的十字路口,在西部的经济、交通和国防上,都有着重要的位置。

天气晴好。而格尔木的天气一般总是好的,也就是说不会下雨。空气很干燥,街道边长着大西北最常见的高大的杨树。温度也明显升高了,带往西藏的那些衣服都变得多余。我上身脱得只剩一件短袖的T恤。

司机告诉我们,敦煌今年到现在,只下过两场不大的雨。

但是西部的地下似乎并不缺水,在新疆、甘肃和青海,你经常会看到城市里对绿化带进行的大水漫灌。在荒凉的戈壁的某一点,如果需要,人们立刻就能打出水、种出树和草来,就能形成一片小小的绿洲。这是我几次来西部的观察和留意。

格尔木——敦煌,510公里。大巴10点22分从格尔木开出,沿国道215线(红柳园—敦煌—格尔木)北上,并且很快进入了大名鼎鼎的察尔汗盐湖。股市里的盐湖钾肥这只股票,就在这里。在视界中,几乎没有什么绿色了,只有戈壁和逐渐显现的灰白色的盐土。火车牛气十足地出现了,这也使很多天没看见火车的我们觉得亲切和好奇。

恍惚中似乎看见一个"万丈盐桥"的牌子,但又不能最终确定。看不出G215线有什么变化。据有关资料说,万丈盐桥乃一段由达布逊湖上穿越的公路,厚达15—18米的盐盖构成了天然的盐桥(路),盐桥全长32公里,折合成市制达到万丈,故名万丈盐桥。

戈壁太大了。似乎最快的大巴也可以没止境地奔驰而无受限之虞。

公路上车辆并不多,忽然看见一些载有雷达的军车驶向戈壁深处,而戈壁的深处也还有用伪装网伪装起来的雷达和军车,司机们都说在进行军事演习,但我伸着头看了半天,也没看出个头绪来。

鱼卡是柴达木盆地里的一个小镇,说它是小镇,还不如说它是个定居点,几栋房子就解决了问题。这里是一个三岔路口,215国道往北301公里就是敦煌,315国道向西直达新疆的若羌。这里1981年我就来过,而且一直到了油沙山、花土沟、茫崖等地,还在西部石油探区那里上过钻井井架。

车过甘肃阿克塞,沙漠一下子出现了,黄灿灿的。

在24小时内,我们经历了高原、河流、草甸、牛羊、戈壁、低温、冷雨和干燥,现在我们又欣赏到了炎炎烈日和金黄色的沙漠。

敦煌

7月16号下午5点到敦煌。住汽车站附近的劳动招待所,双人间80元,有空调。

去工商银行取了钱,又在招待所大厅包了高师傅的车去鸣沙山月牙泉以及莫高窟(第二天上午),每人30元,与动辄数百元的旅费相比,感觉并不贵。

鸣沙山月牙泉傍晚去时间正好,以免太阳太晒。因此地我已来过两次,第一次还是从当时的敦煌县委宣传部借自行车骑过来的,所以许尔茜买票进去以后,我就在附近消磨时间。我想去停车场对面的村庄看看植物、农作物,于是(向西)穿过公路,来到村庄里。

敦煌这里是沙质土,植物长得很稠密茂盛,但颜色并非鲜绿,是那种有些沧桑的感觉。农家的院子里及院落附近种着各种蔬菜、果树,我向一个坐在院里的老太太请教,这里不下雨,浇菜的水从哪里来的?她说打的井。我说这里家家都有井吗?她说都有。

在植物和果树之间向南闲逛,不觉看见一些骆驼,在一个棚子下或站或卧,定睛一看,原来已经进了鸣沙山月牙泉景区。这真叫人笑掉大牙,倒不用买票了。看到这篇文章的朋友以后去敦煌鸣沙山月牙泉,都可以走这条省钱的路线。

进了景区之后,沙漠之狂风立刻来迎接我,太阳上烤,下面沙吹,觉得真是不自在。这些沙要很长时间才能彻底洗干净,有时甚至回家一段时间以后,还能从耳朵里洗出几粒敦煌鸣沙山的沙子来。

不过沙漠中的月牙泉真是个奇迹,周围数十米外的沙山成百上千年都不埋它,使人觉得匪夷所思。

晚上9点多乘机动三轮车去敦煌的夜市,到那里去吃当地的特色小吃。其实这时候气温下降了一些,敦煌的夜生活才刚刚开始。

敦煌的夜市集中在闹市区的一个地方,里面一家家小店相互用栅栏隔开,干净而整齐。夜市里人头攒动,老外们也都能找到这个地方,他们像中国人一样又吃又逛。

这是我们最大饱口福的一次。我们一家挨一家,拣想吃的挨个吃过去,真恨自己的胃口太小了。在"正宗羊杂"吃羊杂,1元钱一碗;在"敦煌风味羊杂"吃羊蹄,每只1元;在"敦煌地方小吃"吃茴豆汤,1元钱一碗;在"许记羊杂粉汤"吃羊肚,每小盘5元;在"张记麻辣烫"吃麻辣烫,每串5角,喝杏皮茶,每杯5角;想吃西北有名的甜醅,但各店均已告罄。

回味无穷!特别是羊蹄,真是无与伦比的美味,价格还那么便宜!

回招待所时买了些李广杏、李广桃和一只卖家称为郁金香的瓜回去吃。李广杏和李广桃都有一种特别的香甜味,就像我们小时候在环城河边杏树、桃树上偷吃的那种,是那种真正的桃或杏的味道,浓郁。

敦煌的晚上也越来越凉快了。

莫高窟、敦煌

7月17号,早上6点半就醒了。窗外,天晴得真好,一丝丝云都没有,绿洲的天空太干净了!

开电视看早晨的健身操,苏区民歌改编的乐曲,真好听。心情彻底放松了。

8点钟高师傅已经在大厅等我们了。10多分钟后到莫高窟。温度还没有升上来,沙漠和戈壁中的莫高窟干净而又清爽。

许尔茜买票进去参观,我仍然在附近闲逛。莫高窟又名千佛洞,因其地处莫高乡而得名,它是我国最大、最著名的佛教艺术石窟。

我在那些很大的杨树下徜徉着。莫高窟建于前秦到元代的各洞窟就凿在一堵面东的非石非土的山壁上,说它们是石窟,我觉十分不妥。此山看上去其实只是由一些碎砾石和硬土构成,但竟能千百年不塌不倒,则格外神奇。古代的工匠也十分大胆,敢选这样的地方做千年艺术的场所。或许他们那时候对大地和自然更了解?

由莫高窟入口至莫高窟南端不过数百米,铁丝网南面就是沙山。我突然想知道莫高窟所在的山顶是什么样的,于是脱了鞋,赤了脚,顶着已经开始发威的烈日向山上攀去。

沙土和小碎石有些烫脚。攀了一半,有人在下面喊我,问我上去做什么?我回头一看,原来是走出岗亭的一个武警。我对他说,这里我来过两趟了,我女儿正在里面参观,我没事,想上去看看山上是什么样子。他说,那你小心一点。

到了山顶。原来山上就是戈壁滩,戈壁滩西边不远处,就是沙漠。

正东张西望,刚分神一秒钟,竟发现有一辆轻卡从不远处的沙山后面冒了出来,片刻不见了。片刻又出现了,慢慢地向北开。想来那里有路,沙漠戈壁里的简单道路。不过,还可能是哪一条国道呢,215国道?不能确定。莫高窟的所在就是这样的一个地方。

中午在敦煌城里的一家驴肉馆吃酱驴肉和驴肉黄面。酱驴肉非常好吃,又烂,很快就被我和许尔茜抢完了。向老板娘请教为什么叫驴肉黄面,她说驴肉加黄面就叫驴肉黄面。再请教她为什么叫黄面,老板娘说面里放碱就成黄面了。于是又请教她为什么要做成黄面,白面不是很好吗?她摇头说不知道。

我想既然要做成黄面,必定会有它的道理和理由,但此时是不可知了。

敦煌、嘉峪关

敦煌的中午太阳晒死人。

小巴下午1点由敦煌开出前往嘉峪关。先走313国道,再转312国道。312国道由上海到新疆伊宁,就是现在正在大修、经过合肥南郊的那条国道。

车里非常热,但车速很快,一般来说,司机抱着方向盘跑就行了。戈壁上的公路,既不会塌方,也不会滑坡,因为无方可塌,无坡可滑,更不会雨浸,实在不行,把车开进路边的广袤戈壁,也是一种不错的选择。

沿途绿洲的小麦正在成熟或已经成熟,在成熟的地块里,有收割机正在收割小麦,一派江淮淮北夏收的景象。向日葵一种就是一大片,花盘黄灿灿的,十分壮观,玉米也在抽穗,果树的枝头都沉甸甸的。

傍晚6点多到嘉峪关,当晚入住车站招待所,双人间砍到80元,房间里的卫生间不要太漂亮,还有两个电话机,只是电话并不好打。这是我们转了许久才找到的住处,据铁路招待所两位热情的小姑娘告诉我们,嘉峪关正在开一个万人的订货会,所有的宾馆、招待所都爆满。我们刚砍完价上楼,后脚进来的几位旅客就跟服务员叫起来,说他们出钱怎么就找不出来房间。

进房间开电视看亚洲杯开幕及中国与巴林队的比赛,双方2:2战平。10点多看完比赛,乘车去嘉峪关富强市场吃烤羊肉串。

烤羊肉串是许尔茜的最爱,也许这是女孩子们的共同爱好。这里的羊肉串和羊肚串也是5角钱一串,烤羊蹄则是每只2元。烤肉的老板一看就知道我们是"南方人",因为当地人一烤就是十几或几十串,而我们一烤则仅三、五串,五七串,十分小家子气的样子。

还有吃烤羊腿和烤羊头的。烤羊头是吃敲开的脑子,第一次得见,有点骇然。抱着很大的烤羊腿啃也需要莫大的勇力!

我第一次来嘉峪关的时候,夜晚被富强市场规模巨大、人气极旺的烤羊肉串市场镇住了,我带着恐惧感站在那里看了几个小时。烤箱上滋滋地烤着几十上百串羊肉。师傅的后面总是坐着年轻的姑娘,或最多是接近中年的妇女,生意好的还不止一两个,她们的任务就是飞快地切羊肉并且把它们串起来。当地人成群结队地挤坐在热火火的烤箱周围,每人手里都攥着几十串热辣辣的羊肉大啖,场面极其火爆刺激!

11点多离开富强市场,买了一个哈密瓜带回房间吃。

嘉峪关、河西走廊

7月18号,早晨6点醒了,嘉峪关的天空晴得极好,和敦煌的一样好。

室外凉爽爽的,太阳出来以后,嘉峪关和整个西部一样,在太阳下有些晒人,但在背阳的地方,则有些凉意。

陪许尔茜去参观嘉峪关城楼。我们去的时候人还不是太多,但随着太阳的升高,嘉峪关城楼景区很快就人满为患了。几位大学生模样的男女老外拿出学生证来买半票,但其中一个被查出了某种问题,为面无表情的售票员小姐所淡然拒绝。

嘉峪关城楼号称天下第一雄关,为明长城的起点。如果从修筑的时间上看,它比山海关还要早九年。关城里机关颇多,显示了我国古代人民的极高智慧。

关城的空地上现在还种着沙枣树,7月这时候记得正是开花的当口。站在关城上往西望,戈壁雄浑,但也苍茫。古代交通不便,人力孱弱,从此地出去,还能不能再回来,就很难说了,在那种情况下,人的内心多少都会有些凄凉。

我坐在嘉峪关城楼景区售票处的台阶上观察这个小社会。我突然觉得,世界那么广大,而我们却所知甚少。这对此时的我是个颇大的刺激和激励。

许尔茜10点由景区出来,她只说嘉峪关很漂亮,很值得一看。

打车返回市内,先去嘉峪关邮局给我的邮折盖邮戳,再吃饭回招待所休息,下午2点30分由嘉峪关火车站上火车,返回合肥。

火车上热烘烘的,不过还好,还不是太热。在河西走廊还不是太热,但过了宝鸡温度就更高一些了。

火车上的售货员卖用尼龙袋兜装的哈密瓜,四个10元,够便宜了。我和许尔茜一直想买但囿于转车的不便而一直未买。过了西安,这些哈密瓜只卖5元一袋了,近乎白送。但我们终于没买。

所谓河西走廊,指的是祁连山以北、北山以南,东起乌鞘岭,西至甘肃、新疆交界处这一个狭长而倾斜的地带,长约1000公里,因其形似宽阔的走廊,又位居黄河之西,故名之为河西走廊。

河西走廊面积约11.1万平方公里,地势平坦,绿洲众多,光热充足,水资源亦较丰富,是甘肃乃至全国有名的商品粮基地。

某天上一军坛,看见军迷们在议论中亚战略及河西走廊的铁路和交通。真的,就我所见,在戈壁上修筑公路和铁路应该是很容易的,推土机开来把戈壁上的土堆堆,不就是一条康庄大道了吗?连拆迁的事都不用烦。当然,这更多的只是一种外行的宏观愿望。

我看着火车车窗外,河西走廊使我留恋和沉迷。河西走廊稍大些的城市我都去过,走过,甚至连武威北面沙漠里的民勤县我都去过。

困了,但只有"坐位"。许尔茜担心有人拿我们的包,她不敢睡,自觉自愿地看着包。但我却浑然不觉,呼呼睡得好香。

带女儿出门还真是有好处的。

2004年7月26日—8月4日　合肥明光路157号四闲阁

蜗 牛 与 我

去年写了一个短篇小说,叫《园子里的蜗牛》,写的是一枚农家苗圃里的蜗牛附着于花盆上,这盆花被主人出售,它来到一户城里人家的楼顶花园,且在这里生发了爱情并双双追求理想的故事。

小说是虚构的,但小说的起因还是受到了我家露台花园里蜗牛的某些启发。前些年我回到家中搞写作,自己给自己定了个套,制定了一些甚至是无法完成的任务,为的就是把自己拴住,使自己能立刻适应在家里工作的单纯生活。在这种情况下,自己以往非常喜好的一些活动全部封盘,朋友们的一般聚会也尽量推托不参加,吃饭和宴会更是能不去就不去,只是想一门心思在家里做自己喜欢做的事,每天日出而作,日落未息,时间安排得满满的,以使自己欲罢而不能。

但双休日我总会放松自己,她们也都在家里。我多数情况下总是会去花市,看花、赏花、买花;或在露台花园里莳花弄草。这样的时光让我心里踏实,光阴在目,素质教育的获益不说,还能学到许许多多花卉方面的专门知识,我乐此而不疲。

园子里起初并没有蜗牛,蜗牛们是跟着我买的那些盆花一起来的。也许是从上派镇的乡草花市来的,或是从那些充满野景的地方来的,也许是从大别山的某一处小石崖下——我总会从山里带回一些花市买不到的野卉。蜗牛们的小屋也总是各有特色、不一而足的,这其中肯定也有它们的种族区别和种族融合。

特别是在雨后。雨后在花园里看花,有时候会盯着那些带着小屋子到处转悠的蜗牛看很久。雨后的花园其实就是蜗牛们的世界,它们全部出动了,而且无所不在。也许它们是在旅游。

这时候我会觉得我与这些蜗牛们很相像。的确很相像。我平素也是躲在我的壳里,我的屋子里,看起来我总是非常安静、专心致志的。但是当条件合适时,我就会从壳里伸出头来,到处旅游,去看外面的世界,并且总有最佳的收获。

2004 年 8 月 27 日　合肥淮北佬斋

闲话"生活"

天天在生活里"生活",有时候觉得自己并不确切地想过什么叫"生活",应该怎样"生活",其实绝大多数人可能都未曾想过,但他们却都在实实在在地"生活",或都在实实在在地创造所谓的"生活"。这话似乎弄得有些拗口,也略觉古怪。事情的缘起全在于深秋我在皖东的藕塘、池河、三和、女山、涧溪、津里、自来桥等地"生活"了几天。正是深秋的时分,再过几天也就要立冬了。我站在丘阜起伏的江淮大地上,看着遥远天际的江淮分水岭,脚下的秋草干爽没膝,愈益清瘦的蜿蜒的河流静静地流淌,背着宝贝孩子的乡村少妇和她的婆婆站在无人的路边等车,手扶拖拉机载着适值壮年的两口子拐入了大下坡的农田,一位清瘦但精神矍铄的老汉背着一个布包在起伏无定、阒无一人的县级公路上悠然独行,公路拐弯的地方蹲踞着几幢朴实的农房,一辆旧三轮车正停在丁字路口等待某位未知的路人……这就是生活。我的脑海中突然闪现了这个过时而颇显传统的话题。

这就是生活?当然,那时我仍然遥望或感受着我刚才讲到的那一切。我想起了古远的人们对秋天的某种感应,或者感叹,但又都仿佛与眼前的景物相去甚远,或不着边际。"间庭多落叶,慨然已知秋",局面总觉小了些;"亭皋木叶下,陇首秋云飞",秋的那种浓郁似乎并未尽置其间;"长风吹白茅,野火烧枯桑"或"秋风万里动,日暮黄云高",已感有了些许江淮分水岭上的面貌,只是份数还稍觉不够;"木落雁南渡,北风江上寒"或"秋色无远近,出门尽寒山",在地球益暖、将临冬而恍若仲秋的今天,孟浩然、李白们的寒秋也离得越发远了……

　　自然,我的眼光是挑剔了一些。我又该怎样生活,或将要怎样生活?其实对我而言,生活的目标单纯而简约,如果用一些普通的语词概括起来,无外乎落实于三个"闲"字,可称为三闲之徒。所谓三闲,即有几个闲钱,有一些闲暇,再有数个闲趣之略称。有几个闲钱,是说除吃喝不愁外,还能有一些闲资,以便闲暇里做一些自己愿意做的事情;有一些闲暇,是希望时间由自己支配得多一些,精神的自由能有一个宽泛的平台;有几个闲趣,则是说自己的生活不要平淡,能发展几项业余的爱好最为理想。但私下里细细想来,看似简单的这三个"闲"字,如果落在实处,却并非易事。再说,还有那种闲散、悠然和恬淡的心境,其实最难寻觅。有了闲散、悠然和恬淡的心境,其他的恐怕也就都在其次了。

　　好了,我该走下"秋色无远近""长风吹白茅"和"秋风万里动""木落雁南渡"的江淮分水岭,走进最近的乡村小镇中去了。嘀,不要小看这些不起眼的乡村的小镇。当你坐在小镇的路边吃着原汁原味的小镇酥烧饼,喝原汁原味的辣糊汤,看落日于小镇西街豁口外的岗头落下去的时候,当你赶着初降的白霜翻过最近的那个岭头的时候,当你看见水泥门楣上"三和人民公社"几个大字仍然清晰的时候,当你在一家大饼店目瞪口呆看少妇用一种新式电饼铛8分钟做一铛味鲜色美的烤大饼的时候,当你在田野里和一条健康壮实的狗相安无事地走一段路,然后在一条小岔口分手的时候,确实,你会觉得你选择的生活"值"。其实,真的没有什么还能比"生活"着更美好的了。

                2004年11月5日　合肥淮北佬斋

哀 白 榕 师

　　静下心来,其实一切都还历历在目。二十五年前,一个刚长出胡须的年轻人轻轻敲开了合肥宿州路9号一幢红砖楼的某扇木门,那就是白榕老师的家,开门的也正是白榕,我们约好了的。他不高的个子,面容慈祥,一口慢悠悠的普通话。我们在当时尚属安静的省文联大院的一隅落座。桌上一盆不知名的野草,开着悠悠的蓝色的花,暗合了那时我、他和人生岁月的某种契合与格调,在我此后的所有回忆里,那都是一盆会飞的花,那些鲜蓝色的花变成蝴蝶飞动,在那间平常的小屋里飞动,现在想起来也许会落泪,不仅仅是为已经走掉的人,也为了人生的某种不可逆转的必然的伤感运数。

　　一个慈厚祥和容易相处的老头,一直以来这是他给我的不变的感觉和印象。在芜湖车站候车时,一高一矮、一少一老、一瘦一胖,我搂着他的脖子在候车室里到处闲逛混时间的情形仿佛昨天。1985年,我在宿州市政府办公室工作时他去我家,由蒙城一路颠簸,几个人都变成了灰猴,从市委茶水室打开水给他们洗澡,骑自行车送他们去车站,那时条件真简陋,但都觉得舒心,一个一个把澡盆里的水变成泥浆,老头还乐呵呵说笑个不停。来合肥工作后请他们去家里喝稀饭,依然是慢腾腾的话语,间或跳出一两段格言式的句子,对了,还有些携带诗意的短语,还有言语交流之外的行为所传达的温厚实在的信息,使人愉悦,更觉得他是一个易于使人接近的老者。是的,他似乎不是那种善于为自己设计好明日诸事的强者,不,他完全不是那种咄咄逼人的强者,他不是那种强者,他不是那种性格的人,似乎也不愿意刻意去做那些实用的事情。也许只是一个老诗人、老作家?但他确实是一个带有浓烈感情色彩的温厚的人,一个骨子里浪漫无疆、拥有自己无尽心灵天地的生命,一个天地蕴造的精灵,平凡的、但也是充满了暖意的使人回味无穷的精灵。泪水止不住地洒落在键盘上。除了自己的父亲以外,的确有很多年没有为什么人无可控制地流过泪了。

一个诗人,一个诗人气质浓郁的老人,无所求于社会,无所求于他人,无所求于太甚的物质,一个很好的老头。董静和我一直都非常尊敬白榕师,虽然我们的交往一点都不频繁,是那种淡淡的君子之交,但心灵似乎一直相通,每年春节我总会打电话问候,老头也总会一丝不苟、有条有理地问董静好,问许尔茜好,祝我也好。有一年白榕老师突然生病,脸部都变了形,两人看他回来董静落了几次泪,说好好的一个老头怎么说变就变成这样了。我在《大时代文学》主持工作时,他偶尔去编辑部坐一坐,慢慢地来了,慢条斯理地落座,说一些无关紧要的话,也提醒我一些微妙的人生奥义,当然并不刻意,也是有感而发,或许只是我的体会,也就三五句话。慢慢地他又走了,总使我感觉无形中多少有一种东西在支撑着。

但现在连这种也许并不存在的感觉也将不再存在了,你再也见不到他本人,也已经再也听不到他说出的或你可以预料他将要说出的短句。给冰云打过电话之后,懵懵懂懂的我几乎还是不知道老头是怎么走的,有什么状况以及其他。我坐在电脑跟前眼泪止不住地流下来,董静打电话回来我告诉她这件事,她就在那边大叫起来。现在我好一些了。但很快心里又酸楚起来。我想我也许可以借这个机会向白榕老师讲几句话,我要告诉他,我现在一直还能听见他说话的声音。我相信他一定可以(在经过某种允许之后)把他温厚的诗人的气质和诗人的语气带到那个世界,他还会慢条斯理地念出那些带有哲理意味的短句,在那个世界他的听众面前。我读过一些有关这方面的文学书,比如《神曲》等:"你们呀,坐着一条小划子,跟着我唱着前进的歌,一路听到此地,请回到你们自己熟悉的岸上去吧!"(《神曲·天堂篇》)这还是他的声音吗?在我们不可知的那个世界?我们的亲人和挚友在哪里?我们的昨天在哪里?

　　我的泪再一次洒落下来。是的,那些蔚蓝色的蝴蝶还在飘飞,但现在它们只是在无声地飘飞,而且它们很快就将不可逆转地散去,可我们这个真实的世界还是那么真实。

2004 年 12 月 13 日　合肥淮北佬斋

2005 年

邮 缘 春 秋

给自己的书房起了个别名,叫作四闲阁,这其实是"有几个闲钱,有一些闲暇,有几个闲友,有一些闲趣"的缩略语。自制邮品,就是"有几个闲趣"的"闲趣"内容之一。

1991 年,我迷上自制的邮品,至今非但不愿回头见岸,反而愈行愈远,往此海的深处游了去。

一迷为邮戳,二迷为自制的折、片、封,邮界的专家可能觉得很不"规范",但我却乐此不疲、乐而忘返。

我觉得什么东西都是自制折、片、封的好材料。背面有文字的复印纸可以做折子,最早的时候就是把《金瓶梅》中最有风味的片断复印了拿来做折子的。朋友寄来的折叠式贺卡也可以做折子——邮票、姓名、贺词、注释性质的文字,都有程度不同的文史意义,也能反映世态、心态、流行的礼仪准则。请柬、通知则是做片的好材料。闲暇时在书房里揣摩、把玩此类宠物,心情顿时也就轻松下来了。

收集邮戳也是学习、实践、收获的一种好的方法,如果你喜好它的话。单拿学习语言、文字和文化来说,就有许多的好处。比如地名,我们平常都是极不注意的,甚至连那些字都可能读不准或不切合实际,巢湖市中垾镇的"垾"字,相信绝大多数人包括巢湖本地人和相近的合肥人都说不出它的意思来,其实"垾"

只是"小堤"的意思,查查辞典就知道了,但如果不是需要,谁会想到去查什么辞典?

舒城县有一个地方叫"西衖",西衖在大别山边缘,低山地区,山林不大,但景色素雅。西衖是什么意思?原来"衖"就是"巷",或是"弄"的异体字,弄是什么意思呢,还是胡同和小巷的意思。那干脆就叫西巷不就得了?西是方位词,西衖,不就是西边的小巷吗,为啥要弄得这样古典?看来这里定有甚深的名堂。再说"衖"的读音,更是搞昏人的脑袋,在《现代汉语词典》里,"衖"就念"巷"音,在《辞海》里,衖念 long 音,也就是上海人说"里弄"的"弄"那个音,而在当地人的嘴里,衖成了"内讧"的"讧"那个音,到底咋读,我觉得还是得读当地人的音,因为除了舒城县人以外,全世界的汉语人口恐怕都没有机会读到或见到"衖"这个生僻的汉字了,由这个角度看,地名所承载的历史和文化重任也还是不轻的,汉语言也真是复杂和有趣的,反映在邮戳上,那还不是宝贵的吗?

还有巢湖的"烔炀",那是巢湖边很有味道的一个镇子,1990年前后我在那里住过,住在一个非常"古老"的旅社里,旅社的门脸上还有水泥铸成的五角星——20世纪六七十年代的显著标记。但"烔炀"两个字是什么意思呢?现在知道了,"烔"为热貌,也就是热的样子,炀则是火烧得很旺的样子,还引申为焚烧,敢情烔炀这地方古代总是与火、烤火、火烧有关系?但烔炀当地人都称为"烔炀河",这又是怎么一回事?看来还得请教专门的地名专家才行。

今天的邮戳就是明天的邮史,当然它还不仅仅是明天的邮政史,它还是地名的见证、行政区划的见证,还蕴藏了许许多多的风土人情、地物俚俗。我是讲究"亲历"的,如果你离开书斋,再能亲历一番,那种立体的丰厚收益,想也能想象得到。

2005 年 1 月 17 日　合肥淮北佬斋

春光拥簇的家居生活

仿佛一眨眼间我们就进入了春天。这也是我们所担心的，因为春天实在是太短促，太容易逝去了。我在家中做完了事，室外的阳光以及那种屑细的气氛使我在家中坐不住，我穿上外套，走出家门，走到我熟悉的街道上。

的确，这一切都是我所熟知的，邮局里对我一直很友好的职员，菜市入口处的水果车，三十步即可横穿的马路，深巷里气味亢奋的牛肉面馆……我坐在春阳沐浴的长桌边吃一碗热辣牛肉面，一瞬间，我感觉我是那么真切地生活在尘世之中。我感觉我是那么安全，那么轻松无虞，那么超脱。这似乎正是我一直在寻找的东西，即春光拥簇的家居生活——与家、与妻女有关的生活气氛——平常并且和谐。我想起了某年春天我和女儿一起去攀龙泉山、寻龙泉寺的事情。我们在山下的山舍旁和一头农家的耕牛玩了许久；我们在山上看见两男一女三个年轻人一言不发地面对着太阳坐在山石上；我们经过一片茂林时女儿小鸟依人地高喊着"老爸"匆匆追上来拉住我的衣服；我们在开满了杂色野花的山坡上待了很久；我们在归返的路途上闻到了饭菜的香气：妻子答应过我们将做一顿丰盈的午餐，她肯定已经把午饭做好，正等待我们响亮的敲门声……

这就是我们一般人的家居生活的感觉吧？在这一段时期的

读书时间里，我发现古人的性情、品类与我们并无二致。虽然这是明显的事实，但这种活生生的如同左手握右手的感觉，却是我在以前的读书中未曾感受到的。他们对于生活的趣味，生活中的享受，亲情的捕捉及留持，生活质地的体味和保证的发现、使用，都比我们早，也似乎比我们更深刻。

我离开长条餐桌，在春光溢泄的大街上走去。我的心里正筹划着一次阖家的出行。虽然目的地可能只会是杂花相处的郊区，虽然她们可能因为工作和学习的原因而不能成行，但我此刻的心情，却是明明白白、一清二楚的。

2005 年春

女人与烟草

同事

相信许多人在开始吸烟的时候都没见过生长在土地里的烟草的模样，但 N 是个例外。1978 年，N 招工到 P 县供销社，她接受的第一个任务就是和同事到乡下的收购点收购烟叶。"噢，烟叶原来是从土地里生长出来的。"雨后的烟叶地边响起了 N 带有青春朝气的惊呼声。陪她到地里看新鲜的男同事 V 别有用心地在她身边微笑。在农村那些充满了干爽的烟草气息的烟炕里，N 第一次品尝了这种舶来物的神奇；当然，还有那种令人战栗的爱情的快感。总之，N 的第一次，似乎都是与烟草——这种叫人捉摸不透的东西联系在一起的，这使 N 一辈子都感觉不解。

烟草

胜利者并不总是男同事，烟草同样取得了广泛的成功。在烟草业成为人类社会一个巨大的行业的同时，从生物进化的角度来看，烟草也利用人类的某种个性，达到了物种繁衍的最大化。事情还不仅止于此，除却口感和时尚以外，烟草还深入了人类的内心世界，多方面、多层次、多角度地参与了人类的诸多事务,特别是人类的情感故事,N与男同事在某种烟草背景中的火花迸放,就是烟草对人类情感世界入侵的一个适例。

后来

现在,N在茶吧靠街的一个台子边忧虑地吸着烟。"这东西是哪里来的!"N愤恨却又无奈地想。她指的是手里正在袅袅升起的香烟。据说,这件事要追溯到哥伦布发现新大陆的时期。哥伦布在古巴发现了烟草,于是把它带回了欧洲,若干年后,欧洲的葡萄牙人在殖民的过程中把它带到了菲律宾,又过了些年头,烟草才从菲律宾的吕宋岛传到中国大陆。不过,N并不真的想要知道烟草在历史时空中传播的过程,这只是她对烟草深深地参与了她的私生活的某种下意识的不平和反应。

女儿

事件的缘起是在另一个茶吧,当N和当年P县供销社的伙计们餐后到茶吧再叙时,一瞥中她惊见漂亮的女儿正与其同伴们斜倚在茶吧的沙发上,优美地喷出浓烟的弧圈,转瞬又尽吸入肚,再从鼻孔冒出。如果不是自己的女儿,N一定会用欣赏的心情看待这一切。但在大庭广众下,她又能怎么样?冲上去给女儿一巴掌,告诉她香烟诱发肺癌的数字?展示一张因吸烟而导致牙齿焦黄的图片?在带有乡土气息的烟草氛围中播下的生命的种子,如果它不经意中呈现了某种烟草文化的背景,那还不是有点正常的吗?

男同事

在不知不觉中,男同事来到了 N 的身边,他们默默地坐着,看着窗外的街景。几十年过去了,他们像所有的夫妻一样,达成了一种天然的默契。N 深深地叹了口气。天快黑的时候他们起身回家。入寝前男同事要求做一做那种事。虽然男同事这样的要求已经不常见了,在为女儿烦心的情况下 N 也没有太多的心情,但她还是点头默许了。事情很快也就过去了。

香烟

天亮了。这是一个双休日的早晨,阳光从窗外照进来,照耀在茶几上一包装饰讲究的香烟上。它看上去那么自信,不,似乎更多的是自然。也许是深夜里鲜有的激情过度,N 和她的男同事仍在质量不高的睡眠中,与年纪有关的呼噜声在卧室里此起彼伏地鸣响着。

结束

好了,我们的物种入侵的故事讲完了,该是到客厅里抽一支香烟享受的时刻了。再见!

2005 年 5 月 3 日　合肥四闲阁

湖口的早晨

任何地名都有历史及渊源,江西湖口这个地方,盖踞鄱阳湖湖口而得其名也。湖口依山傍水,风光独特,素有"江湖锁钥,水陆通津"之誉,更有宋苏轼咏石钟山"舟回至两山间,将入港口,有大石当中流,可坐百人,空中而多窍,与风水相吞吐"之不朽画卷。

但我是无意于山水,仅属意于世俗的。一大早起来向湖口渔港、码头的方向去,湖口县城蜿蜒,新城与老城,绵亘数公里之多。终至江岸渔港,原来江、湖渔港一天的开端,与平原或丘陵,是断然不同的。晨起的港管人员,散坐或斜蹲在渔港的高岸上,泡一杯浓酽的闲茶,恬淡地感受着时光的逝去。渔港的趸船两侧,各泊了数条渔舟,渔舟大小不等,但都是阖家作业的——或夫妻二人,或增加一个尚未成年的孩子。趸船右侧的渔舟,大都售出了渔货,正生火造饭,烹茗煮茶,享受一天难得的清闲;而左侧的渔舟,都正在出售鱼虾,趿着拖鞋,漫步般零星从岸上下来的湖口居民,会蹲在船帮上,有当无地同小渔船上的渔民讨一讨价。长江的毛鱼一块钱一斤,而鄱阳湖的草虾则非三元不卖了,一两回合之后,购者即可拎了鱼、虾,慵懒而缓慢地,走回到岸上的小城中去。

此刻却还有人从上面下来,是一位意欲垂钓的中年人,他在跫船面江的一端安顿好马扎坐定,把渔线抛入滚动的江水中,便默默地不再言语。我站在他身边看了一会。这时我似乎听见江岸上有人发出一声喝彩的声音,我回过头去张望,是一个长发披肩的流浪汉,正斜靠在高高的防浪堤上,居高临下,慈眉善目、无所牵挂、闲散地注视着渔港里的一切。我为他所吸引,从容地找到路径,慢慢地登上防浪堤,坐在大石上看江、看湖。原来是江水浑浊湖水清澈的,在这里,江湖并流,浩荡拍天,茫无际涯。我有些激动,心想,我要是能过一段无所牵挂的流浪汉的生活就好了,如果我愿意,我还可以在防浪堤这样的地方,忘却时间,待上半天、一天,享尽无忧无虑的快乐。

但我毕竟还是有牵挂的。我打开手机看看时间,时候不早了,我该走了。我下了防浪堤,离开了湖口的渔港兼码头。半个小时以后,我登上了前往彭泽的客车。

2005年8月12日—8月13日

散　　兵

　　散兵我这是第二次来,第一次来,是二十五年前,1980年的冬天。那时学校放寒假,我跟我的室友王祥一起,先到他巢湖市卧牛山的家中住了一夜,第二天早晨,顶着呼啸的北风,王祥送我到巢湖市的客运码头,上了客船,我独自一人,开始了巢湖之旅。由巢湖市而忠庙,再姥山岛,冒充大学生记者住在大队书记家,翌日风狂浪高,书记派一位社员,用一只小划子搏风斗浪送我回忠庙;再乘船至巢湖南岸槐林,上岸步行进入银屏山区,夜宿一位做花炮的农家,清晨在农家门前的小池塘畔破冰洗漱,当天一个人探险般地攀登一座峭岭,孤立无援,还差点在那里送掉了身家性命。从银屏山区步行到散兵镇,在镇(乡)政府招待所住了一夜,我又步行到巢湖市,这才返家。

　　时光荏苒,回忆起过往的岁月,那种感觉、视觉、听觉、触觉、味觉,总觉得原汁原味,不可复现,亦不可复制。二十五年前的许多事物,二十五年以后也难以寻觅了,比如内湖的客船,客船上出售的令人狼吞虎咽的粗糙的红米饭、口味较重的豆角烧肉,现在一概都退出历史的舞台了。想在巢湖某码头搭乘一只班船,斜倚在阳光可以照晒到的船舷上,看湖光山色、鱼翔鸥飞,或在机声隆隆、鱼腥味浓重的客舱里看卖鱼回来的渔民甩扑克,都已经不再可能了。甚有历史特色和生活风貌的内湖小客轮,差不多完全从巢湖的湖面上消失了。

现在,二十五年后,我在某种特定的心境之中,再一次前往巢湖南岸的小镇散兵镇。巢湖南岸公路起起伏伏,左手是山,右手是时常可见巢湖略显浑黄的湖面。对巢湖周围的地物人文,我大致上都还是熟悉的,从散兵开始,巢(湖)庐(江)公路串起了几个极具特色的乡镇。散兵镇号称"建材原材料之乡",她的地名的起始,缘于楚汉相争的项羽,项羽败战至散兵,众叛亲离,军队于此地作鸟兽散,因之唤为"散兵"。唉,这位盖世的英雄、罕见的帅哥,事已至此,也真够他伤心的!由散兵西行12公里,是高林镇,高林镇是省内有名的花炮之乡,镇内家家户户的门前屋后,都堆垒着一捆一捆的炮卷儿,花炮已经成为高林镇的支柱产业,但国内更多的人知道她,则是因为前些年花炮生产的安全问题。从高林镇再西行10公里,则是国内知名的渔网之乡槐林镇,说起来一般人都无法相信,巢湖南岸小小的貌不惊人的槐林镇,竟是国内最大的渔网生产基地,她的渔网生产的份额,竟然一直是国内排名前列的,其渔网产品不仅销售全国各地,而且还远销俄罗斯、韩国、南非及东南亚的30多个国家和地区。

连阴雨后初现的阳光显得温暖,路上有一队骑自行车的老年人,有男有女,正奋力向合肥的方向骑行,从他们车头上插的旗帜和身上斜挎的红绸带可以知道,他们是从浙江出发,前往河南登封的。我心里颇有些触动。车子很快就到了散兵镇,我下了车,先到路口的散兵邮局,为我自己制作的巢湖专题邮品盖销邮戳,访邮求知,收集邮戳,这是我行走或路途上的一个持久的爱好。散兵邮局里坐着一位皮肤细白、浓眉秀目的同志,也正是一位帅哥级的男人,看样子他还像是分局里的一位领导,正埋头写一份材料。看见我的专题,他立刻推开手头的东西,二话未说,啪啪啪一口气帮我盖了一二十个邮戳,他的邮戳盖得极好,清清楚楚,一点都不拖泥带水,我心里颇受感动。这时,他的盖戳声引来了邮政储蓄的两个男孩和几位MM,他们欣赏着我自制的独特而漂亮的邮片,我们讨论着关于散兵和巢湖的简单的问题,在一刹那间,这是一种富有人情味的节日的气氛。

离开散兵邮局,我向散兵镇的老码头走去,在我的印记里,散兵老码头是我脑海中第一种水乡的名片。二十五年前,当我在那个客居散兵的傍晚,走到码头上的时候,我看见有许多女人在码头的石板上洗菜、搓衣服、捶衣服,男人们则驾着小渔船出入,在那个夜晚,一种古已有之的亲水的感情在我的心中被唤醒。但现在散兵的老街似乎有些衰落,不过老街的西边又好像正在兴起一条新的街道。我很快走到了散兵的老码头上,我很失望,石条铺就的老码头已经荡然无存,也许是因为水太大了,浑浊的湖水直逼土岸,台风"泰利"的影响还没有完全过去,巢湖水天相连,风起浪涌,大浪啪啪打在湖岸的硬土和碎石上,有点寒凉。

我站在湖岸一棵大树下往湖里看,这时我注意到离湖岸不远的浪尖上有一只小小的舢板,舢板上有两个老年人,男的划船,女的在起渔线。起初他们离岸比较近,所以我都能看清他们花白的头发,湖上一只漂动的船都没有,风浪很大,他们忙忙碌碌的,一刻都不能歇息,男的顶风顶浪划船,半秒钟都不能偷懒或懈怠,女的则两手并用伏在船帮上抓紧收网起线,但是一直没有什么收获。我旁边有一个人来挑粪桶,我抓住机会问他,他们能不能捉到鱼。他抬头看了看湖里风口浪尖上的他们,干脆地说,捉不到。我问,为什么捉不到?那他们为什么还捉?他好像不太理解我的话,也可能是不想跟我这个城里的闲人多啰唆,他不置可否地摇摇头,就挑着空粪桶走了。

真的,这两位头发花白的老年人,为什么在大风大浪的时刻到巢湖里来捕鱼?是因为生活所迫,还是因为一种割舍不去的生活的方式?或者是另外一种形式的恋旧,像我这样?但是在那一刻,我非常羡慕他们,我起头说了,我是在一种特定的心境之中,到散兵来的。我非常羡慕他们能享有此刻共同奋斗的生活,非常羡慕他们能在这么大的年纪的时候,还能够共同享有他们完全习惯了的独特的生活方式。我站在湖岸边,一边胡思乱想,一边迎着大风大浪,观察着他们,直到他们顶着风浪,把小舢板划到另外一个湖湾子里,我才意犹未尽地转身离开。

返回合肥的路上,我很悠闲,情绪也很放松,但内心里还是很紧张,有时甚至会紧张得手心冒出冷汗来,这种状态使我产生一种复杂的感觉。我旁边的座位上,坐着一位斜挎红绸带的浙江老人,他身上泥泥水水的,显得有些累,但精神却很好。车过居巢区中埠镇的时候,我突然想到了所谓的人生,我想,人生的事情,十之二三,由自己策划,另十之七八,则是命运的安排。不要小看这个十之二三,它是人生的画龙点睛之笔,对命运的激活,也就全靠它了。我想得有点累,也觉得有些腻,就歪在靠背上,迷糊了一会。

下午5点多的时候,我回到了合肥。

北　　方

　　南方和北方纬度上的差异,在暮秋是很能看得出来的。合肥郊外的中稻已经收拾干净了,皖北的田地里还有不少青青的稻秧,这时在陇海线以北山东菏泽、郓城、嘉祥以及江苏丰县,河南虞城、兰考诸地,农人们正在秋阳干爽的冲积平原上摘拾绽开的秋棉,而过了黄河的山东聊城、阳谷,河北衡水,甚至就在黄河北岸的河南台前县,带沙的黄土地里的玉米秸秆却尚未清理干净,农人们还仍在平整土地,对于冬小麦的播种,季节似乎不太早了,但那些土地也许是准备用来晒垡的。

　　或者正因为低温的时间更长一些,生活在北方——我这里指的仅仅是相对合肥而言的黄淮海平原的北方——的人们言辞都那么直接,性格都那么直爽,有时候甚至会为他们的顶真不拐弯而苦恼。正如在河南项城市中心广场上一位朋友对他们中一位痴心酒友的描述一样:喝酒前花言巧语,喝酒时豪言壮语,喝多时胡言乱语,喝倒时则一言不语。不过没有办法,人们就是在不同的地理环境中发育成长的,这都应该是性情中不可违逆的要素。

　　北方街头以面食为主的各色小吃美食更是令人流连忘返、乐不思归,河南范县僻巷里的馍夹肉,山东东阿街头拐角处的鲜香羊肉汤,江苏睢宁县十字路口的纯麦大炕饼,河北清河城东西巷里的南瓜山芋稀饭,安徽泗县沿河路上的油酥大烧饼,山东梁山已然北方化了的芜湖大汤包,河南鹿邑县小吃摊上的炕饼夹豆干,安徽利辛县早点铺里的千张夹油条以及豆面稀饭,这些带有地方口音的美味面食(包括羊肉汤),在当地的暮秋氛围中,都真正是鲜香扑鼻,并且是极富民族文化底蕴的。

因此,我毫不怀疑我对传统民族文化的某种喜爱和选择了,这牵扯到饮食和行走的许多方面,而这又都是令人极其享受的生活形式,这都是令人爱不释手的。

2005年10月21日　合肥淮北佬斋

立　　冬

　　历法上的"立冬",对于生活在中国各地的人们来说,感觉真是大不同的。有一年在广州过冬天,宾馆大院里草木葳蕤,花事依然见得热闹,早晨的漫步时常在淅淅沥沥的小雨中进行,最冷的时候当然也需要穿羊毛衫。我是穿一件厚的牛仔外套的,对广州人来说,那大约有点特别,于是终归会引来几次对我牛仔衣的好奇问候。到了三月初春,牛仔衣已经有点穿不着了,最暖的那一天,街头穿短袖衫的行人已经绝不鲜见了。

　　合肥的"立冬"也未必能见证什么气候的大的变化,拿我楼顶花园里的花木来说,那方天地还不是相对的青葱和繁盛吗?菠菜、乌菜、芫荽和小白菜等叶子菜正在疯长,大叶栀子在合肥是能够露地越冬的,在10℃以上的温暖环境里,自然无须为它的命运担心,就是较为怕冻的茉莉及夜来香,也都能够坦然面对夜间相对较低些的温度,寒冷的感觉,尚与合肥无缘。

　　皖北、豫西、鲁南这一块三角地带,纬度又升得高了一些,田地里的庄稼当然是已经收尽了,但偶尔一畦白菜,或者胡萝卜,搁在细细的耕耘过的微黄的田原里,显得青翠鲜亮。河堤上的树木也还没有那么萧条,个别地段的通往乡村腹地的小路上,甚至还有只着薄套头衫的走路的农民,鸡鸭们的羽翅都很自然地舒展着,不像在真正的冬天里,它们都蜷缩在向阳的地方,无奈地但也较享受地晒着太阳。

北京、天津以北的立冬似乎与像样的冬天也有一段距离,但显然又进了一步。总是在近午时分旋起那种恼人的西北风,杨树、槐树也许还有银杏树上的黄叶漫天飞舞,其数量之多,令人惊讶。有时是眼见一树的黄叶抖落进西北风的旋律之中并随风起舞的,站在远处看着它们甚为默契的协作和配合,意境似乎颇为深邃、悠远,于是在讶异之余,对华北立冬的天气,有了一个深刻的认知。

2005年11月9日　北京昌平亢山路12号院工兵41旅家属房

广　　场

　　这两年经常在各地跑,偶或住在县城里,因此对中国各地中小城市大致相同的城市布局规律愈益熟悉起来,闭上眼也能大致说出个一二了,而给我印象最深的,是各地中小城市的广场建设,以及以广场为中心、为载体的大多为晚间档的群众文化及美食活动。自20世纪90年代以来,财政收入逐年增加的中国县市,几乎无一例外地都修建了漂亮的城市广场或城市中心广场,这些广场所承载的与当地有关的平民化的文化和社会休闲功能,丰富、重要而且有趣。例如,在安徽阜南县的城市中心广场,人们在七八月份的夜晚聚集到广场上时,议论的主题总是淮河主汛期洪峰,以及王家坝开闸放水淹没蒙洼行蓄洪区等人命关天的大事;甘肃张掖的城市中心广场上,身穿各式民族服装集中排练的喜庆场面热烈而豪华,广场右侧的杏皮茶小店则彰显其丝路风情;河南项城市中心广场的夜舞规模庞大,激动人心,多位操河南当地口音的广场演讲者的周围总能围满一圈人;西藏拉萨的中心广场上永远有成群结队的藏族妇女向你出售转经筒等纪念品,她们诚恳地希望你能保持某种心态上的平衡,因为你既然买了她的(她们同伴的转经筒),那也买我的一两个吧,这样我就也会有一点收入了;四川马尔康的体育广场清晨会有锅庄舞会,军民(汉族和很多少数民族的市民)手拉手的舞蹈一直会持续到8点多钟(相当于东部时间的7点左右);北京昌平亢山广场及南邻的亢山山头上,清晨喊嗓子的人络绎不绝,响彻初冬的晴空;陕西延安的纪念堂广场上不时会上演头扎白毛巾的"老汉"腰鼓,游客们围成一个很大的场子认真观看,运气好时会同时有几拨"老汉"表演,那时候他们因无形的竞争而特别卖力,演出也因此更加精彩……

而盛夏的夜晚在江西湖口城市广场上的见闻最令我难忘。晚饭后渐渐走近了城市广场,那里早已经灯火通明,舞乐四起,人头攒动,热闹非常。广场一边摆了许多小吃摊,我要了一碗带水乡虾米味的鲜汤慢慢享用,再起身到广场的平台上去悠然闲逛。原来来这里的许多都是三口之家,用小车推着孩子出来乘凉的,孩子都还小,藕胳膊藕腿,都坐在一种竹制的轻盈灵动的小推车里,伸头引颈向外面张望,少妇们则丰腴匀称,白腿粉臂,眼光明媚,触之有电击之感,老年夫妻多结伴而行,都依偎不已的样子。广场上和广场附近,做什么的都有,有卖各种各样充气玩具的,有套环儿得奖的,有试听CD的,有卖棉花糖的,有打扑克牌的,更多的人是在跳舞,大多是少妇或中年妇女,也有不少颇富舞蹈天赋的身段灵巧的少女和小孩,她们横竖成排,动作整齐划一,但个个放松而且优雅,一曲未了,一曲又起,跳的人如痴如醉,看的人则兴致盎然,整个广场最有亲如一家的气氛,令人情动并起恋家的心情。待天色不早,舞者与观者渐次散去,小城愈益陷入夜深人静、酣眠不醒的状态之中,在这种时候,或者坐在电脑前,或者推开窗扇,细心地谛听鄱阳湖涌入长江的低沉有力的水流声,心中的境界是宽广无比和汹涌澎湃的;再没有什么比熟稔和特定的文化情境对人更有亲和力了,在那种气氛的抚慰下,我们会睡得更沉、更香,也更踏实。

2005年11月29日　北京昌平亢山路12号院工兵41旅1号楼353室

2006年

地名与说话

经常出差或在外地跑动,有时到了一个地方,不敢开口说话,比如有一次临时去河南郸城,因为事先没做任何准备,见到了当地的人不敢说那个城市的名字,为什么?怕读错呀,按照汉语的造字规律,郸城的"郸"字可能读单的音,但这里的问题是,单本身就是个多音字,既念单独的单,也是姓单的单(音善),还是单(音婵)于的单(古代人名)。另外,如果按照汉语造字的一般规律,把郸城的"郸"读单(音丹),那么山东单(音善)县的"单",那该怎么读?山东郓(音运)城的"郓"又该怎么读?缅甸掸(音善)族掸邦的"掸",又该怎样念?

类似的问题经常能碰到,比如古代的专有名词吐蕃(音播),如果不了解西域(西南)史,又没去西部旅游过,一般人很难把这个音读准。还有那些前辈翻译家,不知出于什么我们现在不太了解(或因学力不逮)的原因,经常采取用汉语的多音字去标注外国的人名或地名的办法,来考验当代人的智慧,例如南美国家秘鲁,是念秘密的秘呢,还是念秘(音毕)鲁的秘?茜茜公主的茜,是念茜(音欠)草的茜呢,还是念茜茜(音西)公主的茜呢?这都会使人犯难。最让人挠头的还有像安徽舒城县西衖乡这样的地名,西衖的衖本来就是个冷僻字,除安徽舒城县和六安市的人民以外,全世界讲汉语的人口恐怕都与这个字无缘际会,都没有读到这个字的机会了,西衖在大别山边缘,低山地区,山林不大,但景色素雅,西衖是什么意思呢?原来衖就是"巷",或是"弄"的异体字,弄是什么意思呢?也是胡同和小巷的意思,西是方位词,西衖,不就是西边的小巷吗,为啥要弄得这样古典?那干脆就叫西巷不就得了?看来这里还有很深的秘密。衖的读音,更是搞昏人的脑袋,在《现代汉语词典》里,衖就念"巷"音,在《辞海》里,衖念龙 long(音龙,第四声)音,也就是上海人说"里弄"的"弄"那个音,而在当地人的嘴里,衖成了"内讧"的"讧"那个音。

  在我们的身边,地名读音让人郁闷一类的例子真是不胜枚举的,记得最清楚的是20世纪90年代初,那时候宣传邓小平同志的革命历程,广西的百色常上电视,百色的百怎么念?播音界有过一些讨论,按照字典上念,字典上的百只有一个读音,那就是一千两百三万的百,但当时中央电视台都念百(音勃)色,为什么这么念?因为这是广西百色的当地读音(1991年去百色时我对此加以注意并向当地人做了求证),我觉得这是非常对的。因为作为地名的读音,其形成的过程,一定有着丰厚的人类学、社会学背景,它还是当地人的一种文化心理坐标,对当地地名的认可,是对当地人文历史的一种尊重,意义非凡。

  但由此而引出的一系列问题,也十分显见,例如北京有名的老商业区大栅栏,你不能读作大栅栏(音乍兰),只能读作大栅栏(音市赖),读成大栅栏(音乍兰),别人就很难听得懂。而像安徽的阜阳,照字典上的解释,阜具两意,一意为土山,河南为阴,山南为阳,那就是说阜阳这个地方在土山的南部,为倚山面阳之势,自然是非常好的。虽然常来常往,但我不是阜阳人,对阜阳细微的地理文化知之甚少,也不知道阜阳的土山在哪里。阜的另一意为多和盛,物阜民丰,从字面上理解,也能讲得通,是吉祥如意的一种状况。那么阜的读音呢?在普通话里阜就是个单音的字,念阜(音富),但阜阳人可不这么念,阜阳人和在黄淮地区生活的人们,都把这个字念作阜(音府),阜阳,当然这只是声调的问题,听安徽电视台的新闻播音员说,为阜阳的读音阜阳人还专门向电视台提出过"抗议",而出于家乡感情(或者也是在某种惯例的允许范围之内),安徽的新闻播音员读到阜阳时,也会按照阜阳当地人的声调来读,不过这件传闻是没有经过考证的。

阜阳人的方言待遇在央视显然未获通过,央视播音员在播报有关阜阳的新闻时,都是遵照阜的普通话单音宣读的。而淮北的另一个城市宿州,即原宿县,我的老家,也有这个问题,即普通话和方言的冲突问题。宿也是多音字,一音为宿(音肃),一音为宿(音朽),第三音为宿(音秀),但宿州当地人不这么念,当地人念宿为宿(音许)县、宿(音许)州。宿是一个古国名,在古代,那还是一个国家呢,也是不得了的事情,但在权威的普通话传媒里,这个地名也是一律被读为宿(音肃)州的,而我们前面说到的广西百色,后来不知道啥时候,也都念成了百(音一百两百的百)色。

比照地名读音所依循的原则和惯例的不同,我们会得出一个结论说,地名的读音问题(当普通话PK方言或古音时),可能还是要遵照文化优先的原则的,在一个大的文化(最大化的汉语)范畴里,影响力盛的强势的区域文化(例如大栅栏)就会比影响力弱的区域文化(例如阜阳和宿县)占有更大的扩展优势,这也是文化和语言进化的规律。中国地广人多,汉语所承载的历史太悠久,中华文明的诸般内容又太斑斓丰厚,没有权威的语言规范是不可想象的,相较于中文母语的深厚潜能及巨大发展前景,汉字的读音给现代人带来的一点小小困惑,其实也就不算什么了。但文化(区域文化)的多样性同样重要,因为区域文化的多样性是民族主流文化发展、进步的基础及内在动力。对于语言的问题,不规范会造成文明的崩盘或极大的社会问题,而过度的规范和限制,则会制约语言的更新,更使生活中的人无法开口说话,这其中的平衡十分紧要,它其实也是中华文明可持续发展的一个具有现实意义的先决条件。

2006年1月5日　北京昌平亢山路12号工兵41旅家属院1号楼353室

温润的渴望

　　合肥到底是北方还是南方？以前总是以不南不北做敷衍的,从中国地图上看,这也大致是合适的,当然这只是一种泛指,并不做具体的论证。但前段时间去更北一些的"北方"住了一些时候,才觉得合肥完全不是北方,不把她归入南方的范畴,那真是曲解了她。这种感觉也许只有冬季才最明显,在北纬四十度左右的北京、天津、冀北——其实也还不是中国真正的北方——入冬以后的干冷少雨,在安徽、在三十二度线附近的合肥实难体验。我客居彼地两月余,没见识过一滴像样的雨,没目睹过一片成形的雪,这对我渴盼大雪飞舞、积雪没膝的预期,是一种重大的打击。每天我从他乡沉静、暖热的梦境中醒来,走上寒凉的阳台,体验太阳逐日伴随工兵四十一旅家属大院附近军校学员雄壮的出操声照样升起,并且绝对地准时和守信(在我的感觉里),我总为之担忧而困惑,地球变暖的趋势,确实已经加速和无可挽回了吗？其实真正的失落,全因了自己预期的无法实现。

　　晴蓝干冷的天空是北方冬季主要的气象特征,那是与合肥完全不同的天空,高远而且辽阔,每天正常出行的计划均不必担心因天气的原因而被迫取消或延期。与晴蓝的天空相约而至的,是无时无刻不仰头即见的在浩大的晴空中拉练苦训的解放军战斗机,它们的几乎难以辨别的身影在天空的极限处翻滚冲刺,总会立即吸引我的尚未远视的眼睛。这是我每天都会进行的观赏,也是我非常喜欢的。可是我期盼的湿润的空气甚至是多云或阴晦的天气又在哪里呢?它们在我的手机里,那是太太短信描述中的合肥:"合肥这边在下大雨呢,哈哈,今天不用浇花浇菜了,小白菜都长得又肥又大,花园里的枇杷树已经开花啦。""空气很湿润,月季开得很漂亮,剪下来插在花瓶里,菠菜长得黑油油的,还是你在家上的肥呢。""花园里的柿子我吃了一个,小鸟们飞来吃了两个,剩下的摘下来放在书房里,也许等不到你回来就被宝宝吃完了。""楼上花园里到处都是小鸟叫,小鸟把青菜都吃完了,给它们吃吧,我睡觉起来啦,去收被子,明天要下小雨了。""在下小毛毛雨,我在看《同一首歌》,楼上花园里的青菜都被小鸟吃完啦,哈哈,但是我搬到西阳台的菜都长得很好。""中午买了一些大骨头,留给你回来吃,我已经吃了一点,还挖了几棵又肥又厚的大菠菜做汤,真好吃。但一个人吃还是不够香!宝宝还在学校复习准备考研。"

  此刻,我已经置身于合肥温润潮湿的空气中了,枇杷还在开花,但我担心不相匹配的小小花盆里的营养未必能足够支撑它繁育新生命的沉重要求,海棠打苞欲放了,不过想看到它的火红和艳丽,则肯定要耐心等到回暖开春,楼上花园里的青菜都被小鸟吃光了,但封闭的西阳台里的菠菜、黄心乌、芫荽(香菜)和香葱都生长得肥厚饱满、鲜亮可人。呵呵,虽然没有暖气的屋子里略有点清凉,但这是"南方"温润气候下的清凉,使人有滋润的感觉。可是,我竟又开始怀念两千里外那片晴冷干爽的高远蓝天了,战斗机一定会在你随时抬头仰望的时刻翱翔于晴明的天空之中,而居室里随手插入的土豆、吊兰和蒜苗都会因足够的浇水和温度而发疯地旺长。感情总是因缘而生的,给我充裕的时间吧,我会很好地融合这一切,虽然只是在一个普通的个体里,但那份可贵的体验,也一定是愿意与人共享的。

2006年1月14日 合肥淮北佬斋

乡 土 北 京

也许是职业的习惯,一般我到哪里,总会不经意地就留意起当地的民俗和语言来,现在不时地在北京驻留,对北京的语言、习惯也就有了注意。北京是首都,又是普通话的"基础语音"地区,按说大家说话都照此办理不就行了吗?但其实在日常的交流中也还会有一些小小的"障碍",比如食品,"买两个大馍,一碗稀饭","大馍",这是合肥人的说法,北京人也能听懂个八九不离十,但北京人不说"馍",也不说"稀饭",而称"馒头""粥","两个馒头,八毛钱,一碗粥,五毛"。自行车没气了:"小巷里有修自行车的吗?""有,就在前头拐弯那胡同里。"不说"小巷"而称"胡同"。动词"扎"在北京地区的使用频率也相当高,报刊上报道有人被匕首或其他刀具伤害了,"那人被扎了两刀"。"扎"是具有方向性的动词,一般会理解为由上而下,这种描述在南方会改用"刺","那人被刺中两刀,血流遍地"显然更准确,概括的范围也更广泛。交流双方语言习惯的这种种细微差别,一是立刻能分出北京人和"外地人",此种身份的鉴定会使人们的认同感发生变化,二是说话的人在心理上要进行必要的调整,双方要进行彼此都能接受的语词的"统一",要进行短暂的规范以便更方便交流。

以上是方言的差异,除此之外,北京口语的乡土气息也是非常浓厚的。一般说到北京,总会把北京同现代化、大都市、普通话、书面语什么的联系起来,但在我的眼里,北京首先是乡土的、地方的、北方的,在这个前提下,才有其他。还拿说话做例子,乘客上了公交车,售票员就会提醒乘客一些注意事项:"下一站阜成门,扶好了,拐弯了,拐弯了。"她用的是"拐",这是北方的口语,而不是用"转"这样的书面语。还有买票,"下一站阜成门,没票的请打票"。"打"票,如果在安徽,用这个词的一定是沿淮淮北的农民,城里人都不用这样的词,"俺打张车票上宿县,晚黑俺就家来了"。但北京的售票员不会使用"买"这个词,而是说"打"。从这个角度看,基层北京的乡土味当然是抹都抹不掉的。两位顺义城里的大妈在立交桥边遇到了,同走一段路,天气好,蓝天白云的,话题也就与此有关:"晒被袄了吗?""还没哪。""被袄(轻声)",这是被子、褥子之类床上用品的统称,北方农村和小城镇的人都听得懂,南方的人就莫名其妙了。京郊嘴巴甜的小伙子与你告别时总是憨厚地在原地站着,右手在身体较低的位置拘谨地(因此具有礼仪文化的象征意义:礼貌和敬重)偶尔向对方推动一次:"叔,您回家歇着吧。歇着吧,累一天啦,叔,您回家歇着吧。"北京网通的女服务生,打电话来向你了解发生了故障的电话是否修好了,你告诉她修好了,她会说:"好的,那您先使着吧,有问题请随时和我们联系,再见。""谢谢,再见。"这种说话的方式带有浓厚的草根气息,"那您先使着吧……",民间交流的意味给人强烈的感染力,相信这并非网通集团刻意的作为,而只是北京地区言谈口语化的习惯。

  物象上的差异也使北京的乡土味愈加浓酽,北京位于华北平原的北部、蒙古高原的南缘，天干物燥，沙尘频起，冬天的北京万物萧索，最能体现北京非都市感的一面。而北京及其郊区树种得较好，一到春天，杨树、柳树嫩绿一片，颇能给人粗犷、宏大的感觉，杨树树体高，面积大，令人亲切、敬重，而柳树垂条依依，"婀娜多姿"应是形容北京柳树的最佳词组。在南方，甚至就在黄淮，因为材质等问题，柳树和杨树在城市已被逐渐淘汰，就是在农村也愈来愈少见了，但这些最具中国传统乡土风情背景（特别是柳树）的树种，在北京却成为绿化的主力之一。这唤起了我的一些童年的感觉，也使我觉得自己更能融入一种略有差异的区域文化对象之中，我为此而感到舒坦和轻松。

2006年4月23日　北京阜成门万明园肆零书屋

槐　　夏

　　田野里几乎没有人,建筑在高台之上的小火车站也很少吐出拖包携袋的农民来,这是因为季节正处于田间管理和麦收之间的空档期的缘故。我走到麦田里的大槐树下,这里地势较高,站在树荫下,就能够很方便地看见方圆一到两平方公里之内的一切:主要是还在拔节灌浆的暗青色的麦田、清浅的小河、标志着田间小道走向的成排的白杨树、一片开蓝色花但结了满地鲜红色球果的草地、一小块人为地把秧子按倒的蒜地、一堆黑灰色的土肥,那一定是为麦收后的种植预置的肥料。

　　但稍走近村庄就会发现人和动物活动的越来越多的迹象:一对忙碌不停的夫妻正在抓紧收获屋后的一大片蚕豆,因为蚕豆汁液的"污染",他们浑身上下都弄得黑污污的;而紧邻的浓荫密匝的乡村土路上,一男一女两个六七岁正坐在蓝花布上剥蚕豆的孩子却突然打闹起来;心烦意乱的妈妈在地里大声地吆喝着,但是不管用,大些的哥哥仍然把小些的妹妹惹得大哭,妈妈终于忍不住从还有些湿烂的蚕豆地里赶来了,穿黑色胶靴的男人则不管这些闲事;妈妈撵着小男孩打他,小男孩躲到了道路附近的小槐树林里,槐树有很多尖利硬朗的刺,大人只好止步不前,吵骂一阵后悻悻离去;穿黑色胶靴的男人则一直无动于衷。狗很多,大狗大多卧在农家门前,显得成熟、有生活经验和教训、不招惹是非,小狗却尽情地在长着野草的空地上耍玩,偶尔还向路人挑衅,对象却主要是骑自行车的农人。

  我轻松地脱离了村庄再次回到麦原里的槐树下,阳光明亮,空气暖热起来,雨后不久的地面干燥得很快。很显然,麦收的季节很快就要来到了,那时候,在城市里打工的农民有不少都要回来了,乡下将会短暂地热闹一些时候。在淮河流域,这个时期是被称为槐月的农历四月并且一直延续到被称为榴月的农历五月。如果你有过体验,你会怀念每年一次又热又累但激动人心的麦收的季节。对人生来说,那可能是最贴近我们原始的农耕文明的一种体验。怪不得,我们对乡下的劳动和"风景",总会觉得没来由的熟稔呢。

         2006 年 5 月 17 日 合肥淮北佬斋

嫩桑摇曳的麦月

像足了一个去城里打工的农民,虽然住在城市里,看着满街乱跑的汽车,听着各种口音的普通话,但季节的钟摆并未停顿,总会在不经意间突然提醒自己,季节到了,该是点瓜种豆的时候了。这时候,心里慢慢就滋生出一些牵挂来,闲散时望着尘灰色的时空,总是担心错过一个又一个的季节,也总有嫩蔓的绿叶从并不滋润的梦中拱起。特别是对于农历的麦月(四月),年复一年的,更会有类似渴望的梦。由二十年前离开皖北,直至在俗务中挣扎的去年,这类的梦一年比一年强烈。梦中的我一定会有沐浴着夏阳和头戴略显陈旧的麦秸草帽的中年农民在麦地边的坡埂上闲叙的经典镜头。何时才能专程去沿淮或淮北的平原看正在成熟或已然成熟的小麦呢?还好,今年在精神的范围内似乎完全自由了,登高而望远的心绪也渐次整合于成形,这样的梦想好像终于可以实现了。把手头的诸事忙完,季节也眼看着到了农历的四月中旬,这也正是黄淮地区小麦即将成熟的时节,于是打理了一个齐整的小包,腰间别满了手机、相机等插件,相随着鞋后跟粘满黄泥的农人,心境悠然地上车、下车,在孟夏的阳光尚未饱满时,脚已经落实于实实在在的麦稞之间了。

阳光正在把落雨不久后的地面晒干,午收前的麦地无须管理,因此田野里鲜有农人的身影。这正是我日思夜想的境地。

于是我由身边一棵刚刚抽芽的嫩桑着眼,从这里看向田野景观的最深处。它们依次是:清凌凌水色碧然的小河;鲜绿色的浮萍艺术性很强地分布在河底生长着水草的水面上;河坡上是花色驳杂的成片夏花;很少的几片白蝴蝶在挺立的蛇麻花之间慢慢地飞舞;鲜红色的瓢虫静止于蚕豆暗绿的叶脉上;嫩桑的叶片肥厚而阔大;干白了的田间小道车辙明显;一个破烂收得太多的拐腿男人费力并奋力地推着破旧的三轮车向不远处的乡间公路挪动,那里绝对是他生命的一个醒目的目标;一些较大的榆树组成了乡道拐弯处的标识;略高的另一道河坡上的小麦因向阳而呈鲜黄的颜色;突然出现又突然消失的两顶草帽在远处时高时低又时隐时现……

太阳几乎已经上升到我的头顶了,哦,我真的实现了我的这一夙愿,我真的重又沐浴在乡野麦月的阳光下了吗?这是多么健康的一种环境:杀菌而免费的阳光,树林随时制造出新鲜的空气,已然难得一见的洁净的小河清水……当然,最重要的还是正在由青转黄的小麦。我把几枚花粉未脱的麦穗平摊在掌心,并抬头注视将近中午的阳光。这正是北纬 30 度到北纬 35 度的阳光,原生小麦最佳的生活区域。顿时,一种历史的原野感油然升起。我知道,在汉文化的意境中,小麦已经或正在替代谷粟的地位而成为我们头脑中的一种文化坐标。不过,在黄淮平原现今的进行时态中,已经鲜见了那种连绵不绝麦浪滚滚的狂野风光了,逐步侵入的村庄以及田野中的树木、道路、铁路、立交桥,把麦原切割成了一些较小的立方。但是,能够嗅到槐月小麦的气味、小麦及其附属物的气氛,我已经非常满足了。

两天后我踏上了返程的列车。那是一列具有慢速标志的绿皮客车,在大部分重要的铁路干线上,这种列车已经无法唤起人们的自豪感和成就感,时常会遭遇人们心底的抵制和拒绝。但是,如果在恰当的场所,我依然喜欢它的从容、淡泊和宽容。在较不拥挤的车厢里,人们都以朴素、充盈和现实的心态面对着前方的行程,这种务实的态度支撑着田野上某种主流的观念。而在我面前的茶几上,则平摊着一丛绿色的植物,那是我从乡村的集市上购买的辣椒苗和山芋秧:是接管了家里空中花园的太太为充实她的领地而下达的短信指令。车窗外的小麦情境不断扎实地闪过。人生的满足感真是太重要了。其实,我们梦境中的麦原离我们一点都不遥远,有时它只在距离我们咫尺之间的地方。只要我们处置得当,我想,我们就总能得到我们所梦寐以求的。

2006年5月18日　合肥淮北佬斋

小麦香熟

每年到农历的四五月份,就像上瘾似的,在城里就坐不住了,一门心思想下乡去看小麦。按照小麦生长的规律,我国中东部从北纬三十度到北纬四十度之间的广大地区,都是冬小麦的较佳生长区。依照这样的区域划分,我从北京乘车南下,分别在河北的衡水看只有尺多高的小麦正在拔节长高,在河南台前的黄河滩地看小麦开始抽穗扬花,在山东曹县平原看小麦悄然授粉灌浆,在安徽凤台淮河流域看小麦膨胀饱满,在合肥长丰三十头的岗地则看到小麦已经泛黄转熟了。

乡村的"人文"情况也在悄然发生变化。寿县境内"凤城首镇"正阳关的晚市人气已大不如前,十多年前的夜晚正阳关城里吃夜宵逛夜市的人流如织,现在则天将黑已难尝鲜香可口的美味小吃了。麦收前从大城市返乡的人流稍稍地多了一些,平常空荡的车厢都坐上了人。年轻的夫妻或年轻的妻子带着腿裆里带把的孩子从容悠然地返乡收麦,他们上车前购买的各种食物、饮品堆满了茶几,一路上年轻的妻子们细心地照料着孩子们的吃喝睡玩,年轻的丈夫们则因为女人的在场而心定神闲,喝啤酒侃大山,你让我我劝你吃喝个不停。在这种情况下,如果你理解他们的生活环境而且并不排斥他们的生活习惯,你就会觉得你似乎在一定的程度上能体会他们的喜怒哀乐,你也一定能从那样的生活中找到很大的生活乐趣。

在一些并不熟悉的县镇小站,他们会陆续下车而去。列车再次启动,离开车站越远,麦原就越广阔无边。麦际线上会有一些村庄淹没在树的绿荫里。那里是他们的家乡?一定是的。

我也很快会下车进入麦原。南北似乎有些弄不太清,那是铁路不直的缘故,但只要找到初夏已经颇有些热烈的太阳就不再会丢失方向。和翻晒前年陈麦的中年农民聊过天后,阳光变得较为偏西了一些。沿着麦埂走进麦浪滚滚的原野,整个身心顷刻间都舒展开了。小麦已经香熟了哪!那一刻并不觉得天底下还有什么烦忧的事件。一直在麦埂上游走,快要看不见村庄的时候,远处的桑树下出现一座很新的墓和碑。人工的东西在原野里总是很显眼的(小麦和耕地这样在原野里最普通的东西例外),我毫不犹豫地走过去细看,这是我的一个习惯,生与死,都可能会有激荡人心的信号存在。真的又是一个令人慨叹的生命!原来是父母和哥哥为死去的女儿(妹妹)立的碑,新碑的上部有她的大幅黑白照片,她大约20岁左右,长得很漂亮,而且非常时髦、洋气、不俗,她画了眉,涂了口红,微笑着,假若在那些大的都市里,你无法相信这是一位出生、成长于安徽颍上县黄桥镇大余村的农民。如果不是已经写过有关碑的小说,我想我也许会立刻虚构一个相关的故事的。不过,现在这样的情况是越来越多了。

我想起在来来往往的火车上那些年轻的夫妻们的一举一动。我登上麦田里一个稍高些的土阜看那些绿荫掩蔽下的多少有些不再热闹的村庄。这就是我此行看麦的一个故事?其实还不能称之为故事,只是一个零散的片断或画面而已。我慢慢地往前走着,并且继续细心地体会着麦月的原野。

  2006年5月24日 合肥淮北佬斋

北京齐白石故居

因为要外出,这一段时间总会在路上,所以带了这册64开本的旅游文化类的小书(只是开本小,还是蛮有厚度的),而且内容也是住在北京的时间里没有耐心去细细阅读的。带着它跑了好几个地方,北京、合肥、宿州、德州,也有近一个月的时间,有时间、有心情就翻翻它,当然不可能都翻过一遍,内容实在是太丰富了,能记住三两条信息,就觉得收获颇丰了;没心情时放在案头,时常看见一本书的存在,也会加深印象,或许还能产生联想,那收获就加倍了。

确实是一本入门的旅游文化书,进行的多是启蒙性质的教育,对我们这些兴致广泛却又非痴非专的读者而言,十分合适。但北京积淀的东西太多,对一般的脑袋来说,极易产生审美疲劳。也许从细微的地方下手,才能找到入门的捷径。我的书房在西城区,因此对西城的文字就留意些,先留意了两处介绍,一处是车公庄大街的利玛窦墓,利玛窦是意大利的传教士,16世纪来华(1583年)传教,据一本名为《图说汉学史》的学术专著介绍,在西方汉学史和中外文化交流史上占有重要地位的意大利传教士利玛窦,先后在广东、浙江、江西、北京等地传教二十七年,最后客死北京。西方的汉学界一般都把利玛窦作为西方的第一位汉学家。在中国的日子里,利玛窦不仅传教,还将西方的自然科学知识写成著作,传授给他的中国信徒,这一方面迂回地拉近了他与中国信徒之间的距离,因而更有利于他的宗教传输,再一方面则在客观上给中国人带来了西方的科学知识和科学观念。除此之外,他还潜心钻研中国的儒典,并译成拉丁文在欧洲出版,对中国文化在欧洲的传播及西方汉学的开展做出了巨大贡献。另据不久前报纸上的一篇文章说,现任香港特首曾荫权这段时间睡前正在读床头的一本利玛窦写的生活实录类的书,书的内容自然少不了明代中国及北京的林林总总,曾主要的兴趣,也就是想看看当时北京的"宗教和人文"的情形,这是关于利玛窦墓的介绍引起我兴趣的一个原因。

另一处是关于国画大师齐白石的介绍,介绍中说,齐白石故居"位于西城区太平桥大街东侧,辟才胡同西口,跨车胡同13号。""齐白石从50岁直到去世(1957年,93岁)都住在这里。""故居坐西朝东,为小型的四合院。""当年齐白石住在这里以治印卖画为生。"这些话引起了我的很大注意,也引起了我的一些疑问,为什么是"小型"的四合院,怎么是"坐西朝东"呢?毕竟,在我的印象里,齐白石应该是有银子的,手头不会那么不宽裕;还有,坐北朝南,是中国文化中天人关系的一个原则,既合乎生命的科学,也是中国人讲究的居家标准,更遑论在皇城的边上了。这是怎么一回事呢?

除了知道齐白石的虾子画得好,我对齐白石没有多少研究,但对此事则有莫大的兴趣,而齐白石故居离我的书屋又非常近,于是回到北京后,我就在一个北京人称之为"桑拿天"的潮湿闷热的日子里,骑一辆旧的自行车,前往齐白石的故居看一看。故居不太好找,因为"跨车胡同"似乎已经不存在了,都成为北京西城金融街的一部分了,但其所处位置很显眼,就在辟才胡同的路口。故居外有一棵大槐树,还有一棵大的毛白杨,(透过院墙墙顶看到)故居内有一棵老柳树;老式的对开黑门紧锁着,除一些当代生活必需的管线贯穿外,门上面还钉了个"谢绝参观"的牌子。从门隙往里瞅,院里有旧自行车,还有些杂物,但一间矮房挡住了视线,没法再往更深的地方看了。

　　在院外拍了几张照片,正踯躅着,老式的黑门一响,一位穿白色短袖衫的中年男人推着那辆旧自行车出来了,他扎住车子,去关门,我抓住机会问他,能不能进去看一下,他没好气地说:"没看见门上写着'谢绝参观'吗?"这结果本来就预知的,我不会失望,于是就请他帮我拍张照留念,因为这附近没有别的人可以帮我的忙。这次他乐呵起来了,他找准角度,帮我拍了一张。就咱们俩,不知不觉也就闲聊起来了。他说他是齐白石第四辈的后代,现在他们(其他的后代)都搬出去了,就他一家住在这里。我总会有一些好奇和问题的:那么住平房生活条件是否要差一点?他说他还不想住楼房呢,住平房,这么多间屋子,想住哪间就住哪间。怎么不接待参观呢?要是天天接待来参观的人,那就啥事都干不成了,虽说一月轻松能挣五六千块钱。他打开话匣子说,以前他们齐家这有七八辆小汽车呢,可有啥用,一月开不了两回,在街上还得跟警察打交道,必要时还得掏他这齐白石后代的"片子",为什么?还不都是为了面子,怕人家说,这齐家的后代连辆车都没有,后来都卖了,只剩两辆了。我说,这地方可不好找,跨车胡同都找不着了。他说,门上的牌子都被他们(来参观的人)撬走好几回了,那最早的我早收起来了,还能留给他们撬?他们撬的都是我自己做的,后来干脆我自己都不做,不往上钉了,免得让他们撬走。

聊着聊着聊上了瘾,他点烟抽上了,这个那个的说了许多的话。说话间有一辆轿车想往里靠,被他摆手支走,又有一位骑自行车的女士问路,还责问他为啥把通往前方工商银行的路用墙堵上,他指了路给她,又说,"我要不堵上,这还不成过道啦,我们还能生活吗?"我们俩聊了许久,他骑上自行车会朋友去了,我则骑上自行车回了我的"肆零书屋"。

2006年夏　北京阜成门万明园肆零书屋

和动植物以及这个物质的世界在一起

早晨醒来,总会闻到一缕优雅的清香,通往听雨花园的门是打开的,于是就会倚在枕上想这缕清香的来历。

枇杷的香吗?不会,因为枇杷鲜黄的果实,早已为鸟雀和我们共享了。枣花的香?也不会,枣的盛花期也过了,性急的头茬枣,都已经涆了半边梅红了呢。那该是夜来香了,夜来香开花从不惜力,花苞总是压弯枝梢,它会把白色微青的花开到极致,但夜来香的花却较为秾酽,全不似这般的淡泊。或许是无花果?但无花果的花,谁又曾看得见,闻得到呢?那一定是白兰啦!也不是,由于久居半封闭的西阳台,白兰虽枝叶繁盛,但却是花朵鲜见的。是花椒树的香气?不是,花椒树的气味刺激着哪。那就是大葱?更不可能,大葱也是辛辣植物。对啦,肯定是茉莉花!但茉莉的饱满的花蕾昨晚不是完全采摘并打算晒干了泡茶的吗?要么就是萱草?可是萱草的微黄的花朵前晌就成家宴的盘中餐了。是含笑?呵呵,盛夏可不是香气甜浓的含笑的开花期。那没准是柿子、橘子、杏子、兰草、常春藤、樱桃,或者海桐、山芋、苋菜、马齿苋、迎春、玉树、海芋、白花紫露草、栀子的香气?

酣眠后醒来至起床间这短暂却易于幻想的时刻,总是被我利用得淋漓尽致。其实,盛夏空中花园里的清晨到底是个什么样子的状况,不亲临其境,是怎么都想象不出来的。于是,我起身进入听雨花园,继续寻找那缕神秘的清香。

　　由于夜雨的缘故,花园里清凉如水,所有的植物都油绿、茂盛、饱满和振奋。蜗牛们散落在枝叶的各处。夜游至明的两只小乌龟正匆匆忙忙返回它们各自的隐藏地,白天是它们休息和隐蔽狩猎的一段时间。去看花架上漂亮的大鸟和她孵出不久的可爱小宝宝——这已经是漂亮的大鸟今年孵出的第三窝小鸟了,她风雨酷暑从不懈怠的母爱令人慨叹!——漂亮的大鸟趁清晨凉爽外出觅食了,小鸟已经长出了白色的尾羽,顶多再过个十来天,它们就会在母亲的离窝催迫中,翱翔蓝天,独搏风雨了。

　　和植物以及动物(昆虫)一起迎接太阳的到来,按照以往的经验,当阳光普照大地的时刻,优雅的清香就会无声无息地隐去,甚至不留些许的痕迹。但我和动植物们会继续留在花园里,毕竟,我们是要怀着感恩的心情,面对孕育和生养我们的这个物质的世界的,它使我们有幸亲历或目睹一切,虽有苦难,但更有激情和感动。

　　这就是每天早晨那缕清香的来历?的确,它来自于我们的心境。

2006 年 7 月 28 日　合肥淮北佬斋

黄淮海平原

　　车厢内说话一走神的空儿,列车已经辗过蔡楼以西架有浮桥的黄河,向着河南省台前县看上去幽静纯朴的火车站开进了。我离开车厢内的话题,把全部身心都投入到车窗外的风景中去。此时,初秋气氛中的黄河滩地宽泛而葱茏,似无际涯;绵延不已的杨树等人工再生林不仅能够缓和眼界浏览的枯燥,也为不同的文化或专业视角提供了良好的想象展开的空间;玉米和大豆占据了田野中经人类驯化后播种的农作物的大部分,而车厢电视中播放的黄橙色的桶装食用油正与它们密切相关。

　　黄淮海平原是我国最早开发的地区之一,所以天然植物的迭替与破坏也就更甚。虽然从架高了的铁路线上看下去,黄河一线的西侧与北侧和淮北并无二致,但其实对长期生活在这里并有能力进行文化人类学比较的人们而言也还是有很大的不同的。这不仅反映在土壤由淮北的黑、褐壤向黄河流域及以北地区的黄沙土过渡,气候由亚热带湿润气候向暖温带半湿润、半干旱气候递进,口音更多地带有了"官话"色彩,饮食习惯愈来愈体现出"南稻北麦"的差异,民房的建筑也更多地使用了平顶等不重视天然降水的观念。

　　列车快速地驶离了黄河滩地,并且更加快速地把台前愈显朴实的火车站抛在了"南方"。在我个人以生活经验为基础的认知范畴里,黄河一线大致是区别淮北平原与华北平原的分界线,这一方面是行政区划的传统,另一方面则基于黄河下游南岸地区无入河支流的地理事实。我扭回头去紧盯着我一直梦寐以求在其附近某个旅店过一夜的一闪而过的台前火车站,秋晨淡白色的雾霭浮动在相对于农舍而言的火车站的那些"官方"建筑的背后。我的心情逐渐有点儿"文化"、有点儿惆怅起来,这是我一贯的状况,也源于我对由此往北、更往北两千多年权力的血色更迭、民族的刀剑交合、文明的对撞博弈的敏感及点滴认识。"我们更老的老家——民族的兼文化的——除了中国本土以外,并在满洲、内蒙古、外蒙古以及西伯利亚一带:这些都是中华民族的列祖列宗栖息坐卧的地方。"(台湾李济),不过,李济先生列举的区域,已经不在华北平原的地理范围之内了。

列车高速驶入华北平原的腹地,现在,整个黄淮海平原都正宽泛而且葱茏着,鲁西临清以北的卫运河也不似初夏那般浓黑酱紫了,雨季较为丰沛的降水滋润着生物界的形体和灵魂。我的面孔紧贴在居高临下的车窗上,能够分辨出的田野中郁郁成长的农作物是:玉米、大豆、红薯、棉花、芝麻、谷子、大葱。我的农耕文明的起源感再一次苏醒过来。这也许不合时宜,但却是有见地的,至少对我而言。

2006 年初秋　北京

口 语 北 京

　　几十年如一日地与语言、文字打交道,养成了习惯,对语言很敏感,听到别人说话,条件反射,马上就会去判断言者的来路。如果是在安徽,别人一开口,只要带些口音,江南的,我大约能判别出所在的地区;江淮之间的,地区不用说,一些县域的口音,细细地品味,或能判别个八九不离十;淮北的呢,就基本上可以判断出个大致的县域范围了。

　　我在淮北和江淮之间生活的时间有些长,所以听见别人说话,就立刻会拿这两地的方言和言语的习惯去做比较,其实都是非常自然而然的举止,不是刻意的追求。这段时间在北京驻留,也是如此。听见北京当地人(土著)说话,和安徽江北特别是淮河流域的口语比对,就能体味出许多的相同,也有许多的不同。比如问路,"请问阜成门怎么走?""你'履'着二环走准到。""履着",就是顺着、沿着的意思,淮北人都听得懂。约朋友到新家打牌,朋友因迷路而迟到,"那你'赖'谁,路线图都发你手机上了。""赖"是"怪"的意思。牌局结束,"你'头'里走,我这还没收拾完哪。"头里走,就是你在前头走,但这里主要还是你"先走"的意思。"成,那我就先走了。""成",这是北京人表示肯定的语言,他不说"行"、"管"或"好",而说"成"。这是一些相同的和不同的实例。

北京的6、7、8月为"雨季",雨季空气湿度大,如果不下雨,高温高湿,北京人就夸张地称其为"桑拿天","桑拿天——明起京城开蒸",报纸上会用这样的大标题。但如果下起了暴雨,北京许多地方的排水系统又不堪重负,淹车堵路,汪洋一片的,在这种情况下,记者就要去采访在暴雨中疏浚的工人或路上的行人,问上一些为什么。"雨太大了,淌不'迭'。"工人如是回答。这里的"不迭",是"不及"的意思;"×立交桥,去年淹了,今年又淹,有关部门也该'长长记性'了。""长记性",就是总结经验、不忘过去的意思。在淮河两岸的口语里,这都是惯用的。

除了口音和遣词造句的习惯外,北京话的韵律,也有相当的滋味。午宴上老刘会讲一两段他身历的故事:"早几年我家里的电话老串线,一天总得接几个打错的电话,能不烦吗?这天我在家写东西,电话又响了,'喂,哪位?''是我呀,我老张呀,怎么,老不见啦,不记得我啦?''哦,哦,您,干吗哪?''这不来看您啦嘛。''哦,哦……''您干吗哪?''这不睡觉来吗。''睡觉干吗,多年不见,咱俩好好聊聊。''您在哪儿?''这不就在您楼下吗,您下楼来接我。''哦,好,好,您等着,我这就穿衣服下楼接您去,回见。''回见。'撂下电话,我想,老张,您就在楼下等着吧,我现在还住平房,等咱住上楼房了,咱就下楼接您去。"

秋天的北京,雨疏天朗,瓜果飘香,风沙不起,是一年里最舒适的季节。偶尔走进宫门口东岔或南营房的菜市,小贩就会向你推销她摊位上的产品,"自来熟的葡萄,甜着哪!"这不是人工催熟的,是"自来熟"的。"真甜,不过我不'爱'吃。"顾客不说她不"喜欢"吃,而是说不"爱"吃。"嗨,赔啦,真赔啦,这两天赔得我肝儿颤。"她这么一说,你还真不忍心不买上三两斤帮帮她。傍晚回到小区里,人届中年的女儿,推着老母亲在大杨树和草坪旁散心、遛弯,一片黄叶落了下来,女儿就会梦幻般地说:"下一回雨冷一回,下一回雨冷一回,冷着冷着就冷透啦。"听起来那么像戏剧里的台词。不过,这似乎已经超越了语言或口语的范畴,不是我们这篇短文要讨论的内容了。

2006年10月8日星期日寒露　北京肆零书屋

在北京昌平

　　昌平亢山广场南侧亢山上的槐花盛开的时候,上个月预交了定金的二手房终于买到了手。办完所有的手续后已经是下午,我请姚先生和小李、小张在一家川味快餐店吃了顿简单但非常可口的午饭,饭后返回昌平,像往常一样,车一上八达岭高速,我就睡着了。

　　兔子的短信把我"震"醒的时候,919路公交车已经进入昌平区,过了南大街,就是政法大学站。

　　"明天你搬家吧。我车票已经买好,提前买就安心了,不然到时候买不到。"兔子说,"带的东西太多,你进站接我。"

　　"好的老婆,没问题。"

　　下了919,右手一拐就进了石油大学的校园。车上的一觉总是十分管用,精神在觉后总是清醒甚至略有点儿亢奋的。刷卡点了几乎半桌饭菜坐在石油大学的餐厅里吃饭,石大的食堂是我吃过的内容最丰富价钱也便宜的食堂。也许在这里吃不了几顿了呢,想想近半年来在昌平的住,在这里的吃,心里觉得很有些留恋呢。餐毕也才5点多钟,于是给远在淮北平原上居住着的老母亲打了个电话,告诉她这里买房子的进展,以及青蛙考研的看上去并不乐观但大家都能面对现实的心态,然后买了两份报纸,又把一、二餐之间的广告栏细细看了个遍,再沿着似乎已经熟知的路线,心态安然地逛过去。

石大校园的春天好像一直是花团锦簇的,除了那些真正北方多见而我认不出来的花以外,开得最盛的,就是鲜黄色的迎春花了。"所有的花都有香气",这是我莳花弄草十多年的一个心得,"有的香浓,有的香淡,有的香几近于无,但所有的花都有香气,"我时常这样想,"只不过那种近于无的香,需要有特别的心态才能发现。"

迎春的花在视觉上是浓烈夺目的,但此时空气里弥漫着的香气,却是槐花的,槐花的花既具洁白醒目的色彩,也有浓烈纯正的香气,还是与时令有密切关联的上好食物。在长江特别是淮河以北的普通树木中,槐花会给人留下重要的印象,要不怎么连古人都称呼农历的四月为槐月呢。

槐花开了,冬小麦就要成熟了,我的农业时序的感觉一下子就被勾起来了。自从二十年前离开淮北的小城宿州到合肥工作和生活后,我再也没能平心静气地下乡看过冬小麦的生长、成熟和收割,每年春夏时偏南的季节风吹拂起来的时候,我的心情总是乱乱的,甚至是烦躁不安的,下乡的愿望也都十分强烈,但每年却又不能如愿。

石油大学的水泥球场上正进行着校际间的篮球赛,而亢山广场上的人们则多数在放风筝。风平浪静、天高云淡的傍晚是昌平一天里最好的时光。化工大学东门内的大运动场显得很上档次,站在运动场边看足球赛,或者在昌平城区的任何场合,只要你一抬头,总能见到训练中的战斗机在天空拉出的白烟,而国防大学防务学院门前的卫兵还是站得那么直,使我这个业余军迷再一次打消了混进去瞅一瞅的念头。

在这一天剩下的时间里,我在工兵旅家属院的居室里收拾了虽然简单但拉拉杂杂也还不少的行囊,我最后一次去清静宽敞的昌平图书馆电子阅览室上网,北语的考研分数线仍未出来,青蛙的分数又是那么悬乎。给兔子发短信叫她一定做好青蛙的思想政治工作,兔子回短信说,孩子早有思想准备了,今年不行明年再考一次,一定要考上,她下决心了,不行就租一间屋子住到北语附近去。

第二天天才刚亮,手机就把我喊醒了,兔子的电话也打来了,"起来干活啦,这两天多辛苦辛苦吧。""起来啦老婆,不干脑力的活,对俺就等于是休息,哈哈。"

我开始了第一天的"大搬家"。

在一般情况下,我都是身上斜挎一只单肩包,左右手各提一只旅行袋。我从昌平东关乘345路快车或919路区间车到德胜门,再从积水潭乘地铁到阜成门,然后再原路返回昌平。当我走到工兵旅家属院的围墙外的时候,每天近午必起的大风呼啸而来,卷起正在施工的地上的沙石噼噼啪啪打在我身上,我和骑自行车路过的行人顿时灰头土脸,不像人样。如果不是居家、轿车、单位三点一线,在北京根本无法穿干净上档次的衣服,一阵风扫过去,人就变了样了。

Y打电话说他星期三来北京开会,住在京西宾馆,约好到时候我去宾馆看他。D发短信说他弟弟的事仍未办好,单位领导想法又变了,我说我会再联系我同学。T打电话说要办一场环保晚会,需我与一位亲戚沟通沟通,于是在德胜门和积水潭之间的停车场停下放下手里的旅行包找个稍僻静的角落,打电话完成这件急事。

天大黑时乘919返回昌平,这已是今天来回的第三趟了,当然也是今天的最后一趟。八达岭高速总算清静了一些,温度也有所下降,中午显得多余的外套此刻派上了用场。清河小营站上来许多赶着回家的人,把车厢里挤得满满的,他们的目光里都充满了期待,或者从我的视角看他们的目光里都充满了期待,对家的期待。我心里莫名地感动起来。

车过沙河时兔子的短信来了,"今天一天辛苦啦,回昌平好好洗洗睡觉吧。家里一切都好,姐姐们怕俺一个人寂寞,都打长途电话来和俺说话。宝宝回学校准备论文去啦,她的同学都在网上帮她看北语信息。已经告诉春春她的婚礼我不能回去参加了,因为宝宝考研的事没定。告诉你两个好消息,菜贩子给我找了只小乌龟,是只土乌龟,我把它带回家了,她们说放在厨房的水池里养就行了,好可爱。另外,书房外你'养'的漂亮大鸟在窗外花架上搭了个窝,真简陋,看样子要孵小鸟啦,哈哈。"

"哈哈。"

夜晚我睡得很死,早上天不亮手机叫醒我,我赶早又起来向阜成门运了一趟行李。快中午返回昌平后,我已经轻松了,几乎所有的东西都已经搬运完毕了。我骑着自行车到昌平图书馆还书,并且又借了3本我看中的图书。我不打算退掉借书证,昌平图书馆虽然图书不多,但这里宽敞,漂亮,人又不多,清静,我还会经常回来借的,再说,我在昌平住出了感情,这可能会是我经常回昌平的一个扎实的理由。

晚上就住在阜成门我在北京的"书房"里，什么家具都没有，我到小区外的万通新世界买了个床垫，打地铺睡了一晚。进被窝后我看了几份报纸，睡前又看了邹逸麟先生在《黄淮海平原历史地理》里写的一段话：颍水，《水经注》颍水河源同今，东南至西华附近，左有洧水、右有大㶏隐水，又东南至项县，北合沙水支津，又东南至细阳（今太和东）南，细水（今茨河）自西北来注之……颍水又东南至今正阳关北注入淮水。

我喜欢这种生活，能读到一些读得懂的学术专著，又能大致上按照自己的心意活着的生活。我拿过笔来在纸上记下我此时的一个感想：生活分为三种——不得已的庸常的生活、自己愿意过的平静的生活、追求精神满足的自在的生活。我已经彻底改变了以往从不用笔记录什么的习惯，现在，我随时会拿出笔来记下脑海里突然冒出来的念头、观感、感兴趣的知识和想法，甚至在大庭广众之中也会从容不迫，完全没有什么不好意思的。

虽然跑了一天，但并不觉得怎么困，出体力和出脑力就是不一样，至少对我来说是这样。出体力稍微坐下来或躺下来休息休息就恢复了，出脑力的恢复则慢得多，有时候只能通过出去出出体力，才能恢复。

但我还是很快就睡着了。

早晨，我被窗外挺好听的北京话唤醒了，我起来走到阳台上，嗬，一夜之间，我们生活在黄土高原上了。室外的空地上落了厚厚一层黄土，停在空地上的汽车都被一层黄土覆盖，车主们正拿着软扫帚扫去车上的黄土。花园的植物上也是一片黄。

兔子的短信来了："小乌龟玩了半夜，困了，正钻在沙子里睡大觉呢,宝宝叫你想想给它起个啥名字。你'养'的漂亮大鸟已经快把窝垒好啦。家里空中花园里的月季盛开,剪了好几朵准备带去上班呢。金银花已经开放啦,含笑开得好香好香!枇杷的果实陆续黄熟了,但我们都吃不上,小鸟起得比我们早,每个果实上面都啄一口,橙子结得比去年多,柿子树也开花结果了,但是有一棵有点蔫了,可能是去年年底换盆换的。马蹄莲开了几朵洁白硕大的花,真漂亮!朱顶红开了很多大朵的花,好漂亮好漂亮!海芋旺得不得了,把你的大书房都快占满了。大葱都长大了,白菜和香菜都吃不完,宝宝怪我呢,说我每天只拿白菜喂她,兔子喜欢吃白菜,青蛙可不喜欢吃。宝宝有充分的思想准备了,她已经开始准备复习明年再考了,孩子长大了。家里都好,你放心吧,一个人在北京吃好点,多休息,注意安全。"

"嘻嘻,媳妇,知道啦。"

"媳妇？觉得怪怪的。"

"这是北方人说话的习惯,北方人一般都叫老婆为媳妇,俺已经把手机上的老婆改为媳妇啦,哈哈。"

"哈哈。"

窗外传来柴油车的难听噪声,其间还伴有听不太清的喇叭呼叫声:关窗户收衣服收被子啦,关窗户收衣服收被子啦。我再次来到阳台上,原来是一辆丑陋粗糙的柴油水车正用高压水枪往树上打水,冲洗树叶树枝。

我穿好衣服,下楼到小区外东面的小胡同里去吃早点,又买了当天的早报,据报纸估计,夜里大约有30吨黄土空降北京,这是近些年来北京空降黄土最多的一次。要不怎么说,北方(包括北京)绿化的成本非常高呢。我到北京昌平近半年来,就没见过北京下雨,也等于没见到北京下雪。

早上我被兔子的短信闹醒:"告诉你一个特大喜讯,北语的分数线出来啦,宝宝进入复试啦。""哈哈,太好啦!""这事定下来了,俺就可以去参加春春的婚礼啦。""去吧去吧,代俺表示祝贺。""北京俺也得推迟几天过去,车票俺已经退啦,你自己先收拾收拾,该买的你先买着。""俺等你来一道买吧,正好俺也想下乡转一转,在城里住长了,人真累,下乡去看看冬小麦,也算是休息了。""好的,你下乡去吧。把咱家的门锁好,注意安全。""知道啦,哈哈,代向宝宝表示祝贺。""她正抓紧准备复习呢,复试非常重要。"

2006 年 4 月北京

2007 年

农民习性与种菜

我农民的习性总是改不掉,到了春暖花开的季节,不但会有一种莫名的欢欣鼓舞,而且立刻会牵挂起家中的"自留地"来。那是楼顶一个较大的阳台,最早种的都是花草和果木,后来为了调动我不在合肥时妻子照料的积极性,才将一半的空间改为种菜。春天种苋菜、辣椒、生菜、木耳菜、山芋、丝瓜、大葱、土豆、眉豆,秋天种白菜、香菜、蒜苗、菠菜。节俭并利用老天送给我们的房前屋后的零星隙地,是中国农民在长期农耕实践及阶级社会逼仄的生存空间挤压下养成的特别习惯。从土里刨食吃的"本能"也世代培养了我们善用土地的朴实作风。我父母一辈都生活在淮北农村,我不但小的时候时常去农村"走亲戚",而且高中毕业后也曾去农村插队三年,所以对人与土地、天空、季节的某种契约般的关系,总有那么一种切身的体察、感受,对春光明媚中植物不安分的拱动,心间也会有忍耐不住的抓痒和冲动。

于是就买一张车票,按照季节的指令,返乡来种菜。

时常在中国的大地上转悠,在无论何时何地的角角落落,总免不了和方言迥异的农民工相遇,在与他们有话则长无话则短的闲聊之中,立刻就会感受到农村夏收秋种的季节因素,已经深深地、永远地烙在他们黢黑的外表和愈来愈明亮的眼眸里了。

"淮北小麦再有两天就能收了。"他们的预测非常自信、精准。

"黄河这边晚三四天,最多不超过一星期。"

在我们这些所谓城里人不经意的时光挥洒之中,无时无刻不浸润存在的季节节点定会准时空降于城市以外广大浑厚的土地上。闲谈之后的空隙转眼去看车窗外的风景,田原里花海荡漾的油菜、饱胀将熟的小麦或果实累累的红枣正成主角。身体里祖先遗存的农业密码即刻哗啷一声打开:正是回家种菜的季节了呢!与进城打工的农民不同,他们中途的返乡是由于季节不等人不得已而为之,我的返乡则更像是一种对原版情绪的依恋抑或回归。

返肥时天正下着零星的小雨,这些年西伯利亚的冷空气偏偏喜欢上了仲春的南下。在内心迫不及待的期盼中,第二天起了个早,乘车到长丰县三十头乡的集市上买菜秧。春雨愈下愈大,大集日的三十头却不见往昔人头攒动、购销两旺的热火场面,问一位正在为篮子里无人问津的土鸡蛋发愁的妇女,卖菜秧的人怎么一个都见不着?她心不在焉地应付我说:"下雨哪有人来。天晴就有了。"

我回到城里,开始耐心整理花园里的花盆、密封沤制的肥料。

花园里的气氛却是一点都不寂寞的。萱草总是最早发芽展叶感受春天的那批植物之一,金银花也是,绣球叶脉深绿让人疼爱。花椒出芽成簇,常春藤旺长上瘾,樱桃开出了移植我家后的第一茬花朵,梨树照样是嫣红满枝的,桃花虽稍稀疏却如梦如幻,含笑的花蕾日渐膨胀,海棠贴着枝条绽放了鲜红的花朵,迎春明黄繁密的鲜艳在碧绿青葱中引人瞩目。两年生的大葱打算开花结籽了,菠菜叶面肥厚,香葱蓬勃旺盛,发芽困难的香菜隐忍一冬此刻绽出了云形叶片,茼蒿掐了长,长了掐,似无止境,豌豆略见复苏,也许今年能吃到它结出的果荚了……

两天后的集日(农历二、四、七、九)再往三十头乡仍未购得菜秧,虽然阳光普照但终究冷风习习。

"季节没到呢,"集上一位小贩男人告诉我,"没有二三十天怕还不行。"

我买了一斤土豆种回家种在肥力充足的大盆里,五月中下旬就可以收获一小堆圆鼓鼓可爱的土豆了。

"在高寒潮湿的青藏高原,人们起高垄种植土豆,"我向妻子说起了旅途见闻,"土豆生长期短,产量很高,适应能力又极强,可以在全世界生长,所以被称为人类最可靠的食粮。"

这是我为博得妻子对我种植土豆予以认同所做的宣传,同时也是我对土豆品性的诚恳赞赏,另外还是我打算从中认真汲取的仿生学营养。如果我们不能像随时随地均可遇见的土豆般的农民那样吃苦耐劳、随地生根,我们将不仅仅一无所成,还将遭遇极大的生存困境和"物种危机"。那肯定不是我们所愿历见的。

2007年3月21日　合肥淮北佬斋

游石台仙寓山记

  一干人沿仙寓山的古徽道迤逦前行,时而入林,时而涉水。虽鸟鸣啾啾,杜鹃泅血,潭深若幽,岭黛如晕,却始终难觅人踪,心间略觉怅然。山弯转去,石崖陡现,柴烟及餐香悠然飘过。惊见一素衣薄衫精瘦的采茶老者,正神淡气闲,于崖底青石溜滑坦平处,汲富硒之水,取香木柴火,烧制木炭,烹茶炖餐。原来已在午时了。都停下脚迹,围住他,想问此行连串的疑惑,或求此生困顿的正解:仙寓山缘何居而若仙?古徽道端的由何处来、往何方去?富硒茶、水真能延年益寿?粗茶淡饭亦可心境和谐?……终未问得出口,答案还不是显见着的:仙人所求无外乎山水之间;糙米素蔬配风动鸟啼能不心态谐和?富硒茶最大秘诀在富汲山水之散淡,因之包疗百郁啊;古徽道还不是由梦处生、再至梦境讫?

  这,就是我仲春游安徽省石台县仙寓山的最大收获。

2007 年 4 月 2 日

登六安齐山蝙蝠洞记

午饭后由齐山脚下"一笑堂"茶厂出发,前往山顶附近的蝙蝠洞"探险"。这里是大别山六安瓜片的原产地,坞深峰滞,林茂竹修。午后的鸟啼虽略觉稀疏,阳光却颇有些酷热。一二十人缘淙淙山溪蛇行。但所谓的"探险",也并非名符其实,只是相对于队伍中那大约一半平日发了福的中老年人而言的。

逐渐却仅余我与一位年轻司机两人,他口里也是一连声地说走不动了。于是为分散他对打了泡的脚掌的关注,我便找他说话,问他霍山至六安客车打价格战、烽烟四起的事。他说:"人为财死,鸟为食亡,有关部门不制定好规矩,我们挣点钱就太累了。"我说:"就是,游戏规则真太重要了。"

说着说着,身后渐没了声音,原来年轻司机落在后头歇息了。我一个人快步窜至峰顶,抵达石壳套盖的蝙蝠洞,心里暗想,二十五年前登黄山,甩开大部队一个人跑上山又跑下山,洗澡后狂睡一觉才见大家脚腿乱颤返回宾馆,现在也是50岁的人了,虽然心态从来轻松,却未知身体也还算敏捷的。

蝙蝠洞的所在风砺松苍、茶园老绿。如果论及品茶,这里恐怕才是古人栖息坐卧、鲜叶烹茗、登高望远、感怀万千的场合呢。我总是在内心里容易激动的,尤其是在脚踩沃壤、置身天地的时刻。还是打住而回归世俗吧,张开步在四周左近转悠几遍,只是不见有人上来,倒不如我下山面溪饮茶去。

　　于是回身沿来路折返,陆续同大队人马交集后,很快便没入一种幽寂亘古的氛围中。只是暮春的阳光依然明媚,这是独行者心绪健康的最好保证。清溪流转处的圆石上,现出几位戴新麦秸草帽的采茶妇女,她们看着我于圆石上跳跃迂回地过来,可能觉得好奇,或好笑,便同我说话:"你上去了?""上去了。""想不到你们城里人腿脚也还好使呢。""那和你们不能比,你们还不就是散步?""我们也是才从外山来的。""从外山来的?""一年来两次,一次茶季,一次秋季。""噢。"

　　这就是这方山林里外人们祖祖辈辈的生活?

　　我回到"一笑堂"茶厂,泡了一杯瓜片等大队人马凯旋。门外石缝中开放着茵蓝色如梦若幻的鸢尾花。有心起身出门,捧手心里清泉似的茶面花而啜,忽地又想起古人种种对花品茗的禁忌。虽然我还是现代意识接受得更多,但自认为知识分子的人,到底要比做实事的实力派们优柔寡断的元素多一些。

　　我还是老实地待在实木的山桌边,做一种肆无忌惮、贩夫走卒式的牛饮吧。

　　　　　　　　　　2007 年 4 月 23 日　合肥淮北佬斋

游泾县月亮湾记

此行赴皖南赶上了几个好天。什么好天呢？就是不晴不雨的天。天过于晴，六月骄阳晒得人受不了；天过于雨，扫了游趣，也不能尽欢。文人多意兴遄飞因子，累加了束缚，弊余益少呢。

在宣州游敬亭山、觅同仁情、评人间事，又连品两餐醅醇宣酒，已觉三分微醺。第二日去泾县月亮湾竹筏漂流，十年前常客泾川，未曾想经济加速的十年后，泾域山水仍涵养得这样好，但见汀溪蜿蜒，幽潭如靛，云绕雾障，竹树若画，正所谓"山无重数周遭碧，花不知名分外娇。"（辛弃疾）不觉又醉了三分。

花却是知名的，为洁身自爱之忘忧草，又名萱草、萱兰，俗名黄花菜，明黄或紫脉的花朵，亭亭玉立于崖缝或濒水石块间，迎来送往，装点河山。我颇重此君，二十七年前独自登大别山顶峰白马尖，力尽疲累，终至峰顶，兴风推雨间，唯一丛丛、一片片忘忧萱兰与我为伴，助我疾行。是可忘，孰不可忘啊！

由是再醉三分。

2007 年 6 月 14 日

阜　　南

　　阜南我来过多次,记得20世纪90年代,随阜阳地区青年记者"希望工程"采访团第一次来,住在县政府招待所一间类似大通铺的房子里,出门不远就是郊外,那时的阜南县城也真小。2003年又来了几次,住在县城中心的宾馆里,盛夏酷暑,几天住下来,有些乏味,便向作陪的主人提议,晚上能否在县城转转,吃点特色小吃?主人自然答应。晚上几个人转到城中心广场,这里倒是人头攒动,散步游乐的气氛也热烈,但特色的小吃却乏善可陈。我心里颇觉失望,大家坐下来吃碗馄饨,议论议论刚刚从王家坝离去的政府总理以及国内大都市、港澳台平常请都请不来的各路记者,就回宾馆睡觉了。

　　这次再来阜南,本打算住在王家坝的,却不料那里连一间最普通的旅店都找不见,只好返回阜南县城。在宾馆里住好,初冬的天气,已经有些晦暗了。出门上街转一转,一路走,一路竟看见不少特色小吃、零点儿,吃了一串冰糖葫芦,四个香热的糖糕,一个当地烤红芋,一时莫辨了方向,走到城市中心的广场来了。这时看见一对年轻的夫妻,男的往土灶里续柴,女的在案板上揉面,两人正合力做一些油光光的锅贴饼。我站在旁边看一看,腿是走不动了,想起三十年前在淮北农村插队,以锅贴饼为主食的那段历史,忍不住在红帐篷下的小板凳上坐下来,要了一大碗红豆稀饭,两个刚出锅的锅贴饼,一小碟蒜糜黄豆酱(抹在锅贴饼上可真好吃!)。这都是最最可口的土食啊。吃完了,再要两个。又吃完了,付了费,起身慢慢往宾馆逛。

  街头突然听见了国歌的声音,正在晚6点,原来是街头路灯杆上的县有线广播开始播音了。路上的人流、车流也像汛期的洪水一样骤然猛增,行人、自行车、摩托车、电动车、甲壳虫般的小汽车、警车、120救护车、卖粉条的三轮车,统统都上了街。不过,这股人汛来得快,退得也快,转瞬间街上就恢复了稀松平时的常态。我回到宾馆的房间准备看电视睡觉。晚间的这番民俗体验使我倍感满足,但也有些许的怅惘。我们的根可能真的就结缘、包含于不同的民风之中,并且为某种特别的文化动机所支配,虽然我们无从知晓。十余年风快就过去了,幸而我还能有微屑的文字可资翻阅。想想这一切,人类进化得可真是了不得啊!

2007年12月5日 阜南县鹿城镇新世纪宾馆456房间

阜南曹集镇

阜南县曹集镇是一个大庄台,南临淮河,北倚濛洼蓄洪区,夏汛大水期间,曹集飘摇于漫天洪水之中,由中岗镇过去,要先乘渡船,再驱车逐水,才得到。

平时的曹集,朴实、平淡,也像大多数淮北的乡镇,有些脏乱。十字街口一家名为"淮南牛肉汤"的小店里,牛肉锅贴蛮有水平,牛肉汤也好吃,小碗3元,大碗4元,肉虽不多,味道却够,略麻、稍辣、热气腾腾的,有气氛,降温的冬天,与洼地原野里呼啸的西北风,互为阵势。

夜宿于一家简单的"信息旅社",两房之间,有一架共用的空调挂机连通。小半夜间壁来了两位本地的客人,洗脚、吸烟、说话。听他们说话的内容,他俩大小还是个干部,他们不顾忌"隔墙有耳",说统战部长刘延东调动工作了,说濛洼水灾款的发放,说东家闺女西家儿。我就在这种气氛中酣眠了去,又在这种气氛中悠然醒来。看看手机,才清晨5点,他们已开了灯,抽着烟(我能闻到那种新鲜的烟味),拧小了电视,继续他们昨晚的谈论了。这倒与"信息旅社"的名称极为相类。

夜里落了小雨,淮河及洼地平原都湿润、安然。走到濛洼的坦原里,人文的信息顿觉淡去许多,视野里不外乎青麦、薄雾、杨林(已落叶)。勤快早起的一位老太太身裹棉袄,头包粗布围巾,把一只黑羊、两只白底黑花羊、三只紫头白身羊和一群全白的羊赶在麦地里啃冬麦——今冬天暖,这倒有利于小麦的越冬。

　　淮水大河湾的对面,是河南省淮滨县的地域。枯水季节,水瘦风瘪,但不起眼的一线流水,已足够阻挡我一步跨入淮南。古人也过不了淮水啊。北方的文化,总会临淮而止,分淮而据。这虽然有些奇怪、费解——就这么一道水?——但却是事实。

2007年12月6日　阜南县曹集镇信息旅社二楼房间

肥东长乐

天还不是那么凉,但昨晚零星南下的冷空气还是使温度降了下来。天空和阳光却因此而明朗、甚至明媚。从车窗向外望去,略见起伏的皖中微丘景物稍觉苍茫。使用长柄镢头的农人此聚彼散地在农田里翻土,役牛的情况也有,但数量明显不足,手扶拖拉机也是如此。这大概是因为以稻田为基本种植单元的田块限制了那些耕翻手段的使用,但也可能是因为这个时节的种植并不需要它们的加入和参与。当然,如果仅就土壤情况而言,这里的黏淤土难称肥沃。不过江淮和淮北在历史上总是牵连在一起的,人文上又是传统汉文明区域的传递和过渡地带,相得益彰和相互补充正是这两大区块发展、进步的主题。在我的眼里,农客此时穿越的似乎并非经济或自然地理的区域,而是斑斓多彩的文化时空。我揉揉眼,让自己清醒过来。在一片高地上,我下了车,向就近的一个集镇走去。

在秋日的阳光下,集镇显现出一种久违的安宁和安详。因为中午稍过,赶集的人都已散去,街上只留下那些住在街上开店的人。他们多在店门口的平地上摆一张小方桌,几个人聚在一起晒着太阳、打麻将或斗纸牌。我站在十字街口左手的一家店门前看他们打麻将。院墙里探出一些挂满了半红半黄的懒柿的柿树枝条。街对面有一对夫妻正在用水冲洗成堆的香葱。两位骑摩托车的年轻夫妻从摩托上弓身到苹果堆上挑选大小不一的苹果。附近的种子农药铺里两位妇女正讨论刚刚发现的作物病害问题。窗台下的稻箩里晒着焦黄的锅巴,这真是有特色和富于意味的事情;而另一个稻箩里,却晾晒着很小很小的小棍棍鱼。这里应该是有水面的呀,我的思路被引向集镇以外。从我站立的地方看过去,短暂的街道的尽头就是一些干净的村庄模样的房屋。我动身向那里走去。不过,我想,我也许还会从集镇街道这里路过,返回我所在的城市的,因为我还想知道,抓了一手好牌的东门的最后的结局,我还不知道他终究有没有真正好的运气。

  不觉间我走出了集街走进了集郊的菜地和村庄。首先是菜地。我走进菜地,高过一人的棉花还没有收获,这是仅有的一小块了,茂盛紫红的山芋也只剩下了一畦。菜园里有尚未健壮的香葱、铺满地皮的香菜、挺拔旺盛的红萝卜、混种的蒜苗及菠菜、因脚步惊动而跳起的唯一的蚂蚱、幼苗青青的雪里蕻、少量的白蝴蝶在青绿的菜地上缓缓舞动、戴着草帽搂干草的妇女、从粪缸里挖粪到粪桶里又从小水塘向粪桶里舀水稀释的另一位妇女。突然浓烟从菜地和水塘交接的地方升起,不过很快很快就熄灭了下去(一定是那第一位妇女为获得叶类菜需要的草木灰而采取的快捷方式)。野斑鸠咕咕地卖力地叫着,一湾很大的曲折水面把菜地分成了两个部分,起伏有致的水岸上长满了高大的乔木。水塘里布满了鲜绿的浮萍,两只修长的水鸟落在浮萍满布的水面上,只有它们才能慢慢划出水面的痕迹……这都是我非常喜欢、也必定会因之陶醉而忘情的。村庄也很出色,村外小石桥边有一些长相零乱却颇有后现代感觉的树干，水牛在一块干地上咀嚼，竹林的生长被自觉地限制在小石桥的一侧，干净的小楼门前生长着笔直的水杉，敞开的屋门里坐着上了年纪但身体不见得不硬朗的老奶奶，她看着我在菜地里和水塘边的活动，直到我看不见她，她也不再能看见我为止。我知道，我该返城了。

　　我没有走来时的老路，没有从集街上看那位抓了一把好牌的男人的运气，而是直接穿越菜地回到了高地的公路上。天象似乎愈加广远了。此时我突然为生物界的命运而慨叹起来，特别是为个体的人的命运而有所感慨。如果我们总是只宏观地看到茫茫一片的生物的兴亡该多么好，那样就不会触动我们的心灵之弦，不会使我们的心灵为之震颤。但那当然是不可能的。我们必得接受客观和主观世界展现在我们眼前的一切，我们的心灵也必得坚强万分才能承载。现在，农客来了，我得上车返回了。

2007 年冬

2008 年

岳　　西

　　天还不全亮,但已经能看见后山巨大的豌豆秧植成的篱笆(这也许仅出于我的期待和愿望)。巨大的豌豆秧交织成一道道高大而结实的围篱,白色的豌豆花很香很香呀,花香四溢,在城市的核心我从未有过此种体验。我喜欢小山城里年轻女孩露出肚脐和后腰的气氛;也喜欢仰靠在大客车座位上假寐的胸脯酥白的女孩的姿势。但是很奇怪,我现在在内心深处完全无暇顾及装点着整个樛藤河流域人文世界的美女们(当然对她们来说我的存在更不值一提),虽然我仍旧无时无刻不崇敬着她们。当第一声摩托的鸣笛在窗外响起的时候,我似乎顿然醒来。我躺在床上,温习生活中各种容易忽略的意境:最主要的是砂石堆积而成的土山,山后是一座面积更大的石山,山涧里不断有泉水下泄,泉水中有生苔的圆石。圆石上有举托的一种光环,光环隐含着某种人世的理想,理想则映衬我生活的方式。我外出了,去山城的菜市购买当地出产的土山龟——这只是一种俗世的义务。

2008 年春

杂谷脑河由汶川城南流过

天气晴朗而阳光热烈。我无法真切地体会剧烈的四川汶川大地震(里氏8.0级)造成的人类无力控制的惨痛。但那是确实的存在:半边山体已经滑落(是在杂谷脑河的下游吗？四年前在那里游走时,可是留有极好的印象呀:2004年7月6号到汶川,这里海拔相对较低,已经让人有一些夏天的感觉了。但到了夜晚空气还会凉沁沁的。杂谷脑河由汶川城南流过,河岸上有一个小小的沿河公园,夜9时还有人在半昏半暗的湍急河流边钓鱼:他一个人用了三根鱼竿,都插在河水里,又看不见,真不知道他是怎么钓的)。赤裸但黯紫的手臂和手掌伸出在水泥板块的外面(已经无法感应冷暖、穿针引线和整理带有阳光干香的衣被了)。这就是我们命运的一种吗？在社会和文化范畴之外,我们确实不得不面对地球的某种"周期性的崩溃",不得不被动地承受某种地理单元的"脆性的瓦解"带来的灾难。人类并非一定只选择坚守或者撤离,人类也许还能有一定条件下的开拓。但我们能做到什么程度,则很难把握和预测。我们是否能走在"正确"的道路上,也难有定评。不过,让我们哀悼逝者吧。我们的感情真挚而复杂;我们的目光也顽固并遥远。

哀 悼 日

所有的车都停在大街上鸣笛。对面汽车站里的工作人员列队向汶川大地震中遇难的生命哀悼。一位背背包的旅客站在路边,一丝不苟地低着头,直到3分钟以后他才抬起头来快速通过街道。我居高临下站在7楼的窗边,能够清楚地俯瞰地面上的一切活动。我不是上帝。我现在甚至连一种叫得出名称的较为成熟的宗教信仰都没有。但我觉得我能够理解我周围发生的一些事件的因果关系,以我自己的方式。相对而言,我的心肠现在"硬朗"多了。这并非我不再"多愁善感",而是随着年岁的增加和学识、阅识的愈加丰润,我心性的土层堆积益厚,有机物和腐殖质深厚潜沉,外在的露矿反而一瞥难见。哀悼已经结束,我回到书房铺开已读多日的一本书继续潜心读下去。此时的字、词、句、思路、观念、方法和体系都历历在目。这样真好!我觉得我是个拿得起放得下的人。我喜欢我的这种品性和素养。我还感觉世上万事万物都是牵连相通、绵延无止的。我觉得我知晓这一切……

小镇与菜园

许多年以后,我再次来到史河附近的这座小镇。除却面积的扩大、人口的增多外,我并未感觉小镇发生了什么翻天覆地的变化,它骨子里淮河(史河)流域的风情,仍能在人们的对话、街角的小吃、菜市青蔬的品种、天空云层的高矮、秋风的走向等细节上流露出来。不过这并非我的初衷——在小镇上感受史河流域的风情,我是要去史河边看村庄、菜地和河流的。于是我向西试图穿过小镇。我从两条街道之间的洼荒地蜿蜒穿过(仍然在小镇的范围内)。一排土法制作的佛龛前,有一些中老年妇女在焚香膜拜,缭绕的烟气在杨树和泡桐树杂处而成的树林间游荡。快走出小镇时,水泥墙面上则有附近清真寺张贴的"热烈欢庆2007年穆斯林开斋节"的标语。我终于离开小镇走进农村的物质氛围里了。我的感觉在慢慢地然而是持续不断地上升,信息也不那么芜杂了,农村的事物简单而实在,不外乎潮湿的沙土地、结实的红砖墙、成片开梦幻般淡白色顶花的黄麻、用篱笆围拢的烟竹、脸膛黑红骑破自行车而过的老年农民、若隐若现萦绕在半晴朗秋空中的农村大喇叭播放的老歌……这些我都十分喜欢。不过,村子里的狗太多,而且多年浅无知,偶尔的吠叫和向我进行的假模假式的冲锋,都会扰乱我的一种自在的状态。我转而从村居两户之间的墙隙处走进真正的农村田野。其实我并未彻底离开村庄,我还在村庄的边缘盘桓。封堵林路的巨大蜘蛛网总是打算捕捉我,又总被我轻易化解。当下我站在一大片潮沙土特色明显的菜园外,正是暮秋时节,菜园里一畦畦四季青、香菜(芫荽)、雪里蕻、蒜苗,长得乌黑油亮(另有已经凋敝的毛芋头),这都是辛勤上肥的结果呀。我拐过片面的篱围进入菜园,细细察看。一个中年男人挑着紫黑色的粪桶从村庄里来到离我不远处的菜地浇水施肥,一个老年人和一个老年妇女来到菜园看了看就赶集去了,两个姑娘骑着轻骑轻松驶过,一个中年妇女手端一盆水,一瘸一拐地来到菜园,把水浇下后再返回村庄(她告诉我她的病是高血压后遗症落下的)。我的部落感再次缓慢而坚韧地升腾起来。也许每个人的时代都十分有限,这令人惆怅和悲伤。但传承的链条也许不会中止,又是让我们能够宽慰的。我不愿深陷所谓的"思想"之中。我果断地转身离开菜园,返回小镇,购票上车,向着省城的方向"绝尘"而去。不过我的"心思"仍留在乡村朴素的耕读气氛中。"我还会回来的,"我这样想。

无为泥汊镇

渡口附近的许多房屋都废弃了

我看见渡口附近的许多房屋都废弃了,大门朽烂,用木板封上,窗户只有塑料薄膜遮挡人的视线。真的,此刻我开始为人丁稀少的远景而忧虑。我的脑海瞬间连接起北方广袤无人但却肥沃深厚的空旷土地。欢聚一堂是我们文化的一个主要特征,虽然这会分散有限的供给,也容易造成相互拖累、抹杀个性的局面。但过度占有或闲置空间和资源,也会形成苍凉、无助的普遍心态,给人类的命运感以致命重创。我站在野草丛生的江岸码头,一些蚊虫类的小生命在我裸露的皮肤,例如小臂和脸颊上制造麻烦。一艘艘千吨级以上的货船从我面前咫尺可见的航道上鱼贯而过。我在内心里庆幸我生活在一个人丁兴旺的大家族里(由数不清的人、数不清的集团和许多族群组成),人口众多和局域文化的多样为未来提供了多种选择的可能。而且,人总是要聚集起来的。我害怕那种真正的苍凉和孤寂。这与我们个人的坚守宁静远不是一回事。我的心境逐渐踏实下来了。

不同的脸型

在泥汉,你能看见与北方(如淮河流域)断然不同的脸型:小巧、略长、清瘦、骨感明显。你能看见江堤内狭窄的高地上拥挤相连的店铺,你能听得到人心底处的冲淡和安静,你能感受到那种与生俱来的细致、细心和细腻。除北方外,我似乎也很喜欢这种淡定的、有序的、无争的、机理天然的人文生存。难道真的是一方水土养一方人、一方水土养一方文?难道真的发端于淮北,却倾心于江海的老、庄,命定了因此无缘际会历史文化的主流而无奈沦为声名远彰的配角?真是它们的悲哀啊!难道真是它们的悲哀吗?但谁又能预言一百年、两百年、五百年之后的事情?所有的文化都是人类影像的一个侧面。现在,我面对着一种比较南方的、比较浩荡的水面。我似乎是一种水命,水环境总会使我踏实、安静、顺心,但又总是使我因面对一种表象的平淡而心生烦恼……

哦,房东上楼敲窗,她们要外出"吃酒"去了。我想,此时我需要女人,我需要泥汉形态的面相明朗的年轻女人。我渴望体验不同地理和人文环境中的女人和生活。但我知道我做不到。谁都做不到。我陷入短暂的苦恼之中。

争先恐后的日子不再重现

一些有特殊地域意义的标识出现在我面前,江边的金属牌

上写着:

> 血吸虫病发生区,禁止下水!
>
> 泥汊镇人民政府

很有 20 世纪六七十年代中国乡镇气息的"长航芜港泥汊候船室"人去楼空,已经废弃。多么可惜!我是说对于我们怀旧和富于人情味的心情来说,那段购票候船,熙熙攘攘,甚至争先恐后的日子不再重现。我们的个人记忆和心路历史将会无所附着。

没落有时候是我们无力拯救和挽回的。我们很难相信重大事件包括没落就在我们眼前发生、进行。但这是事实。我们的个人经验在宏观层面上一般都会被轻视或忽略。普通人的命运不过如此。你又能怎么样?你还能怎么样?虽然稍感心酸,但却也不必太在意。

地域的色彩

长江边的这些符号和生活方式都是有地域色彩的:与昨日相比,愈见清澈的江水;快速上行的大货船;江滩上成片成片的毛芋头;浅水岸停泊的小渔盆突然被一个叼着烟穿夹克败了顶的男人划走,消失在大江的水雾气中;另一个败了顶的男人在水边切洗猪的下水,身后跟一条东闻西嗅但很安静的宠物狗……这就算是有地域色彩的符号和生活方式吗?有特色的符号和生活方式也许只是我的愿望和期待。人文正在趋同,平等视野的他者文化也逐渐淤平了鸿沟。但总还是有些不同。我目光里的水、火、木、金、土,迷蒙的江南和明亮的江北,阴与阳的渐次对比,事物间相互沟通的气息,这些中国哲学最早和最基本的概念和元素,在我的心目中,它们似乎无法出自南方,出自这个清朗和温和的水域。我知道,这是我长期接受的某种文化和教育的本能反应。我也不准备进行有趣的比较和评价,我只是在说这些概念的原发环境带给我们的一种文化感受。我喜爱所有的"天地万物"并随时准备为之放歌。我心海的边界也无际无涯,拥有我所能想象和口头报出的一切。这就是我2008年10月2日晨在无为县泥汊镇老镇长江边目之所及和胡思乱想的一切。

2008年10月1—2日 无为泥汊镇

繁昌荻港镇

　　江南的沿江地区总有那么多像模像样的城镇,而江北的沿江地区,上点规模的城镇却屈指可数,这一定有许多人文的、地理的、地质的原因,但此时的我却无从得知,这使我牵挂和上心。

　　荻港就是江南沿江的大镇之一。荻港有不少窄而老的旧巷,但真正有特色的仅十之一二,寥寥可数。我是从荻港的影剧院启程前往江岸的。像所有的乡镇影剧院一样,荻港影剧院也关门歇业了,但侧门门外的一副新对联引起了我的注意:"上厕所人多厕小池池满,看影剧人少厅大座座空",——倒是精彩,把乡镇影剧院的市口、现状描绘得活灵活现。

　　镇东北海拔最高的凤凰山直伸入长江,形成岬角。由南北向的老巷一直走到江边,江面浩荡,快船疾行,偶见江燕。江湾里停着一些大货船,舷号却都是霍邱、阜阳的。无来由地举起相机乱拍一通,却正好有一位中年男人坐在船头一捆杂物旁,他假咳一声以便引起我的注意,提醒我对他的尊重;又有一位穿红秋衣的少妇,从船舱走过来,晾一件衣服,看看我,走了回去,片刻,又拿了一件衣服来晾,又看看我,又走了回去。

　　我转过山脚,向伸往大江里的山岬那里走,风乍起乍灭,行踪无定。我走到了伸向江心的巨石堆垒的山岬。岬角上有一架用毛竹、圆木做成的很大、很复杂的捕鱼的工具,一位眉毛旺长的五六十岁的男子,端坐在机关旁看着湍急的江流。另有两个人,都是山寨居民的模样:一个男人,长得很不好看,又显老,一个女孩,虽然长得不那么水灵,却显得十分年轻,比那个显老的男人显得小了七八岁。两人都拿着橘汁饮料,原来是散步谈恋爱的,坐在捕鱼男子右下方的石窝里,看沉在江底的网,看能不能兜上鱼来。

我也站在大石上看结果。过了一会,捕鱼的男子用劲拉动滑轮机关,开始从江里起网。渐渐地水落网起,却只有一条指甲长的小白鱼在网底折腰。男子摇摇头,没说一句话,转身走了。此事虽然有点悲凉,但对这种传统没落的行业,也许本来就不该有太多的指望的。

我胡乱地拍了些对岸的马达口、江面的快行船之类的照片,然后继续沿江边的乱石路向前行走。我看见不大的山弯弯里有姐妹三人正奋力铲除野草乱藤,看样子是要建立一块蔬菜基地的,她们在这块视野不怎么开阔的仄地的自立不颓废使我感动。再往前,一个戴眼镜、八九岁的男孩也不回避我,掏出很小很嫩的鸡鸡,收胸挺肚,十分自信地给脚下的一畦青菜施未经腐熟的液肥,我突然想,有啥了不起,人类发展和壮大的重任,现在还完全指望不上鸡鸡这么嫩的你!当我返回又走过那架结构复杂和工程浩大的捕鱼机器的上方的时候,我看见那对基本不加修饰,又都长得不怎么好看,年龄也像是有较大差距的恋爱男女,正原地坐在石窝子里认真地、留有余地地接着吻。他们有这个权利,我在内心里支持他们的接吻行动。他们也像是正儿八经谈恋爱的样子,不管他们长得好看不好看,是否加以某种修饰,他们是完全有接吻这种权利的！

　　我回到镇里。一位朋友从东北给我发来短信；一位女士打错了我的电话，她倒显得十分惊愕；另一位朋友晚上要请我吃饭，但遗憾，我当天肯定赶不回合肥的。我在镇上闲逛着。我的全部，都浸淫在暖身和暖心的仲秋阳光的沐浴之中。

　　2008 年 10 月 2 日　繁昌县荻港镇渔楼旅社 208 房间

2009 年

宿　　州

　　从表面上你其实看不出它(宿州)与二十天前、一年前或三十年前有什么太大的或翻天覆地的变化,你仍然能感觉自己嗅到了城市周边冬麦田的青涩气息:北纬35度不仅是地球小麦的原生地,黄淮大平原的平畴沃土也为驯化作物的成长提供了优异的农耕条件。无尽的冬麦田和看不出是否正孕育着叶芽的杨树苗林包围着淮北平原的这座老城,当不日前特大干旱的报道还残存于我们脑海中的时候,乡土道路上的积水、厚绒毯般扎实返青的冬麦苗看上去令人欣慰,脚蹬长筒靴、怀抱粗大水管在渺远的平原上杯水车薪般浇麦的男人不见了,取而代之的是包裹得暖暖和和在乡村偏道上穿行的絮絮叨叨的妇女们。我现在似乎特别能区分性别角色给女性带来的所谓"价值"取向——宏观描述上对家庭稳固以及男性"靠山"概念的本能依赖,她们需要安全的环境以便传承生物的和文化的基因——这也正是我们感觉到的温暖、家园和亲情依恋的主要来源。

　　从表面上你的确感觉不到它(宿州)与十多天前、半年前、十五年前有什么根本性的变化,你仍然能够兴之所至穿过一条有童年记忆的旧巷,寻找三十八甚或四十二年前那几扇老式的店门,期望内中走出的仍是当年你暗恋过的高髻少妇。你仍然能够在一天中的任何时刻走进路边屋檐低矮的"花墙羊肉汤",

要一碗原汁原味却绝不腥膻的羊肉汤、几个油酥烧饼,饱餐一顿后兴味盎然地离去。你仍然可以住进离母亲家所在的大院不远的宾馆,但酒足饭饱、公差礼毕后,拿起电话,你才确知你每周至少一次的问候电话不知打向哪里,你才确知已永远失去一份习以为常的牵挂,你才发现不知自己要去哪里、能去哪里;你不再有理由随时走进母亲种满黄心乌、芫荽和莴笋的小院,今后所有的岁月里也不再有机会喊出那个最觉平常的称谓。这就是别人所不知不觉的一种事实。

  从表面上你可能真看不出它(宿州)的潜移默化的风土、人文的更变:季风仍然依时从东南沿海或西北寒地吹来,加深我们已然定形的饮食作息习惯;黄河、淮河泛滥无羁带来的动植物的身体继续滋养着冬小麦的根须;携难懂口音的粗犷汉子刀枪入库与居于沱水浅湾的花妮举办了草场式的婚礼;隔壁人家当官的二舅则早已习惯了临安郊外湿润微醺的茶饮——在那么大的背景里我们隐隐的心痛似乎更算不上什么了……现在,你能从模糊的视界里看见冬麦的气息正愈益浓厚,阳光由于我们一时的转向而升起于相左的方位。我们正在远离宿州,远离我们心底下一座苍茫可感的古城,开始我们某种流离失所的漂泊。

    2009 年 2 月 21 日 宿州西昌宾馆 8302 房间

南　　京

我尚未完全准备好复述我视野中的都市小巷。不，还不是复述。是什么？是创建？难道是复述和创建的复合体？我不知道。也许一丁点儿也不需要追究人头脑里的这些东西，而应亲历，而应走出旅舍的大门，离开仅能俯瞰零乱小巷屋顶的旅舍窗口，走到那条挂着江南腊肉的小巷里去。小巷里住宅楼和搭建房交织零错，更小的小旅店的招牌挂在低矮生锈的钢制门楣上。两根电线杆之间拴着大红色的电线以便悬挂腊鱼、腊肉、香肠、咸肫，它们可比我从高处看见的更诱人，更让人有世俗温暖的感觉。起床未久蓬头垢面站在简陋木板门内吸烟的男人，向宽不过三米的小巷吐出一口秽痰。秽痰啪嗒一声脆响落于冰渍未化的水泥地面，带有明显的方向性。他的存在，显示了民间日常生活的况味和简朴，似乎尽管不堪，但亦充满生物性的快乐以及不可替代。巷北参差不齐的房屋后面无声地飘过一列花花绿绿的Z字头列车。我要趁机告诉你们的常识是：列车前的西文字母其实都是汉语拼音打头的字母，比如Z是"直达"，K是"快速"，T是"特快"，N是"管内"（铁路局管内），L是"临时"，但A字头列车的"A"是什么意思，我在数年的旅行中咨询过十数位铁路职工，他们没有一位给过我满意的答复。

倏忽间我已进入温暖如春的动车车厢（这被运营商自称的

陆地航班），我懵懂地瞧着车窗外。我知道我看见的那不是完全版的南京，但我又毫不怀疑我思路的明晰和眼界的真实。在我通往城市的思维里，孰真孰假，一点儿都不重要了。

2009年1月11日　南京火车站动车候车室及D492次列车1号车厢

延　　庆

　　很久以前我就向往着延庆了——我已经在大约两年的时间里走遍了北京辖区的所有区县,唯独延庆未及涉足——这是我的一个心愿。也有几次,我乘坐的火车从青龙桥(那里有1905年修建的之字形铁路)、八达岭等火车站经过,这里的山和三家店、官厅等地峭拔陡峻的山岭并不相同:谷地较为和缓,较利于通行公路和铁路。现在,北京到延庆大约一小时一班的动车开通了,我又有了春节的几天时间,于是购票进入北京的新北站。我喜欢豪华舒适的公共设施。我享受着隆冬季节对我而言无与伦比的暖气、松弛、公共福利和静息的心情。我要求的靠窗的座位得到了售票员的支持。动车悄无声息地向更为北方的山区疾驰(这并非车厢中的感觉)。灌木扎丫的土黄色的山岭矗立在铁路两侧,时而可见蜿蜒的长城依山而上。你能想象平原和高原之间这唯一山脉的屏障意义,这并不仅仅是人的设想和感觉,在时间和空间方面,它都是一种瞬间即至的现实。草原上的族群都是机动、快速和骁悍的。在边界概念还不那么固定,还不那么约定俗成、深入人心并达致动态平衡的时代,我真的能想象(以我面前存在的大山和长城为背景),一个满身皮盔甲的士兵,终于能踩着其他战士尚存余温的身体,由苍茫草原攀上嶙峋山脊,眺望南方一目无际的丰饶富足的大平原时的心情(如果他的视力和情绪都足够好)。欢呼雀跃？振臂高喊？撒丫子奔跑？从此马蹄前不再有绊脚的障碍,人也不用活得那么辛苦、疲累、忍耐于自然。在历史上北方的兄弟总是那么个性十足和桀骜不驯,他们的确不似南方的兄弟那样相对平和、阴柔。于是,都定于北京并布以重势,总是能牵制一份不守安的情绪,能分散来自大草原的精力,能最快地嗅得草原上的风吹草低,能更快地融合农耕和牧畜两种生活的方式,正如担一副担子,两头算是达成了相对的平衡。这就是广袤的亚洲东部大陆几千年实践的管理术,也是中华民族了不得的智慧的大结晶。

  现在,山已经走完了,列车停靠在延庆站。这是 2009 年 1 月 28 日中午的某一时刻。这是一座干净、敦实的望山而居的城郭。这是北京的前站,是山区与平原的结合处,是让你内心抖擞的地方——如果你真有足够的心灵感应的话。

  2009 年 1 月 29 日 北京阜成门万明园肆零书屋

江南太平湖

　　每天从我居住的8106房间的阳台上看出去,太平湖都不一样。第一天下着小雨,烟云浓郁,水天不现,湖对岸的峰峦也都是看不到的。第二天不仅雨仍未停止,反而时紧时密,偏偏温度又低,我不愿到近水的阳台上去。我站在窗里看湖面,室内有暖气,使人觉得富裕的物质生活的极端重要,但我的心里却一直在莫名地担忧。担忧?为什么无来由地担忧?为逝者如斯夫的时光,还是与人生俱来的一种对自然界的生死感应?我的间歇的忧郁正在低温阴冷中萌芽、膨胀?第三天天气略有回暖,我站在亲水阳台的拐角处,看着整个弯远的湖面和左边不很远处通陆地的吊桥。是的,我看见那位一直为我们会议服务、又一直在总台等处值班的年轻女孩,从摇摇晃晃的吊桥上走过去(由湖岛向陆地)。她转过头来看我,而我则朦朦胧胧地也看她;她又转过头来看我,我继续朦朦胧胧地也看她;她再转过头来看我,我则持续不已地朦朦胧胧看吊桥上摇摇晃晃走着的她。难道随忧郁而至的总是对异性的关注,我内心里知道完全不是这样;我内心里知道我的始终不见衰退的担忧(或忧虑)完全不是因为异性之间的某种需要引起的,虽然我可能已经处于一种需要异性的时段,我也可能会以这种方式迁移我的担忧或忧虑。我内心里知道我的某种周期性的崩溃感来源于某种未知……嘘,还好,我的坚强的精神体系把我强拽回眼前的山水风云中来。山水从来都不是物质的,山水从来都只是精神的。我庆幸,我总是在虚与实临界的层面获得拯救。这真好。做一个世俗的人,能欣赏眼前波光粼粼的江南山水……还有那位年轻的女孩……真是好……

2009 年 3 月 31 日　太平湖畔白鹭宾馆 8106 房间

河 南 息 县

　　对北方或农耕文明的所有遗存我都自来熟。倾城倾国的息夫人呼吸、坐卧过的地方也让人觉得有种异样的生理感觉。陌生感以及女性气息,都是使我莫名兴奋的动因或动力。放下行囊,安顿好自己后的一秒钟内,我已经融入屠夫和菜贩的街头喧嚣当中。他们衣衫油腻,脸膛黑红,皮肤粗糙,言谈举止也顽俗不堪,缺失教诲。但,我能想象他们一天挣十几文或几十文,晚餐一盅老酒的满足和快活。你确实能感受一切,却不能变化一切,更无力干涉他人的命运——这也正是温和的农业文明对我们进行的训练和规范。

　　我在冷风中仰望城中心敦厚扎实的谯楼(息夫人就居住于城后县委办公的所在吗?),并在小城的边缘窥视城和郊之间茂密杨树的嫩绿。郊外长满农作物的田野对我似乎有更深的吸引力。那里种植了什么庄稼? 稻、麦,还是菜? 那里是什么样的土壤? 黏土,还是沙壤? 这些元素会直接影响我们对它们的文化分类。黄河也许对淮河上游并未造成决定性的基因的更改和伤害。我在城中村游走了数个小时。相对一楼之隔的繁忙街道,面积广大、植蒜种葱的城中村世俗而且平静,使人安定、坦然,有人生的目标感。天气很是奇怪,快立夏了仍有寒流过境。在冷风里我却愈走愈热,愈走愈热。我觉得,我对哪块将会掩埋我的黄土黑壤都不陌生。如果我真有灵魂的话,我会永远钟情一种逍遥不争、散漫浸润的生活。我会想念所有我爱的和爱我的人与生物,我牵挂和牵挂我的人与生物——在任何一个瞬间、任意一个地点。而现在是在息县,息夫人快乐、苦恼、忧虑过的地方。我说过,陌生感和女性气息,都是我的动力之源,虽然并不仅此而已。

2009年4月17日 河南息县中原宾馆205房间

息县中渡店淮河大桥

我走下淮河大桥,走进葱郁的树林。一座不大的看似无规则的村庄被树林掩埋。我未敢从村庄穿过从而惊动村庄,这倒不是我多么高尚或有礼貌,而是因为怕惊扰村庄里不同种族的狗类:狼狗、土狗、宠物狗……它们吠咬起来,一传十,十传百——这里又不是什么通衢大道,狗们见多识广,一般不无端耗费体力和能量,也不至于落得无趣——这里人迹罕至,狗们咬叫起来,围聚过来,人会很紧张,很狼狈,很尴尬,又要吆喝斥退它们,还得快速寻找树枝石块以防它们来真的……我走进村庄和淮河之间葱茏葱郁的林地,林内有一条潮湿多草的小道。一些大鸟在杨树最高的枝条上起落,这里的树为了争取阳光和流动的风,相互竞争,都长得高大、笔直,耸入云天。淮河边一条无水但长满青草的水道里,有一个看不清面貌的人,他带着两条彼此撕咬的狗,放牧一匹马、一只驴、三只黄牛。忽而上了一个高坡,这里能看见淮河南岸起起伏伏的丘陵、洼地、花容零乱的油菜地和小块又小块的冬麦田。半小时后,我越过淮河桥向右转进入淮河北岸农田。前天这里刚下过一场大雨、透雨。我走在坦畴千里的平原上,较远处几个农人正不急不慌地起垄子种旱粮,青油油的冬麦连绵不绝,田埂上的树笔直地伸向尽远的地方。一河之隔,这里呈现出与淮河南岸迥异的地物特征:淮北总是平原，淮南一定会是低山，或微丘；淮北小麦绵延，淮南油菜播种面积则一定会大增。在淮河的中下游地区，我还没有发现过例外。而现在在息县，在淮河的上游，这条规则竟也还适用。这也许正是淮河的运数。

我在当下湿度很大的淮河两岸继续游走。我的烦恼在逐渐消减……

2009 年 4 月 17 日　河南息县中原宾馆 205 房间

广　　德

　　广德,一座像郎溪一样我向往许久,却从无缘接近的偏远省内城市。

　　视野里冬小麦的身影几近绝迹:一爿爿水稻、大小不一的水塘、肥旺的嫩桑,还有大量结荚的油菜,成为地表的主角。

　　土地开始变红。第一反应这是"酸性的物质"。当地上下车的乘客脱去滞重,变得水灵不少。候车厅和街头修饰得当的美女骤增,她们着装整洁,肤色滋润。酸性的土壤的确是香气邈远、朵大而艳,如山茶、白兰、杜鹃等如锦繁花适宜的生长基质……

　　老城紧凑,繁盛而理性,这是商业社会的典型特征。我喜欢住在这种稳定、规则的物质气氛的中心。鼓角楼显得娇小、秀气,不像人类文化对战争本质的解读。从我的窗口望出去,有新型的太阳能热水器、别致的楼顶建筑、他人的房间,还有稍带脂粉气、不算太明朗的平静天空(这是个人化的感觉)。但在这种散淡的背景中,却常有莫名的仿佛遥远又贴近的轰鸣声远—近—远地传来传去。我怀疑那是苏-30,或歼-10发动机的亢奋呼吸。

　　这都是此刻我们生活的组成部分。

2009年4月22日　广德县白云宾馆301房间

东　　至

　　从尧城路和建设路交叉口四向远眺,东至县城也是"环城皆山"的。我牵挂的县城老街依然如故,曲折逼仄,灰瓦连绵。一群人聚集在东至县文化馆壮观的门脸外高声大嗓地说话,熟啊,一腔的淮北口音:移民的政治、文化意义,是怎么说都不至于浅薄的。老街与尧北街交会处有一座沧桑的立交,这是我到过的县城里难得一见的古老景观。但现在,此地有一些闲"鸡",坐在门店里与路过的生人打招呼,这对我悠然的东张西望十分不利,我只好放弃观光、观察的念头,径直来到城西的尧渡河畔。

　　东至县城的主人们都是户外运动的热心实践者。日暮时分,在县医院沿街的花径上,在县气象局观测仪器的周边,人们绕圈而行,乐此不疲。尧渡河畔的景观带,更是人潮涌动,如鲫过江,蔚为大观。

　　我站在尧渡河水岸的绿草地上"捕风捉影":我想亲耳从人们的口中听到关于"鸡公"(而不是公鸡)的表述(这是语言的地理分界的话题);我又想尧渡河的命名年代一定不甚久远(如果是秦汉之前的命名会是尧渡江而非尧渡河,如果是纯粹的土法命名则该叫尧渡溪或尧溪),江南为"江",江北称"河",除去新开发的地区和后命名的河流外,鲜有例外。

　　　　2009年7月4日　东至县西湖宾馆303房间

青　阳

　　我已经淡忘了青阳作为佛界胜迹的独有特色,因为太熟以为常的缘故,虽然街头的佛事物质供应的广告时时在目。天气炎热,阳光强悍,气温高升,让人觉得不像杏花春雨的江南给人留下的曼妙的印记。青通河畔除去濯衣的诸多妇人外,一只娇宠惯了的中型黄狗也在下流头的流水里玩得欢畅。我的注意力开始转移到来时路边的一系列物质和文化景观:山坳里小片的坡地上种着玉米,或者山芋,这两种产量极高又耐贫瘠干旱不挑地的外来物种,使山区崎地得以开发,这就是族群交流的获益。坡地里还有成片成片的嫩桑,它们树身低矮、叶片肥厚,不施农药(蚕宝宝消受不起)。相信蚕桑业是本土的源发明之一,虽然"棉"字应运而生以后,"绵"字有所衰落,但蚕丝织物的雍容华贵,依然令人印象深刻。

2009 年 7 月 11 日　青阳县水文宾馆 8405 房间

个人视野里的北京

这是一个大雾弥漫的早晨。此时,我又置身于我曾经十分熟悉的北方的这座大城市的氛围之中。我想起昨天下午乘车沿二环、南礼士路、北礼士路和百万庄北大街走过的情形:道路两边的槐树花簇如云,在降雨后的湿热中,花落在湿漉漉的油地上,令人忧郁。"8月中旬以后,北京的雨季基本就过去了,就很难再有雨下下来了。"我说。这是我的深刻的记忆。而出租车驾驶员并未表示全面的反对,他只是补充说:"也还有,确实很少了。"在另一辆车里,我们聊起了满地的槐花。"记得槐花都是春天开的,春末夏初,怎么现在又开了?"我看着车窗外路边的槐树说。我想起春末淮北平原新汴河大堤上槐花喧天的热闹景致,相信自己的记忆不会太离谱,虽然纬度会使开花的时间有相当的差异。"那是刺儿槐。"驾驶员说,"这种槐就是这时候开。""这种槐?"我知道这就是所谓的"洋槐"啊。但我拿不太准了,也许这只是一种园艺品种,现在这种情况很普遍。我点点头。除了信息量过度,使人疲累以外,在我的视野里,北京现在完全是一座"宜居"的城市。它处处绿茵,花团锦簇,不菲的城建投入给总体缺水干旱的北京带来了人造自然的生机和绿意。不过,这并非我特别关心的问题。我更多地关心、考虑我的个人的文化感受,更多地关注个体的生活目标实现的可能性。我没有多少钱,但仍有激情、冲动和预期。这都是我个人视野中的北京。

2009年7月29日晨　北京桂邑招待所310房间

黟　县

　　在徽州,在休宁、绩溪、黟县……总是吃到美味可口的土溪鱼。那是一种什么鱼?叫什么名字?我总是听不清、听不懂、记不住,但土著鱼的美味总令我经久难忘、历久弥新。

　　我再次来到曾经吃到过土著鱼的黟县县城寻找美食。在近两天的时间里,我多次在清晨,在上午、正午、余晖将尽的傍晚和夜晚踯躅在碧阳镇老城居多的街道上。穿城而过的水体里生长着浓密色深的水草(一定会有相当数量但已被人类钓怕了的鱼类居住在水草下较为隐蔽的地方)。紧凑局促的老式体育场人情味十足,高大结实的打篮球的小伙子则让人改变对江南民众体型的固有看法。"东街"的养鸟人在夜色抵近时分热情地捧出笼中的八哥、画眉让我拍照。美食难觅,但记忆却不会消逝。我回到宾馆,在小城较为单调、内向的晨昏之间,枯坐,或想象至寂寞淡然。

　　精神的路标逐渐趋于明晰。我想,在一般情况下我们一定要脱离节奏松散、内容单一、情绪多疑、固执壅塞的环境,但我们又难以断然拒绝此种参照的标本,难以断然拒绝此种可使尘埃淀定的"地方知识"。我想起一些"大"的观念和事物:当我阅读一本书并了然现当代人类社会的大部分冲突都是所谓"欧洲文明"的结果时(以非洲为例,殖民者到达非洲时那里甚至没有民族和国家的概念),我的内心感觉到相当的愤怒、无奈和沮丧。多种事物并非历史的必然(但不是必然又是什么?什么又是必然?)。某种圣洁、严肃的情感在我内心里发生着剧烈的化学变化,它们走向岔道、弯道,甚至走向相反。不过我知道我不会颓废、厌世、极端。我仍然并且还将是辩证和中庸的。

一阵摩托在石板上的跳动声把我惊醒。我发现,我其实是在"泮邻街"待了许久了。我择向离开,前往桂墩里、成器弄、西递街、舒家弄或麻田街……

2009年10月6日　黟县月星宾馆206房间

旌　　德

　　阳光明亮。我愿意在泼洒无忌的阳光下行走、照晒、东张西望。我不是无色人种,不那么迫切需要阳光的参与以合成某种身体必需的物质。但我也渴望阳光,冀望它们对我身体的无私光临,冀望它们浆黑我的皮肤,而不冀望我是那种奶油的成色。

　　这是我在旌德的街道肩包行走时的所思所想。我发现,一到旌德,我又开始听得懂人们的对话了。而之前,在仅四十几公里外的绩溪,我听不懂人们的交谈、讨价还价、发火和闲聊。在那里,我专心致志地聆听人们发出的声音。那也还是徽文化的中心区域啊。但我感觉我只是一名"他者"。我没能找到任何"我者"的感觉。我一而再,再而三地想起我族谱上"自徽迁泗"的起句,这句话言明了我的出处和来历。但许多岁月以后,我在绩溪——徽文化的中心区域之一——还有更早些时候在黟县、休宁、屯溪和歙县,我感觉我的周围都是"他者":不同于淮北和江淮的山林地形、当地的方言、男女特别是女性特有的面貌(深眼眶、高颧骨、高额头)以及瘦小的体形、因体形劣势而遵尚社会理性但又精明细算的性格……好了,还是美滋滋地回想我们许多年前在旌德县城老水老桥边的老饭馆饱啖当地土溪鱼的极美好的记忆吧!哦,和旌德似乎总有一丝说不明扯不断的"缘分"：总会在这里住宿，从未欲求不得，留下的又都是积极的记忆。灵芝之乡？这一定有吉祥的缘由在其中啊！

2009年10月7日　旌德县东方宾馆310房间

和　　县

　　我在和县县城人气很旺的街巷里轻松地行走。我穿着运动鞋,这种鞋在平常上班的时间里根本没有机会穿。我现在穿着它,觉得十分轻快,十分便于走路。我觉得,哪怕接连走二三十华里,也没有任何问题。

　　县城有一些较老的建筑,有镇淮楼(为什么叫"镇淮楼"?历阳镇离长江很近,但离淮河却远得很;难道就因为自刎于乌江的项羽是淮河流域的子民?——我揣摩着),有纪念刘禹锡的"陋室公园",有文昌宫的门楼子,也有不少保存得不是太好的老街。

　　人气旺是这些街巷的最大特色。天气也好,不热不凉。

　　在篾匠街,我看见一个商店的门廊下一只刚断奶的小狗嗷嗷直叫,我看着它,觉得它根本没有任何生存能力——如果不能得到某种力量的保护的话。这时,商店里一个穿低腰裤的年轻女孩走过来,蹲下(露出臀部以上的部分,现在在街头时常能看见这样的风景,让人觉得有几分难为情),把它抱起来用奶瓶给它喂奶,它马上就"有奶便是娘",依附着,安静不动了。

　　我一边走一边想:这是一种妥协的本能。

　　我想,生物界的妥协和"有奶便是娘"现象是普遍的生存策略。果实要变得更好吃,才能吸引动物食用,由此妥协而"委屈"地进入动物胃肠,随动物排泄远走他乡,种群得以扩大。动物园里的老虎狮子都要学会妥协。没有一种力量能够完全支配其生存环境。

我11点30分离开和县县城历阳镇,返回合肥。

2009年11月8日　合肥淮北佬斋

望江华阳镇

　　临街的繁盛背后就是农耕文化的地盘。从望江县华阳镇某宾馆的后窗看出去,三面楼房的中间,外来或驯化的传统作物在盛夏的炎热里生长旺盛。它们是:正在结棒子的黑油油的玉米,果实憨厚的南瓜和冬瓜,悠长抒情的豆角,正处于生命中期的黄豆和棉花(这里是历史绵长的产棉区,长江南岸江西彭泽境内有棉船镇以证,这是宋朝以后的事),茄子结出了白色的果实,辣椒更加硕果累累了,水稻已经抽穗,湖面上莲花朵朵,典雅而优美……这就是沿江平原(圩区)的农事片断,也是华阳镇这家宾馆后窗一瞥的偶见。我们知道,在农业文明的历史上,当人口大量增加、野莽林瘴得以征服后,沿江江南即成经济发达地区,由火耕水耨、饭稻羹鱼而较物阜民丰。此地光照充足,雨水丰沛,在自然的状态下,也是养得活较多的人口的。
　　在已经较深的夜晚我听见蛙声响起,一而再,再而三地响起,并且抑扬顿挫,间隔有致。我想不起来傍晚时分,是哪一块大的布满了荷叶和白的或粉红色的荷花的池塘了,那里也有青蛙扑扑地跃入水底。土地由长江南岸的酱黄色变为江北平原(沿江平原)的黑淤沙土(完全不是河海平原那种干黄的沙土),耕地也由江南的"犬牙相错"变为沿江江北的"山川形便"(请注意这是江北平原而非江淮丘陵)。这里的土地上葱茏地长满了黄豆、棉花、玉米、韭菜、苋菜、花生、南瓜、丝瓜、冬瓜和葫芦(在华阳镇某宾馆后窗里我曾见识过这些植物中的一部分),看起来一切都那么富足、无忧,况且知道晚餐还有令人馋涎欲滴的毛糟鱼,有虽然粗糙但易于消化的籼米饭。沿江的物质感在我的内心积聚起来,使我心向往之(此刻我已栖息于斯)。虽然我并不准备背叛我一贯钟情的北方文化,我敢这么保证!但我还是打算像历史上曾经多次发生的民族大融合那样,在我的已经丰满甚至表面看似芜杂但却很有条理的心田里,融合别人并不在意的南北元素——物质、地理、价值判断、生活模式和内心的认同。我只是这么想:也许我能为他人或后人做点什么。因为,不是每一个人都能有这样的感情、感觉和其他偶然集合起来的条件的。而我觉得我有,我似乎也可以。后面要做的事,也许只需要找到一种流畅的形式——虽然,这也同样是命运攸关的一招……

2009年7月4日　望江县华阳镇华港宾馆二楼客房

2010 年

当　　涂

　　江南的当涂,以前到过多次。最早的一次,是 20 世纪 70 年代后期上大学那会。记得那时天已经有些热了,我从当涂县城,过城郊一段尘土飞扬的马路,步行走到长江的江堤上,和堤坡上许多乡民一起,坐、卧在堤坡上等江心洲的渡船开过来。天水两色,江岸绰绰,水鸟在看不清的水天混沌中鸣叫,暖意也是那样的明显,境界令人难忘。上了江心洲,在供销社招待所吃过午饭,又甩开大步,沿江洲土路,径往马鞍山采石矶方向徒行而去,一路英姿飒爽,豪情满溢,在采石附近再渡长江,顺游了采石矶,才转身进马鞍山市区,找中学同学蹭铺去了。

　　今次到当涂,天已向晚,阳历的 3 月,还春寒未尽,雾雨滴沥。在宾馆住定后,就赴夜灯初放的街头闲走、觅食。街畔的卤鸭店(摊)不少,西点店也屡现,超市明亮的灯光里,路旁不太宽敞的人行道上,十字街口分明的斑马线旁,这里,那里,这里那里,这里那里,飘过一个,又一个,再一个,丁香一样的姑娘。甚至在不大但还算干净的小面店里,抬眼都能见到上身着半大衣,下身却仅着高腰靴、丝眼裤、膝上裙的水色女孩。沿提署街一直往前,朦胧的水雾气、一条悬满大红灯笼的商业街,更使姑孰镇的雨夜,逐渐幻化成一片水墨江南的意境。让人想起高速公路边愈向南愈水、田、塍浑然一体的地物景观——真个还有楚越之地,饭稻羹鱼的况味,只不过掺入了一些现代的元素。

  姑孰镇的镇外有许多许多的水:走的水,静的水,似走又静、说静却动的水。一条初春时节就湍急流浊的姑溪河,也直奔长江而去。当晚我去姑溪河大堤上看水,天色混沌,水色匆匆。第二天我又去看,一场桃花雪早白了周边、河岸、船篷、水文站、对岸和对岸的民檐,十分神奇。第三天我再沿堤徐行,这一日阳光普照,人心向好;我站在姑溪河的大堤上向南、向西、向东、向北望。我人站得定定的,思绪却在翻滚、奔走:时间,空间,有限,无限。我发现我正被江南的地域气息吞噬、塑造着。在这里(我指的是江南),我似乎也能找到美食的感觉,以及自己的个性化的生活。

2010年3月5日 当涂县姑孰镇

四 川 松 潘

太阳河国际大酒店的窗外就是山坡。山坡上蓝白醒目的藏式房顶冒着袅袅炊烟,几位穿藏服的男女偶尔忙碌地进出。更远处,一位着藏袍的女人,背一个比她人还大的背篓,在"回"字形的羊肠小道上,逐渐从3000米的高海拔上降下来(2800米,也还不算低)。

阳历3月这最后一个星期里,在雕有"大唐松州"四个汉字的牌坊东西南北,半坡以上的山岭(当地称为"高半山")堆积着夜晚新降的白雪,但它们似乎已经难以留存,在10小时之内,大概就能消融尽净。松州古城各家的牛杂都十分可口啊(如果添加足够分量的胡椒的话)。所有酒店脸庞圆圆,肤色深红的藏、羌、回族女服务员也都能即时地引吭高歌,韵味宽广,悠扬浓郁,就像她们一直站在高原的草原上游牧放歌一样(藏族游牧,回族农耕,羌族半牧),她们总能在极短时间内回到祖先栖息的情境中。

牛羊的边缘文化气息贯穿了民族杂居的古城的始终。小巷里多见石木结构的藏居、羌舍。贴院墙而生的花椒树想必正在萌芽(稍远看不太清)。一对羌族夫妇于坡石间的仄地散粪以便春播。幽静的清真北寺附近的柳树开始泛青。浑黄奔跑着的岷江陡峭的高岸上,滋润的草地也像是要由枯转鲜了。我在松潘总睡眠时间减少的夜晚想象盘旋的山路是为有效地消化山地高差的问题。我想象由此往北的草地、沼泽，往西的山岭、高原，往东越来越多的华夏气象。我想象由九寨、黄龙而川主寺而松潘而茂县而汶川而成都，海拔愈走愈低，气温却愈走愈高，山川愈走愈稀，而平原却愈走愈宽。真是一个上地理课的好地方。当然，史册的松州军事上还是不可弃失的关隘，交通上则为志在必得的十字路口，民族上它是边缘交织的地带，风习上则诸味杂陈，百花齐放。真是丰富深郁啊！

2010 年 3 月 28 日　四川松潘

彭　　泽

　　这些时候,我的兴趣似乎有所转移,从北方转移到"江南"来了。我中学时自作主张,将我的名字改为"辉",随着年岁的增加,现在它好像需要一些水的汪润和滋养了。于是十一假期,我选择来到江西的彭泽。到达彭泽县城是10月1日的下午,我在宾馆里撂下行囊,就循数年前的记忆,走到了彭泽的长江码头上。江边有特色的防浪墙还在,只是沿江的街道有些脏乱,让人觉得遗憾。站在宽展得可以散步和远眺的防浪墙上,能看得清江对岸安徽宿松县的套口渡口,能看得清下游江北的小孤山和江南澎浪矶伸入长江的山岭,它们像两墩沉重的巨型石桩,束缚了滔滔大江,使九江以下这段平铺无奇的江面生发出了奇异诡谲的情节。

　　对了,就是小孤山,山寺签语灵验的传说曾经吸引过众多普通和不普通的人物前往体验。二十多年前我应约赴宿松讲课,课余,主办方陪我往游小孤山。许是在山脚酒喝得有点多,上山后未加思索就为同一件事连抽了三个下下签。真是极为应验啊!签语确实惊得我不得不服!呵呵,虽然我是无神论者,但对传统的民风民俗,也还是颇为配合与融汇的。

　　我在货运和客运码头各处徘徊。江岸有沙土地,沙土地上种有红薯、空心菜、小白菜,还有丝瓜、眉豆。三对年轻人在码头的铁梯上说笑打闹,这总之是恋爱的事情,或恋爱的前奏,他人打扰不得,我转身走开。一只铁质的渔船靠泊在栈桥上,一位男性中年渔民正从船舱里捞出五六只大鲤鱼,用尼龙绳穿腮串将起来,递给一位等候的老先生。"多少钱?""20元啊。""江边的水鲜真是便宜!"回家炖了吃,绝对鲜而香呢! 我感叹不已。

彭泽是彭蠡泽的缩称,彭蠡泽就是今称的鄱阳湖,汉初彭泽建县时还没有湖口等县,彭泽治地包括彭蠡泽,又是距彭蠡泽较近的县城,故名彭泽。彭泽面山背水,山外有城,城外见山。江边的山岭被劈削得陡直峭立,楼房就建筑在深崖险壁下,动与静,危与平,形成动人心魄的对比。城市依山势而就,街道的后面就总是山岭。我若干次尝试由街道边的阶梯进山,却都因面对民居的阻隔而不得其径。彭泽城里有多处售卖馄饨和酱香饼的食肆,口味颇佳,又不会吃得太饱。城市广场附近一处米糕店的米糕也非常好吃,细糯味美,成为我每餐必吃的副食。

到彭泽的第二天,空气湿度加大,下起了小雨。早饭前我匆匆赶往江边码头,想看一看长江晨景如何。登上防浪墙,只见江风渐大,水汽愈厚,夹江而峙的小孤山和澎浪矶已莫辨影踪,江浪涛涛,水天漫漫。我感觉,我命途里的干渴已为江南水汽舒展滋润得淋漓尽致。没有棱角,也渐少了生硬和冲撞。这正是江南带给我的深入心田的感觉。

2010年10月1日　江西彭泽县龙城镇锦江宾馆115房间

彭泽棉船镇

　　一点儿不错,这就是传统的产棉区。从江西彭泽县马垱镇渡船到江心洲的金星渡口,再乘车 5 分钟即到棉船镇。真个一马平川!都是数百年冲积来的沙土垦殖而成的肥沃田地,眼力所见,尽是一人高的棉棵。当然,一些喜欢疏松土壤的块根类的农作物,例如花生、萝卜、红薯,也长得很好。阴云从天空渐次退去,太阳时隐时现,天气不冷不热。我在棉船镇上拍照、走动。我很喜欢长江中这块沙土洲上纯农的情调和开阔。我看着水泥路边一户一户盖了新楼房的人家。这里人的形体一般仍较矮小,但女孩子和少妇们大致并不过于纤瘦,她们还是丰满和脸形端正的。这竟使我有一种帝王般的满意和放心,我并不喜欢特意减肥原因以外的瘦骨嶙峋的女人。

　　我很遗憾我没能在棉船镇住上一晚:先是有一只白狗冷不防从背后用嘴碰了我的左腿弯一下,让我出了一身冷汗(也许它只是想表达棉船生物界的好客和友好?);接着一家宾馆又不能提供起码的收款票据;接着另一家宾馆的房价又高得离谱,且不容商量。没有住宿的地方,我只得选择依依不舍地离开棉船镇。我回到渡船上,江水一刻不停地从船侧流过,我的脑海里有一些稀奇古怪的念头冒出来。比如,如果回到纪元前战事纷争的年代,江心洲棉船镇也许可以独立成为一个方国的首都,这个首都管辖着江心洲这块地方,人民大体上可以过得比较悠闲,他们有经济作物棉花,还有肯定可以获得丰收的水稻,另外此地盛产江鱼,荤菜的问题也是可以解决的……但是不成不成,在亚洲大陆的东部(以江淮为界),历史上南方的政权迟早总要灭亡,总要被北方的势力所吞并,虽然富饶的南方的才子佳人、饮食文化不会消失,还会继续参与文明的塑造和更新。所以,棉船镇只能是棉船镇,它成不了县,成不了市,更成不了省会和首都。这是整个南方的命数。

2010年10月3日　江西彭泽县马垱镇升旭宾馆403房间

彭泽马垱镇

江西彭泽的马垱镇据说也是个千年老镇了。其实从地形上看,马垱好像更应该发展成为一个县级的城镇,它北濒长江,是棉船岛民进城或外出的必经之地;它的东、南、西三面,也没有大而陡密的山岭,城池发展的空间很大。当然,以上不是冷兵器时代的视角,世事的走向与变局,机缘难测,假设就没有多大的意义了。

这一天中午我是顶着秋天的盛阳游历马垱的。马垱的"垱"字,是为了便于灌溉而筑建的小土堤的意思,这个词显然是农业文明语境的产物。与之形成鲜明对比的是,在马垱镇镇境的东部,正在进行前期建设的核电站正在紧锣密鼓地施工,高速公路出口道路的多个标志均有显著的指明。马垱和棉船的对面是安徽的宿松和望江。和整个长江下游的地形一样,江北的沿江为平原圩区,江南的沿江则是丘陵低山,这是我多年行走体验到的自然地理的规律。

除一个门楼子上书有"萱草堂",一位正在吃饭的老中医家的墙体广告上写有"世界名医"这样的宣传广告外,马垱镇的老街没有多少显明的特色,较老的建筑也基本荡然无存了(不过我并不知道马垱以前是否有像样的老街,只是仿佛感觉应该有)。走到老街的T字路口,忽然望见一家木匠铺的门扇边,贴着一副不全的对联,就停下来观望。那对联上联写道:"古镇雄关人杰出",下联却只能认出"长江伟岸"几个字。木匠铺里有一位中年男人在做木工活。我一时好奇,就停下脚步,向那位师傅请教"长江伟岸"的后面是几个什么字。这一方面是我觉得在这个小镇上,这个原创性的对联用词什么的有点讲究;另一方面,也是想借机了解当地的历史和古代出了什么样的名人。不料那位木匠师傅听了我的问话,立刻从门脸里走了出来,他嘴里一边一连声地说:"小孩子撕掉了,小孩子撕掉了。"一边又抓耳挠腮,或屁股靠在木工椅上,双手捂着脸、抱着头连连说:"叫我想想,叫我想想。"我并不想难为他,可他却认真得很。"想不起来,想不起来。"他连续不断声地说。接着,他突然掏出了手机,说:"问问我儿子,不知他记不记得起来。"电话打通了,他儿子也记不起来了。他关掉手机,还是走走、停停、靠靠、站站,抓耳挠腮、捂脸抱头地想。我应和着他。但最终他还是没想起来。我拍照留念,与他道别,走向街外。

走到南向出街的一条岔道时,很快就看见了成片新建的徽式住宅,粉墙黛瓦马头墙,原来是一片面积不小的新建小区,不知道是不是核电站的职工宿舍区。小区走尽了,就是丘陵起伏的田野。马垱这里的地貌,虽然也是丘陵,但并非江淮地区的微丘,这里丘陵起伏的幅度要更大些,高地和低地之间的相对海拔也更大些。太阳已经完全地照耀在天地之间了,比较晒人,在田野里见到的所有挑担子的男女农人都戴着麦秸草帽。植物茂密葱郁,土岗上的树长得蜿蜒,犹如蟠龙,起伏着滚滚远去。水泥铺就的"村村通"从突然变窄的土质的"峡谷"间仄仄穿过。视阔的空间里以棉地占优,其他还有黄豆、水稻、红薯和芝麻,热量裹挟而来的是熟悉得不能再熟悉的特殊气息了,这也是我久未体验获得的乡村田园里的一种气息。

让太阳滋滋在身上晒得冒油真舒畅!我转向沙土路朝未名的一条"低谷"里走,周边全是浓密的植物、作物和事物。穿过一条一人宽潮湿冒水的小道,望见前方远处的植物丛里,露出一座庄园的少数檐角,我怕再往前没了路,所以不敢再往前走,而是选择了折身返回镇里。不过这次我走的是没有路的棉田。一人多高的棉棵一直横挡在我的面前,巨大的棉铃不断重击我的胸脯和脑袋,使我全身都痒抓抓的。我仿佛走在秦汉时期开发得极不充分而又瘴气弥漫的江南……终于,我走出了草莽遮蔽的低地,攀上了一道土岭。土岭脚下就是马垱镇红红绿绿的楼顶。我喘着气想,这一趟没有白来,这所有的经历都正是我想要的。

10月的第一个星期,一眨眼,很快也就过去了。

2010年10月3日　江西彭泽县马垱镇升旭宾馆403房间

加拿大温哥华

来温哥华的第三天早晨,我拉开 Radisson President 宾馆房间的窗帘,看见大雪已经铺天盖地地下下来了,这和昨天陪我们去温哥华岛维多利亚市参观的妙先生对天气预报的转述差不多。我站在窗前俯瞰脚下不远处正在被纷扬大雪覆盖的轻轨、公路和建筑,体味着"白雪红枫"这四个字内里和深处的意义,仿佛前晚在华人餐厅与数十位旅加华裔作家热烈交流的欢声笑语还在耳畔,但又仿佛大雪前所有其他的事物——因纽特人、海豹、苔藓、极光、冰冻的地平线、维多利亚女王、英军兵营、北美大陆与温哥华岛之间的恩怨和要价以及两者之间大约 35 英里宽的海峡、受苦受难地位卑下的华人劳工、横贯加拿大东西的铁路大动脉……都已在白雪的覆盖下消隐殆尽,只剩余当下个体人生的体验,并且始终被一种看不见的文化道德力量所束缚。也许这是在大温哥华地区的列治文市,百分之五十约 10 万华人的存在,使我丝毫未有异端和不适的感觉,反而觉得天下已经大同、人间已经大一统了(这更可能是一种视野短促的错觉)。据说人类总是遵循和信奉"斗争哲学",也肯定会在一些特定的时刻、特定的地点、特定的背景下,会由一些特定的性格、特定的行为、特定的事故,将彼此拖入进退两难或灾难性的境地。但此刻我一点儿都感觉不到别样的不适的情绪,虽然我知道这里似乎与我无干,但我也能坦然接受。

雪一直都在下,像 20 世纪 70 年代的那些冬季,雪总是降落在亚洲东部大平原上一样,我略带孤寂和忧郁地望着窗外纷扬的大雪。我的心里很热。

2010 年 11 月 25 日　加拿大温哥华 Radisson President 宾馆 803 房间

美国洛杉矶、圣地亚哥、旧金山

看上去,美国还是个行驶在高速公路上的国家。一方面,美国的高速公路宽展大气、四通八达,它是尽量无障碍、尽量弱化等级弱化差异的较完整的体系,上下均十分方便、十分快捷、十分自由,低门槛使高速成为常态,无收费使高速成为技术的和心理的高速。另一方面,单向5至8车道的高速公路培育了美国人的速度感和豪迈的气度,培育了美国人自信和向前冲的基因。这更使我兴奋。这使我有一种在他者文化的系统中觅得同道的惊喜感觉。美国并非如某些浅薄的传说所试图塑造的那样已经衰弱无力。美国似乎还像冬天着低胸短袖衫站在街头聊天的高大健美的白人姑娘那样放肆、性感、无障碍和满怀信心。美国的硬件和管理软件依然匹配得相当完好,使它仍有可持续发展的基础和动力。我得说这是一个很像样的目标和对手,能够调动挑战者所有的荷尔蒙和文化激素,才能猎获。

很好,很好,这样的确很好!我们从洛杉矶到圣地亚哥,到美墨边境,到旧金山到斯坦福,到加州理工……我很喜欢美国人的开放、自信、规则感、富裕带来的饱满的精神面貌、高速公路边连绵不绝的居住区、宽大和独立的住宅、同时对新旧事物的职业性的敬畏、中心主义(谁会主动甘于边缘化?)。也许中国还需要一到两代人才能接近或超越这个庞然大物(那个大冬天了还着低胸短袖衫站在街头聊大天的"大洋马"),才能消化或接近消化那些不断迎面而来的过程性的阻滞因素(不过这些阻滞性的因素某种程度上正是发动机不可或缺的营养和空气)。

  雨水开始降落在南加利福尼亚少雨的土地上,还有宽阔丰饶的加州大平原,还有连绵起伏的山岭,还有加州花团锦簇的小镇,还有那些大胸脯的美国女人,还有 COURTYARD 酒店周围的类似热带植物的植物,还有无数的度假、旅行、创意和梦境。我不想多说美国的什么坏话,不管它是正在衰落还是依然强盛。我只在意自己的进展和速度。好了,到此为止吧,我说的是我的这篇急就章,我要去睡觉倒所谓的时差了,一种虚无缥缈却又真实存在的东西。好了,到此为止,就到此为止吧,我要去倒……所谓的……所谓的虚无缥缈的……所谓的……时差……时差了……

  2010 年 11 月 26 日 加拿大温哥华 Radisson President 宾馆 803 房间

2000—2010 年读书随笔

(伊朗)马吉德·马吉迪:《天堂的孩子》(电影剧本)

剧中讲述了一个遥远的、经常吹拂着干热之风的土地上的故事。至少在我的感觉里,伊朗是以这样的状态存在的:一个精神深厚的地方,人们生活在富含生活哲理的时空之中。《天堂的孩子》正是这样一种关于土地精神的忏悟,神秘的宗教的气息弥漫在包裹着头巾的人群中。在我们看来,《天堂的孩子》呈现了一种完全不同于好莱坞的电影精神,它质朴,甚至土气得掉渣,而且缺乏娱乐的要素,但是这种结实的、简单的东西,常会带给我们更多的思考:人类的艰难历程、挣扎前行的磨难和煎熬、生活和憧憬的本能、回首往昔的难以抑制的激动。我什么时候能看到这部电影?

(《天堂的孩子》,马吉德·马吉迪编剧,《当代电影》,2001 年第 2 期)

(美国)阿伦·波尔:《美国美人》(电影剧本)

一个绝妙的本子,看过电影后尤其有这种感觉,简洁有力,但又恍如梦中,即便你没到中年,你也能感受到中年生活的沉闷和无奈,当然,潜在的乐趣也很不少。

看来,幸福和物质并无必然的联系——享乐是一种例外——幸福生活并不总是体现在你有钱,并且已经买了汽车和大厨房等等方面,幸福完全是一种虚幻不实在的感觉,但有一点可以肯定,那就是,没有十全十美的幸福。

平庸的生活真是令人生厌、压抑,但是平庸的生活却仍然是最稳妥最可靠的幸福生活,而且有可能富含优雅的哲理,对虚构的文学作品来说,更是如此。

(《美国美人》,阿伦·波尔编剧,《当代电影》,2000年第4期)

(美国)昆廷·塔兰蒂诺:《低俗小说》(电影及剧本)

《低俗小说》是1963年在美国田纳西州出生的昆廷·塔兰蒂诺的代表作。在此片面世的过程中,塔兰蒂诺集编剧、演员和导演于一身,使之成为1994年最辉煌无比的影片,并在世界范围内狂收了一亿美元的巨大票房。这使人有些不大敢相信,因为它的充满了先锋观念的电影语言会让人为它能否打动普通观众而担心。中国的绝大部分观众显然不会太喜欢这种类型的电影,它显得不那么完整,电影中的人物也不是历史清白的合格公民,同时他们还不断地说着一些可有可无的"废话"。但是,《低俗小说》似乎对美国非主流社会某种带有黑社会性质的底层生活进行了惊人的简洁、独到和精辟的概括,对美国文化中最低俗的那一部分进行了最充分的挖掘。那些生活在似乎龌龊不堪、卑微难耐的环境中的"小人物",他们"眼界"促狭,但却极其自信,讲究面子,衣着也尽量一丝不苟,并努力追求人格形象的表面的完美,所有的这一切,都能给你留下无法言述的深刻印象。

(德国)汤姆·泰克沃:《快跑,劳拉》(电影及剧本)

你不得不为德国人严谨作风的又一次展现而惊叹,德国人的作风简洁而实用,尽管有时过于死板。

《快跑,劳拉》探讨了人生命运的各种可能性。没有什么小女生、小男生,影片中的德国人都很成年,讲究原则和秩序。我喜欢这些优良的品格,我也喜欢成熟。劳拉的一头红发,以及她永远奔跑的样子,是一种象征。马尼竟然把手枪送给流浪汉,真是不可思议,德国人的教条主义简直泛滥成灾,我相信,如果流浪汉是一个美国人,他一定会毫不犹豫地举枪向马尼射击的。要知道,当欧洲旧大陆还醉心于电影的"探索"的当儿,美国人正在金钱指明的大道上迅跑。

但是,德国人却似乎总能使自己处于一个较好的位置,不超越现实,又不过于滞后,如果他们做不到这一点,他们似乎也能够较好地隐身于自己的世界中,并不急于求成,并不急于要证明什么。但是,德国的大辉煌似乎也已经逐渐淡远,世界的规则在加速地改变,精神多元的可能性更大了,具有传统优异品质的人,并非一定会居于社会和物质的中心。这个世界,真是在急速地、莫可名状地改变着。

(《快跑,劳拉》,汤姆·泰克沃、莱茵何德·黑尔编剧,《当代电影》,2000年第6期)

(英国)比尔·康登:《众神与恶魔》(电影剧本)

争取一种权利真是比那种权利的存在要难得多。现在似乎已经不再有人把同性恋视为洪水猛兽和凶神恶煞了,虽然我还是觉得它非常恶心。

你无法想象一部电影的主要创作人员基本上都是同性恋者,而影片描述的主角也是一名公开的同性恋者。这种阵势形如一种宣言：哪怕有人觉得恶心，那种事物仍是值得你去理解的。

《众神与恶魔》勾起了我对往事的回忆。也许那时候还不知道什么是同性恋，甚至都还没听说过同性恋一词。但那种记忆却是极其深刻的。一次是少年时期，街上一名不认识但时常碰面的男青年，一直跟我到街边的公共厕所里，并且露出私处，向我示意，他满脸绯红，女人般笑着，令人不寒而栗。另一次是我青年时在一个小镇的旅社住下，旅社的一个男管理员到我房间里，坐在我身边，摸着我的手，过分亲热地跟我说这说那。我觉得，这些事情真是恶心，但是，如果你对此并不反感，那你也就能够接受这种人心里隐藏着的尚不算狰狞的魔鬼。

同类的事物还存在于《费城故事》《哭泣游戏》和《本能》等影片里，你无法否认，道德观念的丰富和复杂，与媒介的无度操作有着重要的关系。我们正在逐渐理解西方人心里的天使和魔鬼。当然，我们现在还没能放出自己心里的天使和魔鬼。不过总有一天，我们会不断地放出自己心底里压抑着的天使和魔鬼，到那时候，我们也许就不一定非得言必称孔、孟、老、庄了——当然，他们仍是我们灵魂的一部分——我们还可以说点别的，或者是更多地说些别的。那时候，我们心底的天使，也许比别人的更可人些，而魔鬼呢，魔鬼也许都是一样的。

（《众神与恶魔》，比尔·康登改编，《当代电影》，2001年第3期）

(日本)熊井启:《深河》(电影剧本)

信仰危机在哪里都会出现,不管你是什么民族,你生活在哪一块大陆上,你的肤色怎样,你每月的收入多少,你都会与这个问题不期而遇。我听说过上帝也为一些事情烦恼的故事:上帝创造了人但是又与人类产生了不和,于是决定毁灭人类,却只留下了诺亚一家及其方舟。看起来,人类的烦心事是与生俱来的,不管你愿意还是不愿意。

虽然还是较老的那种写法,但这种做得很复杂的结构令人担心。日本的电影总是那种较为舒缓的调子,它们也似乎一直肩负着很沉重的东西。但是现在,经常你会明明白白地发现,它们正在努力地、显得笨拙地试图找到新的内容和方法。不过固有的东西难以摆脱,新的曙光尚未出现。这也许正是日本当代电影的特色。

(《深河》,熊井启编剧,《当代电影》,1997年第2期)

(美国)威廉·格斯:《乡村中心的中心》(短篇小说)

我对文学评论的某种能力产生了很大的怀疑。也许文学评论的一些正经的部分纯粹是瞎扯淡,它把简单的事物弄得面目全非、十分复杂,并且完全是以(评论的)自我意识为立足点的。譬如这篇《乡村中心的中心》,作者未必就会有意识地去反讽和倡导什么(当然,也未必就不会有意识地去反讽和倡导什么),更可能的是,作者只是采取了一种他认为是合适的文学表达形式,把他的日常感受用文字固定下来。有时候,我们知道,大部分时候,作家的写作仅仅是为了释放某种冲动的情绪和感受,至于作品的内容和思想,他未必感兴趣。

(伊朗)阿巴斯·基亚罗斯塔米:《樱桃的滋味》(电影及电影剧本)

多么简单的故事!我觉得我完全适应这种简单的写法,简洁明了,看上去一点都不花哨。但是简单吗?伊朗地域风土和宗教的那种悲壮感又来了。对了,就是那种悲壮的感觉。阿巴斯的这部电影给我们的就是这种强烈的感觉。你一定能感受到那种生命的悲壮,人类共有的、受苦受难的一种感觉,而且是令人怀念的。我们现在已经习惯了或总是习惯于憧憬没有显明标志的都市奢华生活,但这种奢华的生活离我们生命的本意似乎较远。人类真的要往哪里发展呢?人类真的正在走向自我毁灭吗?人这么聪明!说不准,真的说不准,甚至是不敢预料。我沉浸在阿巴斯的悲壮境界里,久久不能自拔。

山岗为之一变,伊朗干旱的土地转眼变得葱绿一片,鲜花竞开。这种画面使人释然。哦,这就是我在寻找的世界吗?

(《樱桃的滋味》,阿巴斯·基亚罗斯塔米编剧,《世界电影》,1998年第6期)

陈从周:《惟有园林》(随笔集)

中国的文化真是太细腻了。从园林的意境中我们也能很明显地看出来。"平山堂是瘦西湖一带最高的据点,……

此堂远眺,正与隔江山平,故称平山堂。平山二字,一言将此处景物道破。"没有对当地地形风物的烂熟于胸,是绝得不了这样的名号的。"园林景物有仰观、俯观之别……'小红桥外小红亭,小红亭畔,高柳万蝉声'。'绿杨影里,海棠亭畔,红杏梢头'。这些词句不但写出园景层次,有空间感和声感,同时高柳、杏梢,又都把人们视线引向仰观。"这真是一种绝佳的阐释和境地,这可能也是最典型的中华文化或东方文化现象。在我们的心根处,我们受到这种文化的不断熏陶。对欧美人来说,他们确实难以体味这种意境的深奥和快乐:这种细腻是一种深入骨髓的享乐,这种意境的出现恐怕也是以享乐的心理为基础和动力的。——但是是否还存在这种可能,即这种意境的出现亦与中华大地上一直人峰拥簇相佐,即便今天看来,中国大地不宜人居处仍是广袤的。

陈从周先生是我国著名的古建筑专家和园林艺术专家,他这本有关园林的随笔集,角度新颖,观念奇崛,比大量随笔专家的随笔更有意味,也更有"文化"。

(澳大利亚)简·萨尔迪:《钢琴师》(电影剧本)

各种各样的人真会让你不胜其烦。太复杂了——我指的是人。你无法穷尽这个世界,但这也正是让我们为生而感动的地方。我们正在忍受着各种委屈。有谁会关心我们的委屈呢?只有我们的亲人。我们生下来之后,甚至在我们没有生下来之前,命运就已经框定了我们亲人的名单和我们与亲人之间的关系。因此,无论我们是什么样子的,聪明的、憨厚的、愚蠢的、傻气的……我们的亲人都会关注我们,倾听我们的心声,注视我们的眼睛,接受我们的抱怨和唠叨,接受我们的挫折和失败。别人怎样塑造我们,我们就会怎样发展——不一定是往刻意塑造的方向发展,而是深深地烙下塑造者塑造我们时的烙印。人生是一种很让人喟叹和伤感的东西,在夜深人静的时候,我正深深地、深深地感觉到。

(《钢琴师》,简·萨尔迪编剧,《当代电影》,2000年第1期)

(英国)乔治·吉辛:《四季随笔》(长篇随笔)

那些应时的"思想""思考"和"思辨"都早已失去了它们的锋芒和鲜艳,变得陈旧而且迂腐。但是散文家仍然留下了一些持续而久远的东西:略带凄凉的风景,普通文人的生活片断,一些生活中细微的、小小的感受,对平凡至毫不知名的劳动者的注视。看起来,世界上确实有一些东西会流传下去,也会久远地激动人心。手头的拮据在大多数时代里都会影响到文人的心境,权力也会时隐时现地吸引着文人,这经常能形成一种文化的风景,渴望的念头也会转化为一种清淡而无奈的忧郁,此种看起来并不完全健康的东西竟然会成为一种令人艳羡的气质?!对一般的人来说,文人的内心是一块神秘的境地。人都有探索的愿望和冲动,世界上的人、世界上的男女,也许就这样构成了。

随笔其实是一种带有更多议论和主观色彩的东西,和散文不同,散文更加"文学"——那是我们登高望远、望见的更加色彩绚丽的地方。

(美国)罗伯特·唐斯:《影响世界历史的16本书》(评论)

　　作者是以美国人的、也是西方人的观点挑选出来的16本书。但是不能否认,世界近代史也就是西方文明统领和主宰的历史,这也许是我们心中永远的痛。人类物质文明和精神文明的光辉照耀在我们的身边,历史是那么的久远,并且还将久远下去,没有物质的厚旺去推动那种精神文明的重车,精神将会显得愈加苍弱和无奈。西方几世纪的全方位的理性和精神扩张的欲望,创造了激动人心的人类精神的大片。每一个人都专注于一种内心的信念,这个世界将发生空前绝后的巨变。也许我们将会推出新的未来的历史,如果那不是平庸,就将会是一种波澜壮阔,或者将是悲怆。

(波斯)萨迪:《蔷薇园》(诗体故事集)

　　萨迪的小故事都是那么机智而让人产生无尽的快意。比如,一个父亲用十块金币把"我"赎出来,并且以一百块金币的嫁妆把女儿嫁给了"我",后来那女儿脾气变坏,越来越粗暴,有一次她竟然这样骂"我":"若不是我父亲花十块金币赎你出来,你会有今天吗?""我"回答说:"不错,我是他买出来的,可是他用一百块金币又把我卖给你了!"

　　许多许多的人都会受到历史上那种绚丽的有时候是神秘的文化的吸引,我女儿就特别钟情于欧洲18、19世纪贵族生活的华贵典雅。而我则迷恋古代那些游踪无定、往来自由的行吟诗人的浪漫生活——当你毫无后顾之忧地行吟于上天为人类捏造而成的广大的球体上,山水、村庄、雨雪暖晴和目不暇接的动植物扑面而来时,你也许真的能感受到上天赐予人类的使命:是享受和发现,而不是一味地受累。但是谁能收获这些呢?萨迪还不是在旅途中经历了无尽的磨难和曲折?感谢上天,萨迪最终还是大致做到了他想要做的事情,他能够在60岁的时候想到把自己的袍子卷起来,从此深居简出,安度晚年,那真是上天的一种令人神往的安排。

遥远的某处人群中薪火相传的俗物,极富生活的哲理。当一个人平静下来以后,他就该能体会一些细微的东西了。

(美国)威廉·夏伊勒:《第三帝国的兴亡》(历史)

这是我读过的最有震撼力和文采的历史传记类著作,我相信,这本书也是历史上最好的非文学类的国家和个人的传记作品之一。非常翔实丰富的资料,波澜壮阔的历史事件和空前绝后的政治、外交、军事风云,人类历史上最不可思议的惊世奇才之一,再加上作者以新闻记者身份长驻德国的经历、作者敏锐和准确的对政治事件及政治人物的感觉,造就了这部也极富空前绝后感的洋洋巨著。

一本书的出现和一个人的出现一样,都是无数种历史机缘相碰合的产物,没有人还能在几十上百年后再亲历那种过去的场景和场面,但是文学作品会给我们制造"恍若隔世"的那种幻象。非文学类的、历史的、传记的作品也会吗?以史料、数字、档案拼构成的历史著作也会吗?《第三帝国的兴亡》为我们展示了人类历史上一段惊心动魄的时代画卷,希特勒的形象也跃然纸上,这就使我们不得不深信:我们的身后和身边仍将或正在上演不可思议的奇剧,人类的历史将永远是触目惊心和波涛汹涌的。

(《第三帝国的兴亡》,威廉·夏伊勒著,世界知识出版社,1979年8月第1版)

吴关琦:《菲律宾的稻米》(经济地理)

与人类有关的一切似乎都具有了文化的含义。稻米也是这样。许多植物都已经成为人类潜意识中崇拜的图腾和对象,主要是出于实用的目的,人类对它们崇畏有加。在可以望得见的将来,人类都会与植物,特别是稻米、小麦和玉米、大豆这些植物相依相存,共同经历宇宙间时空的历程。

菲律宾是一个有着7000余岛屿的国家,雨量充沛,热量可靠,十分适于稻米的生长。在最新的资料的阐释中,中国当代杂交稻的积极参与,使菲律宾的稻米生产跨入了一个农业发展的新世纪。在那种地理和作物环境的氛围中,菲律宾人没有可能不沾染上浓厚的稻米情结和稻米文化的烙印。地球上的人群总是因为经纬度及所食之不同或相悖,而产生种族和文化的多样性的。这真是一件神奇而又神秘的事情。

《美乐花园》(音乐CD)

音乐的元素令人激动不已,极尽考验而百听不厌的极品乐章尤其如此。两种及两种以上的乐器的精妙组合使你不由不联想到那些人类智慧的美丽结晶(乐器及其材料)的古老源泉——它们必定都会有绝妙的故事依附于弦端或丝弦流溢出来的神奇乐章之中。想想那些令人神往的画面吧！女儿告诉我那些西文单词的意思：田园的、仙境般的。于是我意译它为"有若仙境般的田园"，这与它仙乐般的品格极为符合。还有什么状态比我们在愿意遐想时浸淫于仙乐般的美妙音乐中更加如痴如醉呢？没有第二种境界了，也许是没有第二种更合适的境界了。我们愿意久久地、略带伤感地沉浸在它柔蔓的抚慰中，灵魂出窍。

但是电话响了，我们只好从虚幻中逸出而跌落令人恼怒的"现实世界"里来。到底哪一种是现实，又哪一种是虚幻？我们一时难以区分了。

（日本）铃木中正：《清缅关系（1766—1790）》（中外关系）

中国的大国心态在近代史上显然出了什么问题，底气的不济，对偌大国土治理的乏力，文化及制度的困囿，于是百弊丛起，纵使有人心向往之，行动上却总是变形扭曲，终至不了了之。

这一阶段的中缅（甸）关系，似乎并无剧烈变化，清廷几次出征未果，使缅甸与清廷的关系增添了一些新的内容。倒是当时、当地的一些邦属对清廷仍怀一些"依傍"的情结，民间的交流亦未中断，缅方的妥协也源于历史上对北方强邻敬畏有加的心理，清廷终于可以挣回一些面子了。

在当代历史的格局下，对发展中的中国来说，缅甸的重要性无可一言以蔽之。它的地理位置使它成为中国最重要的邻邦之一。也许有一天这两个友国可以合而为一,那时候的天下分合以及方方面面,真的就会是另一番风景了。

[《清缅关系(1766—1790)》,铃木中正著,马宁译,上海:上海译文出版社,1984年6月第1版]

(日本)三上次男:《陶瓷之路》(中外关系)

物质以及物质的流通所形成的文化的影响和交流,是怎么说都不过分的。中国的陶瓷就是这样。在另一本书里,我们能看到陶和瓷的许多品质上的不同。但陶和瓷在那些世纪里所带来的文化和文明现象差不多是相同的、不容易区分的。从公元8世纪起(甚至最早在公元2世纪),除了陆上的"丝绸之路"外,中国的陶瓷之路就在海洋上开通了。中国不同年代的、不同窑口的、不同质量的巨量陶瓷制品,沿着汪洋大海中的交通商贸路线,到达较近处的菲律宾、印度尼西亚、马来西亚、缅甸、泰国、印度、锡兰、巴基斯坦、伊朗、伊拉克,以及较远处的阿拉伯半岛和非洲东海岸。陶瓷的发明和中国古代的其他发明一样,真是非常非常的了不起,光辉灿烂,激动人心。陶瓷的制品是那样的迷人,它与人性似乎有着一种天然的沟通,它能引起我们广泛的联想,到现在依然如此。

(《陶瓷之路》,三上次男著,庄景辉译,上海:上海译文出版社,1984年6月第1版)

(美国)德克·卜德:《中国物品传入西方考证》(中外关系)

读这样的书感觉极其赏心悦目,这并非浮浅的虚无,也不是盲目的乐观和自傲,这可能只是一种自尊心在作怪。当你细致地知道了历史上的中国曾经全方位地超越了世界历史的平均发展进程,当你细致地知道了历史上中国的丝绸在数百年的漫长时光里做到了最好的保密工作,当你细致地知道了历史上中国的丝绸要用等量的欧洲黄金来衡量,并致使辉煌一时的罗马帝国因奢侈的丝绸贸易而极度逆差,此一状态竟是导致罗马帝国崩溃的一大重要原因时,你无法不认为那是中国式智慧的太极高招对一个遥远的虚似强大的力量的一次牛刀小试,你也无法不感觉到刚有一次小试手段的高峰体验。这都是历史。历史当然是一面镜子,历史又是一种榜样,也是一种老招牌。历史的发展也许就是这样:此起彼伏,此消彼长,此盛彼衰。但作为读者,我愿意读到这样的文章。成功的事件中蕴藏着无尽的大智慧和到位的文化感觉。这既是一种文化,又是一种生动的商机。

(《中国物品流入西方考证》,德克·卜德著,王森译,上海:上海译文出版社,1984 年 6 月第 1 版)

张广远:《世界茶叶地理》(经济地理)

有些植物似乎注定要深深地介入人类的生活,并且对人类文化的发展产生重大作用。小麦、稻米、苹果、土豆如此,茶也是如此。茶原产于我国,我国也是最早发现、利用和栽培这种植物的国家。茶树原为亚热带温和湿润地区大森林植被下的一种灌木,经过反复的利用和培植后,它被输入世界上的其他民族区域,成为具有广泛使用范围的经济和文化作物。在小小茶粒的简单外形下,我们能够深切地体会到,茶并非仅具解渴和佐味的作用,茶的更重要的功用在于它能够为人们的休闲和催情提供有时候是难以替代的帮助。茶的文化雅淡而且芬芳。

(丹麦)拉斯·冯·斯提尔:《黑暗中的舞者》(电影及电影剧本)

真是令人声泪俱下,看完电影后,我一个人待在楼下的客厅和书房里,久久不能平静。不是哪一个方面使我唏嘘不已,而是在好些个方面。演员,一个相当丑陋的演员(冰岛的歌星,是角色使她如此吗?),但演技好到不得了,就好像她真的经历过塞尔玛的那一切;幻境,激动人心的幻境,既调节了忧郁的故事,又激发了人心里的那种热情和憧憬;歌声,这似乎是作品的起因,歌声展示了美好的生活情境,虽然我们在大多数时刻都得不到它(美好的生活情境),但歌声释放了我们心中常觉忧虑的东西,使我们的心战抖,并抚平我们的不快。

还有些什么呢?我一时不再能说得出来。艺术在发展,但我们总是囿于一隅,任何地方的"一隅"。能感受到生命世界的一星点皮毛,这就已经很令人欣慰了。我们还有什么"所图"呢?

(《黑暗中的舞者》,拉斯·冯·斯提尔编剧,《当代电影》,2000年第5期)

（日本）今村昌平等:《鳗鱼》（电影及电影剧本）

在我的眼里，它是非常正规的现实主义作品，但是我仍然喜欢。现实主义已经是一种深入我们骨髓里的东西了，或者说，现实主义根本上就是我们骨髓里的东西，你总是要找到合适的渠道把它发泄出来的。

你从文学（包括电影）作品里总能看到，所有的日本人都似乎"永远是邻居"，《鳗鱼》是地球上"那个"社会的某种现状，节奏慢慢的，经常令人感觉压抑。但仍有一些东西你看不懂，或难以理解，看剧本时倒更清楚一些。那真是一群行为举止十分古怪的人。

《鳗鱼》在把玩动物的身体，并且有一些召唤飞碟的小插曲。从文学观念上来说，这是有意思的。我也许可以这么说，所谓的主题思想实在并不重要，一点都不重要。重要的是你一定要把你自己的想法写出来，那样，作品也就完成了。

《鳗鱼》的镜头蛮简洁的，但有一些颇具匠心：水中的山下拓郎、弯曲的水道、野草丛生的水岸、岸边大片的色彩热烈绚丽的鲜花、鲜花丛中肤色白皙仰卧在绿草地上的美女。真的很美。

我想到了一些有关电影剧本的东西。什么是电影？什么是电影的编写？电影就是你眼睛看到和头脑想到的东西。其实这是屁话。对这个问题，我还一直都在想。

(《鳗鱼》,今村昌平、天愿大介、富川元文编剧,《当代电影》,1999年第6期）

(英国)劳伦斯:《查泰莱夫人的情人》(小说及电影)

小说和电影总是容易有极大的差别的,小说是作家运用文字进行的原始创造,而电影则是导演、演员等对物质、身体等进行调配和使用的结果。这两者之间的区别经常使它们成为截然不同的东西。

《查泰莱夫人的情人》小说的细腻甚至是沉闷在电影中几乎消失殆尽,当然这并非完全是电影的过错而只能是电影的损失;甚至这也不是电影的损失而只是电影的一种天然的选择。细腻将至沉闷也是一种优秀吗?回答是肯定的,但这需要有前提,那就是尚未过分。作为传统的传播媒介,图书所承载的文字内容,可以比较从容、奢侈地逐句展开,人物、环境、内心以及对话,但是电影更需要在短时间里抓住观众。它们放大了事物的不同侧面。

也许是中产阶层和白领的激增使然,你现在真的很难再心平气和地看待查泰莱夫人与她的看林人情人之间的私情和远奔了。你真的很难想象自己会高举双手赞同他们的举动,真是很难想象。那个时代的阶级划分法看上去准确而且合乎实际。是那么回事,就是那么回事。文化人展示的那种阶级的鸿沟那么深,简直难以跨越,另外,用现在的眼光看,也似乎没有必要去逾越,那真是不可调和,也是不必去舍身填平的。没有那个必要。这和中国封建社会式的小姐、书生的私情方式无关。如果一个貌美、受到良好教育而又富足的小姐殉情于某种知识的化身或某种真切的希望,那是能勾起人们的赞许和同情的,但如果你仅仅因为生活的郁闷而痴情于一介因无识而在社会大潮中缩头缩脑并徒生私念的莽汉,那似乎真的不值。

(越南)陈英雄:《三轮车夫》(电影及电影剧本)

看这样的文字会有很多很复杂的想法。东方生活的况味似乎总是相通的。真的,你真的完全没有必要把自己看得更优越,至少在当下仍然如此。

社会的一些痼疾还顽固地、以十分戏剧化的方式紧随在我们的身边,财富的积累和分配依然需要近乎超出我们耐心极限的久远时日。在生活中挣扎、奔走、突围和抓取,并不是没有丝毫心灵慰藉的无谓举动,人生也许真的是具备选择完全不同的生活道路的可能的,虽然你在事前并不知情。

文化和文学都太需要大力地传播了。人不能总以他人的俯视为中心,不能永远以掂量优者的心思为行为的前提。但人又总是贱皮的,人总是为物质和文化的炫目光彩所吸引。这也是对的。这是人类进步的一种必需的天性,哪怕为我们的道德和观念所不容。

(《三轮车夫》,陈英雄编剧,《当代电影》,2001年第4期)

徐海滨、王小建、杨立群编著:《新编家族花谱》(生活、休闲)

这是一本关于家庭养花的书。书内介绍,这本书穿插有不少典故、轶事和古诗词,文笔生动优美,可读性较强,初版印行了60余万册,20世纪80年代末经修改充实后,又印行了数万册,在城市养花、休闲界颇得好评。

编者的介绍是准确的。除安徽科技等出版社"万家花卉"那种套书之外,就我褊狭的阅读经验而言,它是20世纪最后十余年中同类单本书中较完美的一部。在长达十几年的反复阅读、经常对比之中,我感觉这本书的写作有别于同类的其他大部分书籍。首先,作者那时候还有很大的耐心和磨功去写这本书,一丝不苟、字斟句酌的著述精神在这本书里随处可见。现在的同类图书已经鲜有这种功夫和耐心了,散落各处的只是成书的浮躁情绪和蠢蠢欲动。第二,这本书的作者们应该都是莳花的热心人和实践者,花龄还应该不是太短,这种身份和前提为他们的著述提供了坚实的基础。经验在此类图书中所起的作用,是怎么说都不过分的,和那些纸上谈兵者的区别也在天壤。莳花植草是一种包含极细微心性体验的益性活动,如果仅仅依赖移植他人数据、笔性和经验,隔靴搔痒,笼统成章,虽然并不构成大的讹错,但高下立见,对读者当然也不会有精深的启智作用,更别说给他人带来多少阅读的享受了。在明眼人看来,抄录整理者的文字,是披鉴立现的,半点都掩饰不过去。这本《新编家庭花谱》在当下的一些莳花图书里已被参考和借录,这也是颇为有趣的一件事。

但是,经验、认真和细致也会带来另外的作用,那就是反复读来终会略感沉闷和烦冗,偶或还会使人因觉无从下手而心生退意,虽然这只是瑜中微瑕。的确,时代在变,人的趣味也会不断改变。休闲就是休闲,休闲就是放松和随意,搞那么认真干吗?花嘛,养活了固然好,养不活也没什么大不了的,如果愿意,掏几个钱就会有人把春意送上门来。对现在的人来说,比养花重要的事情多着哪,那么一本几块钱的关于养花的书,也就更没什么好谈的了。这里赶紧打住。

(《新编家庭花谱》,徐海滨、王小建、杨立群编著,南京:江苏科学技术出版社,1988年4月第1版)

(德)彼德·贝克:《迷你型水景花园》(家庭花艺)

这是安徽科技出版社出版的"养花新风情丛书"之一种。家庭的花艺、家庭的园艺,只能在口袋里充实了之后才会有更大的发展和创新。观念仍然是建立在物质的基础上的,唯物主义的这一原则到现在仍未过时。人类的生活从最简单的衣、食、住、行的积累开始,到思绪横溢、寻求精神的极大满足,这大约就是我们常说的文化过程。中国的古人在这方面似乎有甚高的天赋,也有极大胆和光辉灿烂的伟大实践以及令人瞠目的创新。但我们现在似乎越来越平庸,越来越寡淡和乏味。西方人观念的引进使我们在自身物质的积累未足萌芽时开阔了视界,这真是令人耳目一新的场面。在许多事物的演变过程中都是这样:你需要"指点"。这也许就是生活和命运的玄机。

孙国群:《旧上海娼妓秘史》(地方史)

这是一本偏重于史料而非综纳整合的学术著作,带有浓郁的中式史志的印痕。两性关系是人类最重要和最基础的生物、社会、道德和伦理关系了,作为这种关系的一种表述方式,娼妓的存在已经有了数千年的历史,相信它还会一直存在下去,直到一个我们无法预想的时代。在历史上,娼妓作为一种谋生和理念追求兼而有之的行业,它也累积(或创造)了丰厚的娼妓文化。行业的隐语以及行业行为特有的规矩,自然而然地浸润至社会生活的其他领域。比如跳槽,原指妓嫖关系中嫖客舍熟而逐生的行为;老鸨的鸨则为一种野雁,在民间的传说中,这种野雁可以和任何鸟类交配,性颇淫荡,以之代妓院女老板,形象而又生动。

黄卓越、党圣元等著:《东方闲情》(文化、休闲)

厚厚的一本,似乎汤汁浓郁。生命中的某一过程你可能会对文人、文人的生活嗤之以鼻,但你无法否认他们已经和正在创造特色鲜明的、娴雅优裕的、有时候是极尽享乐的文化生活。在古代的文人士大夫那里,琴棋书画、金石博物、花木清茗、山水笔墨,尽成体统。物质上富裕了,人们得想办法玩。从这样的书里我们可以看到,玩是大有讲究的。有了钱而不会玩,或者仅知道去甩票子,在他人眼里只是一种悲哀,虽然自己浑然不觉。玩要玩出一种绚烂夺目的文化来,那不啻为一种极境,我们可以从古人那里借鉴许多东西。散怀山水、驾言出游,自可以登高望远,营造一方自己的精神家园;搏拊琴笙、煎水烹茗,亦是一种忘我的情趣;庭栏花红、寄情笔墨,无疑是一种高尚的自乐自娱;金石好玩、君子博物,也能发挥出一种昂然的心绪来。生活这一门的学问真大,几番的书香熬灯翻过,人生的惬意真是没有道理的。

(《东方闲情》,黄卓越、党圣元等著,南昌:百花洲文艺出版社,1992年1月第1版)

陈国新主编:《地学基础手册》(地理学教程)

这是我1986年于淮北的一座小城购买的图书,因为写长篇小说的需要,我再一次把它找出来读了一遍,并且置于床头两月,以备不时之需。《地学基础手册》厚厚一本,定价1.95元,若以现在的收入去购那时的图书,那将会是怎样一种酣畅淋漓的心境。

我觉得,地理学应该永远是我们对待事物的基础及出发点。人类是在地理学研讨对象千百万年来的丰厚滋养下萌发、生长起来的,在人类的潜意识里,地理学研讨对象的诸般情境,已经成为人类生存与发展的铁一般的准则与规范,没有人还会对河流、湖泊、沼泽及湿地的枯、旺、消、长提出异议,也不再会对山地中出现的奇特的焚风、海洋里出现的与风有关的低温中心、海岸边出现的骇人听闻的拍岸浪表示怀疑。"这就是我们与之共存亡的自然界。"我会这样大声地说。虽然生活在城市里的我们似乎已经越来越远地离开了地理学研讨的这些对象,虽然我们正越来越远地疏离季节、乳谷风、海蚀崖、砂石砾质海岸、大气环流、地球的自转、地壳运动、露和霜、砖红壤、红树林及温带草原、海沟与岛弧……但是没有疑问,我们仍深深地受制于斯,地理学研讨对象对人类及生物界的铁一般的准则与规范,仍然守身如玉般几乎是完全不可破解的。人类亦总是囿于一种严密的幸而是我们已经熟悉的铁幕之中,如此也好,如此这般,人类就总是安全的及有种群保障的,人类就总能在某种小圈子里称王称霸,过上一种仿佛富足的生活,并且逐渐尽量满足自己的感官享受,声色犬马、名利地位以及各种所谓的权利以及话语的权利……

这,或许亦是我们与地理学之间的一种关系。

(美国)洛雷塔·A·马兰德罗、拉里·巴克:《非言语交流》(心理学专著)

此书1994年购于北京语言学院。一个我们以前曾鲜有所知的领域,一本关于我们自己以及我们与他人关系的书。这种关系并非以传统的口头语言的方式或行为原则构筑,它依靠我们的身体、身体的状态和姿态以及身体的附着物:体型、体重、身高、肤色、裸露的程度、毛发及其颜色、衣着、身体的倾向、面部的表情、目光的移动、眼神的变化、体温、对个人空间的要求、触摸、让人搂抱的需要或者愿望、方言、语音特征、语音表现出来的社会地位及品德、能力与焦虑、语速、气味、香水的取向、爱吃甜或者嗜酸好辣、偏荤或者偏素、手势、接吻的长短与部位,等等,来表现行为主体的心理状态以及社会观念,以此影响他人做出某种决定或者仅仅表现喜厌善恶,并向外界传达丰富的文化信号。真是匪夷所思却亦令人深思,但这些已经进行了某种开拓的人显然是对的。当然,我想,鉴于东西方文化的差异以及每一个个体的不同,不管你有意或无意,非言语交流的表达方式,均将是极为丰富、独到并富有创意的,睁大你的眼睛,你甚至在街陌里巷,都可看到。

(《非言语交流》,洛雷塔·A·马兰德罗、拉里·巴克著,北京:北京语言学院出版社,1991年7月第1版)

(印度)《阿育王》(电影)

令人吃惊的电影,特别是当你的印象仍停留在《大篷车》《游浪者》及《奴里》等印度较早的"经典片"的时代中时,这种感觉更加明显。但是《阿育王》已经断然不同,《阿育王》摒弃了印度电影粗糙且近乎泛滥的浪漫色彩,但承继了南亚电影惯常的载歌载舞的娱乐要素,并且融入了那么多的"电影的时尚"的要素:现代电影的快节奏,好莱坞式的大场面,不刻意承载思想及道德重负,叙事简洁,画面讲究、精致,色彩迷人,充满令人神往的爱意气氛,与中式的《卧虎藏龙》,似具异曲同工之妙。这使我们深思。从20世纪80年代至今,也许有二十年时间,我们对印度社会及文化的发展知之甚少,在这样一种全球化的信息时代,鉴于两种文化相互融合而又激烈竞争的历史,面对我们充满变数的南部邻国,这种夜郎式的文化"闭锁"与"无知",颇令人惊讶。

(韩国)金伎德:《漂流浴室》(电影)

去年较早的时候看过这部片子,久久地忘记不了,找时间再看一遍,仍然是令人毛骨悚然的东亚式的内向和残忍。虽然可怕并且恐怖,但也"优美"得使人若醉若痴,潮湿的、雾涌岚起的湖光山色,使人心痛的普通人近乎不为人知的生活,酸甜苦辣、喜怒哀乐,就这么一辈子过去了,又使人柔肠寸断。"东船西舫悄无声,唯见江心秋月白",不,不是秋月,是夏夜,是湖中的夏夜,你能想象一个人在注视他人心灵及一生时的那种悲凉心境。由此看来,艺术并不是"预先设定"的,我指的是,艺术并不是读者、观众及审读人员预先设定的,艺术必须探索与尝试,尔后才可能创造新的形式及内涵。

朱和双:《二战以后族际冲突中对异性妇女的集体"性侵犯"问题》(民族学)

在酷暑的热浪中读这样的专论令人不寒而栗,但这也使我立刻意识到和平生活的可贵。相比较而言,再难挨的暑热和烦郁的心境也是值得珍惜和珍视的,因为这毕竟只是"和平时期"的一种小小的"烦扰"……如果我们此刻煎熬于战争或暴力之中,如果我们此刻又同时以女性之躯煎熬于疯狂而残忍的战争或暴力之中……这是不可同日而语的。当然,就当代社会的特质而言,某种形式和规模的战争是不可避免的,有时甚至是必需的。

如果有来生我将仍然坚定地要求做一名哪怕是庸碌无为的男性,我惧怕成为女性之躯,除了生理的"负担"和"压力"之外,它还必须承受诸如道德、伦理、社会甚至民族尊严之类的重载,战争中的女性尤其如此。作为"性"及某种人格标准的符号,女性的身躯、形象以及与之相关的精神风貌,不仅是此一族群生命的源泉,还代表了本民族不可玷污的贞洁,具有独到性的文化背景和至高无上的民族尊严。战争及族群间暴力的入侵及入侵者皆深谙精神并肉体侵略的毁伤力量,这是行走的生物中一种行为的"本能",对敌对一方的女性施以"性的暴力",不仅"有效",而且"必须"。这种令人齿寒的"性的暴力",既能够摧毁敌对族群的精神尊严,还能够对其男性力量进行极度的羞辱,并可以通过"性"的手段达致改变或操控敌对族群的民族纯洁性的目的,女性则在这种不同文化背景的尖锐对立和冲突中承受着无可言状的多重重压。

从男性的视点出发,我不敢亦不愿正视女性所将要和可能或必须承担的"与生俱来"的几乎是不可承载的任务,我以前、现在和将来都持有生为男性的坚定信念。我没有一丁点歧视的意思。从精神的品格上来说,这是一种惊惶的逃避,是一种脆弱心态的折射——至少首先在生理上不成为"弱者"。在更广大的社会和历史文化的系统里,我觉得我非常不了解女性,或者说我感觉自己无力更彻底地了解女性。这使我这个崇尚学习的人甚觉苦楚。于是像蜗牛一样,我退回了自己的壳穴。

(加拿大)伊夫·泰利奥:《爱斯基摩人》(长篇小说)

这是一部加拿大人写的有关北极圈内爱斯基摩人生活的长篇小说,荒凉的苔原、野狼的侵袭、猎捕海豹、与女人之间近乎野性的生理关系、雪原上的雪橇、雪屋的通风口、兽皮制成的垫子……令人惊讶和羡慕的带原始风的生活。作者的叙事简洁清晰,我觉得这种现实主义的笔法最有利于这样的题材,这种写法使我们能较为"直观"地了解和欣赏我们关注的新奇、新鲜的事物。

我愿意到冰天雪地的北极圈里的村落或者单独的雪屋中去生活,如果我再年轻20岁的话。有时候你从书本上,从电视里,或者从别的地方,得知了某种使你极其向往的陌生的一种生活的时候,你会感叹人生的短促,也遗憾人生不能分身的自然法则,但这种感觉本身是一种美好的东西,它使我们固执地留在生活之中,并且会为那种美好的感觉而尽力。

(德国)夏瑞春编:《德国思想家论中国》(思想、哲学文论集)

在数百年前两个大陆刚刚开始有较大规模交往的时候,因为地理距离的障碍和信息交流的滞后,你会看到许多既严谨、严肃又好笑的东西。腓特烈大帝曾以神秘的中国为依托写了一篇抨击罗马教廷体制的游记式的随笔;康德则以惊人的准确性和"预见性"描写中国人"无论什么都吃,食品按重量出售,所以,他们往鸡嗉囊里填沙子","中国人生性含蓄,他们说谎时显得极不自然,但却可以把碎块的绸布缝结成一整块",中国人的一顿饭"大约需要三个小时",皇帝则"每年公开到地里劳动一次"。

当然,德国的那些思想家们除了材料仍然不够充裕外,他们的态度始终还是认真的,无论他们对当时的中国持的是什么样的态度和观点。哲学家赫尔德在谈到中国时,用略带暧昧的口吻引用了一些具体到使人生疑的人口和地物普查式的数字,他说,"中国确实是最古老、最引人注目的国家之一。尚且没有哪个欧洲国家敢在这个帝国面前炫耀自己人口众多,因为中国拥有2500多万佃农,1572个大小城市,1193个村镇,3158座石桥,2796座庙宇,2606座寺院,10809座古老建筑等等","除欧洲和古埃及,世界上大概还没有一个国家像中国那样拥有如此众多的道路、桥梁、运河甚至人造假山","仅蚕这种蠕虫就养活了千千万万个勤劳的人们。"接着,笔锋一转,赫德尔对中国进行了刺耳、偏颇但亦不失中肯的批评,他说,"拿欧洲人的标准来衡量,这个民族在科学上的建树甚微",中国人"在瓷器、丝绸、指南针、火药、活字印刷、造船工艺等方面均领先于欧洲人,只是他们缺乏一种对几乎所有这些发明艺术做进一步改进完善的动力","它对一切外来事物都采取隔绝、窥测、阻挠的态度。它对外部世界既不了解,更不喜爱,终日沉浸在自我比较的自负之中","对我来说,孔子是一个伟大的名字,尽管我马上得承认它是一副枷锁",另外,"他们从商人那里获得白银,而交给商人成千上万使人疲软无力的茶叶,从而使欧洲衰败。"

  从德国思想家的那些文字里我们知道,其实那时候的交往并不是双向的,欧洲人渴望了解世界而当时的中国政府则拼命拒"洋人洋物"于门外,并最终导致了民族的灾难。

(《德国思想家论中国》,夏瑞春编,陈爱政等译,南京:江苏人民出版社,1989年11月第1版)

2002年6月18日

(越南)陈英雄:《青木瓜之味》(电影)

在盛夏的酷暑里反复看越南陈英雄的这部电影,有许多滋味涌上心头。你能想象溽暑中的越南那种亚洲式的让人难耐和烦躁的生活(这只是我们想象中的,也许只是我们想象中的),当一个人梦想成为作家(或者导演)时,起初他的心里会充溢着怎样明晰的语言和影像!他也会在早期产生多么不可思议的杰作,这正是《青木瓜之味》的轨迹。但是到了《三轮车夫》的时候,作为电影,它在接受性上已经远逊于晶莹明亮的《青木瓜之味》了。也许它另有深意?它肯定试图另有深意的——他民族的文化经常使我们产生迷惑或者错觉。《青木瓜之味》是陈英雄的成名作,它奉献出了我们大致熟悉的太平洋西海岸族群的"溽热"的"日常"生活,虽然这只是一个"留洋者"印象和艺术中的太平洋西海岸某地的"溽热"的生活,"留洋"的文化的烙印不可能不留在陈英雄的目光中。我觉得,文学和艺术包括影像艺术的电影一直会、永远会面临借鉴、模仿、渗透、入侵等问题,从历史的观点看,这只能促进文化的发展和进步,而孤僻的文化倒有可能衰弱或者消亡。但对一个人、一代人来说,面临这些问题并且做出抉择也是痛苦的,这可能成就一个人,也可能毁灭一个人,至少是从精神上毁灭一个人。一个人或者一代人付出了他们宝贵的生活的、情感的、精神的代价,但历史并不损失什么。

(波斯)昂苏尔·玛阿里:《卡布斯教诲录》(哲理、故事、随笔集)

"宇宙间没有不为人们所了解的事物,不论它们正存在着,或者已经消失了,还是将要出现。唯有光荣伟大的造物主不能被人们所认识。"这是波斯智者昂苏尔·玛阿里近千年前进行的教诲的一部分。除此之外,在他的略觉拖泥带水的教诲中还涉及了如何慎思择言、怎样感念父母之恩、如何沐浴、如何休息,甚至谈到了开玩笑的"准则"。可以想见,当今所有的自以为是的男生或女生都再也难以容忍这样松散和自以为是的"教诲"的存在了。的确如此,假若不以时间的观点看,相对于古代的智者而言,今人的认知水平的确是大为发达了,但这还不是最重要的,最重要的是赤裸裸地教诲他人的观念今天已经不再流行,甚至已经逐渐不再能够存在。教诲的方式正在转向更加平等、委婉、商讨的方向。也就是说,年岁已经逐渐不再是教诲他人最关键和最主要的前提了,经验也不再必须和可靠,经验很容易过时而成为人生的包袱和负担,成为陈旧观念的标志。如此尚好。令人更加为难的是,随着年岁的增长,人都有教诲他人、特别是晚辈或年轻人的愿望和冲动,并借此机会按照古老的生命法则传授由生活中获得的经验和教训、成功的快感和失败的懊恼,使后人能够"少走弯路"和变得更加聪慧。这形成了当今代与代之间的鸿沟。但是毫无疑问,"教诲"仍然是无处不在的,同时也是必须的,它的出现和存在也依然需要一些基本的条件,第一,它仍然须由获得成功的年岁较长的人说出来或者写出来,第二,它仍然须由一生中受过良好教育对事物有着深刻了解和理解的年岁较长的人说出来或者写出来。古今之间的生活"原理",看来也还是相通的。也许生活并没有发生本质的变化。

（《卡布斯教诲录》，昂苏尔·玛阿里著，张晖译，北京：商务印书馆，1990年7月第1版）

周作人：《饭后随笔》（随笔集）

读周作人的书，我自始至终的感觉是文化只靠积累而来。文化是什么？文化还不就是与人有关的一切？这是泛文化的概念。但这种泛文化的涵括也有很大的好处，那就是如此以来我们即可在文化的概念下解释我们身边所有事物的出现、发展、变化甚至是突变或消亡的令人困惑的现象了。周作人的文章似乎就是"一切"和"无所不包"的，无论天气、旧人、纸笔、鱼肉、医生、豆腐、故事、俗谚、心脏、老书、头发、蛆虫、香瓜、中外、宗教、汤料、跳舞、天花、占星、民谣、古树、白字、服装、邮局、邮票、炮仗、通奸、鸟鸣、肚脐、鬼佛……在他那里，都是能敷衍为篇、立成文章的。这不容易。没有深厚的阅读、思考和"文才"，如此众多的"信手拈来"又可使人得到点滴文化享受的写作，只能是一种"做"的感觉。

再读周作人的书，自始至终就感觉文化真的是靠积累而来的，没有别的。

（《饭后随笔》，周作人著，陈子善、鄢琨编，石家庄：河北人民出版社，1994年9月第1版）

许梅：《制约马来西亚华人政党政治发展的种族政治因素》（民族学）

在可以预见的将来，种族问题都不会消解或者消亡，而只会更加错综复杂并且对国家和地区的文化与政治行动产生经常是决定性的作用。种族问题也许正是这样一种棘手的无奈的关系:利益的分配与意志的施加。在种族关系的对待上,或许从来就没有也无法达致令人满意的平等与平衡,总是有一方或数方生活在郁闷的与权力和意志有关的阴影中。当然,千百年来的社会关系的不断调整使我们当下所面临的世界民族格局大致上能够继续延续下去,在反复强调不断地斗争、妥协、谅解或者争执、纷扰乃至战争中延续下去,从而达到暂时的新一轮的平衡。从某种角度说,我们每一个人都生活在某种种族的问题和思考之中。真是令人烦躁的现实,但如果有人代替我们思考的话,可能我们会觉得轻松了许多。

(瑞士)安东·亨利·约米尼:《战争艺术》(军事理论)

这是一本容易读下去的有关战争艺术和技术的书。现在,伊拉克战争的硝烟似乎已经快速地散去,但我们还是能够隐隐感觉到世界不那么太平或者那么不太平,战争的幽灵仿佛还在我们一下子看不清的地方蠢蠢欲动,说这是一个战争更容易发生的时代,也好像更贴近于现实了。在世界近代史中,对广义的西方来说,西方既是战争的主要发起者,也是战争的主要受益者当然也是受害者,但至少眼下它们还主要是战争的受益者,这种生存的逻辑一直延展到今天。按照安东·亨利·约米尼《战争艺术》的划分,一个政府为了下述的各种理由,才会加入战争:收回或保卫某种权利;保护和维持国家的最大利益,例如商业、工业、农业等;援助邻国以保护自己;履行攻守同盟的义务;推行或打倒或保卫某种政治和宗教的理论;用夺取土地的方式来增加国势及权利;保卫国家的独立不受威胁;报复对于国家荣誉的侮辱;满足征服欲。由此而知,在战争尚不能消除的社会形态里,战争在一些情况下是无法避免的,战争也是强者必定会使用的一种手段,战争的能力甚至还是促使强者采取行动的一种重要因素,战争就在我们的周边,它一点都不遥远。

我想起了另外一个问题,对战争的双方及多方来说,战争所带来的损害和收益或许是对等的?这也许又是一种说法。战争不仅仅制造了死亡、寡妇、残疾和心灵的缺损,战争的美学也制造了一些催人泪下和逼人反思的东西,战争总是要分出强者和弱者的,在战争开始以前大抵就是如此,弱者们以他们瘦骨的嶙峋、腿脚的抽搐和面部的变形来引起别人的同情和注意,而强者则可以在享受生活的同时喊出"要做爱,不要作战"这样颇具文化品位的口号。

(《战争艺术》,安东·亨利·约米尼著,钮先钟译,北京:战士出版社,1981年3月第1版)

(英国)杜德内:《土耳其地理》(地理学)

任何男性都能一眼看出土耳其地理位置的重要性,从全球地理的角度看。我是说男性天生比女性更有方向感和地理意识,对国家和地理这样的问题也普遍更感兴趣。国家真是一个奇怪、令人好奇的东西,国家能容纳那么多东西,民族、宗教、文化、政治、军事、住房、农作物、森林、湖泊和妓女，无所不包。这就是国家吗？显然也还不完全是。国家有时候又那么单纯，能数得过来的数千上万人也能成其为国家，能看得到边的土地也能成其为国家。我并不是在讨论政治或者课程中的国家的定义和含义，我只是觉得国家是个极其奇妙的东西，它是人们生活的庇护所，可以为人们遮风挡雨，使人有安全感，还能使人有饭吃。当然，在一些时候，它也会成为人们的负担和包袱，成为人们极力要挣脱和抛弃的东西。

我想回到有关土耳其的地理话题上来。土耳其是一个重要的、复杂的、非常容易让人产生兴趣的国家，它的自然地理位置，它的纷繁的历史、宗教和民族……也许有一天我能有机会在那块土地上尽情地逗留，并且跑到它的最荒僻的角落，从亚洲到欧洲，从里海到地中海，从高山到海峡。凡是地理的，都是我极其热爱的。

（《土耳其地理》，杜德内著，北京大学地质地理系经济地理专业译，北京：商务印书馆，1975年8月第1版）

（法国）莫罗阿：《人生五大问题》（文化生活）

这本书是作家的感情议论，我不太喜欢这一类不以理论思考见长的讨论理性话题的书籍。当然，作家论有作家论的长处，那就是它是软性的，对普通的人很可能会合适。

人生自然不仅仅会面临婚姻、父母与子女、友谊、幸福等五大问题，但这些问题却也都是我们每天要面对的。人是一个烦恼的综合体，但人的精神调节了人所面临的一切，因此我们能够有滋有味地生活下去,这是人类极其高超的地方,也许我们就因此而比其他生物具有了独到的文化优势。

本书原名《情操与时尚》,傅雷给它起了个中文名为《人生五大问题》,傅雷是高明的,中文的书名更合乎读众心理,哪怕那是在20世纪30年代。

(《人生五大问题》,莫罗阿著,傅雷译,北京:生活·读书·新知三联书店,1986年12月第1版)

(日本)渊田美津雄、奥宫正武:《中途岛海战》(军事)

一本极具价值而又惊心动魄、十分好读的历史著作,读完这本书,对二战期间太平洋战争那一段历史,我有了清晰(但也可能更多地是以日本人的视角)的了解,作者是中途岛海战的参加者和间接参与者,日本人对战役失败的严肃反思是有价值的,这有利于他们今后的生活。对任何人处理任何事情,深刻的反思也都是重要的。

中途岛海战是太平洋战争的转折点,你能深切地感受到,当你以前所有的胜利、无数的胜利和辉煌、所有的军事思想、所有的武装准备、所有的光荣与梦想,都会随着起初并不明朗的一场战役而在一瞬间消失的时候,那种历史结论般的严正现实会带给你多么大的震撼。不能相信,谁都不能相信,但这是事实!是的,没有永远的胜者,也没有永远的败者,只有永远的从零开始,这才应该是智者的成熟心态。这也是人为什么要永远平静地对待事物的缘由。我这样想。

(《中途岛海战》,渊田美津雄、奥宫正武著,北京:商务印书馆,1979年

5月第1版）

2003年6月11日

（日本）渊田美津雄、奥宫正武：《中途岛海战》（军事）

据书页上记载，我1984年6月7号到8号初读此书，近二十年后，2003年6月11号和12号，我又读了第二遍。除了通俗易懂、条理分明、有亲历感等好读的因素以外，它仍然带给我许多启示。是的，我绝无把此书作为某种圭臬的意思，但我想我仍须牢记以下几点：第一，资源如何配置在任何时候都是一个重要的甚至是决定性的问题，因为资源总是有限和稀缺的；第二，机会永远属于那些准备好了并且时刻准备着的头脑清醒、目标明确的人；第三，信息会起到一半的作用，有时候是一大半或者关键的作用；第四，必有所失才会必有所得，一个人不可能永远只获得而不失去。这两天，我捧着这本书，一直在琢磨这些问题，并且试图找出合适的答案来。无论如何，我总是有所收获的。

2003年6月12日

杨木、李炯：《老挝》（地理）

这是一本1973年出版的地理小册子，定价9分钱，我1976年4月15日在安徽省灵璧县插队时，于县城购读此书，现在把它拿出来再读，非常通俗易懂、叙事清楚。毫无疑问，某些人文地理、经济地理等方面的内容已经改变，但是老挝地理的基础面貌没有改变，也大致不会改变，二三十年，对于地理的时空而言,仅为一瞬。老挝之于中国,我觉得,老挝很重要,但还远不是至关重要,它还不能像缅甸那样重要到会改变中国的前途和命运。老挝是个吸引人和让人联想的地方,每年11月到4月的旱季、5月到10月的雨季、来自两个大洋的暖湿气流、东北方向吹来的西伯利亚的干冷空气、高原上肥沃坦荡的平原、丰腴富庶的湄公河流域、热带地区的森林和稻米、内陆民族的那种憨厚的性格……正如质朴的歌声所歌唱的:湄公河呀,静静地流过老挝的田野,你使我们的家园变得富饶美丽。这种感觉令人激动,而且愈来愈少见了,它催人叹息。

2003年6月14日

(美国)约翰·奈斯比特:《大趋势》(未来学)

这是一本二十余年前的书。我还清楚地记得我那时正在宿州市人民政府办公室工作,当时从中央到地方都掀起了学习这本书的极大热情。不过,那时候总觉得这本书所议论的问题与我们相距甚远,甚至只是隔靴搔痒的。现在回过头来读这本书,却已经觉得它是那么浅显易懂、普通得不能再普通了,它所概括、归纳或预测的许多事物都已经在我们身边发生或正在发生。这使我想起马克思(或者是恩格斯)说过的一句话,他说,较发达的工业化国家的现状就是较不发达国家未来的图景。这在很大程度上是对的,如果全球化的大趋势仍然持续下去的话。

看样子,在地球上,每一个规模稍大的社会单元都无法完全、整体地跨越人类社会的每一个必然形态,也许我们可以缩短它,但我们确实无法省略它。

2003 年 12 月 30 日

石雷、李东编著:《观赏蕨类植物》(园艺)

  盛夏里一本满目葱茏的书。你很容易在生命的某种情境下喜欢上某种蕨类植物。你会想象以非同寻常的容器将它们留在客厅或书房一角的情形。你会着迷于那种梦幻般的时刻。蕨类植物又称羊齿植物,是介于苔藓和种子植物之间的一个植物群类。从家庭养花的角度看,它最有价值的部分是状态各异的叶形、叶姿和叶的色彩,但家养的蕨却时常失去它应有的或在自然界里呈现的那种撩人的观赏价值,因为家庭环境中的温湿度往往达不到它们已经习惯了的指标。我想起我曾经别出心裁地买来十几个美丽非凡的高价垃圾桶养育肾蕨,但是当它们因空气湿度低而造成欣赏价值降跌时,在老婆的明确指示下,我半推半就地将它们弃置于阳台花园某个不吸引眼球的地方的事情。

  但它们毛嫩的蜷毛虫般的拳状芽使我难以忘怀。

  (《观赏蕨类植物》,石雷、李东编著,合肥:安徽科学技术出版社,2003年2月第1版)

2004 年 8 月 10 日

李晨阳:《缅甸的克伦人与克伦人分离运动》(民族学)

  我仍然对缅甸有十分的兴趣,于是兴致勃勃地看这篇文章。根据缅甸政府 1983 年公布的数字,该国共有 135 个民族,而克伦人则是缅甸除缅人外的第二大民族,人口大约在 400 到 500 万上下。用中国的眼光看,缅甸的民族十分多,而这些民族的人口则十分少。

克伦人大多居住在泰缅交界的克伦邦和与中国交界的克钦邦。在克伦人的族源问题上,多数学者认为,克伦人与缅人属同一族源,均为中国羌人的后裔,一千多年以前,克伦人的祖先从中国的青藏高原南迁,他们中的大多数人逐渐与平原地区的民族混居融合,只有少数人还居住在山上。而缅甸历史最悠久的反政府的政治军事组织则认为,克伦人的祖先属于蒙古人种,起初居住在接近长江源头的地区,后来南迁进入缅甸,成为缅甸这块土地上最早的定居者,经过几千年的发展,他们拥有了自己的"历史、语言、文化、定居地和经济体系"。

哦,我仍然渴望能有充分的机会去缅甸的热力四射的翠绿土地上游走和徜徉。也许会有这么一天的吧。

(《缅甸的克伦人与克伦人分离运动》,李晨阳著,《世界民族》杂志,2004 年第 1 期)

2004 年 8 月 15 日

王秋生辑注:《欧阳修苏轼颍州诗词详注辑评》(文学研究)

王秋生先生的《欧阳修苏轼颍州诗词详注辑评》现在出版了,洋洋 48 万余言,这是秋生先生呕心沥血、茹苦三年的心智结晶,我觉得也是他性格与生趣的必由之路。

我与秋生先生大学四年，同室四载，他是我的老大哥，也是我尊崇的对象。他的性格温厚敦实，又有些淮北人的憨直和执着，笑起来也一定是憨态可掬、不尚灵巧的。饭后他总是背着一个黄书包去自习室，打篮球他较少上场，上场后也表现为基本不会。小组会上他不积极发言，但发起言来却总是一针见血的。大学毕业后秋生去了《阜阳报》当编辑，这一干就是二十多年，可以说，人生最富有朝气的时期，秋生先生是无私地奉献给了新闻事业的。

秋生先生的这本书汇注了欧阳修、苏轼诗词凡 270 余首，虽然这只是两位大文豪诗词的一个选注辑评本，但由于所选截取其在颍州所写或写颍州这个特定范围，因此就显得相对完整、完备。在北宋诗文革新运动中，欧阳修是英勇无畏的旗手，苏轼是名副其实的主将，他们分别团结了大批才华横溢的作家，携手铸就了北宋文学的辉煌。而将此二人的颍州诗词并为一集，除了因为他们都是宋代文坛领袖，有师生之谊，又先后任颍州太守外，还在于他们的不少作品在内容上联系也很紧密，可以互相参看。我觉得，这本书的出版，也算是填补了我国欧、苏研究领域的一个空白。

阜阳诸地我去过多次，每次去总会有不同的感受、不同的收获。古代中原文明的菁华，我觉得也颇多与颍地及其周边有着千丝万缕的联系，举这一类的政治文化名流，用得上"不胜枚举"这个成语。在平原上，特别是在古代的平原上，你能想象出文明的发展会以怎样的步伐前进，反复成长又反复打烂后的文化积淀，会像大平原的土层一样深厚、富饶，在颖地的方言里,称儿子为"少爷"这样的古语古词古音,也都是可以俯拾皆是的。

因为性情与兴趣的原因,朋友们总觉得秋生选择一项做学问的事儿或者为最佳,他是那种言简意赅、构思深厚、愿"认死理"的性情中人。过了50岁的秋生,定是品尝到岁月及人生经验所带来的丰厚、扎实和润泽了,这不也是做这种学问的一种必备的前提和条件吗?也许秋生真的想把这些珍贵的东西留给自己以享受璀璨的古代汉文化的浸淫了?我们期待他奉献出更多更好的美文。

(《欧阳修苏轼颍州诗词详注辑评》,王秋生辑注,合肥:黄山书社,2004年12月第1版)

(苏联)艾特玛托夫:《艾特玛托夫小说集》(小说)

《查密莉雅》《我的包着红头巾的小白杨》《骆驼眼》……这些都是我20世纪80年代读过的最令我满意和激动的中篇小说。现在我再一次读它们。我总是会离开书本和文字,产生遥远的无垠的遐想。苏联,一个已经死亡了的专有名词,曾经的中国的对手和敌人。但文学作品展示的那种遥远而偏僻的生活的魅力依然强大得令人心颤。有秩序的社会必定会产生某种激动人心的东西,不管这种秩序和规则建立在何种意识形态之上。我向往着艾特玛托夫的吉尔吉斯土地上的自然风光、朴实的民众百相和淳厚的农村生活。也许我也一直是崇尚着农村悠然的生活的。艾特玛托夫前期的作品是最好、最激动人心的,能嗅到那种干燥的内陆生活的气味。我为此而无尽地沉醉着。

（《艾特玛托夫小说集》，艾特玛托夫著，北京：外国文学出版社，1980年7月第1版）

2004年10月29日

（苏联）维·阿斯塔菲耶夫：《鱼王》（长篇小说）

"春天这就该走了，极北地区短暂的夏天就要来接替她。但不知什么原因春天仍在逡巡徘徊，不忍离去。等到春天终于顺着江河湖泊中的流水逝去的时候，人们已经饿得面有菜色了。"

仍然是关于季节、生命和土地的故事。这些元素对我们这些50年代出生的人的影响太深了。从纯粹的文学的观点来看苏联作家的这些作品，我得说，它们唤起了我们心中的某种最简单也是最原始的感情。高纬度地区季节的变换，生命的抒发和挣扎，土地的深远、广袤和厚实。也许仅仅是一种猎奇，或感觉的猎奇，也许只是一种怀念，或追忆。我们愿意跟随时光，经历更多的酸甜苦辣，但这却往往办不到。在大多数的时间里，我们只是生活在一种类似平庸的心境中。人生总是如此短暂，谁也抗拒不了命运预设的程序。有时候，我们只能在小说中找到我们正在寻找的某种感觉，并为命运留在自己身上的投影而深深地啜泣。

（《鱼王》，维·阿斯塔菲耶夫著，夏仲翼、肖章、石枕川等译，上海：上海译文出版社，1982年12月第1版）

2004年10月29日

钟智翔主编:《缅甸研究》(专著)

这是一本较全面介绍缅甸各方面情况的专著。说是"研究",其实主要还是介绍,是一本易读易懂的书。对业余爱好者来说,则是一本很有用处的书,其中的数字和资料,已经采撷到21世纪,这也算是本领域较新的一本书了。

这本书的各个章节,我都喜欢读,缅甸的地理、民族、语言、宗教、文化、经济、军事、政治、外交、缅中关系等等,都是我感兴趣的。特别是民族、文化和习俗,我觉得有许多令人深思的内容。民族和文化、宗教的融合或分化,有许多重要的历史的机缘和契机,而且需要长时间的磨合与沉淀,才能显现它的潜能和力量。从宏观的角度看,我觉得国家、民族、文化和宗教的兴衰,是人力所难以控制和把握的,因为人力无法控制和引导文化及经济、政治、军事、普通生活……关系中所有的细节及片断,再说,施行这些控制的力量与观念,难道不也是文化、经济、宗教、民族关系……发展到了临界点时的产物吗?也许我没能想清楚或说清楚。

我发现,我所关注的事物似乎有些复杂,这不是我在这个稍有些慵懒的春日里有能力进一步思考的问题。我暂时放弃了我对这一事物的关注和思考。

(《缅甸研究》,钟智翔主编,北京:军事谊文出版社,2001年6月第1版)

2005年2月24日

陈焕彪:《集邮大观》(集邮)

这是一本20世纪90年代初印制的图书,一本点到为止的入门书。现在看起来,它不仅简单,在观念和方法上也有一些陈旧,但我可以从中感受到集邮的那种历史意味,当然也能得到一些传统集邮的入门知识。

邮票以及封、片、折、戳等等,都是邮政发展史上的重要发明,研究一枚邮票,或一方邮戳,也会牵连到邮政史、货币史、交通运输史、行政史、造纸及印刷发展史以及国家、地理、文化、民族、习俗的诸多方面。集邮界有句名言说,今天的邮戳就是明天的邮(政)史。当然,今天的邮票、邮资封、邮资片等,也都是明天的邮(政)史。在网络上,关于邮品的精彩文字更是连篇累牍。还是关于邮戳的一些文字:在世界各国邮政史上,邮戳的资历要比邮票老。在世界上没有产生邮票时,邮戳就已在通信中发挥作用了。最早的邮戳是英国人科罗尼·亨利·比绍普在1661年发明的,因此称为比绍普邮戳。邮戳是邮政历史的见证。以我国邮政变革史为例,1878年我国首次发行邮票时,使用椭圆形海关汉文地名戳盖销邮票;1886年邮政脱离海关,改称大清邮政,1897年改用八卦戳盖销邮票;1904年为照顾中国传统民间习惯以阴历计月日,邮戳改为干支纪念戳;辛亥革命以后中华民国成立,开始民国纪元,干支戳遂停用,改用民国纪元邮戳……看到这一枚枚不同样式的邮戳,也就看到这一幕幕邮政变革的历史。邮戳上同时也记载着政治风云的变幻,有着不同时代的色彩。在中国近代政治舞台上,袁世凯曾想复辟当皇帝,为此,他于1915年12月31日,下令取消民国年号,定1916年为"洪宪元年",改总统府为"新华宫",自称"中华帝国皇帝"。然而历史是无情的,袁世凯的皇帝美梦没做几天,便于1916年6月6日结束了他罪恶的一生。当时短暂使用过的"洪宪元年"邮日戳成了袁世凯倒转历史车轮的有力证据,实寄封成为珍品。在我国,每逢有重大活动或事件,邮政部门总要特地刻制纪念邮戳,这些纪念邮戳有着鲜明的时代特色,把建国初期至今各个不同时期的纪念邮戳摆放在一起,便可一目了然。通过对各种戳式的收集、整理和研究,便可组编邮政史方面的邮集,也特别适合没有经济收入的邮友们去收集。不妨试试。

好了,打住了。这就是今天我读《集邮大观》所获得的感想。

(《集邮大观》,陈焕彪著,合肥:安徽人民出版社,1991年12月第1版)

2005年3月9日

钟家煌、杨军、许荣华、徐凯:《图解枣・柿・石榴・板栗树修剪技术》(花果林生产类)

植物(包括果木)总是与我们的生活和思想息息相关。在我家的大露台上生长着不少的果木,有柿、枣、石榴、杏、桃、樱桃等。两棵柿子树去年结了几十枚果实,煞是喜人;枣树结过一次,结了一颗枣子,往后的几年就再也不结了。这也是我喜欢阅读这一类书籍的一个原因。

本书虽然在文字上浅显易懂,但内中的道理和手续,却也是惹人心烦的。当然,我很容易就记住了以下这段论述,"整形,是通过剪枝,使树体具有某种理想的形状。修剪,则是结合整形,根据果树的生物学特性、生态环境和管理条件对树体进行剪枝和其他类似的'外科'作业。正确的整形,可使树体具有坚实牢固的骨架,形成合理的树体结构,最大限度地利用土地、空间和光能,为早果、高产、健康、长寿奠定基础。合理的修剪,可有效地调节果树器官(枝、芽、叶、花、果实、种子)之间的数量、质量、性质、年龄、分布上的协调关系,调节营养生长与生殖生长之间的关系,为高产、稳产、优质、低消耗创造条件。整形和修剪是相互关联、不可分割的操作技术,二者结合起来,简称'修剪'。"

  我觉得,这段话已经超出了果树修剪的范围,具有了形而上的哲学的含义。不过,人也总是习惯于引申某种事物的规则和原理,以期找出自然界的某种所谓的规律的,因为这样似乎可以使人类更"聪明"和"明智"。

(《图解枣·柿·石榴·板栗树修剪技术》,钟家煌、杨军、许荣华、徐凯著,合肥:安徽科学技术出版社,1998年1月第1版)

2005年3月9日

(俄罗斯)普希金:《普希金抒情诗选集》(诗歌)

  我想起了二十多年前在大学里读普希金诗歌、读《叶夫根尼·奥涅金》时的心情。那是我们阅读的一个奇特的方面。普希金长着尖削的鼻子和鬈曲的头发,至少从画像上看是如此。他一般给人的印象是一个敏锐、风流、好修饰和虚幻的人,不可能有任何人会把他同中国那种本分过日子的男人联系起来。但从一开始,我却就认定普希金是个守信用、讲义气的老实人,不知道是因为什么。

从各种各样的角度来说,普希金的作品都难以成为当代诗爱好者的偶像和楷模,乍一看上去,它们是那样直白、浅显和乏味,(经过翻译后)甚至连起码的含蓄都不讲究,就别说其他了,"我们的心是多么顽固/不久以前/我又为爱情感到痛苦"(《我们的心是多么顽固》),这一类的句子显然只能遭到当代诗人的厌恶和唾弃。但是奇怪的是,普希金并不是以具体的诗句来侵蚀我们的,当我们反复阅读了俄罗斯地图和俄罗斯正在发生的大大小小的社会和生活事件后,我们就更能感觉到普希金作品,特别是《叶夫根尼·奥涅金》对我们的冲击力量。

二十多年前的经验和思考真的能影响我们很长很久吗?随着时钟的磨损,几十年前的经验和思考也在逐渐摊薄,最后似乎会淹没不见。但是当你坐下来(在一种新材质的沙发上)仔细推敲时,你的眼前会慢慢浮现出一些具体的事物:有毒的夹竹桃(可以入药),暴雨时嘈杂拥挤的大厅,大操场上壮观的拳击训练场面以及皮肤白白的不戴眼镜的小个子姑娘(她后来成为你的妻子并且现在仍然是你的妻子)……这都是岁月的遗痕,像普希金的诗一样。

(《普希金抒情诗选集》,普希金著,查良铮译,南京:江苏人民出版社,1982年1月第1版)

2005年3月21日

郝文明主编:《中国周边国家民族状况与政策》(民族学)

　　一本我非常喜欢的邮购自出版社的工具类的书籍。现在还有一个工作中的人为了一本与本专业无关的图书而向出版社邮购的情况吗？爱好的动力看起来仍然是强大的。

　　中国正处于一个全新的周边环境之中,不论是国家边界上的,还是新时期地缘政治方面的。但与其说中国的周边国家的情况在变化、在改变,倒不如说中国自身发生了翻天覆地的巨大变化。从这样一个新的现实的视角看周边,我们会有完全不同的感受。现在,周边环境中民族的问题已经不仅仅停留在西方国家的民族学和地缘政治的读本中了,它正大踏步地来到我们的身边,走进我们的生活。在传统的和马列主义的民族观念之外,我们与时俱进地获得了时代色彩很鲜明的新的参照系,与我们熟悉的民族观念相比,这个参照系甚至更实际、更实用,也似乎更无法得心应手地把握现实世界中的民族问题。我觉得,共产主义的体系是主动性的,有明确的理论目标,至少在民族问题上如此。

　　此刻我们再回到这本《中国周边国家民族状况与政策》中来。这本书汇集了我们周边15个陆地接壤国家的国家概况、民族与宗教、民族政策、少数民族情况、民族理论与跨国民族问题的有关资料。我要说,这是我非常喜欢的一本工具类型的书籍,特别是当我将前一时期吉尔吉斯斯坦的政治动荡与这本书结合起来阅读的时候,我似乎明白了民族与民族问题所体现出来的有区别的文明系列之间冲突的相对必然性。另外,从民族的体征与面貌来看,吉尔吉斯人长着东方人的面孔,这也使我对我们西疆之外这个国家的人种的问题产生了巨大的兴趣。

人类世界的内容真是永远发掘不完的。

(《中国周边国家民族状况与政策》,郝文明主编,北京:民族出版社,2000年11月第1版)

2005年4月13日

(美国)保罗·肯尼迪:《大国的兴衰》(国际政治)

这是一本20世纪80年代末出版的国际政治书籍,语言十分简洁、易懂和生动。书中两次讨论了中国,第一次讨论的是关于明朝时期的中国,第二次讨论的是关于当代中国,并做出了某种预言。十余年后再读这类预言,我们不得不说,保罗·肯尼迪对中国的积极看法(从中国读者的角度看),在总体的趋势上得到了验证。对世界各国特别是欧美国家来说,东方中国一直很神秘,不可捉摸,或者说存在着一种潜在的重要性,哪怕是在它长期积弱的过程中。我想,文化和人口是中国最重要的利器。这种观点也许带有过多的生物学的色彩,但是文化的早熟加上一直庞大的人口,即可使中国在盛世成为重要的地区及全球稳定力量,而在国力式微时保持民族和国家的潜在发展能力,这也使中国总有可能向世界的强权发起震撼性的挑战,也总是有机会成为人类集团中的先锋或第一。对中国来说,机会似乎总是存在的,也似乎是必然的,但也需要时间的保证和耐心的等待。

(《大国的兴衰》,保罗·肯尼迪著,蒋葆英等译,北京:中国经济出版社,1989年4月第1版)

2005年4月19日

安徽省水利志编辑室:《安徽河流》(水利)

　　这段时间采访淮河治理,安徽水利部门的一位朋友送给我这本内部印制的资料书,真有如获至宝之感!安徽的水系分为三大部分:一是淮河水系,二是长江水系,三是新安江水系。我是个特别喜爱在大地上游走的人,对河流、湖泊也多有偏好。江南一带走动的机会相对来说少一些,江北特别是淮河两岸,各种大小河流、湖泊我都熟稔,有一些还是从源头到入湖、入河口都走过的,少数还是徒步走过的。想想这并不奇怪,人类有文字或图形记载的历史有数千年或上万年,但人类进化的历史却已长达几十万年,在那几十万年或至少十几万年、几万年的漫长进化岁月里,人类中的男人哪一天不是在河流、湖泊或离水或远或近的地方狩猎、捕鱼、打柴?人类中的女人又哪一天不在水边或离水不远的平地上、洞穴里汲水、洗涮、生火、烧烤?人喜欢河流、湖泊、大自然,还不是源远流长、发自内心、从骨子里喜爱吗?其实这已经成为人类的"本能"之一了。河流、湖泊不仅能唤起我们基因中的美学元素,还能增加我们的安全感、家园感,使我们的身体感觉舒适、放松。读描述河流、湖泊的书籍时,我们的身体也产生了类似的反应。

(《安徽河流》,安徽省水利志编辑室编著,2002年10月)

2005年5月24日

安徽省水利厅:《安徽水旱灾害》(水利)

　　安徽洪水灾害主要发生在长江、淮河干、支流以及易发生洪水的山区,涝灾与洪灾往往同时发生。容易发生涝灾的地区,主要是淮北平原和沿江圩区,旱灾则全省都可能发生。由于地理位置、地形和水系的特点,历史上安徽省就是一个水旱频繁发生的省份,尤其是历史上黄河多次改道,淮河入海水道被侵夺,淮河流域更成为水患多发区域。

　　所谓的水、涝、旱灾害,其实都是从人类的利益出发,对自然界的某种现象做出的判断或界定,人类如要改造自然,使自然界变得更"适宜"于人类的居住和生存,就一定会受到自然界的抵抗和反制。就安徽当代的人、地、水、旱的矛盾来说,我觉得,第一要承认人、地、水、旱矛盾的现状,不做假设;第二就是要投入、要治理,没有全面退让的可能,至少在现阶段没有全面退让的社会环境和经济条件。拿淮河流域来说,蚌埠最初只是个小渔村,地势也比较低洼,洪水来了就会被淹没,后来城市圈堤搞大了,城市和经济也就发展起来了,废城让水,也只是一种不切实际的设想了。还有沿淮的各大行蓄洪区,例如怀远荆山湖行蓄洪区,淮河水大的时候,自然会使用到它,这是它的天然的也是人定的使命,但是淮河无大水的年份,区内近十万亩良田,小麦黄灿灿一眼看不到边,面对那样的景象,会觉得完全的废田让水极不符合人类与自然已经成形的相互关系,也是一种对有限地球资源的浪费。对事物的评价和利用,总是讲究一些微妙的时空节拍的,如果一味追求零风险的愿景,那最后恐怕十有八九会失败。

还是拿淮河做例,我国当代一位著名的水利专家说,导致今天淮河流域贫穷落后的,是泄洪排涝自然条件的丧失。而只要解决了这个问题,淮河流域的农业和工业条件比长江以南还有利。淮河流域是我国最重要的农业高产地区之一,它有两亿亩耕地,近两亿人口,近千亿吨煤炭储量,年降雨量也比较适度,在利用地面水和地下水等方面也是全国最有利的地区。特别是近千亿吨的煤炭储量对于华东和长江三角洲的发展,至关重要。

程裕祯:《中国文化要略》(文化史)

这本书的内容是对五千年中国文化的简略介绍,举凡地理、历史、姓氏、汉字、学术、宗教、教育、科举、科技、建筑、文学、艺术、风俗等文化领域的重要方面,多有概述。虽然简单,而且缺少某些个人感兴趣的内容,但亦颇富读趣。

中华文化五千年,光辉灿烂,读完类似的书本,总体来讲,我总会有一种感觉,就是文化内容的产生、发展和"创造",都是水到渠成、自然而然的,也就是说,都不过是因为生存、生活和生产的需要而"创造""发明"出来的。例如姓氏,或"姓"和"氏",依照书本上的说法,"姓"区别血统,"氏"则区别子孙。在很久远的母系时代,因为群落之间需要相互区别,于是"姓"就产生了,而一个群落的人越来越多,当地的生态和资源系统承受不了,这一个群落就分出一个或若干个支系到外地去,怎样来称呼和区别那些支系呢?于是"氏"就产生了。文化这样的发展,对汉民族来说,的确是"水到渠成"、自然而然的。但地球上也有一些民族,是用另外的方式进行区分,或者不是用姓氏、姓名这样的方法来区分的。除却文化发展阶段的差异因素外,假如人类分布在不同的星球上,我想也许真的会创造出形态和本质完全不同的所谓"文化"来的。

吴志行、侯喜林:《蔬菜的集约化栽培》(农果类)

很喜欢读这样的书,既轻松,又能学到许多可以用得上的栽植常识。另外更为重要的是,通过对这类书的阅读,可以满足我对植物或者生物界的那种与生俱来的好奇、崇拜和期待,这是一种获得满足和快感的方法,就像我每天在电视画面上寻找农业节目一样。

对自己正在种植或打算种植的蔬菜更加关注,例如辣椒、金针花、土豆和生姜。辣椒是最不烦神、最好培植而又奉献最多的蔬菜,至少在我种植过的蔬菜品种中如此,每年从初夏到暮秋,辣椒都能随时成为我们餐桌上的主角。金针花(萱草、忘忧草)也很省事,但它开花是季节性的,只在6月前后打苞绽放,它的花清香高雅,令人惊喜、敬慕不已。土豆在露台上种起来也较省事,但结果总会有些问题,不是果实太小,就是早枯萎死,看样子,这种"懒人蔬菜"的种植方法我还没有掌握。生姜是我早就打算栽种的一种植物,但我至今仍在犹豫,因为她的生长期较长,春种秋收(种姜亦可夏收),我不知道我有没有这个耐心。

(《蔬菜的集约化栽培》,吴志行、侯喜林编,合肥:安徽科学技术出版

社,2004年1月第1版)

管银凤、李健:《印度、巴基斯坦冲突中的民族、宗教问题》(民族宗教)

没有比宗教、信仰、民族和国家的冲突更不可调和的矛盾。巴、印之间长期的流血冲突几乎掺和了所有这些根源性的冲突因素,使人们对巴、印关系的未来感到悲观。但是人们总是要从不同的角度、不同的视角来观察和对待国际关系中的同一种事物的。在中国、巴基斯坦和印度这三角关系中,中国似乎处于一种较为有利的位置,这不仅仅因为中国有一定的条件可以在巴印的一般冲突中"置身事外",还因为中国边缘地带与印度的核心区域的地理关系,更因为中国对印度占有的某种心理优势。但是,在科技和观念愈益全球化的今天,任何事物都不会也无力孤立存在,虽然事物之间总的客观原则没有变。

(《印度、巴基斯坦冲突中的民族、宗教问题》,管银凤、李健著,《世界民族》杂志,2005年第3期)

(马来西亚)张国祥编著:《72变蔡依林》(明星娱乐)

一本介绍中国台湾娱乐小天后蔡依林的图文书。所谓图文书,其实是图比文多,文处于依附、陪衬地位的图书。这样的书读起来实在是轻松和闲适的,也有非传统的那种"阅读"(读图)的感觉。你也不能笼统地说这种图书的样式就是浅薄的。这是时代的一种标签。

就我的印象,我觉得现今中国台湾的汉语文明正在走向一条阴柔、古怪的不归路。中国古代历史印记中南宋小王朝特有的那种偏安一隅、得过且过的绮靡之风,在台湾后现代政治语境中仿佛正在发扬光大并被奉为正宗。这似乎很有些奇怪,也似乎是一种特别不靠谱的现象,至少在刚刚经历过一些人类历史上都数得着的民族和文化大变数的大陆人看来,会产生如此强烈的感受和迷惑、不解。也许正是因为地方小,又富裕,还欠缺在这个实际上分等级的星球上的独立自主的发言权,才造就了台湾这种奇特的政治文化景象。但如果在现时的中华文化圈范围内进行某种细致的文化分工的话,台湾地区牵涉娱乐消费文化的部分倒是让人觉得正在走向一种绚丽和灿烂。但那也总是令人心悬和疑虑的:看看北美文化的强势和攻击力吧,你就能预测一种正趋向于细腻阴柔之极致的所谓文明的归宿,即便那不是依附,也只能化为边缘。

小天后蔡依林看起来好像是个例外。当蔡依林落入俗套追求白皮嫩肉时,她会瞬间变得苍白无力,她矮小身材和贫乏胸脯的"缺欠"会彰显无遗,她的笑意显得枯涩尴尬,她就像邻家你不会多看一眼的贫血女孩,你心目中也难以相信她会有什么像样点的与众不同的前途。但蔡依林的天性是健康而且极富活力的,特别是当她的皮肤变为古铜的颜色的时候。听听蔡依林自己怎样说:不要以为身高不足 1.6 米,体重又轻,又没胸,就不性感了,性感有不同的形式:有天真的笑容和健康的身体,有美丽生动的肢体语言,我在舞台上表现得最性感。皮肤变成古铜色时的蔡依林性感的魅力会无限迸发,她的妖魅的辣舞也会显示夺命的强悍,她的闪亮的眼光电到你你必得死,最不济你也会相信书本里那些臣服于石榴裙下的古老传说会在你身上即刻成真。

这就是我看到的在台湾文化背景下的蔡依林。

钟笑寒编:《中国农民故事》(调查报告集)

在这个世纪以前,中国的"三农"问题一直是中国社会最重要的问题,正所谓成也"三农",败也"三农"。所谓"三农"一词,印象里觉得是出现不久的当代人对一个领域的一种概括,即对农业、农村、农民的统称,其中的重点当然是作为生产力、创造力核心的农民。中国几千年的历史,几乎一直就是农民的历史,"三农"的历史,或者是农民、"三农"与上层领域的纠结史。在人类的进程中,发生在西方的工业革命以及随之而来的城市化,在农业文明灿烂辉煌的中国并没有相继发生,模仿和学习的过程也是断断续续、浮之于皮毛的,这使中国的文明及精神之根,深扎于"三农"的肥壤沃土之中,既极具特色、无他者代,也熏陶塑造了我们的乡村情结(在新的一代人之前,谁会没有关于村庄、小河及乡村食品的精彩记忆?),当然也是我们在思想和品格上融入以城市内涵为中心的现代文明的心理的屏障。

新时期以来,约近三十年,中国的"三农"也走过了一段曲折的路程。新时期中国的改革是从农村开始的,农村的改革是从安徽开始的(以历史符号论:安徽定远的小岗村;以发生时间论:安徽肥西山南的小井村),中共中央连续四年(从

1982年起)的"一号农业文件",成就了中国共产党建国执政以来最浓墨重彩的大手笔(就和平时期的改革而言)。1978年发生在江淮大地上的"大包干",极大地解放了思想、极大地解放了土地,也极大地解放了人,即农民。这个"三农"领域里的革命性动作,既是农村生产方式的改革,也是当代中国最重大的政治变革之一,这种看似以解决中国贫困农村食物问题为中心的具有最和谐面貌的革命,从此将中国带入了冲击人类命运的广阔天地,成为中国当代民族腾飞的核动力。虽然现在看起来,这更像是一种历史命运的自然延伸,即中国长期三农文明的厚实累积的喷发,而非那几个体制下的朴实农民的经典创造,不过,1978年前后中国农村的现实对于中国的历史性的巨大贡献,则是怎么说都不过分的。

20世纪80年代中期(以1984年10月中共十二届二中全会为标志),中国的改革开放进入以改造城市经济体制为中心的时期。毫无疑问,这是正确的。二十余年以城市为重点的经济和人的关系的调整以及开放式经济的发展,使中国的浑厚面貌迅捷出现在人类历史高峰的某个节点上,并引起了早到者的惊呼或惊慌。但在这"漫长"的二十多年里,"三农"也跌份成为其最失落的陪衬,其间,我们也可以看到党务和行政部门的焦虑、着急、操心和用心,连续不断的"三农"文件(以1996年中共中央、国务院《关于切实做好减轻农民负担工作的决定》、2005年12月决定取消农业税等文件和决定为标志),都反映了这种紧迫的心情。但如何正确地、适时地、彻底地解决三农中存在的关于人的根本性的问题,无论是由下而上还是由上而下,似乎还没有结论性的方案。也许,如果从更长远的时空角度来看,现在的"三农"问题,都还是一种进行性的调适中的现象,中国也许正在从这个进程中努力减少失分或者尽力争取得分。

在这种大的社会和历史视野中,我在北方这个干燥的春天读到了无数"三农"著作中的这一本由大学教师定调(仅限于文体、形式)、大学生自主操作的调查报告集。该书从农民个体行为的视角出发,以案例的形式,考察和记录了改革开放以来中国农民所经历的各种选择及其经济后果,并反映了影响决策的自然和社会环境。它有很明显的学院特色,并且适度地讲究格式,这是我十分喜欢的。的确,社会的事实不等同于物理的事实,它涵括了人的不可量化的观念、思想、感情、感觉和经验,这是人类社会历史的丰富和复杂性所在,当然也是中国"三农"问题的丰富和复杂性的根源。

(《中国农民故事》,钟笑寒编,北京:清华大学出版社,2005年3月版)

易如成:《命运之使者——穆沙拉夫》(人物传记)

这是一本巴基斯坦现任总统穆沙拉夫的传记,该书虽然偏重于中巴两国关系的现状而偏轻于人物形象的刻画,偏重于对中国外交的规范解读而偏轻于从民族的、思想的、文化的、性格的多重角度描述、解析和探讨穆沙拉夫的人性特点,但对于无缘系统接触有关巴基斯坦及穆沙拉夫的一般国际关系的兴趣者来说,这仍是一本轻松好读的入门书,特别是书后附录的巴基斯坦简介,能提供简单易记的巴国概况,比较实用。日常积累及读后感觉中的穆沙拉夫,其人格魅力应该是强烈的,现实生活中也应该具有气质上的冲击力。将与中国的友好关系置于巴基斯坦外交首要基石之一地位,是穆沙拉夫对复杂多变的国际政治现实的理智回应,也是中国所全力维护的。中巴两国利益的多点交合,则是中巴友谊的合作基础。

就中国的周边关系而言,在中巴相互间战略支持的大前提下,与缅甸位置类似的巴基斯坦,对具有完整大国元素的中国来说具有极其重要的交通、地缘等战略意义。这种重要的战略价值,我认为,在不同的历史背景中有着不同的内容和含义:当中国国力羸弱时,其表现为地理上的区隔与屏障,而当中国具有外向性的辐射意向时,则可能成为中国通往外部世界的便捷通道甚至前进基地;在中国与南亚、西亚的文化、宗教联络方面,巴基斯坦也具有方便、友好的梯级作用。

请注意中、巴、阿(富汗)接壤这一汇聚了喜马拉雅、兴都库什、帕米尔、喀喇昆仑等山脉的特殊地域,动辄上千公里的广袤高山和荒原,本身就具有无可替代的重大战略价值,这是陆地的强势力量与来自大陆边缘的海上力量相对抗的强力支撑和最后的储备,也是大陆力量膨胀、发展的根本源泉之一。

(《命运之使者——穆沙拉夫》,易如成著,北京:世界知识出版社,2003年10月第1版)

2006年4月29日　北京西城区阜成门万明园肆零书屋

孙世奇著,张君华等绘:《人类探险史》(历史)

  这不是那种学术意味浓厚的专著,而只是一本带有明确功利目的的普及类读物——以图文形式介绍人类"古代"社会不同时期曾经记录下来的 13 种目标不同的探险经历——但阅读过程是相当的轻松,也能大致了解人类此类经验的概况,称其为学术专著的衍生书,可能也是合适的。另外在读书的市场上,肯定也是需要这种书的,更多的人能够以这种轻松、便捷的阅读习得难懂和乏味的历史及相关知识,对很多很多的人来说,也已经足够。

  该书所选内容,早期除埃及人、生活在现称西亚地区的腓尼基人和中国明朝的郑和外,其余都以欧洲人为图文的主角——虽然我们应该对欧洲人进行民族的区分,但这却是我们习以为常的视角:将欧洲人视为一个整体,这看起来也并无不妥——从文化、宗教、价值体系以及物质观诸方面、从因果关系的逻辑角度考察,这也是符合人类由"古代"到"现代"的文明发展史的趋势及脉络走向的。欧洲人的持续不断的环球大探险在此后的数百年里使他们获得了虚的和实的最大回报:不管是物质的汇聚,居住空间的扩张,还是文化礼俗的扩展。

  没有人怀疑意大利的马可·波罗对东方特别是对中国的"探险"和游历是和平方式的,但是"发现"了东方、发现了富庶和强盛无比的元朝中国,对欧洲外向型的"地理"大发现的催生和培育,不仅仅作用巨大,而且还可能是决定性的,虽然并未以直接决斗的方式进行。这些漂洋而来的"客人"后来就逐渐终结了欧亚大陆上东方人的强势存在,更确切的说法也许是,这是"命运的抉择",东方人是自我衰弱下去的,但不能否认的是,就连强盛无比的郑和,也始终基本上是以"文明人"的习性和心态,进行其终究未能影响全球的航海壮举的。

我想,有史以来人类进行过的与地理相关联的大探险目次,是值得记忆的,它们大致是:古埃及人班图国探险,地中海沿岸西亚地区的腓尼基人环航非洲,古希腊亚历山大对亚非大陆的军事探险,古希腊人毕菲北大西洋地理探险,意大利人马可·波罗东方游,中国明朝郑和下西洋,葡萄牙人对海洋新航路的开辟,为西班牙效力的意大利人哥伦布发现新大陆,葡萄牙人麦哲伦环球航行,西班牙人等欧洲人对墨西哥及南美洲土著的征服。

这样的目次,虽然不完全,也肯定不是绝对的权威,但可能是相对没有争议的。

(《人类探险史》,孙世奇著,沈阳:辽宁美术出版社,2004年5月第1版)

2006年4月30日　北京肆零书屋

（法国）尼古拉·德·拉西米:《奇异的服装和职业》（版画集）

在昌平的图书馆里"淘"到这本书,其实是一本带有"解说词"的版画集,很有点奇怪,一个区级的图书馆为什么要进这样的书？这里会有怎样的读者？这里会有怎样识货的管理员？但我喜欢,立刻像"抢夺"般地揽在怀里了。并非说我是版画的行家,我只是喜欢这种非现代的独特的艺术形式,同时还喜欢出版者把这本书做成了图文互见的版式,对我这样的外行人来说,我似乎就可以读懂17世纪法国的艺术和生活了。抱着书(和其他的书)走回居处,我觉得我在略感荒凉的北方与人类上下左右的历史相通了起来。我也觉得我是幸运的(能够读到这本书以及其他的书,在寻找命运的过程中)。

这是我看到的第一本此类画集,是非常奇特并令人惊讶的一本书,版画的作者是法国版画家尼古拉·德·拉西米,作品则是他于1695年完成的。中文版本的左页为版画原作,右页为朴素、干净的文字简介(中文版本的附加文字)。既然总题名为"奇异的服装与职业",那我们就总能看见这两个方面的内容的拼装与组合,有时你会觉得是古怪的拼装与组合:"鞋匠"身上挂满了鞋子和各种制鞋、修鞋的工具;"烤肉商"头顶着禽类,肩挑哺乳动物,身上则夸张地缀满了鸡鸭和带有西方饮食文化特征的火鸡;"肉商"头顶牛头,腰挂肉案,手拎猪扇,腿上绑满了屠宰和切割用的刀斧;"渔夫"(这里似乎不是指的"捕鱼者",而是售鱼者,其渔者的背景应该是鱼者的前传)的身上和周边麇集了各种水族,背景是综合的捕鱼的繁忙场面;"制粉业"则是最不同于东方文化的生活经验,因为庞大的风车的出现,而使有差异的文明获得了鲜明的勾画。

在这本书所有的画作中,作者都使人物占据了画面的主要位置和大部分面积,在其巨人般的矗立之下,他脚下和身后一般都设置了相关的山河、田园或动植物,这使我联想起"巨人传"的欧洲来(我一时想不起那本文学书的作者、年代和准确的书名了,相关的资料也在合肥的"淮北佬斋"里),那可能正是欧洲人探索神秘的命运的年代。如果用当代人的审美情趣对尼古拉·德·拉西米的这些画作加以审读,我们也许会感觉作者追求抽象、具象结合的理念偏于生涩,但其艺术创造性则不容怀疑,虽然据说在拉米西之前近一个世纪,已经有欧洲画家开辟了类似的画风。

这本书使我强烈地联想起文化和艺术多样性的话题。艺术的一大要旨当然就是要创造惊讶,甚至使人战栗,这是艺术的高级的境界。但艺术到底是怎样产生的?为什么不同的地域会产生完全不同的民族题材、艺术方法和手法以及艺术的格调?当真是地理决定论决定了前述的这种种疑问的答案?

嗨,这本书真是令我极感兴趣的。

(《奇异的服装和职业》,尼古拉·德·拉西米著,上海:上海书店出版社,2001年7月第1版)

2006年5月1日　北京肆零书屋

(英国)郑永年:《中国如何消化美国的"围堵"策略》(国际政治)

在中国逐渐发展起来的过程中,我们开始越来越多地听到"围堵"、对抗、冲突(经济的、文化的、利益的)、平衡这样的字眼,这不仅仅是因为报刊对文章进行了筛选所起到的效果,更是国家利益的本能的反应。也许中国的崛起是时代的逻辑归宿,但如何进行"围堵"与"反围堵"、制裁与反制裁、削弱与反削弱,则是当代中国人不可回避的考题。

按照西方地缘战略的(日本)理论,大陆(主要指的是欧亚大陆)总是和海洋国家处于相对矛盾的对立面上。20世纪初,英国地理学家麦金德提出了陆权战略学说,认为欧亚大陆腹地的占据将决定对世界的统治和影响。但差不多同一时期美国人马汉则提出了海权战略理论,认为控制和使用海洋才是世界历史发展的重要因素,对欧亚大陆周边的条形区域的争夺和控制至关重要。美国地理学家斯派克曼也论证了与马汉的观点有颇多类似的边缘地带理论,对欧亚大陆边缘地带的重要性进行了大力的鼓动。比照历史我们可以看到,无论是麦金德的陆权理论,还是马汉的海权理论,都能轻而易举地提出不容置疑的国家经验,并且这些经验还在、甚至会相当久远地"经验"下去。至于斯派克曼的边缘地带理论,则成为当代美国的国家战略和军事指导思想,越南战争、朝鲜战争、伊拉克战争以及也许会进行的伊朗战争,美国人一直是这么干的,今天或者以后还在或还会这样干下去。

新中国成立后正赶上美国人的边缘地带理论和意识形

态观念大混合的实践期,作为具有大国潜力的中国自然承担了起初主要来自西方、其后则主要来自北方的极大的政治、军事压力,伟人毛泽东化重为轻,甚至早在1946年即提出了"中间地带"理论,并在新中国成立后发展成为"三个世界"理论,即除美苏之外的所有第二和第三世界国家(主要是第三世界国家),都是我们团结和联络的战略力量,我们都要积极支持其反对殖民统治和反对帝国主义侵略的斗争。虽然付出了血和汗的代价,但毛泽东的大智慧还是四两拨千斤地消解了新中国迫在眉睫的危险,成功地分散了敌人的军事压力和政治压力,使中国本土保持了相对的和平与安宁,并以点的方式发展了中国的战略威慑力量,客观上为邓小平时代的全面腾飞奠定了基础。

郑永年的文章并未谈及上述西方特别是美国的地缘战略的理论和方法问题,亦未涉及中国曾经的中间地带理论和三个世界理论,在目下的现实状况中,他提出了当今中国消化美国"围堵"的新思路和新方法,即确立自己经济立国的发展战略而不是直接回应美国的做法,"中国的经济方法远较美国的军事方法有效",郑永年说。这其实也是中国正在实行的"国策"。但在经济与政治、军事、文化、科技、外交等关系的轻重比例与协调方面,在时间和空间的细致、准确把握方面,我觉得,都还是大有学问的。

(《中国如何消化美国的"围堵"策略》,《参考消息》,2006年4月5日16版)

2006年5月2日　北京肆零书屋

(美国)亨利·梭罗:《种子的信念》(长篇随笔或博物学著作)

很多年以前就读过亨利·梭罗中文版的《瓦尔登湖》,算是了解了19世纪生活在北美大陆的这位追求自然的个性作家的题材和文笔。当然很是欣赏他崇尚天地、徜徉自然的生活观念和颇具个性化的性情,在亨利·梭罗的笔下,瓦尔登湖其实已经不仅仅是地物名词和独立的地理单元,它成了亨利·梭罗哲学观的对象物,也是他文学追求的最佳载体。虽然作为文学作品,《瓦尔登湖》的单向性,也还是使人不甚过瘾的。

出版《种子的信念》这本书的中文编者,是将其纳入博物学的范畴之中的。这是我第一次留意亨利·梭罗的背景和生平,也是我第一次知道作家哈佛大学毕业后还有博物学家的实践和经历,这使我对亨利·梭罗的兴致大增,也使我对他刮目相看,因为这样的"前传"会透露出关于作家的更为丰富的信息,也是作家类型化的重要分析依据之一。从这个角度我们再看《种子的信念》(甚至《瓦尔登湖》),我们即可以毫不费力地发现,《种子的信念》虽然更像是一本长篇的散文随笔,但作者学院训练的定力及日常思维的惯性,毕竟会赋予其非同寻常的眼界和视角,并带给读者全新的阅读感受。

那么什么是博物学呢?《种子的信念》中文编者在其"总序"中说:博物学是研究万物的,博物学是展示万物的。如果想与大自然有亲密的接触,就必须掌握能与大自然对话的语言,而博物学正是自然万物能听得懂的语言。博物学经历了从早期的广义博物学,到近代的狭义博物学,再发展到现在的广义博物学三个阶段。狭义的博物学是研究活物(人、动物与植物)及其由来(古生物)的科学,广义的博物学研究关于每个事物的自然史。博物学的根基深深地扎根在人性之中,自然及其万物激发了人类无穷无尽的好奇心,每个人都称得上是业余的博物学家,观鸟、赏花、养鱼、玩虫、迷天文、看山水,是人类成员中非常普遍的爱好,每个人在孩提时代都有过对一兽一虫、一草一木深深着迷的阶段,那些一辈子也不愿走出这一阶段的人便成了职业博物学家。

我之所以大段地摘录编者的话,是因为我想因此而做一个有关博物学定义的"备忘",这些"定义"虽觉不够严谨,但凭借我们的联想,我们对所谓"博物学"的含义,大致也能揣摩个八九不离十。

是的,在任何时代、任何人群,都必定会有梭罗式的人物,更不缺少梭罗式的对大自然的迷恋和陶醉,但不同的世界观和有差别的文化模式,却会将其导入不相同的路径之中。避世式的隐居,也是其中的一种,当然这会产生多种信仰与价值的不同判断。

亨利·梭罗的瓦尔登湖模式则是开放式的,并且还建立在科学价值观的平台上,这使我们很容易就能从《种子的信念》这本书里读出我们感觉为健康的导向来。从这个角度说,中式的东方文化接受西方科学价值体系的某些补充,关系是颇重大的。这可能会成为开放社会所能获取的最大的收益。另外,这大概也是一百多年后,不同思想背景建构中,我们还能接受亨利·梭罗的根本原因。

(《种子的信念》,亨利·梭罗著,北京:北京燕山出版社,2005年12月第1版)

2006年5月3日　北京肆零书屋

(英国)珍妮特·肯特:《所罗门群岛》(地理)

2006年4月,一场针对华人的骚乱,使名不见经传、至今并未与中华人民共和国建立外交关系的南太平洋岛国所罗门群岛骤然浮现在13亿中国人面前。大约只有在中国"改革开放新时期"特别是新世纪以来,才可能出现这种地球角角落落都牵动着中国人的心的情况,这种状态也许我们逐渐就会适应或不得不很快适应。

虽然这本书是将近三十年前(对中文版而言)的地理学著作,当地的经济、人文、社会、政治等等状况会有适当的调整或改变,但其自然地理的基本概况则应该不会有较能看得出来的变动。所罗门群岛位于南太平洋,由10个主要岛群和数以百计的小岛组成,南北伸延大约900英里(1公里=0.621英里),西北—东南走向,距澳大利亚东北海岸约1200英里,陆地面积约11500平方英里(1平方公里=0.386平方英里),该群岛有很多活火山,全境百分之九十以上的面积为原始森林所覆盖,出产檀香木等名贵木材,主要农作物有椰子、水稻、可可等,水产有鲨鱼、海龟、螯虾、海参和珍珠贝等,首府(现首都)霍尼亚拉。

在"出版说明"中,我们可以看到大陆中文视角的所罗门群岛的近代简史:1568年西班牙殖民者来到所罗门群岛,18世纪后英国殖民者接踵而来,1893年起所罗门群岛沦为英国的"保护地",1978年所罗门群岛宣告独立。该群岛居民主要是美拉尼西亚人,据1970年的户口调查,当时居住在所罗门群岛的"中国人"共577名,"中国人在所罗门商业活动中占突出地位;霍亚尼拉有一条'中国街',区中心有中国人经营的商店,许多中国人拥有船只,在各岛间巡回航行,购进椰干和销售商品。"

因为殖民的需要和便利,英语世界在诸多学术领域都是发达并拥有丰富第一手资料的,包括地理学。本书作者珍妮特·肯特是英国女作家,曾在英属所罗门群岛居住多年,并游历所罗门群岛各岛,本书即根据其多年搜集的资料写成,并于1972年出版。

还是会留意中文版的"版权页"。这本翻译过来的16开本、近200页的"大书"的定价:1.05元,呵呵,1978年,那真是个使人浮想联翩的年代。

中文出版者照例不会遗忘那个时代的出版"八股文",并反复叮嘱读者:"作者站在反动的资产阶级立场上,别有用心地抹杀当地人民在发展所罗门政治、经济等方面的地位和作用;竭力宣扬白种人传教士'造福'当地人民的'功绩';甚至为帝国主义殖民主义者屠杀当地人民开脱罪责,希读者注意分析批判。"现在看这些文字,似乎并不觉得有什么不妥,倒觉得呈现了一种时代的特色,也为今天的社会思潮树立了一个旗帜鲜明的参照系,并且绝对是有别于全球化环境中流行话语的通用功能的。

所罗门群岛独立于1978年7月7日,中文译者和编者则于1978年7月即将此书翻译编定,并于1978年11月出版发行。笼统地看,当时的中国,对第三世界的政治敏锐性,是怎么说都不为过的,也完全是分秒必争的。

(《所罗门群岛》,珍妮特·肯特著,广州:广东人民出版社,1978年11月版)

2006年5月5日　北京肆零书屋

《新华字典》(第10版)(语言类工具书)

《新华字典》几乎每天都要用,对我来说,这是真正的工具书,手边少了它,心里就会有几分发毛,碰到拿不准或需要准确定位的字、词,总要求助于它。到了一个新的地方,如果需要有一个较长时间的工作和生活时间,除物质的需求外,第一件事也大多会找或买一本《新华字典》在手边,如果这样做了,一般就不会犯常识性的文字错误了。

但今天写关于《新华字典》的随感,完全不是因为要对《新华字典》进行某种自我感受式的评介,而是今天在从《新华字典》后部的附录中查找一个换算公式时,突然发现了安徽的新排位:是排在第一位的,并且是排在北京之前的;当时心里一惊,觉得这不可能,第一个反应是这本字典是不是在安徽印的,而商务印书馆授权各省在当地开印此书前都可把本省位置排在最前?因为之前并未碰到过类似的排位,而且是在《新华字典》这样权威、规范的工具书中。

看了版权页才知道这本书就是在北京印的,北京外文印刷厂,2004年1月第10版,2005年3月北京第223次印刷,印数1 000 000册。这本字典我又是在北京昌平买的。还是觉得不可能,再定睛细看,这才看清,原来是"我国各省、直辖市、自治区及省会(或首府)名称表",是"按汉语拼音字母顺序排列"的,心中这才"释然"。

安徽的经济等指标,一直上升得艰难,作为生于斯长于斯的安徽人,每一个人的心里都是又爱又闷的,我也不能、不会、不愿、不可例外。每年年初的政协会,讨论政府工作报告时,委员们的话题也自然都是批评加献计式的。何时能在权威的文本中看到安徽重要指标的"第一",那是我的一贯期待,甚至是一贯的梦想。正因为如此,才有了这一次的读书的"意外"。

(《新华字典》,北京:商务印书馆,2004年1月第10版)

2006年5月5日　北京肆零书屋

董友忱:《泰戈尔画传》(人物传记)

这是一本印刷精美的图书。依循现在的"惯例",本书的图片也不少,对这本书来说,这很需要,这些图片基本是作为文献来使用的,因此,读这本书,读者多少还能找到一点老式作家传记的影子。但总的来说,本书内容依然浅显,也不推崇稍微深入的思考,这使它成为一种一般意义上的介绍性的读物,它的对象似乎也是明显针对不吸纳深度信息的大众读者的。

　　看印度的文字,我总以为那有印刷颠反的嫌疑,这就像我们对印度其他各方面的不甚了解一样,就像我们还不知道热带的印度竟有6季节(春夏雨秋冬凉)一样。对我们这一代人来说,我们似乎应该着力把20世纪六七十年代之前的印度和这之后的印度区别开来看待,把文化的印度和政治的印度区别开来看待。宗教方面,自东汉的汉明帝始(公元1世纪),除佛教的总体框架外,南亚次大陆对黄河流域的此类影响早已为强势的中华俗世文明所吞噬,都已经被改造、被本土化,并作为中华文明的一部分而发展或被输出。现代的泰戈尔对中国的影响主要集中在20世纪的90年代之前。甘地的影响则因较近距离的政治生活而在中国人的心目中区分为政治人格和政治现实两部分。当然,政治和文化永远都是相伴而生、相互影响和互相制约的。但在大多数时候,文化是作为政治的底薪而存在着的,这使文化的感觉相当的沉默和寂寥。

　　年岁能够成为一种人性的魅力。除文学成就外,泰戈尔80岁的人生,使他更具人类的智慧和人性的洞察力。真让人羡慕!我是说人生的成功和人生的经历的较为完好的组合让人羡慕。

　　现在,我要提及我看这本书的环境和心境。在5月中旬,在安徽颍上县黄桥镇永勤旅社三楼的一个舒适的单间里,我断断续续地看完了这本书。我是专门下乡看小麦的成熟的,这是我近十几年来的一个季节的梦想,但此前一直未能实现。不过现在,我似乎完全自由了,我解开了一些观念上的羁绊。我开始实现自己的一个一个的梦想了。淮北平原大片的小麦正在成熟。我在一个空气中似乎有些香熟的上午,读完了这本书。

(《泰戈尔画传》,董友忱著,北京:华文出版社,2005年1月版)

2006年5月17日　合肥淮北佬斋

冯绍周:《从马岛之战看现代战争》(军事)

这是一本简要介绍、总结(从中国人的角度)1982年上半年英国、阿根廷马尔维纳斯群岛(英称福克兰群岛)战争的小书。马岛之战从1982年4月2日阿根廷出兵攻占马尔维纳斯群岛始,到当年的6月14日阿根廷守军在马岛斯坦利港向英军签字投降时止。按照军事历史学家的一般分类,马岛之战是现代战争的第一战,也就是现代战争的开始,从这以后发生的较大规模的战争特别是有海空军深入参与的较大规模的战争,在理论上,都基本属于现代战争的范畴了。因为电子、雷达和导弹的广泛使用,使战争的理论、战争的观念和战术的运用发生了革命性的改变,而海空战斗又最具顶尖高新军事科技的特征。

英国干净利落的战争动员和战争启动给人留下深刻的印象。英国匆忙但绝对是有条不紊地组建起来的仍算强大的远征舰队体现了英国海军的战争传统和干预经验。在经历了英国军事能力百余年的逐渐衰退之后,长途跋涉12800公里的英军舰队摇摇欲倾地赢得了战争的胜利。作者对战争进程的扼要描述使我对英国人相对条件下的军事素质和战斗精神刮目相看,但我觉得,战争之中和之后的英国却被进一步证明只具备世界上二类国家的军事能力,这既催人对相关的政治、军事、经济和文化的逻辑规律深思和反省,也不禁让人对国运的兴衰无常感慨万千。难道国运的兴衰真的是人类智慧所无法掌控的吗?难道国家的兴盛真的一定需要数百年甚至上千年和数十代甚至百余代的拼搏、牺牲吗?难道大国的崛起都一定是必然的吗(也许这是无法验证的)?这都是吸引我们去思考的也许是无解的问题。与之相关联,我们可以从中国的现当代历史中引申出至少以下三类问题的思考:

第一,如果迫于利益驱动或预期战争不可避免的话,战争预警或战争前沿必须推进到远洋或敌对国家的土地上去,理想的序列如下:①全球博弈;②敌国领土或远洋战场;③近海或缓冲国的战场;④本土防御。

第二,现代战争特别是海域战争,制空能力位居首列。制空能力的前提:①相对的科技能力;②军人的战斗精神和技战术。

第三,大国的军事准备必须是全方位的,不可偏废,这是因为:①大国承担或代表的是全球性或至少是较大的区域性的责任和利益;②大国的失利将产生更大范围、更大深度的动荡或灾难;③由于人类无法洞察未来,因此人的预见一定会有局限和认知的盲点,庸者的认知缺陷更甚,而大国有能力进行全方位军事准备以堪补救。

以上,就是我读《从马岛之战看现代战争》这本小书后初步想到的。

(《从马岛之战看现代战争》,冯绍周著,北京:解放军出版社,1984年4月第1版)

2006年8月18日　北京肆零书屋

(英国)布雷恩·汉拉恩、罗伯特·福克斯:《马岛海战——两个战地记者的日记》(战地日记)

读过《从马岛之战看现代战争》那样的书再读《马岛海战》,就觉得轻松而休闲,一点学习的责任感都不存在了,这是为什么?这一方面是因为对战争的过程、战争的结果和战争的经验、教训我们已经知道得更多、更有条理和逻辑性,另一方面也是因为新闻类的电视记者能够提供的事物的深度并不符合我们读书的标准。能进行造星和造势运动的新兴电视传媒一直在持续不断地进行通俗化的工作,以期将人类以往数千年积淀下来的以读书、写作和绘画为基础的文艺感觉消解净尽。不过这是时代的特征,人类文化的形态虽然会有所改观,但并无消弭之虞。

新闻类型的电视节目侧重于对"见闻"的复述,它提供的是尽可能丰富的画面素材,而不是经过沉淀、筛选和整合后的理性分析。《马岛海战》从英国人的视角并以令人吃惊的平淡无奇的文笔为我们提供了马岛之战更多的细节,这既使我们能更立体地窥探战争的秘密,也使人对完全不"戏剧化"的战争进程产生了厌烦的心情。但我们还是能从无法编造的一些枝节中了解战争的更人性化和生活化的一面，诸如"活下来的人们集中站在那里（被阿军飞鱼导弹重创的'谢菲尔德号'前甲板上），一边等候救援，一边唱着'你一定要看到生活的光明面'"；"经历了'从军舰舱口下跳'的可怕时刻，一名伞兵掉入军舰和登陆艇中间，摔碎了骨盆"；"英军'能通过望远镜看见阿根廷部队吃午饭'""两名英国随军记者'被邀请担任（阿根廷军队投降的）见证人'"之类的描述，都能使我们这些从未经历过战争的平民对战争的想象力大增。

鲜见不为国家利益服务的传媒，虽然这句话在某些情况下是需要有前提的；英国人也是这样。当我们此刻阅读二十余年前有关马尔维纳斯群岛（英称福克兰群岛）之战的相关采访和对话时，我们会时常感觉战时英国传媒界从业人员时显笨拙的"大胆"取舍、夸大和毫不掩饰的倾向性。这是能够理解的，特别是在事件正在进行或刚刚结束的"现场"环境中，不过这仍会给我们一些启迪和参照，也促使我们思考有关国家利益与党派或集团利益的时空关系。对我们个人的言行来说，这也会有利于我们在心目中设定一套个人的相关的标尺以规范我们的嘴和脚。

（《马岛海战——两个战地记者的日记》，布雷恩·汉拉恩、罗伯特·福克斯著，北京：海洋出版社，1984年4月第1版）

2006年8月21日　北京肆零书屋

刘正：《图说汉学史》（中外文化交流）

这是一本通史类的著作，一本300页厚的专著，对我在整个酷热的夏季的耐心都是考验,还有粗略印象中它表层的浓厚的日本味。7月份带着它(及另一本书《漫步北京》,但主要是为了写一组"下乡看麦"的散文和小说)回合肥,回宿州,8月份又带着它来北京。写完那些散文和小说后,终于在9月初读完了它,心里顿时轻松下来了,觉得收获也还是不小的。

按照刘正先生的观点,早期汉文化的传播,分为环中国海诸国(主要是纪元前后的古代越南、古代朝鲜和古代日本)、丝绸之路诸国(主要是欧洲,13世纪意大利马可·波罗东方游之后)和新大陆诸国(主要是美国,19世纪以后)。而汉学研究的深入发展,则分为儒家文化圈所属国(主要是朝鲜、日本和越南,公元8世纪起)和基督教文化圈所属国(主要是欧美,19世纪起)。

之所以进行环中国海诸国及儒家文化圈这样的划分,我觉得,作者是考虑到了早期的汉文化在环中国海区域的输出地,经过数百年的接受和磨合,在文化塑造的范畴内,已经形成了儒家文化的共识和规范意识。例如越南,公元前111年,汉武帝即派兵攻占了当时越南地区南部的九郡,汉字正式进入了越南,到了东汉光武帝时代,汉帝在这些地方建立学校,教其耕稼,越南正式开始了汉化的过程。到公元1070年,越南开始以孔子和儒家学说为立国之本,并施行了祭孔制度。15世纪,明政府派兵占据越南,并派遣理学家唐义到越南各地讲学,由此开始,程朱理学成为越南的正统思想。但是到了近代,由于法国人的殖民和越南喃文的出现,汉文化的传统统治地位才衰落下去。古代朝鲜对儒家文化的接受也始于纪元前汉武帝对朝鲜地区的征讨,纪元前109年汉武帝用兵征服了朝鲜,从此以后,朝鲜开始接受汉朝的统治,汉字传入朝鲜。公元717年,朝鲜正式以儒家思想为立国之本,并设立了祭孔制度及太学国学制度。公元1134年,朝鲜的治理者下令大量印刷《论语》,并分发给街头大众,其对儒家思想的宣传,比当时的中国并不见逊色。

古代日本早期对儒学的学习和吸收,主要通过朝鲜半岛的间接传输,但日本却早于朝鲜和越南,于公元701年即开始施行儒式的科举制度和祭孔制度,并成为儒家学说最认真和执着的学生。而东南亚国家对儒家文明的接受和传承,除了明清时期众多华人移民带去的日常生活文化外,则未能有进一步的理性的研习和推广,我想,这固然与当时和当地的社会接受能力相关,也与儒家文明在某种文化的视界中因过于成熟而不适当地过早呈现其防御的特质有关。对一种在某个时期以闭守为主的璀璨文化来说,简单的自然地理的距离即可成为其扩散、传输的不可逾越的障碍。今天看来,中华传统文化只对周边的一些国家产生了根本性的影响,但这也已经是了不起的成就了。

丝绸之路诸国除基督教文化圈所属国外,汉学研究并未兴起。而基督教文化圈所属国对儒家学说和思想的研究,基本上和主要是通过传教士并以非文化学习的动机进行的,至少在个例的初期和19世纪以前如此。基督教传教士们对儒家文化的研习,一是为了拉近与信徒之间的距离、更好地向中国的信徒们传教,二是为了实证儒家文化与基督教教义的共通或期许为后者的旁注。例如西方汉学第一人、意大利传教士利玛窦,为了更好地传授基督教并说服将信将疑的信徒,他深入地钻研了汉语和儒学,并以汉文成书把西方自然科学知识介绍给中国读者,以此拉近与中国信徒们的感情距离,并第一次较为深入地向欧洲传播了中华文化的广博内容。在客观上,这变成了一种双向传输,基督教传教士对儒家文化的学习,同时促成了西方汉学研究的兴起和发展。明清时代的意大利传教士们,对汉学在欧美的传播做出了重大的贡献;其后是法国(19世纪初法国汉学研究处于独霸国际汉学界的显赫位置),现当代则是美国。我觉得,一部西方汉学史(明清及以前),其实也大致就是一部基督教传教史,是中西文化激烈交锋的副产品。

除此之外,基督教传教士对汉语和儒家文化的研习,还可能有宗教入侵或文化传播以外的目的,例如,"(沙俄)到1860年止,东正教的中国信徒才有二百余人,可令人惊讶的是自1715年以来却派遣了一百五十余名并不以传教士身份在华居住的'传教士'。"他们的主要工作就是从事谍报活动,"1818年,俄罗斯政府更明确指示其在华的东正教传教士,'他们的主要任务不是传教,而是研究中国各方面的情况,收集情报,并及时向沙俄外交部报告'"。当然也有相反的例子。1728年来华的比利时传教士孙璋曾把《论语》等中国古代经典翻译成法文出版,他的古代汉语水平,在当时在华的传教士中是第一流的,"孙璋教士在汉学研究之外的最大贡献,是协助清政府向俄罗斯讨回了黑龙江以东近两千平方公里的土地,当时,他利用自己精通汉、满、蒙、英、法、俄诸语言之便,以《尼布楚条约》为依据,在外交上逼得俄罗斯帝国不得不让步"。"孙璋教士在京四十年,专心学习语言,研究汉学,是极为少见的书斋型学者"。

虽然会有文化和文明的双向交流、相互渗透的问题,但基督教文化的传播方式在根本上是主动的和带有进攻性质的,因此文化的交叉总要伴生着较劲、摩擦和争斗。不过,在当时中国统治者的眼里,基督教传教士们,只是一些"仰慕圣化"的人(这种说法也可能是为了反传教而进行争斗的一种语言和心理策略)。于是在这种提法的导引之下,被后人定位为康乾盛世范畴的康熙皇帝,就命令传教士们学习中国的经典,并将敢于公开叫板的罗马教皇的特使送往澳门监禁,这当然也就更带有某种反传教的意思了。数年后康熙皇帝旧事重提,在圣旨中还对传教士进行了一番不屑的嘲讽,"只可说得西洋人等小人,如何言得中国之大理,况西洋人等,无一人通汉书者,说言议论,令人可笑者多",又说,"中国二千年来,奉行孔学之道。洋人来中国者,自利玛窦以后,常受皇帝保护。彼等也奉公守法。将来若是有人反对敬孔敬祖,西洋人就很难再留在中国。"由此可见,盛世的选择是易于多样化的,但这也对国家的治理者,提出了更高的要求。

读完这本难读的专著,北京的闷热也终于凉爽下来了,随时记录的感想,竟写满了两张纸片。我在一个刮着细微的秋风的下午,到车公庄大街去看利玛窦墓。如果不碰机缘,那实在是一个不易找寻的地方,我询问了一位交通协警、两位拾荒人、三位泊车者,均茫然不知。这一点都不奇怪,如果我不是蜗居西城区,如果我近期未读与利玛窦有关的书籍,那我又对数百年前动机单一而结果不料的漂洋而来的利玛窦知道多少呢?但是毫无疑问,利玛窦墓就在官园以西、车公庄大街以南的这一范围。我试着返回去寻找,来回两趟,于是判断一定就在北京市委党校里了。

我进入北京市委党校,果然很快就找到了利玛窦墓,那是一片很幽然的地方,全称为"利玛窦墓及明清以来外国传教士墓地"。在围墙和一些松柏之外,阳光很有些灿然,灌木围篱的小道上,一个拿相机的女孩子正在小心翼翼地喂一只健壮的流浪猫,另有三四个年轻人在逗另两只肥腴而眼色不同的波斯猫,还有几只流浪猫在周边懒洋洋地走动或晒太阳。我突然想,文化的事情,真的是说不清的。在那一时刻,我短暂地变成了一个无害的虚无论者。

(《图说汉学史》,刘正著,桂林:广西师范大学出版社,2005年7月第1版)

2006年9月3日　北京肆零书屋

李国强:《南中国海研究:历史与现状》(历史地理)

进入21世纪以后,中国周边海域相对于中国国家安全、经济发展、资源获取及大国实力、形象的支撑和塑造的重要性日益增加。这不是说在以往的历史中它们就一直是次要的或应该是次要的,而是说中国的国家安全和发展观念在全球化的今天、在全方位开放的今日正在客观地发生重大转变,中国几千年总体上重陆轻海的黄土文化趋势正试图引入海洋因素以使文明的形态达致丰满。(与本书全不相关)我完全不同意对中国数千年陆权文明不加辨别地批判。我们真正要努力理解的应该是:正是因为我们无数殚精竭虑并且也会犯有时甚至是致命错误的祖先们的血汗努力,我们才得以相对平安地在现今这片较为广袤的土地上安身,并成长为一个强大的陆权国家,如果我们相信资源总是短缺而资源的配置又必须选择优先方向的社会法则的话。这对我们在今后的实践中有分寸感、具命运感地把握、处理天人关系、人人关系,都具有决定性的意义。这也应该是我们要在反思的同时对我们无数心力交瘁的先辈们感恩的原因。

中华文明、国家安全及发展的海洋空间方向的加强是对历史缺失的一种平衡或补救。阶段性的失衡式的超速发展也有其合理和必然性。但对于具备大国潜力的中华文明来说,根本的问题并非解决陆权与海权之争,而是解决以陆权为基础的、陆权极大巩固中的海洋攻势战略问题。大国的发展必须是全方位、全方向的。当然在可以分解的时空单元,对社会、地缘、人性及现代政治的时间、空间及文化把握、掌控或曰"顺应"尤其重要。这也毫无疑问关涉每一位贩夫草民的幸福和利益。

在这样的背景下我们看中国周边海域特别是南中国海就会产生新的思想和感受。中国大陆位于太平洋西海岸,由北而南依次为渤海、黄海、东海、南海环伺。在(相对中国大陆而言、面向太平洋方向的)所谓的第一岛链上,绵亘着日本诸岛、琉球(冲绳)诸岛及菲律宾诸岛,这就是中国大陆面对的闭锁形、半闭锁形的海洋现状。从更开放的视界看,渤海是真正的中国的内海;黄海和东海因无法任由驰骋在看得见的未来将不能满足中国海权稳健或高速发展的需求;除中国台湾外,中国海洋权益的前途无法回避南中国海这一较大平台的传递和过渡途径。在控制了第一岛链(或其部分)的情况下,大陆愈益安全;在与岛链处于(或部分处于)对抗的情状下,大陆则被封锁。虽然面积广达360余万平方公里,南中国海仍具有内海性质,无法产生真正的大洋文明和蓝水思维。这是正在高速发展中的中国面对的最大难题。它既展示了一种力量走向远方时将会看到的等级状况及开阔前景,也暗含着前途的十分曲折和万般艰难。当然对于"应运而生"的力量,所有的难题都将不成为难题,所有的障碍也都可随意化解。

本书厚达530余面,也许由于某种前提的限定,该书文学语言略多,结论明确,顺畅好读,更像一本入门性的读物,学术的力度则稍显不足,这是我尚觉不过瘾的地方。

南中国海部分重要的地理数字记录备忘如下。面积:360万平方公里;平均深度:1212米;最大深度:5559米;南海诸岛:东沙群岛、中沙群岛、西沙群岛、南沙群岛;岛屿(沙洲、暗礁、暗沙、暗滩)数:200余个;东西宽:900公里;南北长:1800公里;海峡:台湾海峡、巴士海峡、巴林塘海峡、巴布延海峡、民都洛海峡、巴拉巴克海峡、加斯帕海峡、卡里马塔海峡、马六甲海峡等;大河流入:珠江、韩江、红河、湄公河、湄南河等。

(《南中国海研究:历史与现状》,李国强著,哈尔滨:黑龙江教育出版社,2003年12月第1版)

2006年12月24日　北京肆零书屋

(美国)邓恩:《从利玛窦到汤若望:晚明的耶稣会传教士》(中外文化交流)

书拿回来不到一个月,利用做事的间隙断断续续读完了前一部分,更准确地说是读完了两个写得很好的前言(译者前言和著者前言)及正文中关于利玛窦的那一部分。这一方面是因为手里还在做着其他的事,另一方面是因为看这本书的首要目标就要想先看一看有关利玛窦的历程。

在中西许多相关的著作和评价中,利玛窦都是以中西文化交流第一人的面貌出现的。当然这是后人将他与他人比较后得出的一个结论。利玛窦来华二十八年(1582—1610),这二十八年既是他个人生命和事业最辉煌的时期,也是天主教通过"文化适应"的新方法进入中国的关键时期。在利玛窦之前,中外文化交流大多通过物质形式,或以旅行、见闻的方式进行,并且多以中国文化的输出为主、输入为辅。"中国曾经有过热衷于探险的激动人心的时代,在汉朝(前206—220)伟大的汉武帝(前140—前87)的统治下,亚洲的土地就已经回响着中国军队征服的脚步声。伟大先驱者们探险的足迹深入到中亚地区,并与地中海文化的边缘地带建立了联系。在盛唐的黄金时代,都城长安(即现在的西安),曾是整个东方的麦加。当时,她的文化的光辉照亮了东方,她的影响遍及周围各国。天主教的聂斯托里教派受到了友好的欢迎。伊斯兰教和摩尼教也被宽容和接纳。佛教继续带给中国以外部世界的新鲜思想的溪流。在元朝统治期间（1279—1368），当忽必烈的继承者们在中国南面而王时，在'汗八里'（即后来的北京）尘土飞扬的街道上，外国人的面孔是很平常的景观。"这恐怕都是事实。相信也是一种强盛、成熟而又规模巨大的文明面对零散、零星、不构成任何威胁的外来文化所能够坦然面对的正常态度。中华文明的自信在利玛窦之前几乎一直是如此的。而利玛窦不仅在16世纪末、17世纪初中国晚明的大衰退时期借宗教传播的推动力带来了欧洲先进的科学、技术、观念、规则和人文思想，更给闭锁自守中的明朝统治者带来一种"恐惧""恐慌"。在任何族群的单元里，主动的文明出击、文化吸纳总会带来更健康、更优异、更丰硕的结果，也有多样的选择权；而被动的接受则一定会伴随着痛楚、不智和流血，无论被动接受的是怎样的一种文明、文化。利玛窦所躬身服务的那种宗教文化并非其时中国所愿意接受、接纳，但从历史的观点看，利玛窦以其个人开创和奉行的"文化适应"的思想来指导耶稣会传教士们在中国的传教实践，即既尊重中国的文化、礼俗，下功夫学习中国的语言、文化、经典（并介绍至欧洲），又向中国的知识分子介绍、传播欧洲的文化、科技、观念，却不仅（从宗教的角度）找到了中国密闭大墙上的一条小裂缝，也开启了中西文化大交流、大碰撞的大门。虽然日后由于清廷的最终衰弱而非因为西方（包括美国、日本）的愈益强盛，中华民族承受了百余年史无前例的巨大屈辱,但西学东渐的风气本土融汇后沉淀而得的肥厚介质也为中华民族的重新崛起、腾飞提供了独一无二的沃壤,我觉得,这就是利玛窦或利玛窦们对中华文明的客观贡献。

(《从利玛窦到汤若望:晚明的耶稣会传教士》,邓恩著,余三乐、石蓉译,上海:上海古籍出版社,2003年1月第1版)

2007年1月3日　北京肆零书屋

(美国)亨德里克·威廉·房龙:《人类的家园》(历史地理)

  中央电视台《百家讲坛》火爆和美国作家房龙重新热起来的时候,我读到了房龙的这本《人类的家园》(《房龙地理》)。这应该是我读到的房龙的第二本著作,第一本是《宽容》,(生活·读书·新知三联书店出版,定价2.05元,1987年2月14日我购于武汉)。在那本书的书末"关于房龙和他的著作"一文里,编者如是介绍房龙:"体重二百磅、粗壮结实的荷裔美国人亨德里克·房龙,善于用极其轻巧俏皮的文字,撰写通俗历史著作,而为无数青年读者所喜爱。"多么"朴实、轻盈"的介绍,整整二十年后重翻这本书(《宽容》),不仅感觉中文编者的语气恍若隔世,房龙的行文和"语气"也愈觉浅显、"通俗",这难道是由于我已经不再是"青年读者"的缘故?

  除了作家在80年代就已具备的名气和我们在那个特别的年代极端渴望新文化、新文学、新知识甘露滋补的心情以外,房龙似乎并未在我内心深处留下多少难忘的印痕。看来人潜在的对事物的喜好、筛选几乎是"与生俱来"的,如果没有特别的事件予以"扭曲"或"更正"的话。相同的感觉复制到了《人类的家园》上。作者对地理掺杂主观评价的写作风格,使我觉得别扭、难受、"肤浅",我愿意相信这是因时间的延续、科学的发展、理论的进步导致认知水平不同而带来的技术上的问题,但作为当时即开宗明义定义为"通俗"的作品,这种硬伤似乎无法挽回。似是而非的文学语气的描写和叙述、随处可见的作者对国家、民族、物产、民俗等数据的轻率采纳、因文化交流或研究不充分而进行的道听途说式的判断,都使这本书的当代阅读价值大打折扣,也极易产生误读的后果。或许我存有某种我自己都未明了的"偏见",但对科学著作来说,我觉得还是"严谨"一些更好。在知识通俗、普及化的过程中,什么是必须坚持的,什么是可以变化的,什么是能够取舍的,确实都值得探讨和研究。

2007年2月1日　合肥淮北佬斋

侯仁之:《历史地理学四论》(历史地理学)

这本书是我国现代历史地理学开创者之一侯仁之先生的一本关于历史地理学的论文及文章集,时间跨度则由20世纪50年代初至20世纪80年代末。读本书第一篇文章的时候,颇以为不好适应,在文末才看到,其文发表于1962年。就一门学问而言,如果相隔近五十载还未见认知上的一些较大差距,那总会有其特别的原因的,更别说作者及文章还有特定的中国社会近六十年罕有其匹的极其剧烈的观念和技术更新背景了。

历史地理学是什么？历史地理学其实也就是"昨天的地理"。地理学是空间科学，历史学是时间科学。这两者的结合，也许真的源于人类于黎明时期即已自然孕育的两大探索的向往，其一为人类对周边未知的认知渴求，其二为人类对自身来历的认知愿望。诚如作者对恩格斯《自然辩证法》所做的引用，地理、气候以及动物和植物之间，"一定不仅有在空间中相互邻近的历史，而且还有时间上前后相继的历史"。虽然过于笼统、宽泛，人类的趣味也愈来愈向非传统哲学的方向挺进，但经典的历史言论还是会为我们提供很清晰的参照和平台。

作者对中国特别的单元进行的历史地理学的综述使我体验到享用新知识的快乐。例如北京建城选址的必然性，盖因古代从中原北上由于北京正南方向湖泊沼泽的阻隔而只能选择太行山东麓的南北大道，道路与河流在卢沟河（即清泉河、永定河）相交，（囿于人类亲水而居的特性）卢沟桥地区本应成为北京城建的不二之选，却因卢沟河受季节性降雨的灾难性影响，本应靠近渡口的城市只好在去渡口稍远的高梁河、积水潭附近成长起来。河北承德的兴起更具人文地理的特点。三百年前的承德旧城地区只是武列河谷里一个叫热河上营的小村庄，清帝康熙在每年例行的北巡中了解到上营附近另有一处谷地开阔、泉水涌流、奇峰环列、古松成林的好地方，实地考察后决定在此地辟治园囿、建立行宫。应征前来的数以万计的民工夫役在工地外搭盖工棚，生活劳作，久远之后即形成与湖光山色、辉煌碧丽的避暑山庄一墙之隔的杂乱无章、布局零乱的承德旧城。这都是历史地理关注的话题,当然也颇具当代中国实用科研的特色。本书理论提炼的浅表化,是我最感不过瘾的地方。

(《历史地理学四论》,侯仁之著,北京:中国科学技术出版社,2005年1月第1版)

2007年2月23日　北京肆零书屋

陈寅恪:《读书札记一集》《读书札记二集》(读书笔记)

所谓"札记",按照手边字典解释,为"读书时摘记的要点和心得"。像我这样古文基础不厚实的人,对"札记"的理解总还是一种"现代、书面语"的范畴,即认为这种"文体",仅是国学研究传统中"批校"类治学方法的发展、延伸、扩展,即其广义的概括,而不知其根其源。好在国学及语言学大家陈寅恪先生的这两本"札记",为我的这种认知提供了一份有益的参照。这是我读这两本书时的收获。

两集封面简约,除书名、书店外,仅以拓片形式竖排两句"铭言":"独立之精神,自由之思想"。文章竖排的形式是陈寅恪习定的规范;此两言则节自陈寅恪撰文、1929年立于清华大学内的王国维纪念碑碑铭。陈寅恪早年留学日本及欧美,"一生坎坷,抗日烽火中,颠沛流离,生活窘迫,双目失明,暮年骨折卧床,更经痛苦。"虽然他做的是"学问",但这种发端西方的人文精神,还是在他个人的文化系统中打上了深深的印记。这也是我们必须认真对待的个人人文方向的一种选项,甚至就是我们精神来源的不多几个选项之一。

(《读书札记一集》《读书札记二集》,陈寅恪著,北京:三联书店,2001年9月第1版)

2007年3月6日　北京肆零书屋

刘和惠:《楚文化的东渐》(历史)

因为生于斯、长于斯,所以江淮地区古代民族、群落、国家的分析聚合,一直是我感兴趣、勤注意的内容,但了解得并不多,而且多属补课的性质。拿到这本《楚文化的东渐》,立刻找出各种零星时间把它读完,掩卷回味,觉得对商周时代的江淮,还是有了一定的了解的。

以较发达的中原地区为视点,商周时期的所谓"东方",即地处长江、淮河中下游的地区,大致可分为三个文化区域。一、江淮地区。在上古时期,江淮属于南北文化交汇地带,文化面貌比较复杂,考古发现显示,商周时期这里存在两个文化圈。A圈:包括从北面淮河两岸到东南沿江的含山、和县之间的地区,主要受到中原商周文化,后期南方文化因素有所增加;B圈:分布于江淮西南部皖河、菜子湖流域,即现潜山、枞阳、怀宁、太湖、安庆地区,这一文化圈的遗存具有浓厚的土著特色。二、淮海地区。即现江苏铜山、邳州、新沂、泗阳、连云港及安徽萧县地区,主要受到中原商周文化影响。三、江南地区。以湖熟文化为代表,其分布范围,以宁镇地区为中心,东南至常州市武进区,西南至马鞍山,北跨长江达江浦、六合、仪征,亦主要受中原商周特别是西周青铜文化影响。

商周时期的江淮社会,尚处于氏族部落的发展阶段。居民的结合基本上仍是建立在以血缘关系为基础的共同体中,在社会组织、经济生活、文化心理等各个方面,都呈现一种过渡状态。这里的居民,中原华夏人称之为"夷"。夷,是他称,不是自称。现在我们所知道的商周历史,是由国家机器比较完善的中原华夏人记下的。因此,我们只好随着他们所加的称号,不然就无以为名了。东夷的地域,大约相当于今天的山东全境及徐淮地区、河南的东部和南部、安徽的两淮之域。可见,东夷是一个泛称。那时候,两淮的居民都属于东夷这个大集团。

说实话,这本我寄予相当大期望的书未能带给我预期的收获。这也许有两个方面的原因,第一个原因是我的期望与本书的重心并不吻合;第二个原因是本书1995年出版,当时作者对历史文化的还原方式或多或少仍停留在统一规制的模型里,因此较不适应旧文化逐渐转型的当下阅读。

(《楚文化的东渐》,刘和惠著,武汉:湖北教育出版社,1995年7月第1版)

2007年3月10日　北京肆零书屋

(中国台湾)李济:《中国文明的开始》(历史)

这是李济先生一本以20世纪二三十年代中国考古为基础的对中国上古文明与文化研究的结集(考古止于30年代后期日本对华侵略)。"其一是有关中华民族的原始及其形成,其二为有关中国文明的性质及其成长。""关于中国文明起源问题,一直是学术界的焦点,而近年来我们所能看到的多是建立在李济先生这本著作基础之上的。"

李济说:"治中国古代史的学者,同研究中国现代政治的学者一样,大概都已感觉到,中国人应该多多注意北方:忽略了历史的北方,我们的民族及文化的原始,仍沉没在'漆黑一团'的混沌境界。两千年来中国的史学家,上了秦始皇的一个大当,以为中国的文化及民族都是长城以南的事情。这是一件大大的错误,我们应该觉悟了!我们更老的老家——民族的兼文化的——除了长城以南,长城以北的土地直至西伯利亚一带,这些都是中华民族的列祖列宗栖息坐卧的地方。因此,现代人读到'相土烈烈,海外有截'一类的古史,反觉得新鲜,是出乎意料以外的事了。

"外国的汉学家研究中国古史,有时虽也免不了'卤莽灭裂',但究竟是'旁观者清',常能把我们自己认不出的问题,看得清楚些。……我们以研究中国古史学为职业的人们,应该有一句新的口号,即打倒以长城自封的中国文化观,用我们的眼睛,用我们的腿,到长城以北去找中国古代史的资料。那里有我们更老的老家。"

因为李济的求学、生活背景,读这本书我能明显感觉到他胸襟的开阔和文化世界观的某种宽展、包容。他会把中华文明置入以现代西方文化视阈为主导的人类文明的畛域中加以考察、分析、推断。我觉得,这使他比当代中国许多学者拥有更好的学术和文化视界,但也因此而冒丧失或部分丧失强烈而深刻的"地方立场"的风险。

(《中国文明的开始》,李济著,南京:江苏教育出版社,2005 年 8 月第 1 版)

2007 年 3 月 12 日　北京肆零书屋

杨仁敬等译:《美国后现代派短篇小说选》(文学)

这本书未能改变我对现代小说和后现代小说的固有观念,也未能使我从中找到两者的明确区隔。

译者在本书《前言》中对后现代小说的主题思想、人物塑造、情节结构、语言风格和表现手法等方面的特点进行了归纳(这似乎又使我回到了传统小说的批评模式之中),它们大致为:1.它们所描写的人物大都是"反英雄",身世简单,"来历不明",有时隐去其经历,甚至无名无姓,性格刻画消失,人物成了故事的陪衬,成了不可捉摸的"影子"或"代码";2.作者在创作短篇小说时又对小说本身进行评述,表现了"并置""非连续性"和随意性的"元小说"特点;3.小说与绘画和多媒体的结合,造成"视、听、说"融合的轰动效应,(有的小说)文本与图画构成了互文性;4.科幻与虚构和史实的结合,突破了短篇小说的时空界限;5.在叙事话语方面不再拘泥于传统模式,作家往往在有限的篇幅里采用拼贴手法,以断裂的句子构成段落和章节,有时引进超文本的电脑语言,有时采用电影剧本式的话语,突出人物的动作,重视关键词的"重复",有时作者直接"闯入"文本,说三道四。

但是,这些"特征"大多对我而言似乎并不新鲜,因为20世纪70年代末80年代初上大学时我就努力地"研究"过其时正大力译介成中文的西方现代派文学、现代派小说,并大致形成了自己的"看法"和"观点"。当时无法明确地归于现代派中某具体"流派"的作家和作品还被置于一些选集的后部,以供参考,不过近三十年过去,现在他们都被归类了,那就是范围广泛的所谓"后现代主义"或"后现代派"了。

我觉得,后现代主义小说时常只是把事物的许多属性不加分类地陈列出来。的确,欧洲出"主义",美国则做实验,但从更广大的角度看,两者的区别并不明显,即欧美的现代主义作品更多地承继、发展了欧洲的浪漫主义,而其后现代主义作品则更多地承继、发展了欧洲的现实主义传统。

在现代和后现代主义范畴内,许多作品是在做"实验",不过我并不喜欢"实验",也许是不喜欢这种词汇。可能我更喜欢比较成熟的而不是"实验"的作品?这样一说,我就觉得我内心里可能仍归于传统和保守的那种类型。我现在还是不能像接受纳博科夫、博尔赫斯那样坦然地接纳、改造像威廉·加斯《在中部地区的深处》那样的作品(虽然不能说不喜欢这种文本的"创意"),这肯定与我的趣味有关,但也许与我周边的"时代氛围"关系更大。

(《美国后现代派小说选》,杨仁敬等译,青岛:青岛出版社,2004年6月第1版)

2007年6月4日　合肥淮北佬斋

(美国)蕾切尔·卡逊:《寂静的春天》(环境保护)

这是美国一位女海洋学家写的一本环境保护方面的书,主要讨论的是杀虫剂,例如DDT等带来的环境污染。该书出版于1962年,翻阅那个年代的书报刊物,"你将会发现几乎找不到'环境保护'这个词。"美国前副总统阿尔·戈尔在其

"前言"中说,"它是一座丰碑,它为思想的力量比政治家的力量更强大提供了无可辩驳的证据。1962年,当《寂静的春天》第一次出版时,公众政策中还没有'环境'这一款项。"因此这本书也被誉为"绿色经典"。

1962年,距今已经四十余年了,这使我想起20世纪90年代有一年在马鞍山在严歌平安排的和一批文学朋友座谈聊天的小型聚会上,当我说出恩格斯"发达的工业化国家今天的现状就是不发达的非工业化国家未来的图景"(大意)这句话时,即刻被婉转批判的情况。虽然我至今仍一如既往地拿不准社会发展的复杂规则,但不能完全封闭发展的人类各文化系统,看来摆脱不了走相同、相似的文明路程的命运。

因发现DDT杀虫功效而获得诺贝尔奖的瑞典人保罗·穆勒等人发明的杀虫剂,在为人类做出贡献的同时也给人类带来了一系列严重的生物和文化困境。"试图解决某个问题但随之而带来一系列灾难,这是我们文明生活方式的伴随物。……在人类出现以后的这段时间里,50多万种昆虫中的一小部分以两种主要的方式与人类的福利发生了冲突:一是与人类争夺食物,一是成为人类疾病的传播者。"另外,"在农业的原始时期,农夫很少遇到昆虫问题。这些问题的发生是随着农业的发展而产生的——在大面积土地上仅种一种谷物,这样的种植方法为某些昆虫数量的猛烈增加提供了有利条件。"我暗地里总在想,难道有科技进取心和现代发明传统的西方文明从根本上就错了?就是一个歧途?人类将因西方的错误的文化精神而步入万劫不灭的绝境?但可怕的人类历史证明,地球上的民族国家若不卷入西方式的创造和竞争大潮,就极可能遭遇殖民、奴役、剥削、呵斥,甚至种族衰落、灭绝等惨境。人类应该怎么办?也许真的会车到山前必有路,柳暗花明又一村?

我一直无法钟情这个似乎并未蕴含浓厚文化思想的(环保)话题,觉得它非常不深刻,并且是反哲学的。但四十多年以后,环境问题已经成为全球语境下最热门、也是现今中国最忧心的非传统安全方面的话题之一了。如果我们换一个角度来看人类到底能在多大程度上承受和适应(不仅是农药)环境污染……拿中国的情况来说,2007年中国土地、天空、地下各种污染的严重性是1977年无法相提并论的(华北平原从冬季到初夏所有地表水的酱油色让人心烦意乱),但我们的人均预期寿命却像GDP一样在不断地增长。这其中的不可知因素可能并非我们从表面上看到的那样相对单纯。

与之相关,我想到了我们总是争论不休的先发展后治理,还是边发展边治理的问题。在1996年台海出现危机、1999年南联盟出现炸馆危机、2001年海南发生撞机的真实处境下,在2006年之前,难道先发展后治理不是中国唯一的命定选项吗?当中国的外汇存底超过一万亿美元,传统安全问题已经大致得以解决的时候,我们才似乎初步有资格正式坐下来谈论环境污染治理的大问题。

(《寂静的春天》,蕾切尔·卡逊著,吕瑞兰、李长生译,长春:吉林人民出版社,1997年12月第1版,2004年10月第3次印刷)

2007年6月26日　合肥淮北佬斋

鞠海龙:《中国海上地缘安全论》(地理·战略)

纵观中国历史,陆权一直对海权有压倒性的重视理由。这不仅仅由于中国的民族文明是从内陆的黄河等流域发展起来,还由于在古代轻视了陆权即有迫在眉睫的亡国灭种的危险。这或许可以部分地解释中国历史"陆地至上"的文化观。但在某些国家稳定和强盛的时期,治理者未能补偿海权的缺欠,或走出一条海洋道路,则令人困惑不解。任何问题都是"历史性"的,也许这正是国家命运的天定局限。

中国的陆权问题仍将长期存在。"海权强大的国家都有强大的陆上能力",这句话既充满诱惑,又充满风险,也需要精细定义。但这毕竟提供了一种现实的、现成的选择。

在中国的历史上,"北防南伐"一直是国家(或民族)战略的重心。用柏杨的话说,北方毕竟生存条件严酷,而南方充满了花和蜜。人的生存本能也会决定国家和民族的走向。

中国走向海洋的过程也应该是海权实现的过程。在现实语境中谈论中国的海权有其特定意义,这是因为陆地的传统安全的理论和实践已因过于成熟走入一种困境,而广大无边的海洋不但提供了快捷的全球交流便利,军事上快速机动的要件,宽敞无边的战略纵深,更是资源或潜在资源的无尽宝库。

(《中国海上地缘安全论》,鞠海龙著,北京:中国环境科学出版社,2004年12月第1版)

2007年5月12日　北京肆零书屋

(美国)巴恩斯通编:《博尔赫斯八十忆旧》(文学访谈)

博尔赫斯的语言时常言简意赅,在80高龄的时候。以下是他的部分语录。博尔赫斯说:"我一生中读的书不很多,大部分时间都在重读。""爱默生……他有自己的思想。别人只有理智,但完全没有思想。""一个诗人应当把所有的东西,甚至包括不幸,视为对他的馈赠。不幸、挫折、耻辱、失败,这都是我们的工具。""也许每一个时代都在一遍一遍地重写同样的书,只是改变或加入一些细节。""语言,毕竟只能描述人所共有的体验。如果你不曾有过这种体验,你就不能产生共鸣……""我从未尝试过什么主题,我从未寻找过什么主题。我让主题来寻找我。""一个作家身后留给人们的不是他的作品,而是他自己的形象。""我不信奉国家。国家是一个错误,是一种迷信。"(这句话记录了一个真正"文人"的真面目)"(惠特曼)他想代表整个美国。""我觉得一个人仅凭他自己不可能改天换地,另起炉灶,因为他毕竟要使用语言,而这语言就是传统。"

博尔赫斯的谈话确实都不诉诸理性,而多诉诸感觉和想象。我突然从国家、政治、军事、战略、地理、民族、传统文化等兴趣转向对作家的阅读,起初觉得颇不适应,感觉作家是那么不顾"事实",说话完全是以自我为中心的肯定口气,并且习惯于以偏概全还坚持己见。博尔赫斯和他采访者的话题总是梦境、死亡、过去、拯救、记忆、忘却、地狱、天堂这一类抽象或根本不存在的东西,我最初也觉不习惯,但逐渐逐渐,就接纳了它们。其实世界上的话题和氛围很多,也各具特色。有些东西虽然很"小圈子",但世界又总是"先有圈子,后有时代"的。我们得或不得不相对稳定地在一定的小圈子里过活(只偶尔出去打打游击),这是我们命定的立足点。

(《博尔赫斯八十忆旧》,巴恩斯通编,北京:作家出版社,2004年1月第1版)

2007年5月4日　北京肆零书屋

(南非)库切著:《动物的生命》(小说)

一套丛书中的一本,很小,很薄。但我怎么都无法从这本书中找到感觉:阅读的快乐、思想的冲击、文本的启迪,等等。依据我读书的经验,碰到这种情况,我总会从我自己寻找原因的。我阅读的状态不佳?阅读环境的问题?前期阅读惯性尚未扭转?失去了阅读的兴趣(所有的书)?似乎都不是。对翻译成中文的文学作品,如果出现此种情况,我觉得原因大约可以分为四类:第一类,我的状况糟糕;第二类,作品不佳;第三类,译文晦涩;第四类,因其高深我还未能读懂。不过不管怎么说,我都打算放弃这本书了。不是完全放弃库切的作品,而是先放弃这本书。也许以后还会有机会读库切的作品?甚至是自己学好了英文去磕磕巴巴地读原著?这都有可能,也但愿如此。

(《动物的生命》,库切著,北京:北京十月文艺出版社,2006年1月第1版)

2007年5月14日　北京肆零书屋

(英国)毛姆:《毛姆读书随笔》(随笔)

毛姆是"20世纪英国最伟大的作家之一"。我记得20世纪80年代初就买过、读过他的长篇小说《月亮和六便士》,中文译本的封面设计有点非洲风,但内容现在已经不怎么记得清了,隐约觉得好像是写运动员的。我以为,这大概就是文风和意趣的缘分:将离你近的,再远也终将近你而来,将离你远的,再近也必将远你而去。

由于没有阅读外文的能力,读到不怎么对脾气的译品,在我的脑海里,第一个冒出来的念头,就是翻译是否出了问题,而无力去尝试着读一读原著。这是始终使我觉得遗憾的事情。当然,这是文化的接受还没有太过直接的关系,人类不同语言间的"复制""翻拍"本就是"以讹传讹"、"将错就错"、正谬掺杂、"一人一样的",比如张谷若先生翻译英国汤玛斯·哈代的长篇小说,相信没有第二位译家会把哈代的作品翻译成那个样子。也许不同语言间的事情就是这样,习惯了就好了,没有绝对的"正宗",我们感受到的异族的语言、文化,也就该允许是各种各样的了。

回到"将离你近的,再远也终将近你而来,将离你远的,再近也必将远你而去"这句话上来,我与毛姆的"缘分"大约也就是这种状况。近三十年前就读译介过来的他的长篇小说,现在再读他的这本随笔集,仍然未能有效地找到共鸣的节点,一而再,再而三地试图从中寻访点可意的东西,但在21世纪文化背景支配下的我总觉得毛姆的随笔过于浅显、直白、陈旧、大众化而未见独到的思想和风韵。这其实更多的可能是我自己的原因。一般而言,现实主义的小说作品难以提起我最大的兴趣,而贯穿了扎实新观念、新思维的文本,我则兴味盎然。这也许就是我与毛姆之间的问题。

但"读书是一种享受"这句话使我喜欢,虽然我读书还无法仅成为一种享受,有时候甚至竟仅仅不是享受。不过我现在已经能够感受到看见书本时我心脏就会加速工作的微妙变化。我喜欢这种反应和状态,这让我有坐享其成人类文化的强烈而美妙的快感。

(《毛姆读书随笔》,毛姆著,刘文荣译,上海:上海三联书店,1999年12月第1版,2007年4月第2次印刷)

2007年7月4日　北京肆零书屋

陆忠伟主编:《非传统安全论》(国家安全)

这是我非常喜欢的一类书,内容涉及国家安全、地缘战略、军事战略、地理边疆、宏观视界、对外关系、大国博弈,等等。宏观战略的习惯视界使人心怀远大,也能使人体会广阔生活的另一种快乐和诱惑。这是我一直深陷其中、无力自拔的一个"陷阱"。

非传统安全与传统安全相对而言。"从国家安全的角度谈传统安全,我们通常指千百年来始终或多或少困扰和影响各国生存的那些安全问题。这当然主要是指军事安全。"

非传统安全大致包括了以下几个较大的方面:①经济安全问题,②金融安全问题,③能源安全问题,④环境安全问题,⑤水资源安全问题,⑥民族分裂问题,⑦宗教极端主义问题,⑧恐怖主义问题,⑨文化安全问题,⑩武器扩散问题,⑪信息安全问题,⑫流行疾病问题,⑬人口安全问题,⑭毒品走私问题,⑮非法移民问题,⑯海盗问题,⑰洗钱问题,等等。这些问题都是相关及相互牵连的,传统安全与非传统安全也可能相互转换。

关于"突厥"。"'突厥'原指称公元5世纪起源于阿尔泰山一带的一个游牧部族。该部族逐渐兴盛,在公元6—8世纪建立起由诸多部族和部落联盟构成的突厥汗国,在隋朝时期又逐渐分裂为东、西两部。至8世纪中叶,东、西突厥汗国相继衰亡,突厥汗国时期的各部族也随着历史进程,逐渐分化、演变,形成现在操阿尔泰语系突厥语族语言的诸多民族,其中包括土库曼、阿塞拜疆、土耳其、鞑靼(我国称为'塔塔尔')、维吾尔、哈萨克、乌兹别克(我国称为'乌孜别克')、吉尔吉斯(我国称为'柯尔克孜')、撒拉、西部裕固、巴什基尔、土瓦、雅库特等30多个民族,除我国新疆、甘肃和宁夏外,这些民族分布于中亚、俄罗斯联邦、高加索、西伯利亚以南地区以及土耳其、阿富汗、伊拉克、塞浦路斯等国家。"

关于"斯坦"。"斯坦"意为"地域、地方"。

关于宗教产生和存在的三个一般性的条件。第一,异己的自然力是宗教产生和存在的"自然原因";第二,人类认识水平的局限和认识方法上的失误是宗教产生和存在的"认识原因";第三,现实生活中的痛苦和不如意是宗教产生和存在的"社会原因"。

关于非传统安全的六个明显的特点。一是跨国性,二是不确定性,三是转化性,四是动态性,五是主权性,六是协作性。

今天天气十分郁闷。董静随单位先进工作者旅游团去海南旅游了,我一个人待在家里读书、做笔录并保证及时给花园里的植物喂水、给两只小乌龟换水喂食。不过我不能再在写字台的电脑对面待下去了,心里因闷热而有点烦乱。我打算出去走走,买一份《参考消息》回来慢慢地品读。我马上就要关电脑了。回见。

(《非传统安全论》,陆忠伟主编,北京:时事出版社,2003年11月第1版)

2007年6月26日　合肥淮北佬斋

(意大利)安伯托·艾柯:《误读》(文学)

艾柯的这批主要作于20世纪50年代至70年代初的短文走得太远,或走得较偏,难以成为我的主流阅读。虽然无法简单地以好坏进行评判,但它的具有丰富内涵的复杂性却是毋庸置疑的。有些篇什则是建立在广博学识基础上的有趣的戏仿。相关的问题是:它们是小说吗?还是随笔(以中国的文体观)或者论文?其实这样的问题非常不重要,重要的是我们应该期望或争取一种有边界但又确定无疑的开放式的文化机制和文化观。这也是有张力的强势形态的社会所亟须的。毫无疑问,当代中国的文学边界还是可以感知的。在当下的文学现实中,我们可能的选择,也许有如下三条:第一条,随心所欲,无论名利、等级和发表,像古典情境中某些前辈那样,让作品在其命定的逻辑轨道上运行并奔向其不二归宿,这是我最钟情的;第二条,向当下文化潮流和消费趋向妥协,或可落得些名利的红包;第三条,在(占据某种舞台的)特定条件下,走以上两种可供选择的道路或仅选其一。这或者只是我的一种备忘。

(《误读》,安伯托·艾柯著,吴燕莛译,北京:新星出版社,2006年6月第1版)

2007年7月5日　北京肆零书屋

王逢振:《美国文学大花园》(文学史)

这是一本通俗的美国文学史著作。如果以1776年7月4日英国北美殖民地地区的大陆会议通过《独立宣言》为标识,将美国文学区分为独立前和独立后两大板块,我们就能较清楚地把握美国文学的发展脉络。

美国独立前的一百多年(约前推至17世纪初的1610年代),殖民主义者们忙于扩张土地或巩固既得利益(印第安人崇拜自然,而欧洲移民则把自然视为他们的障碍甚至敌人,欧洲已经开始资本主义商业社会,一切都被欧洲移民当作商品,甚至印第安人本身也成了资源。欧洲人的傲慢,以及他们的对土地和动植物的物质主义看法,导致了印第安人对他们的反感和排斥,把他们看作是没有灵魂的机械的东西),尚无暇顾及文学。独立之后及南北战争直到20世纪,我们熟悉的美国作家才逐渐多了起来,按照我个人的记忆,他们是诗人兼小说家爱伦·坡,写《汤姆叔叔的小屋》的斯托夫人,写《瓦尔登湖》的超验主义代表作家亨利·大卫·梭罗(超验主义肯定人的不可剥夺的价值,理论上,它肯定人的本能中固有的神性,肯定超自然的属性转移为人类的自然构成),写《红字》的霍桑,写《草叶集》的具有划时代意义的诗人惠特曼(通过反复的对中文译本的阅读,我一直认为这是一部极其伟大的散文诗集),写《哈克贝利·费恩历险记》的马克·吐温(随着文化研究的发展,我们很可能把他解释为美国民族形象和民族性的构建者),写难读但又风格独特的《一个贵妇人的画像》的现代心理小说的开创者亨利·詹姆斯,等等。

美国的文学史实在短得令人咋舌。但对我个人来说,强势发展中的美国政治、经济和文化到20世纪结出了硕果,这一时期的不少美国作家给我留下了深刻印象,有些甚至还相对深入地影响了我的文学观念、文学实践和文学价值判断。从美国现代戏剧的开拓者尤金·奥尼尔(他的第一个剧本是《网》,开头第一句"天啊,这是个什么样的夜晚呀!"成为他此后剧作中以不同方式经常重复的一句话)开始,海明威的简约的文风,菲茨杰拉尔德奢华的精神气质(长篇小说《了不起的盖茨比》),麦卡勒斯深层激烈的《伤心咖啡馆之歌》,威廉·福克纳精神史诗般的意识流和美国南方的神话(他的主要作品都是杰作),现代主义大师托·斯·艾略特(他的《荒原》也是我在大学校园里反复纵情诵读的),学院经典的后现代主义大师纳博科夫(他的史无前例的杰作《洛丽塔》),犹太天才艾·巴·辛格(他的中短篇小说无与伦比)以及风格特异的索尔·贝娄,都曾经在时空和精神历程的某一阶段占据过我的心灵。文化能力总是与社会的整体能力和开放机制相对应的,虽然文化又总是滞后和"拖沓"的,在这种预设的前提下,我仍谨慎地看好美国文学,认为它宏观上仍能够在一个适当长的时期向人类贡献新鲜的人文元素和特别的文本实验。当然它不会一帜独树,就像它一直未曾一帜独树一样。

(《美国文学大花园》,王逢振著,武汉:湖北教育出版社,2007年1月第1版)

2007年7月9日　北京肆零书屋

(法国)拉巴·拉马尔、让·皮埃尔·里博主编:《多元文化视野中的土壤与社会》(文化)

本书是1998年5月在法国克兰让达尔举行的"土壤,文化与灵性"专题讨论会的发言结集,并收录了《克兰让达尔土壤宣言》。也许是经过了编辑或删削的原因,文章普遍短小精练,这样的会议论文使我读起来有振奋感。

关于土地的一切是我这种具有土地情结的人所持续关注的,也是我属性的某一方面倾向于农耕思想的一种情感的流露。在本书中,以下的相关讨论会引起我特别的注意。

1. 自然性质的土壤,即土壤是什么?

"土壤是陆地生态系统的有机组成部分,它构成陆地表面与岩石基地的中间层。根据其物理、化学和生物特征,土壤可细分为多个彼此相连且功用不同的水平层。从土壤利用的历史和从生态和环境的观点看,土壤这一概念还包括多孔沉积岩、其他可渗水物质及其中所含水分的地下水储量。"

(欧洲理事会,1990年)

2. 土壤的现状、生态及其他功能:

土壤包含或生产了所有生命所必需的空气、水、粮食等,对生命不可或缺;土壤控制着水,水在土壤中流过,可被土壤过滤、转化和净化,土壤可调节地下含水层的物质构成和水流方式;土壤保障食物链的运行与稳定,土壤中大量积累的化学产品已成为威胁我们生命的定时炸弹;土壤是人类活动的物质载体,支持着人类的基础建设、日常活动,还是工业活动的原材料;土壤包含了多样化的生命形式,土壤是一个巨大的生命基因库;土壤影响全球气候;土壤是人类历史的见证,土壤是人类历史的储存器;土壤是一种稀有的、可缓慢再生的资源,土壤是各种形式的气候和生命在岩石上长期(甚至超过了人类历史的长度,十几或数百万年)结合作用的结果,但土壤恶化则是人类活动的结果;土壤正在衰落。(《克兰让达尔土壤宣言》)

3. 土壤和土地:

"土地的概念包含了更表面化和更总体化的土壤观念。……土壤是一种事实,而土地是一种概念。"(《犹太教中的土壤》)

4. 土壤与植物:

"特定的植物物种与特定的土壤类型相联系,构成一个完整的生态体系。"(《东亚马逊土著人的土壤观念》)

5. 宗教中的土壤:

佛教中的土壤,"佛教把土壤当成是土地的一个组成部分,而土地是佛教精神与宗教思考的重要内涵之一。……这种宗教与沙漠无缘,它的思辨和仪式都需要青翠浓郁的山谷,而富饶的土地则是佛祖慷慨和仁慈的象征。"(佛教中的土壤)犹太教中的土壤,"人和土地一样属于大自然,其中隐含了一种彼此的尊敬,为此人应当尊重自然。"(《犹太教中的土壤》)在印度教中,大地是母亲,"女性有月经周期,土地也有适合耕作与不适合耕作的周期。耕作土地常被喻为性行为。翻开泥土的犁是男性生殖器的象征,耕作过程中向两边分开的泥浪象征了阴道。撒到泥土中的种子代表了放入子宫的精子。"(《印度的土壤》)在非洲黑人眼中,"土地不只是神的创造物。它与至高无上的神一起参与了创世,因此土地常以造物主妻子的面目出现。"(《非洲黑人的土地神性和"神化主义"》)

(《多元文化视野中的土壤与社会》,拉巴·拉马尔、让·皮埃尔·里博主编,张璐译,北京:商务印书馆,2005年8月第1版)

2007年7月6日　北京肆零书屋

马凌:《后现代主义中的学院派小说家》(文艺理论)

这是我这两个月来读到的最能产生共鸣的一本书。我对这一话题非常感兴趣,如果不打算利用较大块的完整的时间,我总是一页一页、慢慢地认真细致地读它。在我的初始期待中,这本书应该是讨论学院派小说家的一本专著。但其实不是,或不完全是。它研讨的是职业上作为大学教授的那些小说家们的生活和作品。当然,在观念宽泛的现如今如果把它们归为文学潮流中的一类,也不是没有许多共同的特点的。作者把有关学院小说家的流程梳理得十分清楚。论述也不沉闷,虽然选题压抑。作者对此真的有很好的感觉,而不仅仅是在做学问。

后现代主义文学是什么?所谓后现代主义文学,"通常是指第二次世界大战后出现在西方的一种主要的文学流派、文艺思潮和文学现象,它是西方社会进入后工业化时代的产物;正式出现是在20世纪50年代末到60年代初,鼎盛时期是七八十年代,到了90年代声势大减,至今仍是一个开放的、未完成的文学流派和思潮。一般而言,后现代主义的基本特征是不确定性的创作原则,多元化的创作方法以及语言试验和话语游戏。"

学术和市场的双重压力?这是一个非学术性的新派问题,对实践中的选择也相当重要,还是一个"既能使作品行销全球、印数千万的畅销书,也能吸引研究者为之写出数以千计的论文和专著"的问题。文化思潮和价值观总是能无孔不入地影响所有的分类文化。"思想写作"?虽然不准确,但也有约定俗成的便利。

有价值的学院作家,"首先,他们都是优秀的读者,熟悉文学传统,接受过学术训练而又能独立思考,见他人之所未见,""其次,他们全都是优秀的教师,……特别是他们基于教学的研究论著,有着一般课本所没有的深刻洞见,"第三,他们又都是"自觉意识很强的小说家。"这确实是其中几个重要的标准。

"纳博科夫从19世纪小说中看到了无数精巧的细节,还有技巧下面深深隐藏的虚构性,从而意识到二者的相辅相成乃是小说的魔术。""在他们的笔下,故事是重要的,情节也是重要的,叙述还是重要的。"博尔赫斯说:"我经历得很少,但是我懂得很多。"(学院派作家)"他们的生活相对而言比较平静,所以他们更喜欢的是在形而上的世界里驰骋遨游,这也就形成了与19世纪小说绝不相同的'书卷气'。"我觉得,单凭感性已经无法在文学道路上走得更远,这是一个理性和知识被推崇的时代。我对此相当认同。

"'俄国人'是纳博科夫摆脱不了的文化身份",但(纳博科夫说)"一个有价值的作家的国籍是次要的,作家的艺术是他真正的护照。"纳博科夫"自觉跳出移民文化的小圈子,放眼书写人类精神的大问题。""从形而上的层面考虑个人自由问题……"这使我再一次认真思考区域文化或民族文化与作家的重大关系。如何发掘其中你总是认为已经穷尽的内容,会成为你上升或阻碍你上升的台阶。

关于《洛丽塔》,"意义的不确定性,文本的开放性,阅读的游戏性,恰是后现代主义的特征。"从20世纪80年代读纳博科夫开始,我一直未感觉到他作品的难读、难懂和艰涩。不过他作品的个性却一直是显而易见的。

"在纳博科夫这里,戏仿的关键在于'戏',在于摈弃一切寓意的、说教的、社会批判的内涵。……(他说)'讽刺是一堂课,戏仿是一场游戏。'"这是一个大的价值体系的一部分。思想的自由度越高,人创造和发明的能力就越大。

"艾柯最引人瞩目的,是他在多个世界间轻松游走的能力,还有那不保守也不过激的精神。正是这种能力和精神,使他既感兴趣于最经验主义的托马斯·阿奎那,也热衷于最现代主义的詹姆斯·乔伊斯;既强调阐释的力量,又担心过度阐释的危害;既能使作品成为能行销全球、印数千万的畅销书,也能吸引研究者为之写出数以千计的论文和专著。"毫无疑问,这是最理想的结局和妙想。但鲜有几人能从中获得快乐和欢喜。

"艺术的特征在于活动的同时发明活动,解释就是作品形式无穷的表象与接受者个人无穷观点的相汇。"艾柯指出,"所谓'开放的作品'是因接受者的参与而被积极展开的作品,人们可以用不同的方式阐释它而不至于损害它的独特性。""在艾柯看来,乔伊斯的作品是'开放的作品'的典范,因为这里有无数意义节点,如同一部令人眼花缭乱的百科全书,可以从读者角度得出无穷无尽的解释。""而有时,无限的自由也就意味着无限的专制","诠释是有界限的。这一界限在于文本。"

洛奇认为,"人们不断追求陌生化效果,一代作家作为前景加以突出的东西在下一代手里可能成为背景而失去令人瞩目的地位……文学通过背离传统而实现变革。"关于不确定原则与后现代主义模式,"洛奇把后现代主义当作是现代主义与反现代主义之外的第三种模式,认为'后现代主义坚持了现代主义对传统现实主义的批判,但是它力图超出、绕过或僭越现代主义;因为,无论现代主义进行了多少实验或显得何等复杂,它还是向读者提供了意义,尽管不止一个意思……对于后现代主义作品的读者来说,困难并不在于意义上的隐晦——隐晦是可以搞清楚的,而是在于意义不确定,这是它特有的性质。'"

洛奇说:"我是个学院派批评家,精通所有术语和分析手段……我是个自觉意识很强的小说家。在我创作时,我对自己文本的要求,与我在批评其他作家的文本时所提出的要求完全相同。小说的每一部分,每一个事件、人物,甚至每个单词,都必须服从整个文本的统一构思。""文本性如同脱衣舞学说。"而洛奇既"反对'作者死亡'的观点,认为分析小说不可能抛开作者意图,也承认读者的自由,认为分析小说要有读者的参与。"

晚年的博尔赫斯不无得意地说:"在我 47 岁的时候,一种令人鼓舞的新生活展现在我的面前。从此我便在阿根廷各地和乌拉圭旅行,举办讲座,讲斯威登堡、布莱克、神秘的波斯人和中国人、佛教、加乌乔诗歌、马丁·布伯、《卡瓦拉》……海涅、但丁、表现主义和塞万提斯。我从城市到城市,在从未见过的大饭店过夜。又是由母亲或几个朋友陪同。我不但比在图书馆挣的钱多,而且感受到了工作的乐趣,觉得自己这样做是正确的。"从大学退休以后,"博尔赫斯依然在各地旅行讲学,成为一个'周游世界的诗人',"并写出了包括《沙之书》那样的多种诗集和研究专著。在一生的最后二十五年里,他被视为"20 世纪具有国际声望的大作家"。说实话,我得注意这种生活态度、生活状态及其价值。

博尔赫斯说："我经历得很少,但是我懂得很多。"博尔赫斯"从书本出发,他跳开了形而下的生活的羁绊,不再局限于表现所谓熟悉的日常生活,而把目光放在了形而上,放在了心灵,放在了人类生活中超越时空的一些本质的东西。""从阅读出发,他形成了自己独特的文学理论,也就是对虚构的辩护,对逻辑的反对,还有对游戏的推崇。"

厄普代克说："(博尔赫斯作品中的暗示)是图书馆所特有的,而一到户外就会消失不见。"这是关于写作氛围的话题,有其特殊的意义。

(《后现代主义中的学院派小说家》,马凌著,天津:天津人民出版社出版,2004年7月第1版)

2007年5月17日—2007年5月27日　北京肆零书屋

汪民安主编:《文化研究关键词》(工具书)

一本非常有用的社科、文化类工具书,至少我是将它归类于工具书范畴的。

现在读哲学、心理学、文化(狭义)、文艺批评一类图书的困惑常常在于遭遇西译中的术语的狙击,这其中的问题一是对西语直接的音译,二是将西语意译成汉语。将西语意译为汉语,会有一个学养的问题,还有一个时尚的问题,例如20世纪二三十年代诗人徐志摩等人将英国地名进行"枫丹白露"式的诗化翻译;对西语进行音译,省事倒是省事,但要想理解"元小说""元叙事"之类的词语,不折腾三五个工作日将一事无成。我时常自问,有必要严格区分语词、词语、话语、说话等词汇的口语词义吗？当然这在书面的环境中仿佛是必需的，"发明这些概念，并不是为了发明晦暗本身，而是为了发现这个世界的晦暗。换一个说法就是，这些深渊般的理论概念，之所以变得晦暗，并不是因为词语本身的晦暗，而是因为世界本身的晦暗。世界本身如此之复杂和晦暗，以至于任何的词语都难以将它耗尽。"（汪民安）但现存的另外许多学科好像没有类似的情况（我使用"好像"一词，是我还没有能力完全肯定）。例如现代汉语中的军事理论，识字的人大致都能读懂，当然，如何理解和体会是另外一个问题；例如地缘政治、地缘安全理论，你会感觉自己正生活其中；例如人类学、民族学理论，除了兴趣以外，你不需要做太多的思想准备。不过总体而言，我并不反对新鲜的、西式思维系统的词语或语词出现，特别是在我们打算深入这种理论的腹地的时候，新语词因归纳了事物的不同或范围更广的属性而会成为十分有用的工具。另外我会兀自对各种不同的学科进行一种"类型化""等级化"的工作，例如我会将哲学、文艺批评、精神心理等学科纳入抽象思维领域，这一类图书需要进行"大伤元气"的苦读，而将政治、军事、安全、地理、历史、民族、地缘、边疆等归为实用领域，这类图书阅读起来就轻松多了（对我个人而言），将对它们的阅读穿插进行，也就很有些符合劳逸结合的工作——休闲原则了。

（《文化研究关键词》，汪民安主编，南京：江苏人民出版社，2007年1月第1版）

2007年8月16日　北京肆零书屋

（加拿大）马修·弗雷泽：《软实力：美国电影、流行乐、电视和快餐的全球统治》（文化）

相对而言，这并非晦涩难读或因深刻而需要细品慢嚼的图书，像它的副标题那样，这是一本使用流行语言的非学术性的研究专著。在弗雷泽这里，流行乐、电影、电视、麦当劳或肯德基式的快餐、迪士尼类的主题公园等是美国统治世界的另类实力，"从传统上说，美国的外交政策一直痛苦地在利己性现实主义的冷静考虑和道德性理想主义的崇高使命之间难以抉择。""软实力在美国的外交政策中一直是一个至关重要的战略资源。在第一次世界大战期间，美国最有影响的对外使者之一就是查理·卓别林。第一次世界大战结束二十多年后，当第二次世界大战爆发的时候，米老鼠和唐老鸭引导着迪士尼外交将美国的价值观传播到全世界。"而在我的理解中，除经济、军事实力外，其他类型的能力例如政治、外交、旅游、慈善、宗教、语言、文化、学术研究、体育等等都是软实力，这也许有点儿泛化，不符合学术精确的普遍原则，但这正是我们普通人从字面上正常理解的那种含意，另外，对此概念的使用也将因此会是轻松和"流行"的。

但到底什么叫软实力？有真知灼见的学者或专家怎么定义它？谁首先提出了这一概念？难道它以前并不存在或并未流行？"就定义而言，假如说硬实力建立在事实的基础上，那么，软实力就是建立在价值观的基础上的。""第一个提出软实力这一概念的是曾在克林顿政府担任过国防部副部长的哈佛大学教授约瑟夫·奈。奈将软实力定义为'在国际事务中运用媚惑替代胁迫实现所渴望结果的能力。'奈特别指出,美国的全球影响不能仅仅依靠经济实力、军事力量和威慑能力。……美国在世界的领导地位必须要依靠软实力来维护,也就是说,要靠美国生活方式、文化、娱乐方式、规范和价值观对全球的吸引力来维护。简言之,美国的领导地位只有建立在道德基础上,才是更有效的领导地位。"软实力的事实难道在此之前不是一直存在着吗？显然一直存在着,但归纳、总结并提出一种新概念和没能做到这一点有天壤之别。真正健康活跃的百家争鸣、百花齐放的氛围,经常是千载难逢的。

(《软实力:美国电影、流行乐、电视和快餐的全球统治》,马修·弗雷泽著,刘满贵等译,北京:新华出版社,2006年12月第1版)

2007年8月21日　北京肆零书屋

程必定、魏捷主编:《淮河文化新探》(历史、文化)

程必定、汪青松主编:《皖江文化探微》(历史、文化)

7月在合肥时,一篇一篇地读《皖江文化探微》,但一直未能全部读完,也是觉得这样的书,有些东西需要慢慢地消化,有些线索需要细细地梳理,有些思路、观念也需要静心加以甄别。8月中下旬在北京,读《淮河文化新探》,对淮河的历史和文化,我更加熟悉一些,另外时间比较局促,因此书翻得有点快。8月底回到合肥,又去杭州,和董静住在灵隐风景区,一直到9月上旬,我间断地但也是持续地读着《皖江文化探微》,觉得对"淮北"和"皖江"的许多事情,还是纷纭不能掌握。当然,学习是一个渐进、积累的过程,没有长期的汲取和浸润,收获不到多少实在的果实,好在我在淮北长大,在江淮之间工作,而祖上则"自徽迁泗",对整个安徽的用心,是一以贯之的。

安徽建省于清初的1667年(清康熙六年),文化上的辉煌,呈现出两头大、中间小的历史轨迹,这既是时间上的,也是地理上的。所谓"两头大",是指唐朝及其以前灿烂夺目的淮河(淮北)文化和明清时期独树一帜的皖南徽州文化。淮河文化以早期发达的平原农业经济为基础,以农耕文化、哲学和文学为核心,在农业生产、哲学、百科认知和文学领域都到达了当时人类文化的最高水平,活动在黄淮地区的孔、孟、老、庄、刘(淮南王刘安)及其从本地区日常生活中提炼而成的思想文化成果,也都由"地方性人物""地方性知识"而走向世界,成为"世界名人""全球性知识",成为全人类的楷模和宝贵精神财富。徽州文化是明清时期以商业(盐、典当、军用物资、文化用品等)为龙头的物质——非物质综合文化形态的典范,是亚热带湿润气候中的皖南山区的地理文化与沿海外来重商型开放理念的经典结合,因其更接近现代全球价值体系核心(以基督教文明为中心),而对当代全球化语境中的中华物质文明发展有参照意义,也更易为大众尊奉、接受。

所谓"中间小",是指江淮地区(江淮之间)在历史文化范畴中的弱势位置,当中原文明已然萌芽成长壮大时(以城镇的出现为标志),大别山南缘及东南缘还正蓬勃着原住民

(土著)文化的质朴色彩,在其后数千年的发展历程中,古皖水流域(今安庆地区)甚至整个江淮之间(安徽境内)都因位居南北、东西文化过渡区,"国"与"国"之间的边疆区(政策的边缘、兵燹的载体、投资的死角),而多出人物、鲜见"文化"(合肥地区尤其典型)。这种状况直至安徽建省、安庆地区成为区域政治中心之后才有改观,(依然是以水文化为核心的)独有的文化面貌才逐渐浮出水面,古皖水流域的安庆地区才可能提炼出一些有影响的文化元素来。

综观安徽全境,文化特征像地理分界一样南北分明,所谓的南稻北麦、南甜北咸、南细北粗、南暖北寒、南文北武等等,都可在皖地一一印证,安徽简直就是一个微缩版的中华文化地图。以现代文化思潮的标准看,多元性的文化——文明结构既是对抗一元性文化——文明结构(白人中心、基督教文化优先)的最有力武器,也是人类文明生态的可靠保证,还应该是人类可持续发展的文明的终极结构,文明的"民间起源规则"则始终有效。大的中华文化系统中的亚文化或副文化也面临着同样的传承和发展问题。怎样在发扬、光大徽州文化的同时研究、探索、提炼、宣扬、物质化淮河文化、皖江文化(安庆文化)及其他亚文化或副文化,不仅仅是社会经济、文化发展的迫切需要,更能解决笼统覆盖所带来的文化心理障碍,解决价值判断体系和生活方式氛围中的文化身份认同问题,更好地达到和谐发展的物质和精神大境界。我觉得,这可能也是这两本书以及相关的两个研讨会所试图达到的目的或目的之一吧。

(《淮河文化新探》,程必定、魏捷主编,合肥:合肥工业大学出版社,2006年10月第1版)

(《皖江文化探微——首届皖江地区历史文化研讨会论文选编》,程必定、汪青松主编,合肥:合肥工业大学出版社,2005年11月第1版)

2007年9月11日　合肥淮北佬斋

吴海涛:《淮北的盛衰——成因的历史考察》(经济地理)

读《淮北的盛衰》,也有一点断断续续的反复。最初在北京看到这本书(2006年底),立刻就喜欢上了,因为我是淮北人,彼刻又正对区域文化历史类的专著感兴趣。我感兴趣的是学术著作,而非浅显易读的推介性书籍——那是旅游的伴侣。书读了小部分我就因事暂时离开了北京,一来二去的,再到北京想读它时,却几次都找不到了。最后终于下决心从北京给这位安徽老乡吴海涛先生写了封求书信,很快就得到了作者的馈赠。9月上旬和董静及段儒东夫妇去杭州时带着它每天读上几页,回合肥后又用了几天的时间,把它读完了。

在我有限的阅读里,给我留下较深印象、专门讨论黄淮或淮北平原的学术著作,一本是复旦大学教授邹逸麟的《黄淮海平原历史地理》,另外就是这本《淮北的盛衰》了。淮北,在地理上是平原的形态,在农耕的文明中是发达的中原文化的一部分(豫东等地区还是其核心区的一部分),在气候上属四季分明的暖温带半湿润气候,以上的这些条件,在原始或农业生产工具还不甚发达、思路还不怎么开窍的时代,都非常适宜于初级的农业生产,适宜于农耕文明的兴起、成熟。

淮北平原像黄淮平原一样,正是遵循着这样的"规律",没有归类于"例外",成为中华文明经济的"大粮仓"和思想文化的"发生地"之一,直至中国历史上的宋金时期。"宋金战争、蒙金战争、蒙宋战争、元末和明末农民战争、黄河长期夺淮入海等,使淮北经济走向衰落。"我觉得,如果剔除社会因素,黄河长期泛淮并恶化了淮河水系的自然状态及土壤品质,是淮北农业经济衰落的首因;而如果考察社会因素,那么又正是农业经济拖累了淮北的现代及当代辉煌。在淮北衰落的其他方面,战争的破坏、人口的散落、政治中心的移迁、交通区位的改变、对外交流的变化、水利设施的状况等等,也都会在有限定语的前提下起作用。

(《淮北的盛衰——成因的历史考察》,吴海涛著,北京:社会科学文献出版社,2005年8月第1版)

2007年9月15日晨　合肥淮北佬斋

云中天编著:《中国历史上的大航海》(历史)

我看书的速度现在慢下来了,读书变得不那么容易深入,不那么容易专心了。我会解决好这一问题。独自一人到某个地方去集中读书,应该是一个可行而又身心愉悦的办法。这本书也读得不快,但这毕竟只是一本没有多少深度的介绍性的书籍,"编著"性质的定位,追逐流行的姿态,都使这本书浅显易懂,不过,扎眼的错别字、多出来的字和标点符号问题,甚至连历史年代都能弄错,这些故障经常惹得我心生烦恼。

但这本书关于中国"大航海"的线索还是清楚的,那就是夏商周时期(前21世纪—前770),为中国航海的起步时期,那时木板船和风帆已经产生,中国在中国沿海的区域内与今天的日本列岛、朝鲜半岛、中南半岛的海上交往已见诸史籍甚至已经出现了远洋航海的可能;秦汉时期(前221—220)为中国航海的发展时期,西汉时期的远洋船队甚至已经驶出马六甲海峡,到达印度半岛的南段,开辟了我国历史上第一条海上"丝绸之路";三国两晋南北朝时期(220—589)是中国航海的徘徊时期,但当时的海上强国吴国的船队到达过台湾岛、海南岛,南朝时期中国的远洋海船越过印度半岛,抵达波斯湾,并有慧深和尚远航墨西哥的传说。

隋唐五代时期(589—960)是中国航海的繁荣时期,特别是唐代,中国海舶工艺技术先进,船舶结构坚固精良,吨位大,在近海与远洋航行方面,均独步于世界航海界。在北方航路上,中国开辟了西北太平洋上的库页岛与堪察加半岛的航线,海上"丝绸之路"全面兴盛,中国远洋船队航迹远达1万多海里外的红海及东非海岸。在航海活动的推动下,唐中后期的航海政策也发生了重大变化,航海活动的经济价值得到了重视,出现了专门管理海外航运贸易的官吏和机构,广州、泉州等成为当时名噪中外的航海贸易大港。

宋元时期(960—1368)是中国航海的全盛时期,历代政权都执行积极的航海贸易政策,航海与整个国民经济紧密地结合在一起。明初(1405—1433)是中国航海的顶峰时期,"郑和下西洋"成为中国远洋航海的路标和灯塔,但宋元时期的航海贸易政策受到否定,而代之以中央政府直接控制的航海政策,对民间航海贸易开始采取严厉的海禁政策,并采取"厚往薄来"的贸易政策,使中国航海走向衰落。明中叶到清鸦片战争时期(1433—1840)是中国航海的衰落时期,郑和下西洋以后,我国晚期的封建主义制度,在与西方世界开始过渡到资本主义的对比中,越来越暴露其顽固性和落后性,成为社会发展的重大桎梏,明清两代除了进行官方漕运等有限的航行以外,对海外的航运基本采取闭关锁国的海禁政策,英国策动的鸦片战争使中国转入半殖民地半封建的社会状态,直至中华人民共和国成立。

以上是中国航海的历史线索。读这本书的副产品是我一直在提出一个问题,问这本书(当然这本书不会给予回答),问我自己,即从历史上看,为何发达的大陆强国例如中国,虽然在文化上会影响甚至决定大陆边缘岛屿的文化走向,但却不能干脆整合、控制它,甚至还经常遭遇岛屿对大陆的攻击?是人类性格中某些不为人知的因素的决定,还是科学技术发展阶段使然?中国与日本是这样(如13世纪元忽必烈时代),南亚次大陆与其边缘岛屿的关系有相类之处,非洲、美洲、大洋洲也都如此。这是人类文化学的一个有价值的选题,希望我今后能碰到这方面的专著。

2007年10月19日　合肥淮北佬斋

李兆华主编:《汉字文化圈数学传统与数学教育》(数学文化)
笔记与感想:

1. 本书为第五届汉字文化圈及近邻地区数学史与数学教育国际学术研讨会的会议论文集,但吸引我的却不是数学,而是汉字文化圈的数学文化。数学是其他科学的工具和语言。这种高度抽象却又应用性极强的学问在区域文化环境里其实也时刻面临衰退的危险。

2."中国是汉字文化的发源地","清末之前,儒学是汉字文化的主流。两汉经学、魏晋玄学、隋唐佛学、宋明理学、乾嘉汉学乃至清末的今文经学,其间两千余年,儒学随历史发展而演进。或主古文经学,或主今文经学,或重训诂,或重义理,或援佛道入儒,或托圣贤改制,无论何说,儒家的经典始终具有不可取代的位置。"(李兆华:《前言》)这是对中华文化的一种机制性的概括,也有利于规范具体学科的文化方向,往往做学问的人认知的高下,就区别于这样的地方。

3."文字和语言是两种完全不同的东西,文字是语言的形式表达,是语言的一种载体。一个民族或国家采用何种文字是完全自由的,而且是可变的。例如,蒙古族最初由维吾尔文改为蒙古文,忽必烈时又由藏文改造成巴斯巴文,后来又使用维吾尔蒙文,中国的蒙古族使用至今,但是蒙古人民共和国又改为斯拉夫蒙文,同一个民族,同一种语言,但却使用完全不同的文字。其次,汉字文化圈是一个很大的地域,包括中国、朝鲜半岛、日本、越南等,和西方的拉丁文化圈子对应。在采用某种文字时又常出现两种情况:一种是对原来的文字稍加改造,如日本自己有假名,用于对汉字的读音和介词;一种是采用文字的同时借用了文字的词汇。另外,汉字本身也多次变化:甲骨文、金文、篆书、楷书。1949年以后,中国内地逐渐改用简化汉字,后来又用拉丁拼音。而港、台、澳未改。各国也都在变,朝鲜半岛用朝鲜文,日本用日文,越南用拉丁文字。随着使用汉字人群的迁移,在个别地方又形成新的汉字区域,如新加坡,满街是汉字。"(李迪:《汉字圈数学的形成、特点和评价》)这里的"文字""语言"应该指的是书面语言和口头语言。语言充满了风险,单纯的语言无法不产生歧义,因此语言和语境是密不可分的,这样才能保证大体上的正确理解。

4. "中国的地理位置束缚自己更好地对外交流,因为东南部是当时很难逾越的大海,西北部是戈壁,喜马拉雅山及沙漠高原的天然障碍,因此中国与外界的交流从一开始就非常困难。中华民族在这样一个几乎是独立的环境中开创和发展了自己的文明和文化。""佛教是交流的媒体。……另一种说法是,亚洲的文化从总体上而言,就是佛教文化的文明。"(段耀勇:《印度三角知识的传入情况》)中华文化早期的开放性不言而喻,但中华文明我觉得更是一种无神论占主导地位的独特文化系统,两千年来没有哪种(狭义的)宗教在中国取得至高无上的精神统治位置,这大概是入世的儒学具有强大生命力的一个证明。

(《汉字文化圈数学传统与数学教育》,李兆华主编,北京:科学出版社,2004年10月第1版)

2007年5月1日　北京肆零书屋

张永义编:《旷野面纱——欧洲大师情趣文选》(文选)

这是一本欧洲作家作品的摘录,以抒情、诗意的文笔为主。这类书总会给你以入门的诱惑的。不在状态,或无法深入地学习时,它也能渲染平淡的时光。

(《旷野面纱——欧洲大师情趣文选》,张永义编,长春:吉林人民出版社,2005年1月第1版)

2007年5月16日　北京肆零书屋

史忠义等主编:《国际文学人类学研究》(文学人类学)

笔记与随感(A):

1. "现代文化的转型导致了现代社会的大变动和现代人的生存危机,危机最突出地表现为现代人对个体身份和集体同一性的认同危机。怀旧是现代人解决认同危机最普遍也最切身的途径。从时间维度讲,怀旧就是保持自我在时间、历史、传统和社会中的'深度';从空间维度上讲,怀旧就是寻找'在家感',重建'本土感'。"(赵静蓉:《现代人的认同危机与怀旧情结》)我们称之为文化的那种东西真的有那么重要?甚至比生理的本能还重要?不过,至少是同等重要吧,我想。

2. 中国在现代性展开的过程中,"思想启蒙"和"民族救亡"始终是同步发生的。"自'五四'新文化运动以来,中国有两次西学的高潮:一次是在上个世纪初,中国先进知识分子高举'民主'和'科学'大旗,从'废除文言文,提倡白话文'的语言改革开始,批判和颠覆中国的传统文化;在对国民的思想启蒙中,以激烈而迅猛的方式中断了中国传统历史和现代的传承,使西学成为文化的主流。第二次是在20世纪的80年代末,中国从'文革'的噩梦中醒来,再次把寻求帮助的目光投向西方。西方的学术思潮、生活观念、价值标准等蜂拥而入,以更强烈的势头遮蔽甚至取代了国人对自身传统的反思。这就使中国的现代怀旧主要表现为对传统精神和民族精神的双重认同,而这种认同的艰难性又在于个体不得不同时承受两种压力……"(赵静蓉:《现代人的认同危机与怀旧情结》)这两种压力就是在对外来文化吸收和转化的同时如何在其与传统文化之间求得平衡和协调。

3."20世纪60年代流行的革命歌曲通过一系列的中国形象表达了引人注目的民族国家的想象,并通过有策略的表述强化了这种想象。由于这种想象逾过了民族国家的合理的政治边界,这些歌词文本成为透析特殊背景下中国人集体想象与情绪的典范样本。"(马卫华:《逾界的想象》)对建国至"文革"这段历史中的文化内蕴的重新解读非常必要。我不赞同"文化断层"说。既然有历史,那就有文化。文化并不等同于文化知识或获取文化知识,文化知识只是文化的一个很小的部分。某段历史文化能带给我们什么,也许要三五百年以后才说得清。

4."这些歌曲除一两个例外,绝大部分创作于1960年以后,因此其背景是中苏关系断裂,中国在世界冷战格局下处于相对封闭发展的时期。在这种孤立的状态下,中国人自近代逐渐形成的民族国家意识至此变得更加强烈。当被大多数在世界上有影响的民族国家以及联合国完全拒绝时,对现代背景下的民族国家的想象事实上决定了中国人如何认识和确认自己的国际身份。""民族国家主要具有'主权、人民、政府、领土四位一体的性质。"(马卫华:《逾界的想象》)我觉得对其背景的关注和考察十分重要。

5. 以"长江故事"为例的跨族际书写,"从族际交融的视角出发,对国家地理加以塑造,使原本散在的地方性知识与族群性观念上升为国家级的宏大叙事,从而辅助完成国族共同体的认知与凝聚。"(徐新建:《国家地理与族群写作:长江故事的文学人类学解读》)土地和水源既然被视为族群生存的根本所在,就产生相应的原型崇拜。这是文学写作的重要母题。

6. 思想的方向总是有无数的可能的。"作为原型或文化密码,水的影响力渗透进作品(沈从文《边城》)的每个细部……水原型的普遍性来自它的复合性,具有极为丰富的象征意义……最为彰显的还是女性意义、生命意义和道德意义。这三种意义交织互补,共同构建起《边城》博大深邃的隐喻世界。""在中西文化史上,水原型本来就是隐喻哲学上的元概念,具有本体论意味,蕴含着巨大的理性力量。""原来,沈从文看到的并非一个平常景象,而是一个原型,……按照荣格的理论,当原型或神话的情境发生之时,我们总伴随有特别的情感强度,会突然体验到一种异常的释放感,就像被一种不可抗拒的强力所操纵。"(杨昌国、晏杰雄:《〈边城〉水原型的微观剖析》)

7. 看看关于"原型"一词的阐释,就能明了从宗教中可以获得多么广泛、深刻和庄重的思想了。"关于'原型'一词,埃利亚德所指的是神话时代,诸神或者英雄的典范行动,而所有后来的人类行动都在重复着那些行动。永恒的再现,揭示一种未受时间和变化沾染的本体论,过去是将来的预设,没有事件是不可逆转的,也没有转变是最终的。也许可以说,世界上并没有新的事情发生,一切只是同一个原始原型的重复。他认为宗教仪式中显示出'原型',仪式的神圣性就表现在宗教徒对这些仪式的重复模仿。回到原初的典范情境中得使用各种修行的方法,而当中包含着模仿,甚至还有很浓厚的巫术思维。如耶稣受难日,世界各地总有一些信仰基督之人,模仿他被钉上十字架,期望能获得某种神力。"

(《国际文学人类学研究》,史忠义、户思社、叶舒宪主编,天津:百花文艺出版社,2006年11月第1版)

2007年6月上旬　合肥淮北佬斋

史忠义等主编:《国际文学人类学研究》(文学人类学)

笔记与随感(B):

1."'人类学小说'指那些体现着一种人类学的想象的当代作品,所表现的主题往往是文化人类学家所关注的原始、异族、文化他者等。"这些作品蕴含了"原始复归主题"及其对文明的反思,并存在着很多"人类学的想象"(主要体现为原始主义的主题)。"西方现代主义艺术家和文学家对原始思维和原始文化的向往主要是因为西方文明在遭遇东方的'他者'的时候,我族中心主义受到了挑战,且西方资本主义造成的人的异化使艺术与美的世界不能很好地生存。一个受工具理性和实用主义伦理支配的世界是压抑个性和缺乏诗意的世界。复归原始,认同他者,意味着找回失落已久的诗性社会的美妙世界,恢复人与自然万物之间的原始亲缘关系。这些都是文学人类学这个学科背后所隐含的对社会历史的关照。""人类学作为一门学科是指'对于人的研究'",而"'人类学小说'与一般意义上的小说最大的不同就是它体现着一种人类学的想象。"(牛晓梅:《人类学小说试论》)

2. 文学人类学话题使我想起文学思潮方面的问题。我打算在某种语境下将人类有史以来的文学思潮归纳为浪漫的和现实的两种。现代主义的大致归入浪漫,而后现代主义则大致是现实主义的衍生。文学人类学范围的作品则归于浪漫类,当然这其中也有某种程度上进行颠覆的空间。另有地理方面的问题。食物、饮食传统及其附近的事物是人类文化中最根本的东西,是所有民族文化的基石,而地理环境又决定了我们食物链和饮食文化的特征。地理是一种命运,你没有办法选择它。

3. "所谓'失语症'主要指现当代中国文坛没有自己的声音,没有自己的话语体系、解读方式,一旦离开西方文论话语,就无法表达。可以看到,'失语症'的提出有鲜明的文化保守主义色彩。本文的'失语',则指不仅没法用中国传统的话语表达,也没法用西方文论话语表达。"(权雅宁:《本土人类学小说对批评的挑战》)这在很大程度上也许不是文学批评界的过错而是大的政治文化环境的结果。不过,换一个角度看,事在人为,文学批评界完全有理由自己走出很远。

4."五千年前自然和人的关系与现代社会中自然和人的关系一样,都充满了紧张,不同的是,五千年前是自然令人紧张,今天是人令自然紧张。""在调整自然和人的紧张关系时,符号和仪式首当其冲。换言之,先民的生活事实就是符号、仪式的不断重复和累加……史密斯认为'仪式是关于重大性事务,而不是人类社会劳动的平常形态'……仪式正是一个有着许多特质的能够贯通历史的、人与自然的交流形式,从仪式中,可以看到人对自然、对人的认识,可以看到某个民族的文明形态。""在《走婚》和《炎黄》中,不论是补天仪式、求子仪式、筑城仪式、祈雨仪式,我们都能看到华夏民族中庸文化的诞生土壤和萌芽。汤因比比较了世界上二十多种文明后认为只有儒家中庸文化继续有生命力。我们在《走婚》和《炎黄》中看到了这种文化产生的渊源:在多灾多难的华夏大地上,仅靠某一个部落逞强斗勇很难应对巨大的天灾人祸,只有求同存异,联手合作方能共同渡过厄运。"(权雅宁:《本土人类学小说对批评的挑战》)这也是政治学所要积极讨论的话题,我们总能从历史的先例中找到深远的寓意。

5.请注意所有事物的界限和局限。"人类学小说的边界至少包括三方面。首先是人类学思想的全面贯注,包括人类学的跨文化视野,对地方性知识的重视,对边缘文化、'他者'的深切关注。其次,在文本的内容方面对地方性知识、本土文化、边缘文化,诸如巫术、仪式、宗法制度等的充分展示,这种展示不仅仅是表达人类学思想的手段,它本身甚至就是目

的。第三,在获取资料时,强调田野作业和融入'他者'之中。"(权雅宁:《本土人类学小说对批评的挑战》)

6."倘若我们把文学看作一个整体,对文学作一个系统性研究,那么就会有很多方法。其中,最主要的是受西方文艺思潮影响出现的把文学系统分为作家、作品、世界和读者四个方面的互动研究。这一观点是美国批评家 M.H.艾布拉姆斯在其名著《镜与灯:浪漫主义文论及批评传统》一书中论及'艺术批评诸坐标'时提出来的,由于其合理性与明确性,这一观点已成为文学理论界的共识。按照艾布拉姆斯的观点,文学系统是由作家——作品——世界——读者四方面构成的,因而文学研究的主要视角与对象也是这四个方面:第一是文学创作主体,即作家研究;第二是创作成果文本,即作品研究;第三是文本外部世界研究,探讨文学与世界的互动关系;第四是文学的消费,即读者研究。根据这一研究方法,又产生了相关的研究门类。"

"与作家研究相对应的是'文艺心理学',探讨作家创作道路、人生经历,尤其是文学感悟、审美实践对创作心理的影响。文艺心理学侧重的是作家心理研究、个体研究。就文本(作品)研究而言产生了'文学文体学'研究方向,因为构成文本的多种表现形式存在于文学发生发展的整个过程。文学之所以是文学,文学与非文学的一个重要区别界线就在于文体。……中国传统文学大致将文体分为韵文与散文两大类。五四新文学运动受西方文学的文体观念影响,确立了小说、散文、诗歌、戏剧四大文体。第三是世界的研究,即文学如何影响世界,世界如何影响文学。与它相对应产生了'文学社会学'的研究,探讨文学与外部世界的关系。第四是读者的研究,文学作为精神产品就有一个受众的问题、消费的问题,这就产生了'接受美学''文学接受学',研究作品如何为读者所接受。按照接受美学的观点,一件作品在作家创作完成后并未完成,只是一堆死的符号,只有读者阅读才能最后激活、完成这个作品。"(王泉根:《论人类文学大系的分类结构》)

(《国际文学人类学研究》,史忠义、户思社、叶舒宪主编,天津:百花文艺出版社,2006年11月第1版)

2007年6月15日　合肥淮北佬斋

(美国)詹姆斯·伍德尔:《博尔赫斯——书镜中人》(作家传记)

这是一本阿根廷作家博尔赫斯(1899—1986)的传记。也是20世纪60年代博尔赫斯具有世界声誉后他的许多传记中的一部。

我无法从中读到令人震动的思想或过程,而且有时觉得难以读通,另有错别字拦路,使人立刻就心烦意躁起来。这又是一本商品气氛中的产品(翻译)?还是作家传记本就"乏善可陈"?不错,作家的传记一般都单调、乏味,我还没读到过像《第三帝国的兴亡》那样令人终生难忘的历史传记作品。不过,那已经不仅仅是题材或传主的问题了。

"博尔赫斯是个自觉的现代派作家,但在他一生的大部分时间里却是个不自信的作家,国际上发现他比他的同胞们要早,甚至可以说比他自己发现得要早。他对自己的作品,特别是短篇小说,评价总是不高。""60年代初,博尔赫斯进入北美读书界时取得了新的公众性,他成了全球的财富。""奉承终于传到了国内……"——这是一个过程性的问题,特别对那些具开创意识的作家来说更是如此。

"现代艺术的特点往往在于引人注意的姿态。"——没错,现在愈演愈烈了。

(《博尔赫斯——书镜中人》,詹姆斯·伍德尔著,王纯译,北京:中央编译出版社,1999年1月第1版)

2007年6月29日　合肥淮北佬斋

张应杭主编:《中国传统文化概论》(文化史)

读这本书的时间真长。这里说的"长",是跟我平常读书的速度相较而言的。6月份借到这本书,借了续,续了借,借了再续,续了又借。这期间经过不少事,甚至连十九年没换届的安徽省作家协会也召开第四次代表大会,换了届了,我的生活、心境、观念,等等,也都有了许多改变,这本书还是没有读完。但不是没读,而是一直在读(也同时在读别的书),今天半页,明天数行,只要有时间,就会去摸它,但到9月底仍未读罄,我估计,在10月底之前也很难细细读完。这一方面是身边不断有事情干扰,但主要的原因,却是它的内容。对中国传统文化,我的感觉,像我这般岁数的人,50岁左右吧,都会觉得熟稔,为什么呢?因为从小到大,天天接触,中小学课本里有,70年代又整天"批林批孔",不管出于什么目的、什么要求,在这个氛围里长大,都不陌生,甚至已经十分腻歪了。这大约就是知其然吧。

但真要说出个一来二去,也就是知其所以然,就会抓瞎。这正是读这种书的难处,再加上捧起书本自然而然会有一种腻歪的习惯心态。

不过,我是读得津津有味的,只不过这种书就得慢慢地读,好在我觉得我的心态好,我的生活方式呢,也觉得很不错。

人过了四五十岁,往往不是拼别的,而是拼心态和拼生活方式。什么是生活方式?我们的家庭文化啦、饮食啦、睡觉啦、兴趣爱好啦、着装啦、生活观念啦、为人处世啦,等等,都是我们的生活方式。当然,生活方式的基石,还是饮食起居。

(《中国传统文化概论》,张应杭主编,杭州:浙江大学出版社,2005年3月第1版)

2007年9月26—27日　合肥淮北佬斋

李仲谋:《徽州文化综览》(历史文化)

这本书读得也不快,在制作两个大的工作方案、两个琐碎的新闻发布会等一系列杂事的间隙,一段一段地读完了这本书。虽然这本书仍然只是"对徽州文化诸方面中的主要方面的历史现象作简要描述,为徽州历史文化的爱好者提供一本普及性、通俗性的读物。"不仅仅是这本书,我觉得,传统的普及、通俗读物亦需引入全球化语境中的新思考、新叙述、新手法,否则这样的读物必将继续沦为概念化操作的半成品,无法适应世界范围的对东方文化思潮的大需求。

徽州文化自成一格,而且在"商成帮"的前提下达到了"学成派"的成果,这完全符合人类历史特性中物质——文化的因果关系。徽商以盐、茶、木、典(当)为交易主体,后期还介入军界、政界,靠军用物资的供给大发其财,也许是介入过深,又或是徽州腹深所限,随着清王朝的消亡,徽商的辉煌也就不那么耀眼了。自然,任何文化(区域的)都会遵循一条盛极而衰的规律,但徽商及徽文化的道路相对奇崛,也别有洞天,则引人入胜,颇堪探索。

(《徽州文化综览》,李仲谋著,合肥:安徽教育出版社,2004年12月第1版)

2007年10月31—11月4日　合肥淮北佬斋

(法国)多米尼克·拉波特:《屎的历史》(思想文化)

一本在论述对象上挺特别的书:屎以及与其相关的社会文化内容。虽然"法国思想文化对世界影响极大",片断的现代农业式的技术讨论也使我眼前一亮,对粪便进行文化处理,将其归位于权力话语范围的提示还使我有所期待。但总体而言,这本写于20世纪60年代的书仍使我感觉霉气蓊郁,云雾难辨,倒是译后记给我的印象更深一些。人生于屎尿之间,这不仅仅是对人进行的一种社会学意义上的形容,也是对人体的一种生物学描绘。除此之外,我怕自己很快会忘却这本书中的其他。

(《屎的历史》,多米尼克·拉波特著,北京:商务印书馆,2007年7月

第1版)

2007年11月10日　合肥淮北佬斋

(中国香港)马鼎盛:《马眼兵书》(军事国际政治)

在繁昌县荻港镇新华书店买到这本书,显然这个小镇也有军事迷,也有胸怀祖国、放眼世界的人。从镇外沿江的石岸上望出去,大江东流,水天无际。世界果然很大很大,不仅仅是地理的,更是人文的。马鼎盛先生有一个很好、适中的平台——凤凰卫视,可以指点江山,激扬文字。举凡国际政治、军事、战略、谋划,都是他操作的话题,而通俗、易懂、热点,则是他必须掌握的分寸。书读起来很轻松,马鼎盛先生也充满热情。多样的选择对消费者而言,总是利大于弊的。

(《马眼兵书》,马鼎盛著,南昌:江西人民出版社,2008年5月第1版)

2008年11月19日　合肥金港艺苑宾馆410房间

张敏秋主编:《跨越喜马拉雅障碍——中国寻求了解印度》(对外关系)

与印度的关系可能是21世纪中国与他国双边关系中最微妙的关系,这主要是因为中印两国既拥有漫长却未最终划定的陆上边界,又因为两国历史上曾经的久远和较充分的文化交流以及当代历史上即1962年秋冬短暂的边界战争,还因为20世纪后期两国相继发展、"崛起",形成了竞争的态势。

印度是一个在民族、宗教、人种、文化、语言等方面比中国复杂得多的复合体。例如人种,在印度,是白种人、黄种人和黑色人种并存的;再例如宗教,"印度教包括了各种习俗、崇拜形式、神灵、神话、哲学、祭祀仪式、教派运动、文学艺术等,""在印度教这个生机勃勃的生命中,包含了各种各样的、有时甚至是相互矛盾的教义,包含了拜神和不拜神的、苦行和不苦行的、素食的和肉食的教徒。"在文化上,印度人充满自信,这不仅仅因为印度人对自己久远的东方文化之根自豪,也表现在印度人对(在殖民主义这个平台上)比较充分地接受了西方文化这种当代世界的主流文化而庆幸的心态上。

在文化自信的基础上,印度人的大国心态彰显无遗,"印度以它现在所处的地位是不能在世界上扮演二等角色的,要么就做一个有声有色的大国,要么就销声匿迹。"印度独立后的首任总理尼赫鲁如是说。但1962年10月20日至11月22日的中印边境自卫反击战,军事上以中国军队的完胜而告终,使印度的大国梦遭遇当头棒喝,给印度人的心灵留下难以愈合的创伤。地缘政治的现实是任何人都无法回避的,我们也无法选择我们自己的文化归宿。不过总体上说,中国对印度占有心理上的优势,这与中国现当代史的编织有重大关系。

本书是一本汇编书,是对华裔印度学者谭中先生(尼赫鲁大学教授、现居美国)主编《跨越喜马拉雅鸿沟——印度试图了解中国》的回应,也是其姊妹篇。不难看出此选本学者姿态与官方视角或政治手法的明显差异,谭中先生的多重文化背景也显露无遗。书很厚,也有了解性质的阅读价值,学术气氛并不那么浓郁。

（《跨越喜马拉雅障碍——中国寻求了解印度》,张敏秋主编,重庆：重庆出版社,2006年3月第1版）

2008年1月3日　合肥淮北佬斋

余新忠：《中国家庭史·明清时期》（历史）

读这样的书是最轻松的。虽然有大量的数据、引文、文献,但没有语词、概念、观念、思想方式的障碍,一本超过360页的专著,很快就读完了。

引进或发明对文献、资料进行新解读新归纳的思想方法或文化观念,看起来尤其重要。我们生活在随时更新变化的现实世界中,如果我们不随之更新变化,将有悖于人类的文化精神,也无法适时调整中庸文明最强调的人与他者之间的平衡关系。正如这本书所据以解剖的,家庭、家族、宗族、民族甚至种族,是组成中华文明乃至人类文明的社会基础。我们还需要更清晰、多视角地看清家庭乃至种族这一系列大小社会单元的真切面貌,那对我们的发展是大有裨益的。

（《中国家庭史·明清时期》,余新忠著,广州：广东人民出版社,2007年4月第1版）

2008年1月17日　合肥淮北佬斋

许利平主编：《亚洲极端势力》（国际政治）

这本书于2008年2月中旬看完,书摘到3月初才做完,这类书最初总是因为（内容方面）较近的时空距离而觉得容易阅读,但如果打算从字面背后体会人类生活的现实,则需要很多的思考和消化。我们的视野在逐渐扩大,但切身体验是一个必将经历的过程。想想我们生命中的一切,既激动人心,更又遗憾万千。

本书介绍了"领导核心和活动中心在印度尼西亚的东南亚伊斯兰团""菲律宾南部伊斯兰极端势力,包括摩洛民族解放阵线等""泰国南部伊斯兰极端势力,以马来民族的穆斯林为主""巴基斯坦伊斯兰极端势力""印度宗教极端势力""斯里兰卡猛虎组织(泰米尔伊拉姆解放虎)""阿富汗塔利班极端势力""中亚极端势力""以色列犹太极端势力""哈马斯运动""日本奥姆教""东突极端势力"等亚洲极端势力。

(《亚洲极端势力》,许利平主编,北京,社会科学文献出版社,2007年1月第1版)

2008年2月25日—3月3日　合肥淮北佬斋

李世源:《古徐国小史》(历史)

2008年3月上旬,我在安徽砀山果园场的宾馆房间里读完这本不厚的专著,那里也是两千五百多年前徐国的治地。果园场地处废黄故道,遍野黄土,满目梨枝。季节稍有点早,几乎看不见多少绿色,当然在逝年枯萎的草尸下,尖硬带紫的草芽,是顶破腐朽,正欲望蓝天呢。我在这样的环境下漫步、转悠,体味历史和我个人身世,感慨颇多。在多数情况下,我们其实是证明不了自己的呀。

(《古徐国小史》,李世源著,南京:南京大学出版社,1990年5月第1

版)

      2008年3月25日 合肥淮北佬斋

马汉麟著,栗强笺注:《中国古代文化常识插图典藏本》(文化)

  这是一本知识性的读本。这一类的学术研究在中国有着很久远的传统,以知识的积累为学术方法,也就是所谓文史发达,科技落后的概念。这需要大量阅读文字,最好有收藏或鉴赏的爱好和专业水准。还要有很好的历史学养,能够体会古人的生活情境、趣味、情操,对传统绘画、山水文化、饮食器物具崇尚之心。这是一种专门的生活规范,需要逐渐发展出一种特别的书斋评判能力。

(《中国古代文化常识插图典藏本》,马汉麟著,栗强笺注,北京:新世界出版社,2007年9月第1版)

           2008年4月21日

王鸿生:《历史的瀑布与峡谷——中华文明的文化结构和现代转型》(历史文化)

  这本书借了还,还了借,借了再还,还了又借,我一直不愿放弃。我喜欢一些虽然疙疙瘩瘩不好读但很有些东西的理论书。我喜欢深奥但有创新的学术专著,哪怕选题生僻。在这本书里,作者用"政统""道统""学统""法统"这样的简化词来代替"政治系统""道德系统""学术系统"和"法制系统"等文化板块。但本书的后三分之二部分流于寻常,这使我颇感失望。不过作者对他所研究的专题是有很好的感觉的,这尤其可贵,也令人常有会意的快乐。

(《历史的瀑布与峡谷——中华文明的文化结构和现代转型》,王鸿生著,北京:中国人民大学出版社,2007年6月第1版)

2008年4月22日—5月29日　合肥淮北佬斋

何兆武:《中西文化交流史论》(历史)

随感:

我很快就把这本书翻完了。我没从这本书里找到感觉。可能是我读书的过强的甚至是苛刻的"趣味性"要求主导了我对图书的看法吧! 我喜欢那些观念新鲜、思想深邃、知识丰厚、思路清晰、言简意赅、充满自信的读本。我希望遍访它们。阅读纸质书的快意当然也是培养出来的。我希望遍访佳构。

(《中西文化交流史论》,何兆武著,武汉:湖北人民出版社,2007年6月第1版)

2008年5月29日　合肥淮北佬斋

乔清举:《河流的文化生命》(文化地理)

这本书我从2008年的5月开始看,一再续借,一直到8月的中旬,才读毕并做完了书摘。事情多,也有一些无形的压力,与诸事的胜不胜任没有关系,主要是要为许多的事烦神,要为许多的事分配资源。读书与以前大不同,以前虽然也会不断督促自己,但毕竟时间和精力都很充沛、从容,读书更多的是一种汲取,是一种享受。现在读书更得排除多种选择,才能有进展。

河流的文化其实就是与河流相关的人类文化。这是我的理解,还不一定就是本书的原旨。这本书以黄河为例,重点讨论了中华传统文化与水的关系。如果相对地撇开"河流的文化生命"这一命题,作者对中华传统文化的研究是独到而深入的,视阈也十分开阔。

我想把这本书带到乡村去,一边休息,一边再翻一翻。我需要好好休息。在乡村的环境下,闻着植物、阳光和水的气味,再翻一翻学术性的著作,那该是一种深沉的(享受着人类思考结晶的)大享受吧?

(《河流的文化生命》,乔清举著,郑州:黄河水利出版社,2007年9月第1版)

2008年6月19日—8月17日　合肥淮北佬斋

(日本)桥本万太郎:《语言地理类型学》(语言)

读日本学者写的这一类人文科学专著,最大的感觉就是几乎完全不见西方学者那种抽象、理性的思维。日本学者似乎长于对知识的总结和归纳,而不擅长抽象。经验成为他们学术认知的一个重要内容,也是方法。据译者介绍,本书20世纪80年代译至中国时,在语言学界引起较大反响,也成为这一领域的必读书。我觉得这是可以想知的。在一个语言教学和地理教学都十分陈旧不堪的年代,语言和地理的结合不可想象。在开创性方面,这本书有其不可抹杀的价值,如果它在全球语言学界确如译者所言有开先河之功的话。语言和自然地理之间无疑有着非常直接的因果关系,但在人文历史的背景下,情况会变得极其复杂,这正是语言学界可以、也不得不大显身手的地方。

这本书给我留下的另一个深刻印象,是日本学界对中国文化的根深蒂固、无所不在的依赖(也许这只是汉语学者的个别现象?),那种自然而然的情感流露既令我感觉不那么适应,又引起我更广泛的思考。读这本书一点儿都不难、不累。看起来,多样的文化真是有好处的,因为可以互补,可以调剂,更可以有不同的选择。

在本书中,桥本万太郎认为,"东亚大陆民族发展与欧洲不一样,东亚的周围民族缓慢地被中国同化着;从自然环境看,东亚大陆中心是富饶的平原,人民世代定居,欧洲不同,高加索土地干燥而多盐碱,原始人不是牧畜就是行商,不断迁居成了他们的习性。据此桥本用形象的比喻称东亚大陆的语言为农耕民型语言,称印欧语言为牧畜民型语言。"在桥本万太郎的眼里,亚洲东部大陆是作为语言和文化的中心区域存在的,它具有自然而然的代表性。

(《语言地理类型学》,桥本万太郎著,余志鸿译,北京:世界图书出版公司北京公司,2008年6月第1版)

2009年1月22日　合肥安港大酒店828房间

(日本)和十哲郎:《风土》(历史地理)

这段时间看了两本日本学者的专著,一本是桥本万太郎的《语言地理类型学》,一本是和十哲郎的《风土》,两本书在类型上有相近之处,都与自然地理有密切关系。

也许20世纪40年代前日本学界的文风就是如此,还是这个西北太平洋岛国的"风土"使然,或者我们这一代人受西方文化(包括我们已然习惯了的学术语言、思维方式、观念判断)的影响不自觉就有些"过深"?日本这两位学者的学术语言、学术思维都有让人感觉特别奇怪的地方。他们进行论证、推断、评价,凭感觉、凭直觉和经验的成分总显得过多,缺少我们认可的原则、概念、逻辑和因果,未能依赖从普遍经验中融汇提炼的抽象"理论",总不免有牵强之感及情感因素。这本《风土》更带有散文性质,不仅较多引入旅行见闻,还因此得出一些较难理解的"另类"结论,比如把季风与"潮湿"直接联系起来,并夸张地放大"潮湿"的文化功能,使人费解。但作者在整体直感上有创见,本书指出的地理环境事实,在族群文化性格的研究中,也颇具价值。

什么是"风土"?我的理解,风土就是自然环境中的人文。作者把风土分为三种类型,季风、沙漠和牧场。季风区的特点是"潮湿",沙漠区的特点是"干燥",牧场区的特点是"风调雨顺",这是《风土》的概念。在本书中,牧场型文化指中西南北欧。在南欧,地中海里少产海鲜,因此发展起来商贸文化。欧洲的特点是夏季"干燥",冬季湿润,这使得欧洲气候舒适,春夏则杂草不生,冬草(牧草)茵茵;小麦种下去以后,总会风调雨顺、如期收获;收割的季节也长达一个月,这一时期既不会多雨,小麦也不会因过于干燥而减产,不必三夏大忙,抢收抢种,断然见不到黄淮海平原与老天抢食的紧张场面,可以悠然收获。这里的害虫也很少。得天独厚的自然条件,使欧洲这个牧场型的地区发展出来一种"合理主义"文化,这也是欧洲人"理性价值观"的自然地理基础。

(《风土》,和十哲郎著,北京:商务印书馆,2006年9月第1次印刷)

2009年1月30日　北京首都国际机场3号候机楼

(美国)丹尼尔·B·贝克:《权力语录》(警句箴言类)

一部箴言警句的荟萃书。书名"权力语录",其实包含了人文、社科等诸多方面的内容,这样也好,是一种"泛权力"的概念,不会作茧自缚,画地为牢,思路的宽泛和灵活,是做事业必备的条件。软实力等就应该是在这样的思想背景下提出来的吧?

这倒暗合了本书244页"固守同一个意见从来不被视为政治领导的优点"这一警句的内涵。固守和放弃,坚持和妥协,垂钓和撒网,点与面,宏观与微观,这些看似相对、相左的命题,其实正是辩证论的真谛,是相互可以倚靠的支点,也从来都是互相转化的必要条件。只要我们做出选择,我们就必然会有所得失,区别仅在于其微观、中观和宏观的空间限定,或短期、中期、长期的时间期待,因为社会因素是极其丰富,甚至是芜杂的。评判的标准又总是受到多种尺度的左右,时代思潮还会起着推波助澜的作用。个体的人生一定会留下种种遗憾,这没有完满的解决之道,哪怕在永久权力的帮助下。从这个角度说,所有的人又都是平等的,或在动态中获得了平等的人生。嗨,这些事情,真是说也说不清楚。

(《权力语录》,丹尼尔·B·贝克著,南京:江苏人民出版社,2008年1

月第1版)

2009年2月18日　合肥九狮苑宾馆316房间

葛剑雄：《葛剑雄演讲录》(历史地理)

这是葛剑雄先生一本内容多为历史地理的演讲集。葛先生学问功底扎实，文化视野开阔，也有面对听众的才能。但一般的演讲，虽然对普及学术研究成果、惠泽大众、传递文化信息都有莫大的好处，却难以成为准确严密的凭据。由于演讲需要面对听众，需要造势，需要较多迁就听众，需要营造一定的互动氛围，需要适当的煽情，演讲者如果把握不好，还容易在演讲中以偏概全或非此即彼。演讲又是一门独立的学问，有自身的规律，因此较难缜密完整，与纯粹文字的研究区别很大。

像葛剑雄这样的江南的学者智慧灵动，与北方人的坚持固守有所区别。如果涉及重大原则话题，则敏感的读者能从只言片语中读出其自身定位的轻浅、浮移，这从优的方面看，是游刃有余、多面玲珑，也不必始终承担历史传承的道德责任；从劣势方面看，则容易重心不稳，总归瑜中之疵。鲁迅那样的南方大家，的确难得一见。

什么是历史地理呢？历史地理类的教科书中一般会定义为"研究历史时期地理环境变化的学科"，葛剑雄先生也说是"历史时期的地理"，"它不是今天的地理，它是过去的地理。"但我还是有疑问的。我觉得所谓历史地理，是地理平台上的历史，而不是历史平台上的地理。如果仅仅是研究历史时期的地理——研究的还是地理——那么更应该称其为历史自然地理,也就是历史时期的自然地理,不是历史时期的经济地理,也不是历史时期的人口地理,也不是历史时期的军事地理,也不是历史时期的历史地理。如果把历史时期的自然地理称之为历史地理,那么历史时期的经济地理、能源地理、政治地理,等等,又怎么称呼呢?

也许,历史地理中的"地理"指的是地理学科的全部?对这个问题,我还是疑惑不解的。

(《葛剑雄演讲录》,葛剑雄著,太原:山西古籍出版社,2007年1月第1版)

2009年4月10日　合肥淮北佬斋

瞿明安、和颖:《身体部位的象征人类学研究》(人类学)

西方人对研究身体一直有很大的兴趣,而且多是开创性的。多年前读到的《非言语交流》,给我留下深刻印象,那是一种跨学科的嫁接,言语就是言语,言语和身体挂钩,需要大胆的想象力,需要一种亢奋的自信,也许还需要灵感的火花,才办得到。

身体部位的象征人类学研究的是什么?"20世纪60、70年代以来,象征人类学和身体人类学几乎同时在西方人类学界兴起,……象征人类学把文化视为一个象征的体系,……而身体人类学所关注的则主要是身体的文化和社会特征……"例如乳房和阴道,从象征人类学的角度来看,乳房和阴道不单纯是女性身体的显著标志,而是女性在整个人类文化发展史上最具鲜明特点的象征符号。"乳房在婴儿眼中代表了食品,在男人眼中代表了性,医师眼中只看到了乳房疾病,商人却看到了钞票,宗教领袖将它转化为性灵象征,政客要求它为国家主义的目的服务,精神分析学者则认为乳房是潜意识的中心。"但东西方及其他文化的差异,使乳房的象征意义有所不同,乳房也未能成为东方传统文化中最具性特征的器官。中国人更迷恋小脚,乳房甚至成为一种禁忌,日本人则喜欢女人的颈背。而非洲和加勒比海地区的人则执迷于女人的臀部。

(《身体部位的象征人类学研究》,瞿明安、和颖著,《世界民族》杂志,2009年第1期)

2009年4月21日　合肥淮北侉斋

郭树勇主编:《战略演讲录》(政治、军事)

本书与我的期待略有差异,我没能感觉到一种特别的满足。这一方面可能是本书中的文章都发表于至少五年以前,而当代中国的观念更迭却可以用日新月异来形容。另一方面,也是更重要的方面,是本书文章的理论创新显得不足,这是一个致命伤,也是体制约束下的寻常学术现象。当我们在某种书面要求的政治规范而不是某种文化背景下谈政治、谈军事、谈战略,我们打破不了我们自己的思想禁忌。从学术研究的角度说,也没有创立一种体系的可能。

但将本书放在现实环境中看,则本书仍有走出某种禁区的开拓意义。在一个政治开放、学术创新、军事理论新思想相对匮乏,交流和沟通相对单调的社会生态系统中,渐进的方式对承担责任的双方面来说都是"现实"的。中国的传统文化也强调不激进,要中庸,即以中为用,不走极端。从宏观和长远的角度看,我判断不出这样的思想形态的优劣对错。也许我们永远摆脱不了中庸的理念:中西的结合是一种中庸,古今的借鉴、参照是一种中庸,现实和理想的统一是一种中庸,政治抱负和军事能力的相互协调是一种中庸,整体和局部的关系会表现为一种中庸,战略和战役的配合也需要某种中庸……不管怎么说,我还是会着力关注这种宏观的话题讨论的,尽量以我个性化的眼光看。

(《战略演讲录》,郭树勇主编,北京:北京大学出版社,2006年1月第1版)

2009年4月21日　合肥淮北佬斋

宋晓军、王小东、黄纪苏、宋强、刘仰:《中国不高兴》(时政)

今年的一本《中国不高兴》,在中国读书界,也在海外的华语圈,掀起了一股不大不小的热议,连全球发行量最大的日报《参考消息》,也不吝篇幅,转载了整版相关文章,引起了中国读者的广泛关注。

《中国不高兴》,是全球金融危机背景下,中国综合实力日益强大条件下,出版商适时推出的一本商业时政书。中国改革开放三十年,成就巨大,无论是政治、经济、文化,还是科学、技术、观念,与三十年前相比,都发生了翻天覆地的变化。中国在全球经济、全球政治中的影响力,也与日俱增。在这样一种情况下,中国国内要求反省鸦片战争以来,中国受到西方欺凌和不公正待遇的议论,越来越多;要求重新调整国际利益关系的讨论,越来越频繁;要求西方世界给予中国公正待遇的呼声,也越来越高。中国是否应该成为抱负远大的英雄国家?中国是否应该遵循持剑经商这样的大国崛起之道?这些都是本书讨论的热点。但如何保持中国民众旺盛的进取心,而又不走进民族主义的陷阱,才是中国健康发展的前提。在本书作者看来,西方世界对中国的战略围堵,越来越具体和明目张胆;萨科齐等人对中国屡屡侵犯,是卑鄙下流的机会主义。中国应该成为什么样的国家?这是本书讨论的核心话题。本书的可贵之处,在于作者特意保持着与体制内话语不完全相同的声音。当然,在本质上也并无不同。

其实,关于中国的高兴与不高兴,这完全是一种实力的对话。没有相应的政治、经济、文化,包括军事实力,在国际关系中,是没有多少人愿意倾听你的诉求的。

(《中国不高兴》,宋晓军、王小东、黄纪苏、宋强、刘仰著,南京:江苏人民出版社,2009年3月第1版)

2009 年 4 月 13 日　合肥淮北佬斋

汪民安、陈永国、马海良主编:《城市文化读本》(文化)

这是一个汇编类的文本,也很好,能把许多长文按需节选荟萃,方便集中选读各家相关文章,在这样一个紧凑的平台上获得尽可能多的同类信息。

按我的区分,这不是一本知识类的书,也不是思想类的,而是语言艺术类的。知识类的书以传递知识为要,思想类的书专注于思想、观念和意识形态的把握。读这本书,不需要大量地记录,也无须多加分辨其价值取向和意义判断,更多的是获得了一种氛围,打开了一些思路,找到了一些线索。

我提醒自己思考以下这样一些问题,关于城乡的。

1. 边界,物理距离的边界,以及精神距离的边界→城乡不同的;

2. 信息传递的形式→城乡之间的差异,乡村更常口口相传,或亲报;

3. 昼夜的交替→城市生活改变、颠倒或摒弃了这种生物性的传统;

4. 新陈代谢的概念→由于城市化进程,人类在加速进化,因为信息量越来越大,压力越来越大,乡村的新陈代谢一定是比较缓慢的;

5. 物质观念→城市中充满过度堆积的物质,城市更需要抽象如休闲品茶这样的物质生活,而乡村更需要实体的物质存在,以加强安全的感觉,例如粮食屯,集中的蔬菜地等;

6. 对虚拟事物或境界的迷恋与追求→这是城市所倚赖的精神支撑,在乡村一杯辣酒就搞定的东西,在城市则需要多重包装;

7. 缩短和拉长了的时间→一目了然的城乡差异;

8. 思辨与回忆→前者立足于城市,后者扎根于乡村;

9. 更接近生物性与反生物性→例如,性,在乡村总能体会到那种生物性的欲望,在城市则兼有压力发泄、占有补偿、攻击性、将对方转化为精神层面的假想敌……

当然,这些差异正在缩小,但在某些方面又在扩大,而且会永远存在。

(《城市文化读本》,汪民安、陈永国、马海良主编,北京:北京大学出版社,2008年1月第1版)

2009年4月25日　合肥淮北佬斋

葛剑雄:《统一与分裂——中国历史的启示》(历史)

这本书写于二十年前,但我读到的是2008年的最新版本,它没有带给我多少"启示"和惊叹,我心中颇为遗憾。相对于作者社会的活动、电视的影响,总觉得本书是不相匹配的。作者是机灵、智慧、视野开阔的,思想也颇为活络,但总隐隐感觉作者缺少定海神针式的沉寂大气,缺少北方文化常显笨痴的原则和恒定(在某种情况下这成为软肋,在另外的情况下又是优长,在宏观层面上,南北东西文化的特性又正是中国庞大、繁杂、多样和强壮的支撑、前提)。通篇读过,觉得本书更像面向大众的普及本,读起来确实好读,却难成为学问的依据。考虑到此作的写作年代,这倒能够成为作者走在时代前头的一个例证,但时过境迁,学术专著在这么短的时间里就已经学术价值贫乏,这是值得认真思考的:通俗和深刻,虽然有其相悖的刚性规律,但福祸、正反、刚柔、进退、疾徐这样的矛盾体都是相互依存,相互转化,相互调整的,没有百分百的必然和必须。

通过研讨中国历史的进程,总结中国历史上统一分裂的规律,进而为当代中国的社会实践提供参照,在这一点上,本书也未处理好,未能向公众(或少部分掌握关键性资源的精英)提供一幅明晰的统一、分裂画卷。作者似乎未能树立自己人生的意识形态大目标,这导致本书根基不稳、走向飘忽。也许,作者更专业的领域是历史过程中的人口问题,但遗憾的是他关于历史人口的著作我又从未读过,所以我期待能有合适的机缘,从那些著作中找到更深邃的东西,推翻我此刻的印象。

(《统一与分裂——中国历史的启示》,葛剑雄著,北京:中华书局,2008年7月第1版)

2009年5月8日　合肥淮北佬斋

(美国)詹姆斯·C.斯科特:《弱者的武器》(社会学)

本书是美国政治学与人类学教授斯科特关于"三农问题"的一本专著。这个"三农"不是中国的三农,却是马来西亚的三农。1978年至1980年,斯科特在马来西亚言打州水稻主产区的一个村子里住了两年,对当地的农民、农产、经济、社会、征召、税收、选举、劳动、人口、土地、人性、风俗、日常生活等进行了记录、思考和研究。他的最著名的结论是:通过对马来西亚农民反抗的日常形式——偷懒、装糊涂、开小差、假装顺从、偷盗、装傻卖呆、诽谤、纵火、暗中破坏等的探究,揭示出农民与榨取他们的劳动、食物、税收、租金和利益者之间的持续不断的斗争的社会学根源;农民利用心照不宣的理解和非正式的网络,以低姿态的反抗技术进行自卫性的消耗战,用坚定强韧的努力对抗无法抗拒的不平等,以避免公开反抗的集体风险;这些农民反抗的日常形式,也可以称之为弱者的武器。

这是一个令人过目难忘的结论。但在我的阅读印象中,这本书却是"主题先行"的产物,即作者有了相当的思考和主要结论之后,才"为了这样一个目标,我在马来西亚的一个村庄里度过了两年时间","在我开始研究时,我的想法是展开我的分析,将研究写出来"。主题先行并未妨碍斯科特对农村阶级关系、生产关系和人性进行深入研究,因而这本"卓越的著作",是"任何想要了解东南亚农民社会的人都不能错过的书"。我对此深感认同。

(《弱者的武器》,詹姆斯·C.斯科特著,郑广怀、张敏、何江穗译,南京:译林出版社,2007年7月第1版)

2009年5月20日　合肥淮北佬斋

王联主编:《世界民族主义论》(民族学)

这是一本应时而生的民族学专著。本书提供了大量的线索、历史状况和学术片断,但并不进行深入的研讨。在某种意义上,这本书也是一本工具书。

什么是民族主义?依据本书的说法,现在还没有任何权威的垄断性的定义,但读完全书,我们会有一个朦胧却又仿佛清晰的"感觉"或印象。拥有某一特定地理区域的人类集团的……一种文化思潮……不仅包含了相同或相似的理性认知,而且包含了巨大的感性内容……是的,民族主义既能使被殖民或奴役的民族觉醒,也会给人类社会造成空前的灾难。如果当我们关注起民族主义这个词语时,也许是因为我们正处于某种世界性的"民族意识"的巨大涡流和氛围之中。感受当下东亚甚或亚洲的社会潮流,我们难道不正处于某种说不太清楚的莫测状态之中吗?这会是又一个历史的关口或重大时刻?"民族意识"正在一个微妙的经济和政治时刻来填补某种观念的"真空"?不过毫无疑问,任何思潮都会在这块神奇的土地上打上独特的烙印,也许还有信息时代的某种烙印。百余年的耻辱和数十年的调整、发展之后,中国似乎需要一种源自民众的自觉和觉醒。但民族思潮真是一柄双刃剑,任何人都没有理由轻视它。

整整四年后重读本书,基本感觉仍与四年前相似。不过这一次的重点是关于"民族国家"的介绍。总体的感觉,是西方的理论光辉,正在我的眼前逐渐消退。是消退而不是消失,说明我的阅读在进步,也表明,宏观地看,我们生活的物质及精神环境在改善,与西方的差距也在缩小;是消退而不是消失,也说明我们自己的理论建构跟不上,除了传统国学外,当代社会人文学科领域引领性和开拓性的观念和思潮,我们甚至还都是空白。这当然既和物质的相对丰富有关,又和思想的相对自由有关。

(《世界民族主义论》,王联主编,北京:北京大学出版社,2005 年 1 月第 2 次印刷)

2009 年 5 月 25 日

肖建飞:《普世语言、王朝语言与民族语言》(语言学)

该文对欧洲的普世语言、王朝语言和民族语言作了简要的描画,对它们之间的历史传承也作了线性的叙述。对我而言,是一个新窗口。

(《普世语言、王朝语言与民族语言》,肖建飞著,《世界民族》,2009年第2期)

2009年6月2日　合肥淮北佬斋

邹逸麟:《中国历史地理概述》(历史地理)

如果"历史地理"这一专有名词中的"地理"指的是地理的全部(自然地理、人文地理),那么历史地理所涵括的范围近乎无所不包,"历史时期的地理"这样的学科定义也就更容易引起误解了。当然,像"文化""政治"等概念一样,没有人能为一门边界宽泛的学科敲定一个完全没有争议的定义。这是很正常的现象。

读这本书使人对历史"中国"的自然地理、疆域、行政区划、农业、印刷、造纸、陶瓷、五金、人口、商业、文化、交通、对外交流、语言诸方面都有较切近的了解,能够增加许多相关的知识。这本书的写作又是十分严肃的,你可以相信它。

(《中国历史地理概述》,邹逸麟编著,上海:上海教育出版社,2007年7月第1版)

2009年8月5日　合肥淮北佬斋

(英国)肯·布思:《战略与民族优越感》(国际政治)

这是一部探讨战略与民族优越感的著作,"是一部主张从文化路径研究战略的经典之作。"该书"阐述了在军事领域中民族优越感的重要作用。"这应该是一部在某些理念上开先河的著作。书中关于假想敌、军事战略领域中民族优越感的影响等提法——比如,"美国海军追踪苏联弹道导弹核潜艇的各种企图被认为是谨慎的、适宜的,并非是破坏性的遏制;另一方面,苏联为攻击美国弹道导弹核潜艇所做的努力则被批评为是破坏稳定的,而且这也为美国理论家们认为苏联战略家们并不懂得遏制理论提供了证据"——现在都已普及,成为常识,或者学界的常识。本书写于1979年,考虑到全球政治、思想、文化和社会观念的快速发展、更新、变化,对本书中某些方面此时看来浅尝辄止的论述,就能够理解了。也正因为如此,现在读这本书,觉得作者对其主题的论述比较偏重实用,这既是本书的特点,又是本书让人觉得不满足之处。

(《战略与民族优越感》,肯·布思著,北京:中央编译出版社,2009年6月第1版)

2009年9月7日　合肥淮北佬斋

(英国)安东尼·派格登:《西方帝国简史》(历史)

这既是一本入门书,也是一本有特色和有思考的"文明史",如果文明指的是人类所有历史的话。它谈论的是"帝国本身、创造帝国的民族以及被帝国创造的民族"。帝国是什么?我的理解是:帝国是面积广大、以军事和征服为基础的比较强大的利益集团。从希腊帝国开始,到西方在海外殖民,两千多年来,西方似乎"统治"了这个星球,曾经辉煌至极。读这本书,我们知道原本我们习以为常的许多思想、观念、概念、方法、方式,并非"古已有之",而是西方实践出来并传递给我们的。譬如,关于"民族"的概念(西方进入非洲之前,非洲甚至没有大规模的社会组织),这种概念在非洲制造了国家和边界,也遗留下无止境的战争和民族冲突的恶果,"非洲是一块被欧洲劫掠者及错误的种族观念所共同践踏的地方"。虽然不是"西方",也可能是东方(或南方、北方),人类或许总会走一条殊途同归的道路,但文化的自我维护心理告诉我们,那种结果是他者的基因,这就自然而然地要引起我们的警觉。

本书提醒或告诉我们一些值得思考的问题或所谓结论:

创造力、想象力和个体性。一般认为欧洲人因为拥有这三个特性,而能统治大部分世界。

文明、政治、市民、礼貌和城邦。对所有欧洲人而言,"文明的",也就是生活在城市里。所有政治和社会方面的字眼都源于这一点。政治、政体的字源是希腊字的"城邦",市民的、礼貌与文明,都来自拉丁字"市民"。希腊哲学家亚里士多德说过,人是"政治的动物",照字面意义来解释,人就是一种"在城邦里生活"的动物。

迁移、探索和征服。这是西方帝国走过的道路。

经由旅行所获得的知识几乎成为占领属地的方法。欧洲民族的帝国故事,由古希腊揭开序幕。希腊人在其他民族仍然思考着如何谋生时,就已经发明了文字(在"西方文明"的框架内)。他们是"全然的旅行者",而"经由旅行所获得的知识几乎成为占领属地的方法"。在本书中,"希腊人不仅是伟大的旅行者,也是伟大的殖民开拓者。"

某种形式的战争。所有的民族都忙于某种形式的战争。

民主、闲话与谎言。在波斯人眼里,民主集会的闲话与谎言相当频繁,它总是削弱了希腊人下决心的力量。

美德与男人。美德这个字起源于拉丁字"男人",在当时仅意味着作战的勇气。

法律、哲学与科学。罗马帝国建立的不只是一个国家,也是一种生活方式。罗马法律变成整个欧洲的法律,这是罗马人伟大的知识成就,如同希腊人有道德哲学和自然科学的成就一样。

庞大的帝国。如果帝国本身已经庞大到难以由单一中枢治理,过于多元的政治与文化也使得帝国很难用同一法律支撑单一国家。

海洋与全世界。英国人罗利爵士说:"谁掌控海洋就掌控了贸易。掌控了世界的贸易,就等于掌控了世界的财富,最后也就掌控了全世界。"

地表上所有地区。18世纪中叶,地表上所有地区都被探勘过,被绘入海图中,有些地方还成为欧洲人的殖民地。唯一例外的就是太平洋。从1519年麦哲伦率领船队环绕地球之后,太平洋就已被人来回穿越了许多次。但对欧洲人而言,它仍是一大块尚未被划入海图的地区。

典型的西方殖民流程。航海家(或探险者)发现"新陆地",不久后,传教士抵达,接着是商人,再接着就是殖民者。

民族主义。民族主义的概念是指所有民族都有自己独特且稳固的特质,各在一个共同语言和一种共同文化下统一,由一位单独的当地统治者领导。

扩张与瓦解。马基雅维里观察到,只要罗马对外扩张,就能免于瓦解;当扩张动作停止,人民就会为了内部事务陷于争端,不断丧失凝聚国家的好战精神。

西方侧重用理论来继承知识,东方侧重用实践来继承知识。在一个大规模的社会里,什么样的观念都值得"自然而然"地认真去发展,直到它们被"自然而然"地淘汰。

(《西方帝国简史》,安东尼·派格登著,徐鹏博译,天津:天津人民出版社,2007年9月第1版)

2009年10月9日　合肥淮北佬斋

姚大力:《北方民族史十论》(历史学)

2009年的最后两三个月,在工作之余抓紧时间读书学习,虽心有余而"时"不足,但也还是把手边待读的书读掉了数本。这其中就有姚大力的《北方民族史十论》。依照我的习惯,一本书读完了,还要想点什么、记点什么,写一篇或长或短的"读书笔记"。那段时间却不成,事务杂芜,静不下心来。我又不会放纵自己草率完成"任务",就一直拖延下来。直到春节长假,年三十和家人一起度过,大年初一就一个人来北京,住到"肆零书屋"里(女儿回合肥了),按照计划,一个人封闭起来,读书,写读书笔记,记录打算要写的一篇文章的"骨架",饿了就吃方便面,或女儿和她的男朋友走之前买的早点零食。

《北方民族史十论》是姚大力先生的一本论文集,作风踏实,言之有物,注重细节。我首先感兴趣的是《论拓跋鲜卑部的早期历史》,这是 2009 年春天读到关于拓跋鲜卑汉化的史料后,对这段历史、这个已经消失了的民族兴趣大增的延续。我总习惯于把一个具体的事务放进更大的背景中看待、评估和评价。拓跋鲜卑从迁徙(由现内蒙古自治区东北部)到消失(汉化),一定经历了漫长、曲折、生死的磨难,在某种程度上或可认作丰富的人类文化发展史的一个缩影或参照,也一定蕴含着激动人心的生命信息,正所谓"山谷高深,九难八阻"。不用说,人类总是会从艰苦磨难的困境和发展历程中汲取昂扬向上的奋进力量的,自强不息永远是我们不予撤除的座右铭。拓跋鲜卑的民族史,为我们提供了一个难得的范例,不仅仅是民族学意义上的,也是对我们个人的激励和鼓动。

书摘与感想:

1."《魏书》是由汉人用汉文来书写的一部纪传体断代史书,因此它当然会受到中原汉地历史编纂学传统的影响。"(P1)植入自己基因的介入无所不在,这是一种生物和"文化"本能。

2."据拓跋部的口传史,拓跋部族从它所居的'石室'(即今内蒙古鄂伦春自治旗境内的嘎仙洞)所在地第一次向外迁徙,发生在以'推演'为名号的人作为部落君长的时代,这个推演后来被北魏政权追尊为'宣帝'"。(P6)祖群的繁衍和发展要线索清楚,有根有据。解决了从哪里来的问题,才能腾出手来探索到哪里去。

3."亦邻真以为,'汗'在突厥语里的原意为'父主',其词义由'父主'而转指强大的部落首领正反映了'父权贵族发迹的脉络';而'可汗'则指君主。"(P15)语词知识是必不可少的前期准备,有了这种准备,许多问题都迎刃而解了。

(《北方民族史十论》,姚大力著,桂林:广西师范大学出版社,2007年9月第1版)

>2010年2月2日　合肥淮北佬斋
>2010年2月15日　北京肆零书屋

张五常:《中国的经济制度》(经济)

读这本书被张五常似乎习以为常的自信感染,被他的学术背景和人生经历吸引,想去做一个简单的了解,并非完全是为"这一个"作者,更多是为了解"那一群人""那个人文地理空间的人"。还能深切地感受到有差异的社会政治生活背景对人品性的不同塑造。制度文化的力量的确巨大,但这不是说外来的和尚就一定能念经,能念好经,在任何社会里,人才显现的规律都是个性化的,人才显现的结构也都是宝塔形的:愈接近顶端,愈稀缺稀少。不过本地丰厚的人文土壤和对外开放的社会空间的结合尤其重要,这是综合效应产生的前提,对促使一般人才的涌现不可或缺。

在《中国的经济制度》这篇文字不多的文章里,张五常用非学术的、平平常常的语言,指出中国改革开放三十年取得的经济成就的秘密,主要就是县与县之间的激烈竞争。这听起来并不深奥,但在他之前可能真的没有人如此明确地予以提炼和总结,这也许就是张五常的过人之处。"今天的中国,主要的经济权力不在村,不在镇,不在省,也不在北京,而是在县的手上。理由是:决定使用土地的权力落在县之手。""一个发展中的国家,决定土地使用的权力最重要。没有土地就没有什么可以发展。土地得到有效益的运用,其他皆次要。"这两段话说得简明扼要,但如果以不同视角观察,恐怕有很大的讨论空间。不过我完全不具备这样的能力,这需要专业的语言和认真的思考。

书摘与随感:

1. 中国经济制度的重点是地区之间的竞争。……县是地区竞争的主角,……(P17—18)

2. 去年7月开始动笔。知道要一气呵成,但年逾70,短暂的记忆大不如前,是长文,思维的连贯性不可以写一阵停一阵。于是决定不睡觉地一口气写了三个星期,减了五磅,写好了自己满意的初稿。其间每天稍事休息多次,昼夜不分,足不出户。(P19)

3. 西方经济学发展了二百多年,没有大时代转变写不出来的大作只有三件。其一是市场与国际贸易的兴起惹来管制,亚当·斯密1776年发表《国富论》。其二是大资本家的出现惹来贫富分化,马克思1867年发表《资本论》。其三是

金融业的兴起惹来大萧条,凯恩斯1936年发表《通论》。(P24)

4.阿尔钦提出:任何社会,只要有稀缺,必有竞争……(P127—128)

5.约束竞争的权利可分为四大类,而任何社会通常是四类并存的。第一类是以资产界定权利,也即是私有产权了。第二类是以等级界定权利,也就是昔日中国的干部同志按资历级别的排列。第三类约束竞争的法门是通过法例管制。最后,竞争也可以受风俗或宗教的约束。(P128)

6.中国的地区从上而下分七层,每层由地理界线划分,下一层必在上一层之内。最高层是国家,跟着到省,到市,到县,到镇,到村,最后到户。这七层是从上而下地以承包合约串联起来的。上下连串,但左右不连。地区竞争于是在有同样承包责任的地区出现,即是同层的不同地区互相竞争。

经济权力愈大,地区竞争愈激烈。今天的中国,主要的经济权力不在村,不在镇,不在市,不在省,也不在北京,而是在县的手上。理由是,决定使用土地的权力落在县之手。(P144)

7.一个发展中的国家,决定土地使用的权力最重要。没有土地就没有什么可以发展。土地得到有效率的运用,其他皆次要。(P144—145)

(《中国的经济制度》,张五常著,北京:中信出版社,2009年10月第1版)

2010年2月15日　北京肆零书屋

(中国台湾)王明珂:《游牧者的抉择》(民族学)

这是一本我颇感兴趣的历史学、民族学专著。王明珂的学术著作这些年在中国大陆出版了数本,形成了一股不大不小的热潮,这一方面表明大陆学界需要新面孔、新视角,再一方面,王明珂先生近些年的研究落脚于大陆西部、北部地区,这也会不知不觉地带来情感的认同。当然,学术的价值才是永久的,其他都属次要。

在我以往的思维里,我一般都会认为,中国历史上的北方民族既强悍,在军事上也强大。笼统地看,的确如此。华夏发达的农耕地区,为了防御北方骑兵的入侵,修建了著名的长城,而长城的防御性质则是无可否认的,这也是历史上华夏农耕文明屡遭冲击的明证,农耕文明的某种弱势际遇令人同情。但王明珂通过本书带给我的是另外一条思路,那就是在有限制的时间、空间里,"面对汉帝国的北亚游牧民族",他们在未强大之前,受到了巨大的农耕文明的压力,不得不流徙于自然环境比较恶劣的寒冷和高原地区,利用"不稳定的""边缘性的"资源(草原),生存繁衍,积势图强。长城当然首先是防御线,但它同时也是封锁线:线外(北)是环境恶劣、资源稀缺的不稳定地区,而线内(南)则是环境优越、资源丰富的富饶之地。从这一角度看,历史上北方的少数民族,某种意义上更是弱者,起码在未强大之前。他们对华夏地盘的袭扰和入侵,是贫富差异的驱动。

多数人固有的思维是必须的,因为只有多数人长期的积累,才能形成特色鲜明的区域文化,区域文化是人类文明大厦的基桩。而少数人跳出固有的思维,则对文化发展至关重要,新思维对固有的思维有冲击和引领的作用,虽然有风险,也冒险,但颇值得。

(《游牧者的抉择》,王明珂著,桂林:广西师范大学出版社,2008年11月第1版)

2010年2月23日　合肥淮北佬斋

单之蔷:《南北分界线上的迷雾》(自然地理)

以前翻过几期《中国国家地理》杂志,一是觉得它仿国外名刊的刊名,二是觉得它与旅游等勾连较紧,不耐读,不太适合我的口味,因此没有过多地关注。2009年国庆长假,和太太上街办事,悠闲中在书报摊翻看杂志,翻到了这期载有"中国百年地理大发现"专辑加厚版的《中国国家地理》杂志,因为里面有数篇我十分感兴趣的文章,毫不犹豫立刻买下一本,接着又订了2010年一年的《中国国家地理》。这有点属于冲动"购物"了。但购物总是冲动的,因为有快感。

《南北分界线上的迷雾》,谈的是我国南北地理分界线秦岭——淮河一线的问题,这也是我一直关注的。一方面这一分界线对中国自然、经济、文化、军事等方方面面关系重大,另一方面是因为我此生主要活动在淮河两岸,抬头不见低头见,深受它的影响。一个人生活在哪里?那里有什么?它与周边的关系是怎样的?它的历史是怎样的?以后会如何演变发展?这都是人自然而然关心的问题,不然找不到自己的位置,找不到自己的过去,找不到自己的将来,人会过得稀里糊涂,过得心里不踏实。对男性而言尤其如此。在本文中,作者介绍了秦岭——淮河线的地理状况,成为我国南北分界线的粗略的学术过程,相应的争论和困惑,线索清楚,也通俗易懂——自然地理学没有特别艰深的理论和名词,本身就是易懂易记的——能够增加相关的知识。

(《南北分界线上的迷雾》,单之蔷著,《中国国家地理》,2009年第10期)

2010年3月4日 合肥淮北佬斋

(中国台湾)逯耀东:《从平城到洛阳》(历史)

这是一本探讨北魏拓跋鲜卑民族文化转制的著作,作者也是魏晋南北朝史专家。从泛泛不加限定的角度来看,公元5世纪的拓跋鲜卑人,"由最初的胡汉杂糅的文化形态转变开始,最后完全放弃自己的文化传统,融于汉文化之中","无论怎样,放弃自己的文化传统,就那个文化本身而论,更是个悲剧"。这是有道理的。从宏观的多元文化观审视,人类文化应该是、也必定是"多元"的,如果这是一个"泛多元"的概念的话,也就是说,如果把一定的文化差异均视为"多元",人类的文化就必定是多元的。但假如我们从历史语境出发看拓跋宏或拓跋鲜卑的汉化,我们就能发现,虽然拓跋宏热爱汉文化,但推动他全盘汉化的生死动力,则是一种历史的必然和当时现实的困局:当长城以北的游牧民族南下进入长城以南,并且试图长治久安之后,那个政权就必须"汉化",也就是农耕化,筑城、定居、农耕。如果拒绝汉化,那个政权要么难以长久和扩大,要么再次退出长城地带,从此一蹶不振,甚至从历史上消失。这一方面是由于汉地锄耕文化十分发达,居于文明高端,对游牧文化自然而然具有领先的同化作用,另一方面,农耕文化占据了优越的农业地理位置,其产出可以养活更多的人和军队,其思路可以创造更多的财富,其视野可以预见更广大或更久远以后的事物。这正是拓跋鲜卑及拓跋宏面临的困境,至今看来似乎仍难调和,只能二者选一:退出或者融入——对于文化的传承而言,这都是不理想的,但这是"天意"。

(《从平城到洛阳》,逯耀东著,北京:中华书局,2006年9月第1版)

2010年3月12日　合肥淮北佬斋

(中国台湾)王明珂:《华夏边缘》(历史)

王明珂先生这本书讨论的是华夏及其边缘利益集团形成的历史及起因,也就是"中国人""中华民族"的形成及其过程。首先,这是一种利益的驱动:形成一个有排斥能力的人类团体,以保证资源的"独享"、利益的区隔。此外,这是一个相对开放的、动态的过程:随着许多不可预知的有时候是不可抗拒的因素的介入,华夏的范围不断地扩大或收缩,华夏的边缘也随之飘移、收展,反之亦如此。华夏及其边缘在某种意义上是互为因果、相辅相成的。

"族群认同是人类资源竞争的工具。""当一个人或一群人透过族谱、历史或传说,来叙述与他或他们的起源有关的'过去'时,经常其中所反映的并非完全历史事实。因此人类学家以所谓的'虚构性谱系'来形容虚构的亲属关系谱系,以'结构性失忆'来解释被遗忘的祖先。"这是一种集体性的社会记忆,有时是无意的,有时则是故意强调的。"一个历史记载可视为一种社会记忆,为了某种现实理由,社会常选择、强调或创造一些'过去'……以改变、创造新的集体祖源记忆来达成认同变迁。""当人们在回忆一个故事时,事实上是在重新建构这个故事,以使之符合自己的心理构图。"我记得曾在一个记不清楚的纸片上看到关于祖源记忆方面的一段文字,它说当祖父在世的时候,家族历史以祖父的描述为"正版",当祖父不在了的时候,就会以儿子的描述为"正版",这两个版本会有差异,有时候还相互矛盾。如果我们动用我们的社会人事经验来看待历史和民族,许多事情就都是好理解的了。

书摘与随感:

1. 族群认同是人类资源竞争的工具。(P4)

2. 所谓"中国边缘",我指的是时间上的边缘、地理上的边缘,也是认同上的边缘。(P4)

3. 被排除在华夏之外的牧业化、武装化人群,在春秋战国时开始全面游牧化。(P5)

4. 民族被视为一群有共同语言、宗教、服饰、血统、体质与风俗习惯等体质文化特征的人。(P8)

5. 我们可将族名分为"自称族名"与"他称族名";两者在人群定义上的功能有异。自称族名,经常是一个人群自我界定的最简单而有效的判断标准。而且经常在该语言中也代表"人类"的意思,以此划定能分享族群利益的"人"的范围。相反的,当一群人以一些"他称族名"称呼其他人群时,这些族名常有"非人类"或有卑贱的含意。因此,它所表现的是"那些非我族类的人",因而可排除他们分享我族利益的权利,甚至可不以人相待。(P41)

6. 中国史料中许多族称,事实上有些是民族自称的汉语音译,有些是汉族对他族的泛称。即使是汉族本身,也有各种不同的自称,如华夏、华人、中国人等等,每一种称号,都有不同的包含与排他性。(P41)

7. 当一个人或一群人透过族谱、历史或传说,来叙述与他或他们的起源有关的"过去"时,经常其中所反映的并非完全历史事实。因此人类学家以所谓的"虚构性谱系"来形容虚构的亲属关系谱系,以"结构性失忆"来解释被遗忘的祖先。(P53)

8. 靠土地吃饭的人大量增加,但土地的生产却减少了。人们解决这样的问题,通常有三种办法(或是两三种办法并用)。第一种办法是,设法改进生产技术,以增加粮食生产,或另找可以利用的资源。第二种办法是,以战争、征服与统治,将部分的人变成吃得少、做得多的生产者,以剥削他们来供养少数的统治阶级或统治族群。第三种办法是,以新的族群认同重划可分享资源的人群范围,并以武力将其他人群排除在外。后面这两种办法,并没有增加可利用的资源,只是以暴力来进行资源的重新分配。(P58)

9. 在食物缺乏的时候,猪与人在觅食上是处于竞争的地

位。这时,养猪并不能增加人类的粮食。相反的,羊所吃的都是人不能直接利用的植物。(P64)

10. 由目前的考古资料看来,已知最早的游牧人群,约在公元前1000年左右出现在东欧及中亚一带。南俄草原的一些人群,在公元前800年左右也开始过着游牧生活。(P89)

11. 长城的建立,与长城外的全面游牧化互为因果。(P93)

12. 长城代表了这时华夏所愿意积极保护的资源区的极限。华夏形成与长城建立之后,长城外的游牧世界也相应地形成。由于游牧是一种无法自给自足的经济生态,因此沿着长城展开数千年游牧与农业人群间资源竞争与维护的争战。(P93)

13. 狗,在世界各主要文明起源地,都是最早被人类驯养的动物。(P98)

14. 一个历史记载可视为一种社会记忆,为了某种现实理由,社会常选择、强调或创造一些"过去"……以改变、创造新的集体祖源记忆来达成认同变迁。(P164)

15. 历史文献所记载的不完全是"历史事实",这是所有历史学者都同意的。(P174)

16. 英国心理学家巴特雷特……曾做过一些有关个人记忆的著名实验,说明当人们在回忆一个故事时,事实上是在重新建构这个故事,以使之符合自己的心理构图。(P176)

17. 在春秋时期与吴国同处于华夏边缘的国家有秦、楚、越。(P180)

(《华夏边缘——历史记忆与族群认同》,王明珂著,北京:社会科学文献出版社,2006年4月第1版)

2010年3月16日　合肥淮北佬斋

万绳楠整理:《陈寅恪魏晋南北朝史讲演录》(历史)

这个集子是万绳楠先生在北京听陈寅恪先生讲学时的笔记,并参考相关资料,整理而成。我先拣自己有兴趣的篇什读过,例如"五胡种族问题""南北对立形势分析"等,余下的暂时还未准备接着读下去。陈寅恪这些大学课堂里的讲演,非常朴实,从字面并不见深奥的东西。但他是讲究"出处"的,所以读后感觉"牢靠"。有些平时得不到答案的问题,一下子就明了了。当然,陈先生的学问,还主要是知识性的,如果希望得到创意性的独见,那就得多向当代中"外"寻找了。

(《陈寅恪魏晋南北朝史讲演录》,万绳楠整理,合肥:黄山书社,1987年4月第1版,1999年4月第2次印刷)

2010年3月17日　合肥淮北佬斋

王彬:《水浒的酒店》(社会学)

《水浒的酒店》谈论的是"中国社会生活史"的内容:酒店的规模、类型、特色、服务、器物的使用、提供的饮品和食品、营业的时间、在生活链中的位置、除饮食功能外还有什么样的角色和平台作用,等等。本书视角独到,颇见特色。其实也是一种精细化的选题和探讨,在一个研讨边界明确的微观世界里,放大事物的细节,提供最密集的关注。这本书多少还有点工具书的意味。

如下两例引起我的特别注意和感想。第一例是关于白酒(烧酒,即蒸馏酒)的发明,该书中未见出处的引文及结论为:"烧酒,乃是'自元时始创其法',是元以后之事。"而庄华峰著《中国社会生活史》则说:"到了唐代,人们……在发酵酒的基础上通过蒸馏的方法,……发明了一种蒸馏酒。……民间又称'烧酒',……还称之为'白酒'。"这需要进一步证实、澄清。

另一例是关于"马肉"。《水浒的酒店》说:"牛肉可吃,马肉并不好吃。在西方,直到近代,还不吃马肉,认为有毒;在中国,古代即吃马肉,却不吃马肝,也认为有毒……"这使我想起我青少年时期两次吃马肉的记忆。一次是1969年在安徽新马桥104干校,因为"没改造好的四类分子"怂恿我这样一个小孩把马车赶走,结果导致干校的一匹马死亡,后来干校食堂吃那匹马的马肉的时候,我一边忍不住地吃,一边忍不住地伤心哭泣。另一次是我在安徽灵璧县向阳公社插队,有段时间被抽到县里写知青先进材料,在黄湾公社住了一段时间,公社食堂正好中餐和晚餐吃马肉,于是大饱了口福两回。

那时候是"饥饿"的年代,能吃到肉,是很不容易的事情,所以觉得马肉很好吃,很香,只是略为有点儿"粗",不像猪肉那么细,这是当时留下来的印象,是否符合实际,因为后来一直没再吃过,就不得而知了。

(《水浒的酒店》,王彬著,北京:东方出版社,2010年4月第1版)

2010年8月1日　安徽定远炉桥镇开发区炉东小宾馆403房间

庄华峰:《中国社会生活史》(历史学)

社会生活史的内容包罗万象,十分繁杂,衣、食、住、行、吃、喝、玩、乐、婚、丧、嫁、娶,尽在其中。这是让人感兴趣的。一方面这几乎都是物质范畴的(至少首先是物质的,或以物质为前提的,其次才谈得到精神的感受),我们对物质的欲望总是排在第一位,也会对此很敏感,这是我们进化的经验。另一方面,我们吃饱喝足后,就会想知道我们的食物、习惯、方法,等等,是从哪里来的,是怎么来的,是从哪一朝哪一代开始的,他们发现或尝试的时候死了几个人,是什么动机促使他们去发现或发明的?这会有许多的曲折,或波折不断的故事、人物、情节,能满足我们的求知欲、好奇心和娱乐要求。

但这类书除了写作姿态的某些变化外,又基本上囿于"知识堆积"的写法,这使我们觉得不太满足。如果不能进行宏观的把握和独见性的思想提炼,从当代文化建设的角度看,这类著作的写作其实工作只做了一半。这也正是中国传统文史研究的短与长。

(《中国社会生活史》,庄华峰著,合肥:合肥工业大学出版社,2003年11月第1版)

2010年8月13日　安徽定远炉桥镇开发区炉东小宾馆403房间

王连升主编:《中国往事:讲述辽金夏》(历史)

"真实的历史",特别是封建社会政治运作核心圈的历史,的确令人心惊肉跳。无休无止的宫廷政变、血腥万分的杀戮、无所不在的株连、如同儿戏的承诺与背叛……如果将几百年浓缩为一两百页纸,由于人类对曲折情节追求的特性,这些阴暗面会在筛选后留存,并被放大和整合得近乎变形(当然它们大致上都是存在过的)。这是与我们日常生活的感觉相去甚远的内容,完全失却了生命体验能够容忍的限度,也完全失却了人生的况味。但是回过头再去想,几百年的历史浓缩为一两百页纸,难道就不会把政治和官廷中日常生活的况味也舍弃一空,只留下残忍和血腥?——这仅仅是从文学的角度的揣摩:讲究温情的一面,摒弃了现实的可操作性。

这本书只是一本编写得一般的初级入门书。我这是借题而发挥。

(《中国往事:讲述辽金夏》,王连升主编,太原:山西教育出版社,2010年3月第1版)

2010年8月9日 金港艺苑

王连升主编:《中国往事:讲述清朝》(历史)

这本书比这套书中的《讲述宋朝》等都写得好些。读历史,总会知道治理国家、社会,人物的选用,大体都是在一个圈子里进行,上上下下,起起伏伏,斗来斗去,离不了那一群人。进不了那个圈子,其他都是免谈。当然那个圈子也是一个即时的动态的概念,会随时发生变化、调整,也必然会经常发生变化和调整。不过如果有大的调整,就必须借助大事件、大动荡、大动作,在封建社会里一般都会出现大屠杀、大流血。反之均亦然。因此调整和变化是必然的,是常态,不调整、不变化,是不正常的,也是不可取、不可长久的。

另外,对历史,我们总只看见"瞬间"的"结果",比如清"三藩之乱"的平定和郑成功收复台湾,前前后后总有近十年、甚至一二十年时间,这是历史的"一瞬",但很可能是一个人的半生,或者一个人仅有的生命最有活力的时期。这是让人内心惆怅的。

(《中国往事:讲述清朝》,王连升主编,太原:山西教育出版社,2010年3月第1版)

2010年9月5日　合肥淮北佬斋